U1076127

城堡之外

万宁 著

湖南文艺出版社

图书在版编目（CIP）数据

城堡之外 / 万宁著． -- 长沙 ： 湖南文艺出版社，2022.1
ISBN 978-7-5726-0481-2

Ⅰ．①城… Ⅱ．①万… Ⅲ．①长篇小说－中国－当代 Ⅳ．①I247.5

中国版本图书馆 CIP 数据核字（2021）第 236386 号

城堡之外

CHENGBAO ZHI WAI

万　宁 / 著

出 版 人　曾赛丰
责任编辑　张文爽
责任校对　彭　进
书籍设计　肖睿子

出版发行　湖南文艺出版社
（长沙市雨花区东二环一段 508 号　邮编：410014）
网　　址　http://www.hnwy.net
印　　刷　长沙超峰印刷有限公司
经　　销　新华书店
开　　本　710 mm×1000 mm　1/16
印　　张　22
字　　数　317 千字
版　　次　2022 年 1 月第 1 版
印　　次　2022 年 1 月第 1 次印刷
书　　号　ISBN 978-7-5726-0481-2
定　　价　49.00 元

版权所有，未经准许，不得转载、摘编或复制

目录 Contents

1

第一部分

第一章

黄昏的气味开始弥漫，从山下往山上，慢慢升起。

古罗村白天的喧嚣在这会儿逐渐沉寂。

炊烟贴着屋上的瓦片，层层叠叠，团团缕缕，而后又卷起，缓缓飘散，瓦片下屋里的油盐味，已聚集在村庄的上空，辣椒味、花椒味、蒜籽味、生姜味，这些味儿重的植物作料，不管不顾地霸占着这个时段的空气，紊乱着人们的嗅觉。赵妈习惯了这种紊乱，她甩着膀子，健步如飞。迎面走来两位游客，忽然弯下腰，“阿嚏阿嚏”几个喷嚏冲了过来，赵妈稍稍欠了欠身子，丢下几分嫌弃，眨眼间，就走到回廊尽头，上了屋檐边的坡口。

赵妈“噔噔”地沿着山坡疾行。“晓得今夜我有事，早点落屋，会死呀。”她心里的埋怨，在脚步的节奏里散发。山坡呈之字形，一道一道的，直至赵妈喘起粗气，她才终于望到蓝青林瘦削的背影。

那背影笼罩在一棵树下。

赵妈倒抽了一口气，“三天两头，动不动就坐在这儿，看啥呢？”她撇了撇嘴，心里嘀咕：“别是犯病了。”

蓝青林靠着树干，与她的身子比起来，树干是粗壮的，当然树冠也是丰腴的。蓝青林说：“这山坡上，就这棵楸树长得好。”赵妈迈向这棵楸树，她想：“发个呆，架起个场，跑起咯远。”

迈克懒洋洋地趴在蓝青林脚边，赵妈的脚步声只是让它的耳朵颤动了几下。倒是西沐挣脱妈妈怀抱，步子蹒跚，踉跄着跑向赵妈。赵妈脸上终于有了笑意，她张开手臂，一把抱起西沐。她顺着蓝青林的目光，朝坡下望去。

那一片废墟，曾经的轮廓，清晰分明。三米高的城墙，多数完好，青苔覆盖砖石，石缝里摇曳着野草，大片房屋坍塌，一些砖头与木料就地散落，刺蓬与灌木在破败的屋里屋外肆意横生，风从上面吹过，惊起一拨一拨的荒凉。

此景是蓝青林眼睛里的。

抱着西沐的赵妈，瞅着下面，找着她从前住过的老屋，她跟蓝青林说过无数次，她是在这里出生的。住在坳上，总要爬山下岭的，老屋又破旧不堪，村里人不喜欢，稍稍有点能力的，老早就从这里迁到山下，赵妈记不清，这城堡是在什么时候没人住了。房子没人住，破得更快，到后来，这地方来都没人来了。没人住的屋子，瘆得慌，可是蓝青林坐在这儿，一坐就是一下午，也不见她怕，赵妈忍不住叹了一口气，“小蓝，你以后还是少来这儿，阴气重，对胎儿不好。”

蓝青林起身，叉着腰，挺着肚子，望着赵妈笑了笑，然后拍打着屁股上的尘土，“啪、啪”的响声，逗得迈克围着她打转转，它刚要撒欢，蓝青林已转背往村子里走。

赵妈抱着西沐跟在后头，她的眼睛盯着前面蓝青林的背影：两块肩胛骨在原木色的衬衣里若隐若现，垂落的衬衣与亚麻长裤中间的腰线反而凸显臀部的丰硕，怎么看，都看不出是怀孕的身子，且不要说是怀孕五六个月了。

“看你这身段，肚里的孩子，肯定是个男娃。”赵妈还没张嘴，坡地上掀起一阵风，直接灌进她嘴里，她抿紧嘴唇，把话咽了下去——城里人生娃，不在乎男女，这样说，没讨好到她，她反而会在心里朝自己翻白眼。

这女娃心思重，不喜说话，捉摸不透。

回到家，天已是麻麻色了，院门前的店铺赵妈也早关好了。蓝青林在砂锅里盛汤盛饭，出门前她在三个砂锅里弄好了晚上要吃的食物，西沐吃的是放了肉末的烂巴饭，她与赵妈吃的是白米饭以及花生米筒子骨汤。此时，赵妈在厨房三下两下就炒好两个菜，“我不喝汤，来不及了，”她朝蓝青林嚷着，“今天七点开始，我要去占个好位子。”

赵妈是村里的对歌高手，每月一次的对歌会，她从不缺席。对歌会就在村里的四方坪，四条巷子汇聚的中心地带，一个说大不大说小不小的石板坪。每月的十五，村里的老老少少自带板凳坐在这里，男人一堆，女人一团，相互对歌。蓝青林在旁边听过几次，听来听去，发现他们是在打情骂俏。站起唱歌的，都是上了年纪的，有的掉了牙齿，唱起来，漏风漏口水，却唱得眉飞色舞。在蓝青林的理解中，谁先唱谁就有撩哥撩妹的嫌疑，男的总是调皮机智，或者露骨深情，女的多半含蓄，偶尔泼辣。对来对去，最后都是笑声收场，笑得不过瘾，会相互拍打，甚至双手捧着肚子，直至岔气呛到，做出咳嗽的样子。坪里两头的风火墙上，悬着两盏瓦数极低的灯泡，好在十五的月亮，从来都是亮堂的，月光把这些笑脸照来照去，也跟着快活。

蓝青林不明白，赵妈往四方坪一站，怎么能张口就来。每次对歌会在冷场时，她就吆喝起一嗓子：“这山望到那山高，妹在山上砍柴烧。”

接着就有一个老倌子，不急不慢地离开坐凳，人还没站稳，便双手搂着裤腰往上一耸，嬉皮笑脸地唱：“妹要烧柴哥来砍，妹要用水哥来挑。”

蓝青林觉得老倌子的动作滑稽，这是村子里上了年纪的男人都有的动作：双手时不时在裤腰上耸几下，好像老怕裤子掉下来。他们自己却没有意识到，正唱得情深意切。这情深意切又随意得很，只是一句一句地对，对上了，就好。

譬如：

男的唱：“郎在高山打吆吆。”

“妹在屋里双脚跳。”女的接。

男的又唱：“公婆问你跳什么。”

“才穿新鞋发火烧。”女的又接。

依次下去：

“郎在高山砍竹子。”

“妹从家里送饭来。”

“一碟麻子一碟姜。”

“麻麻辣辣喷喷香。”

…………

在蓝青林呆愣时，赵妈早没了人影。西沐碗里的饭还有大半碗，蓝青林不得不加快自己喝汤的速度，好腾出时间给西沐喂饭，要不然，小东西饭没吃完就趴在桌上瞌困了，等她睡着，蓝青林一个大肚婆，根本就无法搬动胖墩墩的西沐了。

不知道这口长气是怎么从肚子里叹出来的，西沐抬起头来，“妈妈，”她伸出肉嘟嘟的手指，放在蓝青林的肚子上，“爸爸说了，你叹气，宝宝在肚子里也会叹气的。”

“爸爸说过吗？”蓝青林笑了，“爸爸说要西沐乖，要大口大口吃饭。”

西沐仰着头，张开小嘴接饭，嚼了几口后，说：“西沐好好吃饭，爸爸怎么还不回来？”

“西沐想爸爸啦？”蓝青林伸手拍了拍西沐的头，“快点吃饭，吃完后，在院子里，对着天上的星星，说西沐想爸爸啦，这样，星星会告诉爸爸的。”

西沐眼睛亮了起来，使劲咂巴着小嘴，几度被嘴里的饭菜噎住。蓝青林视线有些模糊，眼睛酸酸麻麻的，她不知自己怎么了。其实，她从没埋怨过郁澍，他离开，必定有他离开的原因，而且，他走时也说了，会尽快回来。

快两个月了，郁澍很少与蓝青林联系，即使有电话打来，他也是三言两语很是匆忙，感觉边上总是有人，说话不方便。走的时候，他说老家有些事要处理。说这话时，蓝青林望着他，希望他能告诉她，老家到底有什么事。既然是夫妻，双方家里的事，是该共同面对的。可是郁澍没有说，他那时正忙着拣行李，于是蓝青林没再说什么，她裹着蓝布棉袍，端坐在藤椅里，一只手搂着西沐，一只手抚着肚子里的孩子，迈克趴在她的脚下，掉下来的袍子正搭在它背上，夕阳穿过格子窗，匍匐在她的肩上，几绺松散的碎发在光环里呈现出金黄色。郁澍转身回眸，怔在了那儿，他放下托在手里的两件亚麻衬衣，从床头拿起苹果手机，咔嚓几下，把这个画面装进了相册，拍完时，意犹未尽，“下次，我要把这个画面画下来，又美又哀伤。”

显然，他意识到了。

他知道蓝青林的不情愿，要不然，他不会用“哀伤”这个词。但他在那刻的表情是平淡的，仿佛他只是出去几天，而且，蓝青林也认为，只有几天，他就会回来。哪里想到，两个多月过去，他还没有一点要回来的迹象。

他家里肯定出事了。蓝青林想。

第二章

郁寒雨是在去医院的路上，接到电话的。

小奉在电话里有些语无伦次，郁寒雨听了分把钟才明白过来。小奉说完话后，电话里一片寂静，要不是后面汽车的喇叭狂叫，她似乎也落进电话的那片寂静里。喇叭声让她抬起头，松了踩刹车的脚，跟上车队，过绿灯，几乎在同时，她对着耳麦说："知道了，现在我正去医院给妈妈送饭，有什么事，再电话我。"她的口吻出奇地平静。

车子在医院的停车场停好后，郁寒雨听到心脏猝然间发出咚咚的声音，她张开嘴巴，双手不自觉地捂住胸口，把头侧在肩上，静静地闭上眼睛。疼痛穿过缩紧的胸间，带了把锉刀在着力钝击，咚咚的响声伴着心脏跳动的回音，急促一阵，又缓慢下来，如此反复了几次，再急促时似乎就有了缓和，人的各种知觉慢慢恢复。郁寒雨抱紧的双臂渐渐松懈，她吁了一口气，抽出车钥匙，在副驾驶座位下提起两个不锈钢保温桶，向住院部的十二楼走去。

在路上，她把几绺掉下的头发往后捋了捋，吸了几口气，再扬了扬嘴角，她想让自己脸上的表情如同往常。她向来害怕妈妈的洞察力，尽管她八十六了，可是她的目光依然犀利，似乎什么都瞒不过她。刚刚发生的事，无论如何也不能跟她说。郁寒雨走在住院部东头长廊上，脚步坚定，如同她刚刚的想法。

妈妈背对玻璃窗，一个人坐在太阳里。

病房里的电视是开着的，正播着午间新闻，她没看，闭着眼睛听着。

郁寒雨走进去时，她睁开了眼，“我明天出院吧，医生说我可以在家调养了。”

“我问问。”

“问啥？”妈妈提高了嗓门，显得不乐意，对着进卫生间洗手的郁寒雨喊了一句。

“肯定要征询医生的意见，你是病人，只能听医生的。”郁寒雨从抽屉里拿出碗，用开水烫过后，把保温桶里的饭菜盛出来。

一碗小米粥，四个饺子，一碟豌豆炒肉，一碟芦笋丝。妈妈像模像样地系好吃饭的围兜，安静就餐。

陪护小刘走了进来，端着她从医院打来的饭菜，在病房一角吧唧吧唧地吃起来。郁寒雨看向窗外流淌的湘江，绿地与树林沿着两岸起伏，栋栋高楼围绕其间，在天空下慢慢扩张，像从地里长出来的。郁寒雨讨厌这座城市，但因为这条江，一年四季里总有几分动人的姿色，心里又总是欢喜。如此感慨时，分明听见小刘在唠叨：“太难呷了，太难呷了。”

郁寒雨回头看过去，见小刘把饭盒里的饭菜基本扫光，“难呷，就别呷噻，明明呷得光光的，还说难呷！”

饭盒罩住了小刘的脸，她在清扫最后的残渣，完了才说：“不呷，我会饿呀。”

“饿？我为什么从不饿呀？”妈妈接住小刘的话，她碗里的饺子只吃了两个，“我老了，不爱动了，肠胃也不爱动了，所以就不消化了。”妈妈替自己解释：“唉，老了，没意思。”

郁寒雨最怕妈妈这一招，先发问，后解释，然后做总结，好像她是个没人管的孤寡老人。

“快点吃吧，爸爸在那边是真饿了，要不，你今天中午就别过去了？”爸爸也在住院部，只是他住在 B 座。

妈妈见郁寒雨说不带她去见老头子，便不再磨蹭，开始大口吃起来。郁寒雨觉得妈妈每天见过爸爸后，心情会不自觉地好转起来，人与人一比较，便开始自我安慰。爸爸九十一岁，身体好好的，可是他得了老年痴呆，谁都不认识，所有的行为都退化为孩子。

小刘提着那两个不锈钢的保温桶，郁寒雨推着妈妈，在病房走廊上转来转去，医院是个巨大的回字形连着回字形的结构，然后，下电梯，上电梯，再加上在哪里都要等，人总是很多，所以，走上这一趟，郁寒雨头就开始晕。而妈妈坐在轮椅里，神情明显愉悦，如今她所有的时光几乎都耗费在家里和病房，见到的人除了女儿就是陪护，外边的世界变成啥样，她都不清楚了。所以，她格外珍惜推她在外边走走的时候，其实，她是可以走的，可是只要走一会儿，她就要坐下来喘气，所以，郁寒雨给她弄了个轮椅，稍稍有点距离的地方，便推着她前行。

这边刚出电梯口，郁寒雨就听见爸爸嘣脆的嗓音，他穿了件病号服，坐在走廊的长椅上与人闲谈，他老年痴呆没有痴呆掉他的一口乡音，爸爸郁黄是天津武清人，1949 年随部队南下到枫城，这么多年，很多都改变了，唯独他的天津口音没变。几位年轻的女人，看样子是各病房的陪护，在长椅上吃午饭，或聊天，爸爸坐在旁边搭腔，人家都不搭理他的话，可是他一个人说得挺开心的。

妈妈坐在轮椅里嘀咕："老不正经的，老成这样，还晓得往年轻女人堆里扎。"小刘哈哈笑开了，"郁爷爷开心咧，老了，开心一下，可以的。"郁寒雨也跟着笑，觉得爸爸可爱，她们走到近前，集体停下，郁黄看都不看她们一眼。

"爸爸，进屋吃饭啦！"

"爸爸！……"

"死老头！你听见不？叫你啊。"妈妈忍不住帮腔。

小刘上前去扶爸爸，他却往里扭动了一下，然后又缓慢地回过头来，"你要干吗？"

小刘笑着，"不干吗，请您吃午饭。"

好在这个时候，爸爸的陪护老娄从病房里出来了，他与郁寒雨及妈妈点了点头，赶紧俯下身子，搂起爸爸，"老爷子，我们进屋吃饭啦。"

爸爸在老娄面前立马就安静了，随他搂着，进了病房。郁寒雨从抽屉里拿出几个碗，盛上一碗小米粥、六个水饺、一个面饼，以及豌豆炒肉、芦笋丝两道菜。老头子不会自己吃饭，都是老娄一勺一勺地喂，刚开始，看见爸爸这副模样，郁寒雨总有想哭的冲动，到后面看得心里都长草了，也就习惯了他的这个样子。人都是善于妥协的，什么事落下来，先是想改变，不能改变，就面对，直至接受。现在，郁寒雨已经习惯了爸爸不认识自己、不认识妈妈，他活在他一个人的世界里，谁都进去不了。有时候，郁寒雨又觉得爸爸是幸福的，一个人干吗要记住那么多呢？那些人，那些事，多半是伤心的。

爸爸一个人吃着，他不关心任何一个人。妈妈在一旁看着。爸爸与妈妈不是恩爱夫妻，他们是在革命中匆忙结婚的，妈妈的文化高，爸爸是农民出身，读书不多，但一直身居高位。郁寒雨目睹过他们无数次的吵架，而妈妈骂得最多的话是“你是个骗子！”以至于后来郁寒雨听着就反感，孩子都生了仨，一起过了几十年，老嘟囔骗不骗的问题，要说骗，那也是你甘愿被骗呀。

有时候想，爸爸这个病是他故意选择的，也许很多事他不想记得，因为那些事确实不好面对，而记得又总是在心里尴尬，所以不如全忘了。郁寒雨知道爸爸依然有一些片断记忆，他好像不愿意记得，记得的，他又在回避，而回避久了，就真的不记得了。

自从得知爸爸得了这个病后，妈妈就不再跟他吵架了，像现在，她只是坐边上看他，眼神里有了怜悯，因为爸爸在她面前一直是威风凛凛的，人是傲不过天的，谁都无法知道自己最后的样子，所以妈妈看着看着就会重重地叹上一口气，不再说什么。

在回去的路上，妈妈突然回头对郁寒雨说：

“我相信报应。”

郁寒雨推着轮椅，长廊里在那刻空无一人，这个时段正是深度午休时，她盯着妈妈的后脑勺，麻白的头发稀稀疏疏的，留在头上的，那一根根的又似乎很顽强，粗硬地杂乱着。她直直地端坐在轮椅里，刚刚那句话好像她不曾讲过，拐口开了两扇窗，穿堂风从那里吹了进来，呼呼的风，响在脑后。

第三章

郁澍是看到了新闻，才决定回枫城的。他放心不下妈妈，儿子跟妈是骨头连着肉的，尽管他从不表露，哪怕是他在英国留学，也不怎么与家里通电话，更不用说视频。好在妈妈总是很忙，她好像不觉得儿子不太搭理她，与儿子他爸一比，她似乎就有了满足感，因为儿子的所有情况，他都要通过她才能知道，可见这个儿，更不搭理他爸。“养儿就像养了一头狼！”这是郁澍父亲经常说的一句话。

郁澍也不明白，他是从何时起不太理爸爸谢一民的。谁叫他总是很忙，总是来去匆匆，以至于家里这个人存不存在，似乎大家都没了感觉，郁澍每次看到爸爸回家了，对他从不期待什么，因为一转身，他又离开了，如此反复，中间相隔的时间长短不一。所以，他在或不在，郁澍都不去理会。

爸爸是在他初二那年春天，去青山县挂职的。此后，又去了川县、蓝山市、古春市，到田阳市，十几年间，他成了组织上的人，与他们这个家保持着名分，像个飘浮物，若即若离。

刚开始家里少了爸爸，郁澍很不习惯，他还是比较喜欢在打篮球时，有爸爸在场，骑山地车时，有爸爸随行。还有，自己的身体在那个时期正发生着巨大改变，长了喉结，体毛浓密，且变粗变黑，嗓子在一夜之间，根本就开不了口，一张嘴像是别人在说话，自己的声音不见了，他吓得不敢作声，低着头，躲开人，妈妈靠近他，一如往常，伸手抚摸他，他会在没有任何先兆的情况下发飙，朝着妈妈乱吼，他的叛逆不请自到。

其实，这是他成长中生理期巨变的时刻，是需要爸爸在场，予以指导解说的。可是爸爸形同虚设，他只能一个人硬着头皮横冲直撞，横冲直撞的结果是性格越来越孤僻。好在初升高还比较顺利，但到了高二，学习成绩就直线下滑。偷偷上网，学会抽烟，无缘无故夜不归宿，面对这些问题，爸爸跑回来教训一通，他自己又回到他工作的县里去了。妈妈郁寒雨急得哭脸，每次妈妈哭的时候，他一言不发，他胸腔里的痛会随妈妈的哭声起伏，他有些害怕，于是就乖乖地坐在书桌前，去打理那些书本与作业，妈妈的哭声会在他伏案学习中平静下来，在他抬脸时，旁边有妈妈端来的水果与零食。至此，郁澍认为他高中的学习，全是妈妈的威逼利诱，也因了妈妈的这一招，他的成绩没有如雪崩般下滑，滑是滑了，但没有一滑到底。于是在那年夏天，他考进了一所自己不是很满意的学校。学校在长春，离家很远很远，他在心里就是喜欢这个远。

雏鸟的梦想都是想飞很高飞很远，就看自己的翅膀给不给力。

郁澍在长春是寂寞的，寂寞的好处是能让一颗狂躁的心安静，想一想自己的未来。他是在高二临时学的美术，相对来说，学习成绩不是很突出的，要想上大学，有条件的家长会想办法让他们成为特长生，美术，可以在短时间的培训中看到成效，于是美术生也就在高考的特定条件下，成了大多数人的选择。还有一个关键点大家心知肚明，一张画的好与坏，并没有一个具体评判标准，全凭评委们的一张嘴，这张嘴有凭良心说的，也有一些熟人朋友找上门来，尽量说好话的，当然也存在看不见的黑幕，话怎么说，全是金钱指使。

郁澍不知道妈妈找没找关系，他反正是在高三第一个学期喜欢上了画画，而且是喜欢油画。那个时候，他在北京朝阳区花家地南街的一个补习班里，恶补专业，中央美院就在旁边，而他只能偷窥。在老师的画室，他常常震惊得说不出话来，一幅一幅的画，蔓延出无限遐想。补习的时候，他只要坐在那里，一些气息似乎就扑面而来，某种神秘元素直袭大脑，不容他抗拒。老师夸他有潜质，是个好苗子，可惜功底欠了一点。郁澍至今都能清楚地记起老师说这话时的神情，眼睛没有直视他，好像怕伤着他，嘴巴往里缩了一下，又鼓了鼓，才把这话说出来。当时，郁澍没有任何表情，老师以为这话就像一阵风，吹过后，就消失了，却不承想，这话落在郁澍心间，此后一遍又一遍摇动着，觉得自己该做点什么，或吃点苦，努力画，从头学，让功底硬扎起来。

一句话是可以影响到一个人的。

在长春，郁澍似乎有了开窍的迹象，画本不离手，他从未如此专心过。他在画里开始有所表达，越表达内心越恣意，他开始对周围的世界仔细观察，人与自然，是他的眼睛不能放过的。其实，他去长春上学，而且是这么个专业，在所有人眼里就是混一个文凭，包括父母也不得不放弃了对他的期望。如今有很多大学生，来到基本没人管束的地方，不想学习，就想自由放纵，他们混日子、混学分、混网吧，六十分万岁，今朝有酒今朝醉。有媒体说，在中国，目前，有2000万大学生，在假装上课。这句话虽然尖刻，但却是超现实的大白话。郁澍的大部分同学，只要是不点名的课，那就肯定缺课，必须上的课，也会在课堂上发呆、睡觉、玩手机。而他们课后的时间多是追剧、打游戏，终日混迹于社交网络，脸色蜡黄地对着手机与电脑的冷光屏，男生通宵组队打游戏、开黑，女生熬夜追剧，看娱乐八卦新闻。在某个时候，他们偶尔也踌躇满志，但多数时候仍然是处在混吃等死、贪图安逸的状态。

郁澍看着同学们的这种状态，心里不住地摇头，同学中有部分人家境贫寒，学费与生活费都是父母在外打工挣来的钱，这些同学虽然为现状焦躁，却根本不想改变自己，而是放任自流，直至陷得更深。郁澍心里叹息着，却无能为力。学校里的学生不学习，说不清是谁的过错，没有人去想这个问题。

大三的时候，爸爸谢一民突然关心起郁澍的学业，他要他转系学建筑设计，他说这是最热门的专业，以后不愁找工作，工作之后又是个很容易出成果的行当，而且收入不菲。可是，郁澍不喜欢那些在他看来有些生硬的线条，他喜欢凌乱的、没规则的、有着无限想象的空间，更喜欢各种颜色充斥的画面，他不要一个具体的模型，因为建筑总归是房子，而房子又总归是要把人框里面，他不喜欢。于是在这件事情上，他没容爸爸把他的理由讲完，就断然拒绝。他说，他不想，这辈子就想做自己喜欢的事。爸爸怒不可遏，却又无能为力，只是留给儿子一个响亮的“哼”，这个“哼”充满蔑视，却更加坚定了郁澍的决心。

他心里有一张蓝图，他就想朝着那张图奔跑过去，然后自己一点一点地描绘。

一个人内心有了目标，他的日子便开始忙碌起来。

他懂得发狠了。

学专业学英语，想偷懒时那一声“哼”会不自觉地蹦出来，于是他又像打了鸡血一样，努力完成自己必须完成的作业，以及他认为必须懂得的知识。他记得大四那年春天他去参加某个考试，在走向考场的时候，意气风发，内心坚定自信，眼睛里是绿树葱茏，鲜花盛开，枝头上的鸟儿，婉转鸣唱，这种状况，常常是别人踌躇满志蓄势待发的样子，怎么自己也找到了这种感觉？这个发问，让他望着天，不自觉地笑起来。

从那天开始，他不怕考试了。他的同学说他身上有一种光，而他自己不知光从何来。大四那年冬天，他收到英国格拉斯哥艺术学院的面试通知。只要面试通过，就意味着他可以去这所学校读他梦寐以求的油画与版画专业的研究生。当他把这个消息告诉家里时，妈妈的高兴在他的话语之后停顿了一下，才表现得热烈，她不停地说：“祝贺！我儿子是好样的！”而爸爸听说后，皱紧眉头，没掩饰住自己的怀疑，忍不住问：“啥学校？怎么从没听说过？格拉斯哥是啥地方？怎么没听说过？”大多数中国人，一说起英国，就知道伦敦、伯明翰，或曼彻斯特、爱丁堡，大学就知道牛津、剑桥与帝国理工，谢一民也不例外。郁澍自然会生爸爸的气，当时，他脸都绿了，转身走进房间，把门用力一“砰”，以此表达自己的愤怒！留在客厅的父母赶紧上网查询，一查便不光是高兴，而是兴奋了，这也是英国的名校呀，除了要交绘画作品、个人陈述、推荐信以及通过各种考试外，雅思的门槛分是6.5呀。

儿子也过了？他们不敢相信。郁寒雨去敲儿子的门，想问问具体情况，可是郁澍不理会了，只在房里对他们吼了一句：“没用的我反正会为自己争口气，你们什么都不用管，只管给我准备学费吧！”

电话面试是在那年农历新年的初三，一家人在约定的时间等候这个电话。那个时候，家里的座机使用率还挺高，新年拜年电话时不时响起，但在下午接近黄昏时，亲戚朋友像有某种预感，都不来电话了，那台白色座机出奇地安静。郁寒雨在客厅与厨房之间穿梭，郁澍翻着一本英国美术史，谢一民坐在沙发上看报纸。看上去每个人都在忙，但又忙得心不在焉。电话就是在这个时候响起的，郁寒雨在厨房没出来，谢一民也没从报纸里抬起头，郁澍伸手接过电话，他清了清嗓子，停顿片刻，脸上漾起微笑，他对电话里哈啰哈啰，然后就用英语对起话来。谢一民始终没有抬头，但报纸上的字，他一个都看不见了，他不相信自己的耳朵，儿子的英语什么时候变得这么顺溜，他心里惊讶得一塌糊涂，可是他还是坐在那里，一动不动的。他本就有个本领——会装，他把自己的高兴沉在心底，不露声色。一直在厨房里假装忙碌的郁寒雨，等儿子电话一挂，就冲了出来，望着郁澍傻笑，笑过之后，又傻傻地夸赞：

“儿子真棒！……”然后，用湿渍渍的手拉住郁澍的衣袖，问：

“他问什么啦？你答出来了吗？”

郁澍在那刻眼睛笑眯了，他拍着妈妈，说还好啦，只是聊了一下，并没特别说什么。其实坐在一旁的谢一民也特想知道对方说什么了，可是郁澍就这样轻描淡写地把话带了过去，急着出去与同学打篮球了。那天的情形郁澍记得很清楚，对方老师一开口就问好，祝他中国新年快乐，接着说，收到了绘画作品，老师们一致认为不错，这些画有表达、有思想，而且还有自己的想法，老师问他，生活的城市是长春吗？郁澍告诉他，他上大学在长春，他真正生活的城市是枫城，是一座长满枫叶的城市，在秋天，城市浸染在红枫下，特别美。老师还说，看过他的速写本，很扎实，并夸他勤奋，观察生活细心。反正这天聊得很开心，感觉听到一箩筐的好话，关键是这好话是用英文说出来的，是心仪的学校老师说的。郁澍明明乐得合不拢嘴，可就是不在父母面前表现出来。他也学会了装。

郁澍就这样去了英国。他们这一代人有各种不如意，可是作为独生子，父母一般还能为他们备齐出国留学的学费，他们根本就不会有《北京人在纽约》中主人公那样的处境，他们上学就是上学，住学生公寓，学费不少交一分钱，每个月生活费父母会定时打来，他们走在校园里，享受的是父母甚至爷爷奶奶外公外婆几代人的积累，从这方面说，他们又是幸运的。

只是郁澍没想到，一到格拉斯特，他就喜欢上这里的安静与从容，什么都是慢慢的，一喜欢，哪儿都不想走了，其中他回过几次国，竟是那样不适应，而且次次与爸爸碰面，都让他不舒服。他要妈妈跟他到英国定居，可是外公外婆需要妈妈的照顾，如此，一家人，几个地方，偶尔通下电话，还表明是一家人。妈妈似乎是个认命的女人，一个人待在枫城，她哪儿都不去，她对爸爸与他说："你们爱回就回，不回，也无所谓，我一个人挺好的。"妈妈在枫城除了工作，照顾与陪伴她的父母成了她最主要的生活内容，郁澍有时候想，也许妈妈没有时间想他，知道他好好的，她就放心了。只是爸爸，这个属于公众的人，属于组织的人，妈妈想也没用，所以她尽量不想。

这种日子平平静静，大家各过各的。可是，天有不测风云，很多事是预料不到的，即使预料了，也不会想着真的会来，而且事情这么具体。郁澍很庆幸，他在这个时候，决定来到妈妈身边。回到枫城已是黄昏，他回到家。推门进去时，一股霉味劈面而来，屋子里大概好久没住人了。他打电话给妈妈，妈妈手机不在服务区。他打外婆家电话，仍旧无人接听，于是他打大姨的电话，她告诉他外公外婆全在医院，你妈妈不是在医院，就肯定是在去医院的路上。

丢下行李，他赶往医院。小时候外公外婆没少带他，而且从严格意义上说，他应该是他们的孙子，他随母姓，也就是随外公姓，外公与外婆只有三个女儿，那个时候他真的就是这个家的小祖宗。他找到外婆病房时，妈妈还没到，他便随意地陪着外婆聊起天来，在他眼里外婆一直是位好玩的老太太，几年不见，她的肉与皮越发松垮，脸上一道一道横起的皱纹托不起下坠的皮肉，岁月的残酷让郁澍不忍直视，只是上前抓起她的手。倒是外婆敞开嘴，笑得无邪，“小树长成大树了，好啊，好啊。”

病房流动着好久没有过的暖意，这都是郁澍带来的。外婆慈眉善目地在房间里笑着，也就在这时，郁澍一抬头，撞到了妈妈惊愕的眼神，他想起身，屁股粘在床沿上却无法挪动，他只能静静地望着妈妈，妈妈似乎眼睛红了，刚开始她在极力掩饰，提着送饭保温桶边走边说：“你回来得正好，外婆念叨几天了，她要出院，我一个人有些弄不动。”听到这话，郁澍的眼泪直流，他上前抱住妈妈。

妈妈在郁澍怀里安静了一会儿，又狠劲地推开，她泪眼横视，声音突然提高：“你怎么还记得回来呀？你们不是都不要这个家吗？回来干什么！”

…………

第四章

近二十天来，蓝青林醒得早，印花蓝窗帘没透出一点光亮，她就睁开双眼，屋檐与树木间的鸟儿，在寂静里啁啾，西沐在摇窝里酣睡，一起一伏的呼吸，似乎随着窗外婉转的鸟鸣，感觉鸟儿正在她梦里嬉戏玩耍。

蓝青林调整了一下自己笨重的身体，朝右边侧卧着，眼睛盯着西沐。她已经彻底认同自己了，如今自己只是个带娃生娃的女人，她不再是个喊走就走的个体生命了。她觉得自己成了一只雌鸟，要蜷缩在窝里，生蛋孵蛋养育小崽崽，只是雌鸟度过两三个月的生育期后，可不用管崽崽，自己又可在天空中自由飞翔，可是她的生育期后，是养育期，那是无限漫长的过程，在这个过程中她没了自己的理想，她的身体会渐渐臃肿，行为渐渐平庸，那些属于她的美好，在单调的日子中，也会被时光一点一点地吞噬。她完全落入祖祖辈辈女人的生命轨迹，一种结局隐隐约约早就等在那儿，她却不去回避，心里竟然还有些许甘愿。

这都是因为遇见了郁澍。

蓝青林的人生蓝图就此顺从了这种意愿，她从过去的观念中走出来，她觉得什么都不重要，与自己喜欢的人生儿育女，才是生命的意义。她就想让她与郁澍的血脉就此延绵，在浩瀚的宇宙里，随着人类向前的脚步里有那么一丝印记。有时候，她也会笑：干吗啊？爱一个人，一定要与他生孩子吗？也许是自己想留下爱过的证据，诠释那些不明的忧虑，想就算是眼前的人突然消失，孩子是不会消失的，他们的模样藏着他的模样，他们的性格潜伏着他的性格，甚至还有某种说不清道不明的气象。

蓝青林每天都会在早上胡思乱想，她这样漫无边际乱想时，古罗村家家户户的屋顶黑瓦上飘起了炊烟，村头村尾的公鸡比着嗓子，一声高过一声，然后，叫声间隔得更密，村里的人谁都晓得这觉是睡不成了，陆陆续续地，每家的大门敞开着。蓝青林听见赵妈在扫院子、冲洗水沟，也听见厨房里高压锅上汽的“哧、哧”声，瞌睡在这个时候带了个黑色的蚊帐罩住她，她闭了闭眼，便狠劲地一甩头，揉搓着眼睛，缓慢地从床上爬起来。要生儿育女，自己必须有抚养的能力，必须赚钱。蓝青林觉得自己没有睡懒觉的资格。

蓝青林走出房间，在庭院里的合欢树下，仰起头，合欢树叶朝展暮合，此时正迎着晨光。那些叶子在嫩枝上，随着托叶线，披针般密密伸展，以至于整个树冠看起来格外开阔。蓝青林在树下做了几个深呼吸，五月底的空气，湿润中有些甜，粉色的合欢花，一朵一朵的，立在树叶上，扇子一般舒展着，栩栩如生的神态，会让人充满想象。花絮又如细细的流苏，在晨风中微微颤动。蓝青林想起去年花儿落下时郁澍的惋惜，“唉，怎么就落下了？还没来得及画张画的。”那是一场倒春寒暴雨后，合欢花被吹打得干干净净，午睡后的郁澍在房廊前顿足摇头，连连惋惜，当时他信誓旦旦：“等明年，明年花开时，一定好好画下来。”

可是此时花开好了，团团朵朵的，却不见画画的人。蓝青林感叹着。

每天早上像打仗一样，蓝青林没有足够的时间感叹，就打开了店铺的门，填补货物，打扫灰尘，摆放造型，“古罗旧事”是个工艺品店，从乡间收来的绣片，老的、旧的、新的，经蓝青林一捣鼓，又焕发出诡异的光，还有银器、木器亦是如此。蓝青林一方面收购，一方面又卖出，店子像个魔术师，什么东西在这里待一段时间，便像是镀上了一道光，摆在柜台里，又光芒四射，独具一格的样子，莫名地吸引着游人的目光。

上周，一位中年女游客走进店面时，表情恹恹，似乎进店只是走走，认定了这里并没什么可看的，可是她刚走了几步，便仰起头，看着东墙上裱在玻璃框里的一块绣片，脱口而出："呀，我找了好久，就想要这个图案。"这是深蓝色缎布上的老绣，在柔和的灯光下，绣线上的时光，晶莹剔透，图案里的童子与蝙蝠在花草中灵动，童子抓蝙蝠，纳福迎祥，寓言洪福吉祥相继而来。这在蓝青林眼里，见多了，所以，在那刻，她忍着没走过去。这个老绣片的绣工难得的精细，除了构图好，配色也极为讲究，由此推断，此绣肯定有非富即贵的背景，而且那位绣女除了十指纤纤，肯定还灵气十足，要不然不可能绣出这么生动美好的画面。那位顾客驻足凝望了足足五分钟，她问："怎么卖？"蓝青林从柜台后面缓步过去，与顾客并排站立，抬起头，一脸笑意，静静地看着这个绣片，然后说："这是清代纳福迎祥绣片，童子与蝙蝠是打籽绣，树木与花草用的是平绣，线脚细致缜密，色彩斑斓华丽，有宫绣的痕迹，我们知道宫绣的宗旨：图必有意，纹必吉祥。"

蓝青林娓娓道来，女顾客把目光从绣片移到她身上，从头至脚狠狠地扫了一遍，一身松垮的麻布衣裤，微微凸起的肚子，头发松散地挽在后脑，唯有一张脸格外清丽，特别是眼睛，深黑色的眼睫毛在眼眶周围，均匀密布成天然眼线，更突出眼睛的黑亮，但女顾客似乎还是不相信乡间有这样的谈吐，"你是本地人？"蓝青林略略怔了怔，点着头，她嘴角微微向上扬了一下，"出去读了几年书，又回来了。"女顾客眼里放出光来，开始在店里问这问那，而她显然只对绣片以及用绣做的饰品感兴趣。

店里大部分的绣片，是蓝青林多年收集而来的，这两年在古罗村周边地区又收来许多，像贵州的苗绣、土家族的盘绣、水族的马尾绣等，收回来的老绣，多数已发霉、虫蛀、褪色，蓝青林用醋、用酒精清洗，又用绣线一针一针修补，于是每一片又有了新模样。

蓝青林的店子叫"古罗旧事"，像是有一店子的故事等着世人知晓。当初郁澍就是这样走进店子的，进来后，就不走了，看这看那的，也问这问那，当时蓝青林正坐在柜台一角，用一块纳纱老绣做一个挂饰，而且这个宝葫芦挂件已近大功告成，淡淡的橘色里灵动一缕一缕的果绿。她面前摊着各种颜色大小材质的珠子与流苏，一些老绣的原件，如荷包、暖袖、褡裢、床帘及镜帘等，郁澍看着蓝青林重新搭配，又把老绣原来的样子糅进去，感觉荒废多年的东西，突然有了新的生命，人们的目光又有了注视，这些在时光里沉寂多年的图案与绣线也就复活了，它们又可以在世间喜笑颜开，再次美丽，再次流动。也就在这一刻，包括蓝青林在内的店里的一切，把郁澍给吸引住了。

在这里我们打住，还得说那位女顾客。她居然毫不犹豫地买下很多绣片与绣片饰品，有几片圆形老绣，蓝青林不肯卖，她说她要留着，做秋衣与冬袍的，怎晓得这位女顾客来脾气了，她说我又没跟你还价，你必须卖给我。蓝青林说，这个我只是放在店里，没开价的，可以不卖的。女顾客说，没道理！

现在回想，蓝青林都觉得好笑，做生意哪有不卖货的，只是那刻见她买得多，心里猝然发慌，觉得她会把店子买空。绣片不同于别的什么东西可以成批生产，每片绣片都是独一无二的，都是每一个人一针一线，在自己选择的纹样上，根据个人的审美搭配颜色，存留着她们的生命气息。所以，蓝青林以为，与每个绣片相遇，便是与一个绣娘相遇。平常得空时，她会沏一壶茶，对着一枚喜欢的绣片发一阵呆，想绣娘绣它的心情绣它的模样，想绣娘当时生活的场景。所以，通常别人买走一块她喜欢的绣片，她心口堵得慌，会莫名地难受，因为每一块纯手工绣片，都是独一无二的。

这天，这个女顾客一下子要买走这么多，她如同置身“抢劫”现场，对方要把她收集多年的至爱一下子抢走。平常一点一点买走，似乎没有这么现形，那一段一段的忍痛割爱还能一点一点承受，可是突然一下子掏空，她便开始抓狂，开始不讲理了，于是她不断强调：“不行！不行！这个我要留着做秋衣与冬袍的。”

事实上，无论蓝青林怎么强调，给人的态度总是弱弱的。最后那个女顾客席卷了她大部分摆在店里的绣片。至此，她只要站在摆绣片的柜台边，心里就恐惧，她惶惶然，老担心别人会买走她心爱的物件。这些物件之所以摆在店里，是她觉得店里需要这些摆设。一些有分量的老旧物件，才能托起这个“古罗旧事”的店名。

她的矛盾心理在很大程度上是舍不得从此失去她亲手制作的每一件物

品，比如说，就在昨天，她收起一些她的至爱，摆出了几幅郁澍作的画，他画的西沐，各种神态的，睡觉的、吃饭的、嬉戏的、发呆的，一张张随意丢在书房里的画稿，蓝青林一张张地裱起来，底色用蓝青色，这些画裱后，挂在墙上，格外生动，在店里忙着忙着，看上一眼，自己会咧起嘴，笑起来。西沐正处在她人生中最幸福的时刻，她在她的小宇宙里，明媚地笑着哭着，当然地吃着玩着，心安地睡着梦着。蓝青林想过了，这些画只挂在墙上，不卖的。

此时，西沐已起床，赵妈在打理她，刷牙，洗脸，吃早餐，她一直在磨磨蹭蹭，使着性子想耍点小赖，因为一会儿，赵妈要送她去村里的红花幼儿园，小家伙是不想上幼儿园的，她特别喜欢与妈妈待在店子里，看进来的客人，或蹲在妈妈脚边，看妈妈做这做那。她曾抗议过几次，说自己不要上幼儿园。其实，在心里，蓝青林也是瞧不上这个幼儿园的，可是人是社会的人，西沐是要长大的，从小把她丢在人群中，是对她的一种锻炼，以便长大了，不那么不合群。西沐在古罗村，必须认识几个同龄人，也许有一天，她离开古罗村，回忆这里的生活，除了家人还有她的朋友，记忆便会充盈与饱满一些。

蓝青林喜欢古罗村，她想如果有可能，她就想在此终老，靠着这个小店生活，每天不急不赶的，钱赚得刚刚够用，日子平平静静，她奇怪自己三十多一点，就是五十多岁人的心境了。

这里其实不是她的家，这里是她外婆的娘家。

童年随外婆走亲戚，外婆常来这儿。那个时候，来这里挺麻烦，要坐汽车，坐机帆船在罗湖里转半天，才能来到古罗村。蓝青林觉得一到古罗村，周身就有特别的感觉，吹在脸上的风，清凉清凉，空气里有股甜味，一村的黑瓦木屋，飞檐翘角，屋顶上站立着好多飞禽走兽，什么龙呀，凤呀，狮子呀，天马呀，海马呀等，看得蓝青林脖子都是酸的。那个时候，城堡里还住着好多人家，外婆也带着她去城堡里走，甚至在城堡里歇，蓝青林打小胆子大，房子屋连屋，蓝青林就敢一个人四处乱窜，她喊“舅爷爷”的，在村里有好几位，有的是亲的，有的是外婆的堂兄弟，其实也是亲的。在蓝青林的记忆里，这里是一个被世界遗忘了的地方。天格外蓝，水格外清，地里的庄稼格外肯长，还有这里的人，动不动就喜欢吼几嗓子，男男女女坐在一起，就有唱不完的歌。蓝青林还记得村里的女人在唱歌时，手里还在刺绣纳鞋底。

后来，蓝青林上学，外婆与外公在县城开了个小饭店，每天都有做不完的事，古罗村就此消失在蓝青林的生活里。倒是近几年，偶尔见到外婆，会从她嘴里听到她的挂念，她常唠叨，大舅爷爷家的老屋没人住，会垮掉的，房子要人养呀。外婆说得没错，大舅爷爷家城堡里的房子几年前就垮了，也没有人去打理，除了大舅爷爷与大舅奶奶躺在山上，他们的后代全离开了古罗村。而且其他舅爷爷家的房子，与大舅爷爷家的结局差不多。

蓝青林是在一次偶然的情况下来到这里的，这里几乎没有人认识她，她寻到三舅爷爷家唯一留在村里的后人，自报家门认亲，他家房子就是蓝青林现在住的，当时破败不堪，两进两出的庭院已不成样子了，而蓝青林只想找个地落脚。举目望着这些在童年眼里如同宫殿般的房子，她突然萌发了一个大胆的设想，她要留下来，请人修缮，重新上漆，于是与亲戚说，她要租下这个房子。房子的主人刚好要去城里，给儿子带崽，亲戚说，你给我看房子，还修补，不要租金。可是，蓝青林不肯，硬是起草了一个合同，租期二十年，一年五千元。亲戚笑得合不拢嘴，立马签了字。

最开始，蓝青林没想要开店，她只想把老房子修建成自己想要的样子，然后接外婆来住住，而自己在这里休整休整，等一切都好了，自己再去谋一份工作。可是计划赶不上变化，一直养在深闺人不识的古罗村，偶尔会来一些游客，有的一住就住几天，有住在野外帐篷里的，有住村民家的，而蓝青林重新修缮好的庭院，在村里格外打眼，于是时不时有人过来问，可以住宿不？所以，蓝青林就把一进的房子，改成几间客房，请了村里的赵妈与她女儿凤莲来帮忙，生意好得常常客满。后来村里有好多人家也搞起了客栈，蓝青林就撤了，改成开工艺品店。说到底，她不喜欢太闹，她不喜欢家里住进陌生人，她喜欢安静。最主要的还是她对旧物件情有独钟，没事的时候，她会边喝茶，边看着一块老绣、一个银器、一块木雕，脑袋里立刻有了千军万马，一些古远的旧事，会在一个场景又一个场景里奔涌而来。

只是蓝青林怎么也没想到，她会在这里遇到郁澍。

本来以为，她不会再去爱了，她来这里的初衷是要孤独终老，在古罗村一个人过完自己的每一天。可是就在这个小店里，一个很平淡的秋天，慵懒的黄昏布满那刻的时光，郁澍站在她身后，周身披着晚霞，那霞光与她手里正做着的葫芦挂件的橘黄色正好相近，她回头望着他，呆愣片刻，她看见他因微笑，露出一排洁白的牙齿，她貌似被某样重物撞击了一下，全身不自觉地打了个噤，当然这个噤别人是看不到的，只有蓝青林知道。她在那刻是厌恶自己的，她想自己的身体干吗要哆嗦。当时，蓝青林并没有意识到郁澍就在那一刻激活了她，他让她不自觉地又开始爱起来，活回到人的模样。

第五章

郁寒雨从医院回家，拐道去了麦德龙，母亲家的保姆念叨几次了，没有筒子骨与龙骨了，如今用这个熬汤，给老人补钙，是家里几乎天天要做的一件事，所以，筒子骨与龙骨的用量是惊人的。小店子的，又不敢买，郁寒雨听同事说，吃的东西麦德龙靠得住，尽管她认为同事的说法有偏颇，觉得她是在为在那里上班的妹妹打广告，可是事到临头，郁寒雨却还是会拐道去那里买回家里吃进嘴里的各式食物。在她心里，八九十岁的父母再折腾不起了，至少她要保障他们的食物安全。

郁寒雨的日子被琐碎的事情填得满满当当，有的时候忙起来，感觉都忘了呼吸，一件事一件事地做，总是做不完，因为做的事情大多是重复的，很多时候，她也想睡睡懒觉，想赖在沙发上，什么都不做，只是发发呆，可是她都不记得自己在什么时候失去了这个资格。她不去做，年迈的父母便无依无靠，吃什么穿什么用什么，每一件具体的事，她必须去面对去操心，而且还必须做好。其实，她上面是有两位姐姐的，大姐郁热风，六十多岁了，身体一直不好，一大家子人包括她的公婆要她照顾，她哪有分身之术来顾及这边啊。二姐郁南霜呢，身体倒是很好，可是人家定居在美国波士顿，回来的次数有限。父母最初有小病小痛时，郁寒雨跑上跑下的，可是这种跑，慢慢地，越来越多，多到成为一种日常，这个时候郁寒雨想喊累，却没有任何人能听见了。

累成这样，丈夫家的人却有微词，说她对自家公婆关心太少，丈夫谢一民是在孩子初二时开始去外地挂职的，本想着也就两三年能回到枫城，没想到这一挂，就彻底挂住了，在几个县、几个市之间调动，而且离家的距离越来越远。有时候，她都不去想这个人，夫妻之间的那点亲近感，在拉开的时空距离中，变得越来越脆弱。自己家里一摊子事，是指望不上他的，当然，他家的事，自己肯定也是顾不上的，所以他的兄弟姐妹的那些意见时不时传到她耳朵里，她会生一阵子气，从前还会去跟他倾诉，可是这些倾诉，却是自寻烦恼，他会说："你就抽空去看看他们，说什么，你也是他们的媳妇啊！"

尽管很无语，但谢一民的确说得对！可是，自己父母的事，你又不能跟我一起分担，就只是强调做媳妇的责任，有时她真想顶嘴回去："我哪还是谁家的媳妇呀，屋里常年见不着男人的影子。"当然，她也就只是在心里过一下瘾，男人在外边文质彬彬、温文尔雅的，在家就成了一个不讲理的主，什么都只会从自己的角度去考虑，并把自己的想法强加于人，还不让人反驳。也不知是谁给了他这个权力，也许在单位有了某种权力，就理所当然地以为，这个权力在家也有。

也有可能是与生俱来的，在他们的潜意识里，男人从各方面都比女人优秀，在外边这种意识会隐藏，在家里就毫无避讳地暴露，在这里暴露任何思想是没有风险的，有的只是一种快意！郁寒雨如此分析着丈夫，同时她还觉得他在体制内顺风顺水地当了点小官，他周边的政治环境彻底把他宠坏了，一点点与他相反的意见，他便有了不快，遇到别人，他知道沉默，严重也不过是垮下脸来，可如果是家人，劈头盖脸的唾沫星子便飞扑过来，先不把你骂得狗血淋头，那就没有显现男人本色。这么多年的夫妻磨合，每每要到唇枪舌剑时，郁寒雨便躲开了。

当然，她的一言不发，不代表她就顺从了。她是看不得亲人发怒的样子，看着内心会战栗，会莫名地厌恶人世，情绪会陷入抑郁而不能自拔，她都不知道自己是不是有轻微的抑郁症。所以，在看到谢一民即将要爆发时，她立马走开，让他独自一个人发火，然后独自一个人熄火，熄火后，尽管还吱吱冒烟，这烟也就是有一句没一句地念叨，念着念着，他也喑哑了，没劲了。而事情该怎么样还是怎么样，郁寒雨自有她的定力，别人影响不了她，她认定了的，就肯定还是我行我素。像照看公婆这档子事，她觉得自己没能力做到。做不到的事，自己就不去揽，这是她的原则。她对他说过，不是我不管你父母，事已至此，我们只能各管各的父母，你管不了，只能委托你的兄弟姐妹，我这边，你也看到了，我的爹妈已经无法离开我了，我不管，没人管。

谢一民骨子里还是一个讲理的人，自己一直在外，不能分担，郁寒雨做得够多的了。他有的时候是听到自己兄弟姐妹的念叨，才觉得郁寒雨过分，一年到头，很少去婆家，她这是啥意思？

郁寒雨哪还有什么意思呢？你自己一个做儿子的都不去，就指望着当媳妇的多去。是啊，你谢一民会强调自己工作忙，你是人物，可是你独独忘了，人在世上是多重角色的，你的社会角色只是一个方面，你忘了你是父母的儿子、妻子的老公、儿子的父亲等家庭属性。郁寒雨有时也会想，男人为啥会故意忽视自己的家庭角色，而格外在意自己的社会角色，并且投入其中，特别是在某个职位上的，端着架子，到了家，还不记得放下。

而这与女人天生更在意自己家庭角色有关，她们会为丈夫的信誓旦旦而赴汤蹈火，会为孩子的柔弱依赖而呵护左右，会为父母的老弱无助而相伴照顾。其实她们在心里也喊累，也想没有一丝牵挂地跑到外边四处看看，美景美食、独特的民俗对她们一样有吸引力，可是女人天生的责任心又让她们放不下。因此，这些因素确定了她们会用更多的时间待在家里，日复一日地重复同样的琐事，时光在这些琐事中一点一滴地漏走了，岁月像一剂毒药，无意识地侵蚀着她们的面孔与内心，慢慢地，内心的肉团上长起了茧子，脸上爬满皱纹，腰身也不记得是从哪日开始除挂满赘肉，还有一些佝偻，脚步也提不起了，脚板上总感觉灌了铅，沉沉的。郁寒雨现如今就是这般境地，她已经好久不记得去关心自己了，偶尔遇见镜中的自己，会猛然间骇然，静下来后，她又会盯着自己看一会儿，陡然之间，又总会有一口长气，莫名地从胸腔里嘘了出来。她不太相信镜中的人是自己，她想难道这就是传说中的老？除了肤色蜡黄，眼眶黑青，各处皮肤纹路的痕迹格外明显，除了白发疯长，头顶开始稀疏，脸颊两边长出两条向下的法令纹，并附带上面颊的赘肉，而嘴角唇线的上方，又残忍地布满细细的褶皱，还有，最最不能接受的是那张脸，看上去浮肿，而浮肿的皮肤又是松弛的。

每每这时，她都无法将镜子里的人与自己联系在一起，她不停地问："我真的老成这样啦？"

镜中人默默地看着郁寒雨，似乎冷笑了一声，说："这还需要回答吗？"

这让郁寒雨心中一寒，可是又能怎样呢？老就老了呗，接受吧！面对吧！经过一段时间，她试着慢慢接受，而一旦在心里承认了这个事实，郁寒雨就没那么难受了。

事实上，她心里老早就接受了这一现实，老了的容颜，已无力回天。自己接受自己老了，本来也没什么，可是郁寒雨发现一个事实：女人老了，就被忽略了，或者说是不受待见了，再也没有充满生命力的目光打在你身上。更现实的是，有差事的时候，人们就会想到你，觉得这是你应该做的，而一些美好的浪漫的事，你又只能充当看客，这里边没有你。

当然，郁寒雨心里特明白一件事，自己如果不是人老珠黄，谢一民会几个月不回家一次？而且即便回来了，常常一进家门人还没站稳，便开始安排回程，或者在家的时间里，排满了大大小小的事情，见枫城该见的人，象征意义地去拜访岳父岳母，去妹妹家看自己的父母，这些程序一完，他又开始马不停蹄地赶往他上班的城市。

他扔在家里的脏衣服，倒是把他的气息留存下来。

十几年了，他们夫妻一直分居。过去，夫妻两地分居，是调动工作的一种理由，而现在的调动，又总是把正当年的夫妻生生拆开，使他们过着牛郎与织女的生活，不知道这是出于一种什么考虑，是想让牛郎方便，还是想给织女自由。

要说夫妻关系，在最初的那几年里，谢一民与郁寒雨的关系还是不错的，虽然谈不上是很黏的那种，但眉目里也是有情意传达的。可是时间与距离会麻木人的神经，不知不觉中，一些表情不见了，郁寒雨想起来，要去寻找时，已无力寻回。这世上，只有这个东西，消失了，就找不回来。

而事情变化的源头，应该是在谢一民去外地挂职开始的。其实，在车程距离越来越远时，郁寒雨心里已经有了害怕，并且明白，他们的关系迟早会淡。郁寒雨曾向谢一民的领导抱怨，本来日子好好的，为什么非要让一对夫妻分开？而且还要把他弄到那么偏远的地方去，单程坐车四个多小时，而郁寒雨是个一坐汽车就晕车的人，探一次亲，就像病了一场。刚开始挂职的头两年，他回来得多一些，儿子中学期间，他尚能坚持一个月回来一次，而儿子高考后，他也基本上是两个月回一次家。其中，有很多原因，并不是他不喜欢她，或是不爱这个家。不回来，是不想遇到故旧熟人。而郁寒雨又不想过去。因为坐车遭罪，一路上排山倒海般地呕吐，如此这般到达，等待她的也是乏味的时光。因为通常她去了，他也不一定有时间陪。在那边待着，很有可能也是一个人待在房间里，想着这是干吗呢？何苦呢？所以就更不想去了。他们之间唯一的联系，就是每晚睡前打个问候电话，说说关于儿子的、双方老人的一些事。

郁寒雨想起去年秋天，在同学方正芳的博客上，看到一段话，吓得嗓子发干、周身流汗。方正芳是枫城大学小语种的教授，她丈夫石在峰大学一毕业就混在政界，一路春风得意，周围对他的仕途一致看好，可是在某一天，在看不出任何端倪的情形下，他被几个面容严肃的人带走了。石在峰很早就在高级别岗位上任职，好像做过两三个市的一把手。特别是在还没有抓作风建设的时期，在那种风气之中，想要出淤泥而不染、濯清涟而不妖，似乎成了奇葩成了怪物。郁寒雨至今还记得方正芳的一些话，隐在她平日喜欢去发呆的地方，如湘江的江心岛、破败的古镇、荒芜的果园、江堤上的长凳，隔几天，她会发几张图，图总是格外有意境，偶尔配上一些文字。但有些文字分明是文不对题的，是她的自说自话。很显然，出事之后，所有人都避之不及，她肯定是一个说话的人都没有，她只能以这种方式来说。而她的博客，浏览的人不多，无一人留言。但很有些话，看了就难忘记，还有些扎心，郁寒雨觉得她在那些安静的风景下，毫不掩饰她的心情。

譬如她在一张江边冬天芦苇地的照片下配文：

很惊讶自己，怎么不会生气了。应该要生气呀。今天他们让我过去，给我看录像，我很平静看完，然后他们看着我，我也看着他们，对峙了好几分钟。也许我该说点什么，可我觉得说什么都无聊。这些我早想过了，他是个正常男人，长期远离家庭，身上又附带着权力的光芒，各种投怀送抱，俯拾皆是。非圣人，抵制很难。所以，看录像时，我看到的是权力的悲哀与丑陋。

譬如她在一张野鸭子在江水中嬉戏的照片下配文：

假如，当初我们坚持在一个城市工作，那么，生活的图景就是这般模样。没有拒绝异地分居，最终的结果是分隔得越来越远。从前，有一种人性的关心是解决异地分居；现在，有一种权力的追逐是制造异地分居。

譬如她在一张冬天的葡萄园全景的照片下配文：

接受世上的荒凉，你的内心才不冰凉。有时候觉得发生的一切，是有导演在引导，是有人在挖坑，等着那些看上去有所抱负的人去演绎。有些政策漏洞太多，好多事情没想清楚就行动，一些建设、拆迁过快过急，激起的民众矛盾，在黑道白道之间，滋生起看不见的黑幕，人稍不清醒，就会掉进坑里。

譬如在一张夕阳照在江堤长凳上的照片下配文：

夕阳下，这张凳子上只能坐着一个孤独的人影。这些年，其实也是孤独的，他的圈子自己一直在远离。今天，他们又叫我去那个地方，我很坦然，他的事，我真不清楚。我有权保持沉默。不过我心里清楚，这一切都是虚荣所起，虚荣到极致，便是虚无，而虚荣又是从原罪开始的。生而为人，不是东窗事发，都难以清醒。此时此刻，仍有成千上万的人在为那个虚荣赴汤蹈火。

…………

每次看方正芳的博客，郁寒雨的心就怦怦乱跳，一段一段的话，像有感而发，又像心灵自语，可是，有时却看得郁寒雨毛骨悚然。方正芳因为成绩好，在学校就是一个霸气的主。郁寒雨有一天在超市见到她，七分长的布裤子，一件T恤，头发随意绾个髻，一张素脸蜡黄无光，她低头在她所要选择的商品上，没有一点多余的目光给旁人，她的姿态是在拒绝她过去的任何熟人及朋友。郁寒雨在一旁呆愣了一会儿，就放弃了与她打招呼的想法，是啊，打招呼后，说什么呢？问她过得好吗？人家怎么回答呢？

事实上，到了这一步，问什么或者答什么，都避不开虚假，而且一旦开始，这假便要延伸，感觉这世界都是充满恶臭的假惺惺。现如今，方正芳知道她与所有人的交往又回到了起点，除了亲人，她只是一个人，周围的人都是陌生人，他们在她危险的时候，连一根稻草都不是。

郁寒雨在那一刻是理解方正芳的，而且，她也想过未来的某一天，自己也许也会像她一样，要承受各种莫名的压力。在当下，如果家里有人混迹政界，作为家属，特别是平常并不关心他的具体工作的，不自觉地会有一些担心，会想某些人的今天，会不会是自己的明天，尽管不事到临头，谁都觉得这事离自己很远。所以，那天郁寒雨从心里同情方正芳，但她却没有靠近她，只是在心里祈祷她一切安好，希望她的日子平平静静。

从麦德龙出来，郁寒雨把车直接开进老干所。父母的家，在一栋四层公寓的二楼，保姆正在等她回来吃饭。饭吃到一半，小奉又打来电话，依然是很紧张的口气，郁寒雨听着，然后说："小奉，没有消息就不打我电话了，如果那边需要我，你再联系我。"

电话挂了，那口饭菜还含在嘴里，可是郁寒雨却吞咽不下了。她担心谢一民，虽然他们夫妻心的距离相隔甚远，但却又注定了打断骨头连着筋，永远都是一荣俱荣、一损俱损。事情无论发展到哪一步，郁寒雨都准备断掉与人联系的所有方式——电话、微信以及从前用的QQ，她内退一年了，基本不去单位，如此这般，她便是个与世隔绝的人，她的世界只有医院里的爸爸妈妈，每天需要她奔波的，是他们的一日三餐。

郁寒雨想这世上没什么大不了的事，如今在她眼里只有生命最重要，尽管这生命已进入尾声，但也是鲜活的，郁寒雨留恋这种鲜活。看父母以独特的方式衰老着，虽然心是痛的，却开始蔓延着满足，觉得不管父母成啥样子，只要在眼前，便是好的，日子就踏实安稳了。

所以，这几天外边的大风大浪，郁寒雨一点都没感觉到，她每天往返在家与医院之间，眼睛里只有一群一群的人，她近距离挨着他们，或者还穿行在他们之间，但隐形的距离放大了陌生，在这些场所中，这些人仿佛来自不同星球，他们茫然相对，彼此视而不见。人与人之间，不知道从什么时候开始的，都躲着对方，都不想别人看到自己，特别是内心，被包裹得严严实实，大家仅仅是在一个大大的空间一条条长长的平行线上，而心与心的距离，其实是相隔了好几个宇宙。

郁寒雨心里觉得谢一民没什么事，那天与小奉说了，她就此关机，有什么事打奶奶家的座机。这些天，郁寒雨一有空就盯着那部电话，这电话在这个家里，几乎都快成摆设了。从前爸爸妈妈都是通过这部电话与她们三姐妹联系，如今他们自身难保，女儿们早就不要他们操心了。这几天，她关了手机，这电话倒响了几次，那是二姐郁南霜踩着点打来的，她在美国的土地上，象征性地问候了一下爸妈的身体，并责问她为何关机。

“手机被偷了。”郁寒雨早想好的话蹦了出来。

“那赶紧去买一部，没手机多不方便。”郁南霜念叨。

“蛮好的，清静。”可是她嘴里却不是这样回答的，她说：“是要买的，可腾不出时间呀，这几天李姐休息了。”郁寒雨口里的李姐是妈妈家的保姆，在这个家做了七八年，一个月休息四天再加上一些零星节日的请假是必需的，这些时候都是郁寒雨顶上，可是这些她从不说，她想姐姐们未必不知道。

很多事难道一定要说出来吗？

所以，郁寒雨与郁南霜的话题总不在一个调上，说着说着，郁寒雨觉得再亲近的人，慢慢地也会变得疏远，张嘴竟然都是些应景的词儿，说话间，双方都有些心不在焉。

事实上，这些天，每次电话响时，郁寒雨都以为是小奉的电话，可是一听，郁南霜的声音直冲过来，她便心里不自觉地长舒一口气。她不知这是什么心理，其实她是想听到小奉的声音的，可如果小奉的声音真的在耳边响起，她的慌乱肯定掩饰不了。

这样的日子，郁寒雨觉得她的周围有一双手，在不停地掏走她所有的精神与气力，她行走在地面，好像仅仅是一个壳。这天傍晚，她神情惶惶，提着不锈钢的保温桶，走进妈妈病房。

郁澍陪着外婆坐在床沿上，脸上居然是一副乖模样，这让郁寒雨的双腿突然就钉在了地板上，心跳声铮铮回响，母子在病房里猛然对视。郁澍长变样子了，穿着得体，可是郁寒雨无暇细看，她的眼泪嚯嚯地暗涌，刚开始她想尽量忍住，她不想当着妈妈的面流泪，可是她走了几步，还没说两句话，那些眼泪、那些情绪，在她身体的某一个部位，被重器划破了一道口子，这些天背负的压抑、委屈、难受，都从这个口子里狂奔出来。郁澍似乎看到这股洪流，他起身，弯腰环抱妈妈，“呃，我不对，妈妈，事先没通知，突然回来，吓了你一跳。”

儿子的环抱，像一根导火线。

郁寒雨在那一刻，索性就任性起来，她情绪失控地号啕大哭。哭声在病房里凄厉回荡，以至于老太太皱起眉头。她驼着背，冲到郁寒雨面前，疾言厉色地嚷起来：“小雨，你这是抽的什么风？儿子回来了，哭个啥？”

郁寒雨此时根本听不到亲娘的数落，依然有一搭没一搭地呜咽，眼见着缓和了，一抽一抽的，伤心又涌了上来，哽咽得更凶了，眼泪鼻涕全擦到郁澍的T恤上，好在郁澍的臂膀也还厚实，完全能让战栗的母亲找到依靠，情绪慢慢平复。

“小雨啊，你只怕像你爸，也癫了，儿子回来了，高兴才是，哭么子哭。”妈妈在一旁絮絮叨叨，还一个劲地翻白眼。

郁澍抱紧妈妈，拍抚着。

他懂妈妈。妈妈不是一个轻易哭的女人，肯定是压抑太久了，这场哭她憋了好久。

第六章

郁澍在医院抱住哭泣的妈妈时，差点就崩溃了，妈妈是受了多大的委屈，才会不管不顾地号啕？如果压在她心里的稻草再加一根，她会不会直接疯掉？妈妈从见到他的那刻起，就紧紧地拽住他，生怕他又突然消失，他小心翼翼地陪在左右，同时揽起了家里平常压在妈妈身上诸多的家务事，比如去医院送一日三餐、去超市买菜，有时妈妈也陪在身边，她还是老观念，怕郁澍做不好。

外婆接回来了。

她一回家，照样要打开电视，报纸每天都会翻一遍。只是近来，她变得不怎么唠叨，望着郁寒雨眼睛眨巴两下，一副欲说不说的样子，而郁寒雨像是没看到，不去接她的目光。郁澍回来后，他们母子住回自己的家，外婆跟保姆李阿姨住在老干所的家里，郁澍负责去医院给外公送中晚餐，妈妈郁寒雨一下子轻松很多，可是她看到凌乱的家、窗台上枯死的盆栽、凉台上乱七八糟的杂物，突然就心生愧疚，觉得到底是自己不好，没有把家经营好，没有抓住丈夫与儿子的心，以至于他们才不爱回家。

没由来地，有股子内疚的情绪奔涌而来，而这个情绪的具体表现便是在家里马不停蹄地捡场收拾，清扫灰尘，旧的废的物件该扔的扔，窗帘桌布该洗的洗，一收捡，家立马就没了衰败味。而妈妈更怀念这里曾经有过的勃勃生机，于是她走进花店，买回若干盆栽，绿萝、铜钱草、碗莲，还买了多盆兰花，如兔耳兰、纹瓣兰、飞燕兰和云南火焰兰、流苏贝母兰，妈妈是兰花迷，她之前在家里养了十几二十盆兰花，因为长时间没回家打理，几乎都干枯了。兰花是要人陪伴的，在夜间时不时要扯扯露水，白天要晒一小会儿太阳，但又不能暴晒，还有土质，不能太干，也不能太湿，一盆兰花想要长得好，肯定是要费心思的。搬来搬去是必须的，这样兰花才会定期发新芽长新苗、抽穗打苞，才会生机勃勃。

此时从花店搬回的花正盎然竞放，美得人的目光不经意一眼又一眼望过去，这样子坐在家里，她突然极其满足。家就该是这个样子的，有自己用习惯了的日常用品，几件衣服、几本书凌乱地放在沙发与椅子上，几盆鲜活的植物摆在恰好的位置。人在这样的空间里，来回走动，或坐或卧，怎么舒服怎么来。

只是这几天的捯饬，体力劳动来得过猛，这天早上，妈妈躺在床上想起床却怎么也起不来，郁澍要打120，郁寒雨知道是腰出了状况，自己躺在床上，慢慢蠕动，痛感开始遍布周身，先是腰，后是整个背部，处处是痛点，起床后，由郁澍陪着去医院检查，腰椎间盘突出，再加上筋络不通，寒湿气重。于是做理疗，不但不见好转，倒是愈来愈痛，到最后一走路，腿瘸得厉害。

再去医院，医生说得做个手术，在腰椎上敲几个钉子进去。听到这个建议，郁澍心里吓了一跳，他冷静地听医生的分析，听他讲利与弊，关于手术不成功的后果被医生无限放大，所以，做与不做，听上去都让人恐惧与纠结。

他问妈妈，是否手术？郁寒雨说，听儿子的。

这句话让郁澍没有退路，只得在网上查找资料，去问做过手术的患者，或者请人去问这方面权威的学者，当然，到最后还是要自己来选择。他在想，如果妈妈不把这个问题抛给我，那我只要执行妈妈的决定，万一有个闪失，自己可能不会有这么大的压力，甚至不会愧疚。这样一个手术，郁澍想找个人一起商讨决定，可是旁边除了妈妈，就没有别人。

这一瞬间，他想到了爸爸。这本来是爸爸决定的事。当然他仅仅只是想了想，爸爸这个人影子就退离消失了。他不敢去想他，他不想给他多余的牵绊。他只想他心无旁骛，安安静静，度过他人生的劫难。

郁澍离开古罗村两三个月了，一直没有停歇地往医院跑，每天来来回回好几趟，人往这里走，多是无奈之举，但凡有办法，都想从这里绕道而行。可是郁澍不能，这里有他的妈妈要他照顾，有他的外公等着他送饭，他从小到大，第一次明白责任，责任原来是一件一件必须去做的事，而且还推托不了。

郁澍依稀记得外公还不是太老时的神态，他从前经常带着他，去见他的老同事老战友，出门他会交代，见人叫爷爷，当然叫他也必须叫爷爷。外公见到那些与他有同样经历的老头子，总是嘻嘻哈哈笑个不停，他会得意地告诉他们，他这个外孙随他姓，然后把郁澍抱起，把他的老脸与郁澍的嫩脸并排陈列，对着众人喊："你们仔细瞅瞅。"他眨巴着眼睛，继续说："跟我姓郁，是不是没错？"

两张脸一比对，相似程度高达百分之八十。这个事实一直让外公心花怒放。

其实，从人类的遗传说分析，这是一个极其正常的现象。女孩一般长得像爸爸，男孩长得像妈妈，也就是说郁寒雨长得像她爸爸，而郁澍长得像妈妈，溯其源头，郁澍长得像外公就一点都不奇怪了。

外公郁黄是天津武津人，他经常会带着浓重的家乡口音在战友面前吹牛，说当年那小子想跟我闺女好，我就把话撂前头了，不反对，但结婚了，孩子随我家姓。哎，你们说，我是不是有先见之明？要不试想一下，这孩子长得这么像我，却姓着人家的姓，多别扭呀。

众人笑起来，也有老哥打岔，说你郁黄南下干革命是怎么革命的？怎么是这个思想？姓氏重要吗？姓氏就是个符号。这话呛得外公半天不作声，是啊，很多大道理只是供人在台上讲讲的，真正关系到自己身上，心里的小九九会驱使他们绕开大道理。打小，郁澍就听见外公他们那一帮老伙计小孩一样地争论不休，可是他还是能感觉到外公的得意。

他喜欢他。

外公经常牵着他的手，带他走这儿走那儿，甚至一年一度的老干疗养，他也要带上郁澍。

那个时候，外婆并不喜欢跟着外公，可是休假疗养，外公一个人肯定搞不定郁澍，郁寒雨也不放心，所以外婆只能陪着。而外公的这些任性行为，日后给大姨郁热风、二姨郁南霜留下口舌，同样是女儿，干吗只帮郁寒雨带孩子？她们没有想过，小孩子一生下来，遇上的人，有投缘之说。如果一个孩子，第一次见到一位长辈，他咧嘴就笑，还笑得咯咯直乐，那这位长辈一定会在心里更亲近这个孩子，会在众多孩儿中对他多一些疼爱，这是人性决定的，阻挡不了的。况且外公是从战争中走过来的人，骨子里任性着，爱谁不爱谁，他从不掩饰。

郁澍曾经也想过老这件事，可是那天在医院，他们一家人来到外公病房时，外公正在与他的陪护生气，他趴在桌上耍横。郁澍站在门口，不敢相信这是他最亲的外公，所以张嘴喊他“爷爷”，一声又一声，直至他抬起头来，他望着郁澍，眼睛里没有聚拢的目光，但他又回了话，呆呆地问：“你叫我吗？”

“爷爷！我是郁澍！”郁澍大声提醒，可是这位要他叫爷爷的外公，在他的世界里已经没有郁澍了，所以，这个时候他只是望了望他，又趴回桌子上，当然，他在瞬间也忘了还要跟他的陪护生气。

郁澍不敢相信这是外公，当年在家里说一不二、威风凛凛的郁家老大，外公整整缩小了一圈，一件衬衣穿在身上，空荡荡的，特别是目光，从前的炯炯有神，成了现在的飘浮不定。

外婆说外公，人还留在人世，精神却已去了另一个世界。但郁澍还是不明白，自己盯着他，他的目光偶尔打过来回望，四目相对，惊慌的是郁澍，他没有想到自己会提前慌乱，而且会忍不住移开目光。移开目光，眼睛竟然就酸了，接着视线模糊，接着有泪水不听使唤地静静流淌。

这天他们不小心又凝视在一起，外公冷不丁嘻嘻一笑，“你的眼睛里进了水。”郁澍只好仰起头，把外公嘴里说的水倒回去。人都要老，谁都无能为力，像外公曾经扛着枪，南征北战，也算是叱咤风云，可是岁月这把刀，照样不会放过他，即便留着他好的躯体，却收走了他的灵魂。

外公的模样，让从不去思考未来的郁澍开始害怕未来，他怕有一天，他的爸爸妈妈也会是这个样子，同时他想到了自己，想到蓝青林，而人之所以可以走这么远，是大部分人会回避未来的种种细节，因为一旦思量细节，人便会失去勇气，总会怀疑眼前的日子。他觉得在英国，他多少沾染一些浪荡习气，他是遇到蓝青林后，才想着要停下来。

第一眼看到蓝青林，就想着要住到她心里去，又怕她眨眼间会消失在茫茫人海，他再也寻不回来。于是在古罗村，在蓝青林的“古罗旧事”里，他死皮赖脸地黏着不走了，他要守着这位一直在店里忙碌的姑娘。至此，他走上了一辈又一辈人走过的路，他无法预知自己是否可以走出新意，但有一点他明白，他没有退路，必须前行。因为自己有了孩子，西沐与正在蓝青林肚子里成长的新生命。

因为这些小生命，他心甘情愿放弃自己过去喜欢的特立独行。

在枫城，郁澍不敢去想她们。

他知道蓝青林有他没他，一样能把日子过好。可是这里，刚动过手术的妈妈、痴呆的外公、年迈的外婆，他们每个人都紧紧地往他身上靠，他没有抽身离去的可能性。好在妈妈的身体一天一天在好转。他在自己家、外婆家、医院里外公与妈妈的病房，这几个地点之间来回奔忙，没有时间再去想其他。

其实他本是冲着那件意外事件回来的，没想到，回来之后，被琐碎的家务耗上了。他本想跟妈妈说他的婚姻，让蓝青林来承担一些，然而仔细一想，这对她是不公平的，她虽然是他的老婆，但生生地把这些本与她无关的事加在她身上，除了不公平，还很无理，再加上她还怀有身孕，西沐与“古罗旧事”需要她照看。所以，有几次话到嘴边，他又咽了回去。

这些日子，与妈妈在一起，久别重逢的味儿很浓。以前从没想过妈妈会老，现在眼睁睁地望着她已步入老年，在这个过程中，他与爸爸都不在，以至于她的老以迅雷不及掩耳之势，来势汹汹。每次望着妈妈的脸，郁澍就想把头扭转过去，妈妈薄薄的眼睑上竖起了道道刀痕，当然这些刀痕是岁月砍下的，只是郁澍不知道是什么时候砍的，还有嘴角，细纹四处都是，这些细纹像蜘蛛网一样，蒙住郁澍的心，不敢动弹是本能，而试着用手抹开也是本能，可是这样却越来越糟，细细的蜘蛛网已粘连到血肉里，手指一抹，细网便浸透进去。

世间的无能为力正在蔓延。

郁澍不敢看妈妈，还有另外一个原因，他怕与妈妈四目相对时，她会突然谈起爸爸，其实，郁澍心里明白，妈妈也在刻意回避，她不敢面对。不敢面对，并不代表就不去了解。郁澍通过小奉，找到爸爸从前的秘书与研究室给爸爸写材料的那些人，当然是个别与郁澍见面。每个人都很谨慎，说不出一个所以然，说的内容也都是一些猜测，各种传闻以各种形式灌到郁澍的耳朵里。而郁澍能做的，只是坐在人家对面，装出一脸的冷静，用很不经意的表情，听别人说话，对方怎么都没有看出，郁澍是在一个字一个字地听，生怕漏掉任何一个细节一个字眼。

只是听完后，他常常要呆坐好久。唯独有一次，一个叫李汛的人，陪着他一支烟一支烟地抽，也不言语。

他是要独自去消化，然后，去判断，去试着理解的。人生就是如此，走上一条道，便有这道上的规矩，郁澍一个人的时候，便会陷入瞎想，想着想着，多数时候，就开始同情爸爸了。

作为男人，他不该把仕途作为自己的抱负，那是需要品德与智慧、需要能力与魄力，还须忍辱负重、明辨是非的，更要在某种时候糊涂无为。在这个地方，人一精明，那些比你精明一百倍的人，立马出现，明枪暗箭的，那些枪箭飞杀过来时，周围仍是云淡风轻、阳光明媚的样子，但又绝对是暗流涌动、杀机四伏。在某个地方，是可以听到鲜血流淌的汩汩声，却寻不到刀剑源自何处，而冷风阴阴的，若有若无地还是会吹来。

郁澍脑袋里的逻辑宛若陀螺一般飞速旋转，他似乎捋清了一些，但又深陷其中，有四面是壁的困扰，这些错杂交织在一起，理一根，带一把，最终是越理越乱，每每这时，他长舒一口气，庆幸自己还好没有去步爸爸的后尘。他感觉到做一个自由人，对于他来说有诸多的好，像自己画个画，写点让自己高兴的东西，精神是独立的，身心是自由的，郁澍觉得自己作为人，是活得奢侈的。

郁澍想到了自己的职业，这是他至今都没有与任何一个人说过的，他其实是个网络作家，粉丝少说几百万，月收入在十几万到二十万之间徘徊。当然蓝青林是知道的，因为只有她知道，他关在房子里没日没夜地写，为了疯补拖欠的更新。他的那些粉丝像吸了他放的毒一样，每天都要上线。而他就是个高级奶妈，定期挤出五千字容量的安抚奶。因为没有这口安抚奶，粉丝们便像婴儿样，不讲任何理由地大哭大闹。

四年了，他被他亲自培养起来的粉丝彻底绑架，他想发牢骚，却不敢发声，他的粉丝是他的衣食父母，他必须脑洞大开，用出各种招式，讨好他们，吸引他们。

他的日子处在爱恨交织之中。

当然，最初他肯定是没有这个级别的，他从一个菜鸟，写到开始接近大神级别，他必须大量阅读，时时处在烧脑烧心的状态。他一直说自己被逼行走在铁板上，下边有粉丝们热情的火焰，稍稍停顿，便会火烧火燎，唯有不停地奔跑，脚下才不会有火烤的疼痛。

有时候，郁澍觉得他是在提前透支自己蓄存的智慧与体力，他害怕透支完了，还得偿还，用另一种形式一点一点地吐出来。

这次回枫城，好在他在古罗村提前写了几十万字，每天自动更新。可是过了一些日子，郁澍心里就开始长草了，总感觉谷仓里没粮了，这种发慌就像有人在用器皿掏心刮肺。所以，在枫城，在妈妈家自己从前的房间里，郁澍必须回到他搭建的世界里，去统领那些人物，去把控时局，去制造千疮百孔，去营造千回百转，这是他一个人的世界，他只管敲打键盘，由文字拼凑出来的时代、场景、人物、事件、情绪跃然而出。

关在房间里郁澍是戴着耳机的，他不想有任何外界的干扰，所以，妈妈郁寒雨再怎么喊他，他都听不见，他沉浸在他的玄幻世界里。

那是个没有朝代，只有江湖的世界。人们来去无踪，四处穿越，横的除了地球，还可去别的星球，去月球是老土，宇宙之大，小说中的人物怎么耍野都行。纵的呢，从冰川到石器到原始时期，以及任何朝代，你都可以去留下足迹。有足迹就有故事，就能噼噼啪啪落下一堆文字，让粉丝们追随。

当初，写这些，郁澍是无聊的，他真没想到，居然有很多人也像他一样无聊，要追着看他写的无聊文字，开始他想不明白人们为什么喜欢，是不是现实太乏味了，人们都想躲避，便躲到他的小说里来。不过这也不对呀，他的粉丝年龄偏小，中学生大学生为主，这是一个喜欢天马行空的年龄，过了这个时段，这些人成长了，回头再看，可能会觉得这些文字都是狗屎。郁澍有时在心里呵呵，管他呢，反正是讨口饭吃，我又没有逼你看，是你自己追着要看的。

一个愿打，一个愿挨，你情我愿。

当个网络作家，最让郁澍满意的是自己能经济独立，这种写作比传统写作赚得多得多，尽管自己的作品时刻被他们笑话，但事实胜于雄辩，郁澍能赚钱养家，能让自己过上不错的日子，传统作家说什么，郁澍都不会在乎。但郁澍一直明白，这种写作是不会长久的，首先它拼的是体力，有一天自己肯定是会写不动的，另外，自己的粉丝迟早要长大，而一批又一批新的写手唰唰地冒了出来，自己的想象力绝对跟不上刚出来看世界的这批小屁孩，所以，自己迟早要回归，回归现实中，实实在在地生活。

但郁澍知道，他必须趁着自己脑袋里的想象也还新鲜，趁着自己体力不错，趁着自己思维有着恰当的柔软度，趁着自己能包容甚至能吸收各种怪异的思想与行为、很多见怪不怪的事情时，使劲写，他要赚下属于他的第一桶金，为自己的下半生打好坚实的基础。所以，郁澍自从涉足这行以来，从来没有给过自己偷懒的借口，他的生活里最重要的内容就是码字。

好在如今网络作品产业延伸迅速，一部作品成功之后，可卖影视版权、动漫、游戏等，五花八门，郁澍还没搞明白，钱就打到他账上了。刚开始郁澍拿着这些钱不知怎么用，写作的人本来就很宅，在家除了敲字，便是吃喝拉撒与睡觉，钱根本花不出去。偶尔掌管网文的平台会召集处在某个级别的写手开会，开会的地点自然是风景名胜区，大家一起游玩，一起吃吃喝喝，聚在一起，大家自我介绍，听得郁澍的嘴巴都合不拢，惊讶得不得了。

从网文种类的奇葩，可以知道这世界的奇葩。这些网文种类，一般人想都想不出，却被粉丝热捧。譬如穿越、譬如玄幻、譬如宫廷、譬如修仙、譬如武打、譬如都市、譬如职场、譬如言情等，而又譬如言情里又有一种宠文，就是写怎么追女孩，怎么用各式方法去宠爱她，这种看似是小说的无聊文字，偏偏有一类人就受用就喜欢，粉丝成千上万，你说无聊，人家的点击率畸高，而这个社会，就这么现实，有点击率，就会有金钱。而这个世界，很多东西，都是因金钱而生，有金钱就有供应，才不管那么多无聊与浅薄。

写这类网文的人，虽然不是人才，却是奇才，至少他们用他们的想象征服了成千上万的人。单纯的故事，单纯的讲述，单纯的语言，但他们的能耐是制造闻所未闻的场景，他们能在某个瞬间把读者不由分说地直接吸住，然后用“欲罢不能”这几个字，焚烧他们。

他们是在网文里制造吸引力的高手，生活中，他们其实活得无聊又无趣，对于自己的写作，他们多数都觉得好笑，而这样几个人天天黏在一起聊天，聊着聊着，便发现这个天聊不下去了。

同一起跑线写作的人，对方的作品基本不会去看，相互聊作品，肯定没的聊，聊自己的写作未来，大家肯定会缄口不语，这个话题敏感，写作的人有时会怕同行是个小偷，在不小心的言谈中偷走了自己奇妙的构思或者写作的题材。

寂寞惯了的人突然待在一起，又想热闹，这个热闹除吹牛还有喝酒，可酒这东西对于他们这个年龄的人，还没达到好这份上，喝着喝着，也喝不下去了。有人喝一点点就趴下，有人喝了一点点就颠覆了他平常的形象，所以，大家对酒敬而远之。说到底，他们还是太嫩，只是在网文里写写江湖的嫩仔。

他们在网上神交已久，尽管网名都是些妖啊，精啊，孽啊，魔啊，仙啊，幻啊，玄啊，神啊，皇啊，在现实中，他们其实就是一群乖孩子，以 80 后、90 后居多，干干净净的，与妖魔鬼怪沾不上一点边，所以他们以真实的面目聚在一起，就有了单纯的愿望，想长时间面对面。

这似乎是个难题。

不是热恋中的人，长时间面对面，那肯定尴尬无聊，而如果用一种娱乐方式来维系，那又妙趣横生了。

于是他们找到了父辈的交往方式，几个人关在房间里，以纸牌、麻将的形式进行实战，几个人对坐十几个小时。他们通常有他们的规矩，只与同一写作级别的一起对战，原因不用言说，除了有将相良才、棋逢对手的心态，更有经济的原因，大家的写作收入相当，打起来没有压力，在这个过程中，有进攻与防守，有憨厚与狡黠，有忍韧与急躁，偶尔还有人品的高低与贵贱，一切都在不言之中。

他们不善与人打交道，是一群还没来得及学坏的人，所以他们玩任何牌都不精，全凭手气。当这种叫钱的东西进进出出时，一方面觉得自己在堕落，已成为传说中的赌徒，另一方面自己的某根神经不自觉地陷入亢奋之中，刺激、冒险、期待在血液里井喷，一次一次的诱惑，总是欲罢不能，最终结果以被打得伤痕累累还不明白怎么回事而收场。

所以，有时一次笔会下来，郁澍会输掉半个月甚至一个月辛苦码字的收入，可是，郁澍却在瞬间通透了，淤积在胸中的恶气彻底清除，心又可飞翔，人又可蹦跳，那种放松不可言说。他知道自己又要出发了。他调整好状态，以最快的速度坐到电脑前，任思维辽阔，任激情四溢，而自己敲击键盘的手一直在飞，有时候郁澍都不明白，这是怎么了，人怎么可分裂得这么厉害！

妈妈的腰椎好得差不多了，郁澍给妈妈请了阿姨，除了能对妈妈有很好的照顾外，他希望家里多点人气，而且妈妈的那些兰花一会儿要阳光一会儿要阴凉，得搬来搬去，这些活儿，妈妈已经做不动了。此外，郁澍还请了一个人，专门去医院给外公送饭，而做饭就由妈妈这边与外婆那边轮流承担，这样外公可以换换口味，也可缓解负责做饭人的压力。对于郁澍的安排，妈妈郁寒雨予以默认，她在心里承认，儿子是长大了，特别是当郁澍坐在她对面，郑重其事地说：“妈，你别担心钱，如今我挣的钱够你怎么花都行。”郁澍怕妈妈担心，抛给她一个定心丸，但妈妈脸上立马有了惊悚的表情，她说：“儿子，你没做坏事吧？”在妈妈的思维里，只有做坏事，才可以赚到大钱。

“你放一百个心！”

“你做什么呢？你的画，值钱？”妈妈猜测。

郁澍呵呵笑了，“差不多啦，反正你儿子能赚钱。”

郁寒雨还是不放心，“你赚的钱，与工程，与项目，与打你爸爸的牌子，没关系吧？”

“妈——你们嘴里说的项目呀，工程呀，我全不懂，我真是靠画画、偶尔写点东西，赚来的。”郁澍含含糊糊地，他想解释，可又不想告诉妈妈真相。

郁寒雨将信将疑。

“我先打给你50万，用了再说。”这下郁寒雨更加不相信自己的耳朵，她呆愣着，望着郁澍。

“我知道你有工作有工资，但用儿子的钱，感觉会不一样。买你喜欢的兰花，去做做美容，买些漂亮衣服，甚至可以出去旅游旅游，你旅游时，我保证第一时间赶回来照顾外公外婆。”

郁寒雨看着郁澍的嘴，眼睛随着他的话语，晶莹起来，只是一会儿，一张脸又暗黑下去，郁澍清楚地听见一声重重的叹息，房间里顿时落下寂静。

郁澍知道妈妈想到了爸爸，他前途未卜，凶险重重。

2

第二部分

第一章

麦含芳不想回古罗村。却终究没有经住外孙女蓝青林一个电话又一个电话的纠缠。

电话里，蓝青林喊一声“外婆”后，便是一阵寂静。然后，麦含芳在话筒里只听见她的喘气声，接着，就是她微微地抽泣，麦含芳似乎看到了她的泪淌得满脸都是，于是急得趴到桌前，一个劲地往电话里送安抚的话，安抚的话吧嗒吧嗒说得急，便不记得自己不想回古罗村的事，只顾着嘴巴痛快，“外婆过来陪你，青林不哭。”这话刚蹦出来，电话那头传来蓝青林的坏笑，“外婆，你说的，要来古罗村，不许反悔！”

麦含芳怔了怔，她忘了这个外孙女从小就鬼，想了想，她一个人带着西沐，自己马上又要临盆，身边没个亲人真不行，刚刚电话里虽然听到了青林的笑声，可是仔细回味，笑声里匍匐着哭的气息，湿答答的。

麦含芳叹出一口长气，这孩子从小黏她，自己老是因舍不得她而为她操心。在麦含芳眼里，青林什么都好，就是在情感上有些任性，而且极为固执，认定了，几头牛都拉不回来。那天，蓝青林打电话过来，三言两语地，就告诉外婆，她结婚了，生下一个女儿三岁了，现如今肚子里又有一个，快生了。

当时，麦含芳心里一惊，这丫头离家出走好些年，与家里几乎不联系，突然一个电话，便说她结婚生子了，而且也不说自己的结婚对象是谁。这要是让她的娘姚小瑶知道了，那还不气得吐血。在电话里，麦含芳答应替她保密，但心里又似乎有东西在戳，酸酸楚楚的，这孩子是在干吗，为何不晓得疼惜自己？唉，年轻人就喜欢一意孤行。她心里嘀咕时，蓝青林告诉她，这几年她哪儿都没去，一直待在古罗村。她突然想哭，这个孩子，干吗呀，一直以为她在外边闯世界，结果她比老人还老人，偷偷回到村庄，过上那种与世无争的闲日子，她的念想呢？按现在年轻人的说法，她的诗与远方呢？

麦含芳不能想象蓝青林在古罗村的日子，可是她已在那儿生活了好几年，莫非找的人是村里的？这样一想，麦含芳头皮一炸，脑袋里爬进了蚂蚁，麻麻热热的，细密的针刺感在快速流动。

当年麦含芳带着蓝青林常去古罗村住，那个时候，她的大哥二哥三哥都还健在，父母坟上还冒着热气，他们兄弟姐妹常常会去扫墓，围着墓地说东说西，躺在泥土里的父母似乎能听见，大哥麦望秋扯着墓堆上的杂草，二哥麦望雨用锄头松着土，挖着沟壕，三哥麦望春陪着妹妹麦含芳闲坐一旁说家事，在麦家，不管麦含芳嫁出去多久了，她总是家里最受宠的姑娘。父母去世了，她的哥哥照样宠她，古罗村就是她的家，是她血脉的起源之地，她的哥哥是她走在外边，昂首挺胸最直接的靠山，她以为无论她在哪里待不下去了，回到古罗村就有关怀与柔软。多年以后，哥哥们相继走了，她也不再回去，没有想到，她女儿的女儿蓝青林却去了，居然还在那里租房定居。

童年的烙印是洗磨不掉的，蓝青林说。这里的大片古建筑群组成的村落，静谧、神秘和美丽，她喜欢这里的一切。从前这里的舅爷爷把对妹妹的宠爱，又给了蓝青林。麦含芳理解蓝青林把自己疗伤的地方选在古罗村，这里几乎与世隔绝，现在除了一些游客，村里人只是本本分分过着日子，按照农历的每一个节气，耕种生活，日子被打理得井井有条，一天一天村庄里的时光，依然是老样子，只是时光里的人一拨又一拨的，宛若走马灯，来了又走，不断更替。

麦含芳回古罗村四天了，这四天里，她几乎没出门，忙着给蓝青林生产做准备，还有就是跟蓝青林讲话，好几年没见，孙女还是这个孙女，只是孙女附带了她肚子里的孩子与西沐，以及一个还没出现的男人。更让麦含芳惊讶的是蓝青林租下的这个房子，原是她三哥麦望春家的，父母当年为他娶亲，特意在城堡外麦家庄新盖的。这些天，麦含芳走在院子里，恍惚得很，熟悉里全是陌生，这陌生来自蓝青林修缮房子时的小小改造，具体在若干细节上，以及一些现代文明，如浴室与卫生间的改造，房间里的去湿机与空调，还有房间里的具体用品与城里的没有两样，但这样的格局更接近自然，庭院里斑驳的阳光透出阴凉，又使房子多了几分古意。院子里的合欢树已长得高出房子好多，麦含芳记得爹爹在后院，还种了桂花树、柚子树，还有一个流水的假山，可是蓝青林租的房子没有后院，后院是一片荒芜的草地，有些倒塌的屋基掩埋在野草中，风儿拂过，似乎可以听见它们沉睡的呼噜声。

麦含芳走在房子的各个角落，会在某个瞬间劈面遇见三哥麦望春的憨笑。她以为时光倒流了，她又回到过去了。当然她只是呆愣片刻，便又缓过神来，几十年过去，这里换了主人，好在现如今的主人也是她至亲的人。她也不明白，这之间怎么会有关联，可是冥冥之中，又确实连接上了。

这四天里她一直处在兴奋中，脑子里满满的都是回忆，可是蓝青林马上要生产的事实又遏止了她奔腾的记忆，她必须回到眼前，与赵妈一起做好一切准备。有几次，麦含芳的问话冲到喉头，“你都要生了，你的男人去哪儿啦？怎么还不回来？”可是，麦含芳知道这个话不能问，一问就会让孕妇情绪激动，甚至失控。孕妇最需要的是平静，做外婆的是不能害自己孙女的，所以，她想问的话，又一股脑儿地吞了回去，她只能望着窗棂上跃跃欲动的梅花鹿韵韵神。

西沐总是黏着她妈妈，瞪着黑眼珠注视着麦含芳，蓝青林会在这时把她往麦含芳怀里推，嗲着声音做童腔：“叫老外婆。”西沐却没有张嘴，仍旧用静静的目光打量麦含芳，弄得麦含芳心里有些发毛，觉得这孩子一时半会儿很难亲近自己，作为女性延绵的血脉，她们之间其实也是直接的，只是中间隔着两个人，但麦含芳相信，西沐过不了几天肯定会来亲自己。

麦含芳如此想，是安慰自己，其实她明白可能是自己老态了，小女孩害怕，不喜欢。从前自己是小姑娘时，也是害怕老人家，看都不看他们，那些婆婆婶婶都是一脸的橘子皮，褶皱蜿蜒，横肉松弛，且向下垂落，还有，背多半都弯了厚了，因为劳累因为缺钙，有的甚至长出一个肉坨坨，压在脊椎上，步子颤颤巍巍的，整个人弯成九十度，脸永远朝着地面，即使抬起也只能一会儿，便又回到原位。麦含芳在镜子里瞥了一眼自己，背还算直，衣服是得体干净的，脸虽然沧桑，但不至于吓人，一番审视后，她突然擤了擤鼻子，侧着脸去闻自己的肩、前胸与手臂。她记起来，年轻的时候听人说，人老了会有腐朽味，身体老朽，内脏腐烂，整个人散发出一股酸臭，怎么洗都洗不去，她想肯定是西沐闻到了，所以才不靠近自己，同时她还挺后悔昨晚觉得累，就没洗澡，直接上床睡觉，以至于自己的老年味格外冲人。

所以，从蓝青林房间一出来，麦含芳便回房整理自己，穿过的衣服全放到洗衣篓子里，然后进浴室洗澡，她想用水洗干净自己的一切，可是她不能独自做这些了，所以在浴室外有赵妈守候，给她递东递西，她洗澡洗头，要在浴室的凳子上休息两轮，她觉得自己真的不中用了，可是她想再不中用，也要认真清洗自己，不能让自己的老年味熏到西沐。

赵妈守在外面，隔一段时间就拍一下门，里边有回应的声音，她才放心。她心里好笑，蓝青林在这个时候叫来她的外婆，七老八十了，还这么讲究，这哪是来帮忙呀，分明就是来添乱的。

其实是赵妈不懂，蓝青林生孩子时，她的手一定要抓住亲人，像上次生西沐时，手指紧紧掐着郁澍，在那一刻，虽然疼痛无比，却有向死而生的喜悦。而这次，郁澍没有说他的归期，蓝青林只能把外婆叫来，外婆是她从小到大的依靠，任何时候，只要有外婆在，什么事都不是事。麦含芳心里也清楚，她怀疑从前带蓝青林自己包揽太多，形成了一种固定的依赖模式，当然也怪她的娘，也就是蓝青林的母亲姚小瑶，她太放手，几乎忘了自己是娘，把两个孩子往她那里一丢，就不闻不问了。

蓝青林在外没消息，也没听姚小瑶说过，这个女儿真不随自己，性子随了她爸，但麦含芳在她面前却从不提起，总觉得一些往事，都已落入尘埃，就得沉寂，甚至消失。还有就是，麦含芳也不明白隔代亲是怎么回事，反正蓝青林、蓝青森他们有什么事，都不找妈，而是直接找她这个外婆。这次来这儿，他们也没跟姚小瑶说，蓝青林就要哥哥蓝青森护送过来，还带了他五岁的儿子蓝波尔，蓝波尔一直在他的外婆家带，很少来蓝家，所以望见麦含芳与蓝青林，眼珠子滴溜溜地转，拽着他爸的衣服，眼神里全是警惕。蓝青林向他伸手，“波尔，过来，喊姑姑。”小东西眼睛一眨不眨地望着蓝青林，人不自觉地往后退。

蓝青森摸着他的头，得意地笑着，“长得还行吧？他除了不爱说话，什么都好，你看他的眼睛多漂亮。”

麦含芳坐在太师椅上喝茶，她的眼睛朝蓝波尔望去，小家伙的眼睛，与蓝青森、蓝青林，还有自己的眼睛一模一样，一口茶吞下去，吐出一口欢喜，嘴角漾起笑意，她觉得自己的精气神格外顺畅，从未有过的满意落在近前。这是老天的厚爱，这种家族基因在生命的遗传里没有走失。他们家族独有的深邃目光，凹陷的眼眶，很内很内的双眼皮以及略带蓝光的黑眼珠，从祖先的脸上，一代一代，一直留存在麦含芳、蓝青林、蓝青森以及波尔、西沐的脸上。

这一刻，坐在那里的麦含芳，似乎看见父亲站在从木格子窗照射进来的阳光下，正充满爱意地望着他们，深邃的目光送来两道蓝光。麦含芳怀疑是幻觉，但两道蓝光却在她的视觉里真实地再现着，她静静地注视，不敢有任何闪失的动作，蓝光的余温爬进了眼眶，目光瞬息之间模糊了，忽然阳光就在那刻阴了回去，光中的影子长了脚一般，霍然飘走。

麦含芳一激灵，想父母的灵魂原来是停在这里，以后自己的余生就守在这里，不走了。

如此一想，心里就格外感激蓝青林，她似乎天生就先知先觉。

第二章

只要有太阳，老太太沐上川不管什么天，都要坐在她二楼的凉台上晒太阳，如果天气不是太热，她的午睡都要在太阳底下进行，仰着脸，戴上黑布眼罩，一条薄纱巾盖在脸上，静静地睡上一两个小时。她对女儿郁寒雨说："不注意补钙，你迟早会驼背。"因为，她八十六了，背还是直挺挺的，她的结论是自己的太阳晒足了。

老太太热衷晒太阳，还有一个怪论，她说人老了，身体的器官开始霉变腐烂，所以必须靠太阳直射，杀菌消毒，器官才会保持清洁健康。沐上川是东北人，出生地在辽阳，是一座古老的东北城市，与东北所有的地方一样，寒冷的冬季极其漫长，从一出生起，他们就对太阳情有独钟，觉得太阳出来，不好好晒一下，那是辜负了太阳。沐上川记得在辽阳的家，好多场景是与祖母、妈妈、嫂子坐在玻璃窗前的炕上，边晒太阳边做针线，而他们几兄妹也会各自缩在自己的房间里，晒着太阳看书写字，反正她的家人就是觉得，这太阳是一点都不可以浪费的。

按过去的说法，沐上川是大户人家的小姐，跟随她一生的档案，家庭出身这一栏，她填写的是地主。她心里知道，其实，她家是大地主，在辽阳城里，她父亲是家喻户晓的人物。父亲早年受过西洋教育，在省城法律专科学校毕业，毕业后，没出去就业，也没有开律师事务所，而是接管了祖父的家业，而他又是祖父唯一的继承人，家中事务够他一辈子来打理。事实上，祖父是父亲的四叔，而父亲是沐家那一代的第十一个男孩，也是最小的男孩。四叔从小习武，年轻时走火入魔，伤了身子，无缘无故没了生育能力，最后，由曾祖父做主，把父亲过继给了四叔。

这些都是沐上川长大后，跟哥哥们聊天，哥哥们轻描淡写地提起的。弄得沐上川时常回想，想小时候眼中的老家事，想祖父的慈祥与开明，想他在家里一言九鼎，想他在那个时代居然让她与几位姐姐进学堂，让她们一路读到大学。当然也心里琢磨，自己的亲祖父到底是谁？这个哥哥们在聊天时没有说，反正是父亲的几位伯父中的一位，于是脑海里又总会回想，几位伯爷爷中，谁来家里最为特殊，很多场景像过电影一样，一幕一幕地，在脑海里回放，感觉都像，又都不像。她曾写信去问三哥哥，三哥哥的回复等于没有回复，还教训了她一顿：我们是靠祖父的资产养大的，他就是我们的亲祖父。沐上川感觉自己落了个无趣，郁闷了好久。其实，她只是好奇而已。

辽阳的院落在太子河东边，四进的四合院，坐北朝南，院落宽绰疏朗，四面房屋各自独立，彼此之间有走廊连接。父母住在最里边的院子，平常兄弟姐妹们只能在一进的庭院里游戏，拍皮球、放风筝，跳绳与跳皮筋。而二进的庭院是哥哥们学习的地方，在这个院子里，祖父规定不能喧闹，只能读书写字。第三进庭院的北房是祖父祖母居住的地方，更不能喧哗的。沐家的女儿们都住在三进院子后的一排罩屋里或两边的厢房里，沐上川是家里的老七，她的下边还有八弟与九妹妹，所以，她在众兄弟姐妹之间极不打眼，因为没有人管，她的生长有些原生态。

尽管除了上学，沐家的孩子是不可以随便出家门的，但这并不妨碍她看世界，她经常一个人偷偷坐在一进庭院二楼的阁楼上，看静静流淌的太子河，缠绕在西边的城外，看院子外几条街上的店铺，像“晋丰副食”“兴隆南杂”“永新染铺”“徐记药铺”等，这些店铺的商品总喜欢摆在街门口，门面上方还总是插了一杆旗子，类似如今的广告招牌，坐在阁楼上看热闹的沐上川，总是会看到街面上幡旗飘动，各色行人行走在各个店铺之间，进进出出的，绕来绕去的。

有的时候不过瘾，沐上川会登上阁楼边的小木梯子，坐在屋顶上，更立体地看全城的热闹。在那里，沐上川可以看到白塔，据说这是东北的第一高塔，而且历史久远，说是建于辽代，还有清风寺，古城墙上的亭子，反正有看不完的景致。夏天，沐上川与五哥哥，有时是三哥哥，会在晚上偷偷爬到屋顶上看星星，听他们讲学校读书的故事。五哥哥在沈阳读书，离家不是很远，节假日都回来，三哥哥在北京上学，很多话，但沐上川觉得他只说一半，又不讲了。很多这种时候，沐上川望着他，他会用手拍她的头，“你听不懂的，”然后他头枕着双手，说：“看星星吧。”

大家便一起躺下，仰望星空。

这个场景，之后在沐上川的人生中，成了一个梦境。夜色像绸布一样哗啦啦地响，天空的湛蓝被水洗过好多遍，那种蓝泛出迷惑人的神秘力量，星星不真实地在上面微弱地闪烁。当时躺在屋顶上，屏住呼吸地看着，直到一辈子过完，才知道这是人间最干净的美。

只是那个时候，除了上学，真的就是个二门不迈的小姐，天下的事，隐隐约约感知一点点，却啥都不懂。躺在屋顶看星星时，五哥哥跟沐上川说得最多的是《红楼梦》，并神秘地告诉她，作家曹雪芹是我们辽阳人，他的曾祖母家与咱家还是亲戚，他家发家靠他曾祖母。沐上川眨巴着眼睛，仔细算着年代，那是多少年前的事，曾祖母做康熙的保姆，其儿子——曹雪芹的祖父，成了康熙的伴读与御前侍卫，一部发家史由此开始。每每说及，五哥哥总是津津乐道，三哥哥却常常打击他，读这些有何用？你看我们这个国家，家不家、国不国的，你还沉浸在这些书本里！说得五哥哥张着嘴，找不到反驳的话语。三哥哥在北京读的是理工科，他说救国是要去做一件又一件的实事，做好每一件实事，才能救国。

五哥哥叫沐淳灏，三哥哥叫沐淳翔，他们在一起看看星星时，三哥哥老说，这天空，是我们躺在这儿，看到的样子吗？他摇着头，又否定着，肯定不是。

“我一定到要飞到空中去，仔细看看！”记得三哥哥不止一次地说过这句话。几年后，五哥哥在学校找到沐上川，悄悄地告诉她，三哥哥真的留在了天上。他大学毕业后，直接去了航校，成为中国第一代战斗机飞行员，这件事只有五哥哥知道。他阵亡的消息，也只有五哥哥知道，是三哥哥的战友转告的。

在学校听到这个消息时，沐上川张嘴就号啕起来，五哥哥用手捂住她的嘴，吼着："不许哭！也不许说出去！"五哥哥突然之间，变了一个人，凛冽的口气，没有任何回旋的余地。当时的辽阳，属日满国，学校里有日本人管理日常教务。如果家里有抗日志士，会满门抄斩。所以，五哥哥吼住了沐上川即将奔泻的哭声。

是啊，出了事，哭有个屁用！

沐上川在很多年后，仍然会想起自己的三哥哥沐淳翔，有时她会愚蠢地暗自思忖，是祖父不该给哥哥取名淳翔，让他真的就去空中飞翔了。她看过三哥哥穿空军飞行员军服的照片，帅得让自己不敢眨眼睛。几十年过去，躺在凉台上晒太阳午睡的沐上川，有时在将醒未醒之际，总感觉有人在掀她蒙在脸上的纱巾，似乎已经有些清醒的自己刻意屏住呼吸，她想那掀纱巾的手指就此停在那儿，她甚至翕动鼻翼，想闻闻那手指的气味，等她彻底睁开眼睛，午后寂静无声，太阳孤独地照着她，可她断定刚才是三哥哥来了。

1941 年秋天，三哥哥就是在枫城的上空，与战友驾着飞机与日军作战，他与他的战机最后掉进湘江，那年他二十一岁，没有结婚，也没有谈过恋爱。这个消息，她与五哥哥一直瞒着家人，直至 1945 年，日本投降，五哥哥才把三哥哥的阵亡通知书面呈父母，那一刻，悲痛罩住了沐家。

祖父捂着心口，嘴里不住地念叨："好样的，翔儿，好样的。"他却一病就是一个月。

三哥哥是祖父最喜欢的孙儿，在孙辈中，他从小就格外出众，祖父偶尔外出，最喜欢带着的，就是三哥哥，他相貌英俊、口齿伶俐，亲戚朋友甚是喜欢，而且他书也读得好，走到哪儿都是虎虎生风，你在他身上看到的全是勃勃生机。那个时候，祖父常常把他拉进屋，在他的柜子里摸索出他自己都舍不得吃的糕点，每样每样地往他怀里塞，其实，三哥哥并不喜欢吃，可是这是祖父对他爱的一种表现，三哥哥拿着，常常又分给了沐上川与五哥哥沐淳灏。当年沐上川做梦都没想到，自己会来枫城工作，联想到三哥哥，又觉得这一切都是他的安排。

沐上川是在自己八十岁时，在一本杂志上看到三哥哥的。三哥哥永远活在二十一岁里，在他英武的照片下方，有文字介绍，说三哥哥的飞机被敌机击中，飞机掉进湘江，他跳了降落伞，可是当时江风很大，他本要落到河西，却被风刮到了河东，正好落到日军阵地，当日军团团围住他时，他用随身携带的枪进行反击，击毙日军五人，击伤数人，他大喊："中国无被俘空军！"随后用最后一颗子弹自戕殉国。杂志上，也不知是谁用钢笔留下一段话：那个时候的人真好看，穿着打扮有样子，举手投足有气质，内心深处有情怀，灵魂深处有气节，眼睛里纯粹干净，不猥琐不假装。

沐上川捧着杂志老泪纵横。

三哥哥沐淳翔在沐上川心里，永远都是学生的模样，文质彬彬的，眼睛亮闪闪的，聚集着无尽的梦想。沐上川没有想到穿着军装的他，竟然如此英武。这么多年，沐上川孤独无助时，都会默默地想一会儿三哥哥，甚至会在某个空间，与他对话。三哥哥静静地凝视过来，目光温和，沐上川一个人，对着他说啊说，她感受他的担忧他的理解还有他的支持，有的时候，沐上川能看见他眉尖上，拧成一个结，似乎是在摇头。这个时候，沐上川讲话的底气不足了，话语间有了沉思与反省，三哥哥眉头的结越深，她批评自己的决心越大。而她的自我批评，通常能让三哥哥脸上又爬满笑意，以至于她可以听到他说："这样好，这样好。"三哥哥的口音还是辽阳城太子河东边院落里特有的，有祖父与父亲的声调。

这是让沐上川平静的秘密，这么多年过去，三哥沐淳翔一直住在她心里，她有任何困惑，都会第一时间向他请教，而他也总是眯眼笑着，认真地仔细地聆听，再一一予以回复。而沐上川又老是呆愣一会儿，抑或是陷入思考，之后，眼睛里像收到某种电波，电波一到，她两眼窝里便盈满了水，晶莹透亮，把她刚刚所有迷茫不解，全部冲刷掉了。

1957 年之前，她是跟五哥哥沐淳灏请教的。那个时候，五哥哥在沈阳教育部门工作，他们兄妹之间，书信不断，工作生活、政治见解，无话不说。

就在那年四月的第一个星期六晚上，还在办公室加班的沐上川接到五哥哥的电话。五哥哥没有与她进行任何寒暄，而是用急促的语气跟她交代，要她把他们之间所有的通信都烧了，最好是把和其他任何人的通信也都烧了，还有就是如果记了日记，也赶紧烧了。

沐上川本来是要问为什么的。

这是她与哥哥们通话的习惯，可是这天，她没有问。五哥哥说话的语气不容她有任何质疑。窗外树木摇曳，夜色凝重，风呼啦啦地在楼道里招摇。山雨欲来风满楼，应该就是这个画面，沐上川听到自己嗓子眼里吞口水的声音，她手拿着电话筒，在那一刻哑然了。

等她回过神来，五哥哥的每一句话，就像铁板钉子，一句一句地钉在了沐上川的心里。从事过地下工作的她，有天生的敏感，这种敏感容不得半点迟缓，于是，她以最快的速度，把自己办公桌的抽屉、书柜清理了一遍。她轻车熟路地销毁各类纸片、信件、日记，其实处理这些，内心是有诸多不舍的，但这么多年，她已经习惯听从五哥的，而留着的这些，只是个念想，回忆某人某事时，会更具体一些，但如果会成为政治上某种隐患，那就不能留。

这个道理，她明白。

沐上川与五哥哥都知道自己的出身，在革命队伍里，就一定要比别人更纯洁、更积极、更坚定！所以信件里日记里，偶尔的消沉偶尔的迷茫都是不允许的！把这些都销毁，对于她与五哥哥来说，才是安全的，也是稳妥的。

沐上川那天回家后，又清出一摞信件与日记，她把自己关在卫生间里，用湿毛巾捂着嘴鼻，在铁桶里，一件一件地焚烧，火苗映红了天花板，烟子四处乱窜。

半夜，郁黄咳嗽着起来解手，推开门，差点大叫，他以为自己又回到过去。沐上川抬眼看了他一眼，轻描淡写道："乱七八糟的东西，放在家里碍事，扔了又怕惹事，烧了放心。"

郁黄皱了皱眉，卫生间涌过来的浓烟，促使他用手迅速捂住嘴，瓮声瓮气地丢下一句：“早就该烧了。”

事实证明五哥的电话来得及时，沐上川的行动也很果断。在以后的各种运动中，家里遭遇的历次抄家中，都没有抄出多少对沐上川与郁黄，以及他们亲人不利的东西。只是，自此沐上川不再写信了，她不能再像过去，遇到什么困难，就写信请教，或者心里不痛快，也会写信发发牢骚，而五哥哥总是会及时回信，五哥哥在信里不厌其烦，列举种种可能与沐上川分析，帮她选择最正确的解决方式，而她的不良情绪，五哥哥也总是会写上满满两页安抚的语言。“五七”反右时，五哥哥尽管小心翼翼，最后还是戴上一顶右派帽子，所以，那些年他们兄妹之间基本不通信。从其他姐妹的简短通信里，知道他下放在辽中县，在辽中镇勾家屯劳动，妻儿住在镇上，五哥哥在村里劳动，生活有些辛苦，还算安稳，心里也就踏实。

可是，沐上川习惯了依赖哥哥们，每每遇上自己棘手的问题，竟在自己的意念里，找上了三哥哥沐淳翔，每次三哥哥颔首浅笑，认真聆听，然后开口讲话，像五哥哥一样，帮她分析各种可能、各种利弊，沐上川在这种分析里，能最短时间找到最佳答案。

当然，话说回来，她来枫城工作最直接的原因，是她在那个时候与郁黄好了，婚都结了。她没有听五哥哥的话，留在北方。人生是没有后悔药的，只能一天一天向前，直至自己走不动了，才算结束。

第三章

这阵子，每天有个小伙子过来，陪着郁黄静静地坐着，或盯着郁黄看。老娄告诉郁黄："这是你孙子，叫郁澍。"郁黄偷偷乐着，心里嘀咕："我怎么不记得我有孙子呀？如果有，干吗早不来？"

其实，郁黄心里明镜似的，他时常坐在那里冷眼琢磨：他们都说我病了，是脑袋病了，特别是那个老太婆，站在一边，狐狸哭兔子样，眼睛里硬是没有藏住幸灾乐祸的表情。她经常跟我说，她后悔嫁了我。都风烛残年了，我们看世界的目光已是浑浊不堪，我们的人生没有后悔了，如果允许后悔，我郁黄肯定也是后悔的，我不但后悔娶了她，更后悔当年抛妻弃子，从遥远的北方来到南方，老家的原配一直是自己心口的痛，自己也不明白，年轻的时候，为啥会那么狠心，说不见就一辈子不见了。还有老家的俩孩子，也抛在了老家，不闻不问。医生说，我就是回忆太多，一回忆就把脑子弄乱了，回忆中的事与现在的事混淆了，结果怎么也理不清。

这个病，是个可笑的病。眼前的事，一点都弄不清楚，很远很远的，全记得清清楚楚，我有点害怕，这是不是传说中的回光返照，如果真是这样，我就要去见马克思了，在那里我可以见到很多熟人，包括我的前妻，她肯定要向我讨债，我该用什么还她？

郁黄坐在病房发呆的样子，有时会面带笑容，甚至格外慈祥，而有时又特别狰狞，脸上像有千军万马在厮杀，脸部下坠的皮肉，一块一块，横向扯动。每每在这时，他的陪护老娄就扭过头去，他不知道那是郁黄在追思自己。

人老了，无所事事时，上帝就会让这些人回想过去。

大部分人会在回想中忏悔，所以，名人就会有一本一本的《忏悔录》出版。人之将死，其言也真、也善，值得活着的人借鉴。而一般的平常人只是在心里忏悔，往事一件一件过电影一样，一闪而过，忏悔也是一闪而过，很多道理明白了，可是岁月没有了。生命即将终结，这种忏悔是痛苦的，因为没有改正的机会，没有重来，对那些自己伤害过的人，无法说一声道歉，尽管每每一想起，心就如刀绞，这种痛，一点一点地，吞噬着生命里最后的元气。如此，想来想去，郁黄的脑子就乱了，脸上又开始万马奔腾，神情无法控制，狰狞抽搐。如果这时，恰恰被他老婆沐上川看到，肯定会嫌弃地对他翻个白眼，得到一声轻蔑的“哼”。

沐上川从嫁给他，就看不起他。他们的婚姻注定了一个人总是高高在上，直至生命尽头。而他们之间具体的过节只有他们知道。尽管沐上川经常会念叨，说郁黄骗了她，而怎么骗的，沐上川从来没有说。孩子们也不知道，她们的印象是妈妈出身高贵一些，妈妈家是城市里的大地主，而爸爸出生在乡村，除了会打仗，别的方面就是一个大老粗。后来她们才知道爸爸也是读了东北大学的，爸爸妈妈是在学校恋爱的，爸爸是贫困学生，妈妈是富家小姐，只因在学校时都是进步青年，爸爸是妈妈的上线。只是爸爸进大学不是为了读书，刚读了一学期，就突然消失了，听说是去了深山老林，参加东北抗日联军，离开了学校。

郁黄其实是执行任务去了。他关内关外跑，山里城里走，命悬一线，时时都有掉脑袋的可能，可是那个时候，他从来没有怕过。读大学时，他在学校发展进步同学，沐上川那个时候是他班上的外围组织成员，她的五哥哥沐淳灏是另一所学校地下党的负责人，郁黄发展沐上川是她五哥哥介绍的，沐淳灏跟郁黄说，沐上川在家里已经阅读了不少进步书籍。而郁黄发现她在学校接触的同学，都是些有民族大义的人，对学校的日本管理人员极为不满，于是试着打了几次交道，发现沐上川不爱讲话，很多事情只是用眼睛注视，然后又用眼睛回答，并附带点头与摇头，他觉得这是从事地下工作的好苗子，没多久她就成了外围组织的中坚力量，这个组织名称是“中国进步青年同盟”，简称PY，平常大家一起阅读进步书籍，搞搞学生运动，而郁黄常常站得远远的，他只是观察，了解学生们的思想动态。

上大学，郁黄其实是冒名顶替的，那个时候，很多学生的心思没有放到学习上，所以并没有多少人关注郁黄的学习底子差，郁黄是带着使命来的，高中都没读过，就直接混进大学。乱世之中，老师也没有精力关注学生的学习情况，只想着日子能太平就好，而郁黄混了一个学期后，都有点混不下去了，好在组织上又交给他更重要的任务，就此，他悄无声息地离开了学校。

几年后，郁黄回来了，那是1947年。当时日本已投降，哈尔滨已经解放，沈阳城里看似平静，但又有诸多的不同以往。学校也一样，沐上川他们眼看着快毕业了，有部分同学仍做着出国留学的梦。郁黄在学校出现，那些外围组织的同学们格外兴奋，眼睛望着郁黄，都不说话，但分明又能看见笑意。在郁黄的记忆里，沐上川就是在那个时候，总是一眼又一眼地朝自己看过来的，所以在以后的夫妻吵架中，沐上川说是郁黄骗了她，而郁黄硬气十足地反驳：“当时明明是你勾引我的，你没事干啥老拿眼睛看我？”

要说骗，郁黄觉得也真是骗了她，与她好上时，没有告诉她，自己在老家有老婆与孩子。那个时候，组织上没有精力管革命者的个人生活，认为大家既然出来革命，个人生活自己会处理好，所以生活上的私事，只要不太出格，组织上是不过问的。没多久，沈阳解放了，所有的人投入到新中国的建设中，沐上川学的是经济管理，是稀缺人才，他们这个系从大一至大四编成多个组，先进行三个月的政治学习，然后分至东北贸易部所属的各个单位。

而之前已是地下党或是外围组织的人员，学习个把月就被调出来直接工作，沐上川刚开始分在学校的办公室做联络工作。郁黄就记得她剪了个齐耳发，每天跑上跑下的，好多长征时期的老革命盯上了她，可她一概不理，她的领导委婉地跟她说，愈是知识分子，愈不能清高，与人交往，要注意态度，可以拒绝人家，但不能伤人家的心。沐上川找郁黄诉说，郁黄胸口一拍，“这还不好办？你跟我结了婚，立马就没有人打扰你了。”这句话应该是1950年春天，在学校门口大理石的拱形过道边说的。当时，沐上川看了他几眼，就没再说什么了，而这个时候，沐上川的同事站在东北大学教学楼的台阶上，突然对她大喊："小沐，赶快，校长在叫你！"

郁黄看见沐上川一路小跑，在台阶上，与那同事一起进了办公楼，一会儿就没了人影，他站在那里怀疑，不知道事情是不是她同事说的那样，是校长在找她。那个时候，男同志与女同志单独多说一会儿话，总会引来各种关切的目光，所以，也会招来一些爱管闲事的人。郁黄心里清楚，沐上川心动了，但她又在犹豫，脸上茫然的表情，一览无余，可她确实是应付不了那么多追求者，特别是没有一点文化，资格却很老，有级别有年岁的，她有点蒙，不知往哪里躲。不自觉中，郁黄成了她首选，其实她不但看到了郁黄的年轻，还有年轻后面，他的出身——农民。

通过一轮一轮学习，沐上川明白自己的家庭出身是剥削阶级。女人会莫名其妙地有前瞻性，也就是常人说的第六感觉。她怕她的出身，会连累到她以及她以后的孩子。当然，郁黄也知道，沐上川在那个时候有很多选择，但她不想找一个大她十几二十岁的男人，更不想找字都不认识几个的大老粗，她心仪的男同学倒都是正当年华，但又都和她一样，大部分出身于剥削阶级家庭，理智告诉她，他们更不能找。

她在那个时候的顾虑，在今后的岁月里一一得到应验，在某个时候，郁黄会在心里骂沐上川是巫婆。

当然，如果郁黄不曾结过婚不曾有孩子，她嫁给他，不说有多恩爱，但至少日子会平平静静，但事情的结局，偏偏不是朝着这个方向发展的。郁黄与她结婚几年后，有了郁热风、郁南霜，有一天，老家的老婆张凤妹带着俩孩子找到家里来，自此，沐上川再也没有给过郁黄好脸色。

郁黄现在想起来，认为自己是脑袋进水了。在沈阳时，莫名地被沐上川城里小姐的味道迷住，其实结婚做老婆，不就是生个娃能做个饭料理好家呀，可是那会儿年轻，偏偏要去图人家是大学生，有知识有见识，当然更图她年轻漂亮，只是，到后来才懂得，都是过日子。年轻漂亮有知识当不得饭吃，而且过日子，这些都不重要。可是一步走错了，便步步走错，人家记恨啊，而且记了一辈子，她不开心，郁黄也恼得很，为此，老家的父母骂郁黄，老家的女人与孩子也怨，说郁黄是陈世美。一辈子掉进染缸里洗刷不清。仔细回想，真不值得，只是处在那个时候，年轻的躯体里住着一个魔鬼，完全控制着自己，居然可以不要命，要娶沐上川，就想要她做自己的老婆。

这些事郁黄记得清清楚楚，可是所有的人都说郁黄不清白了，包括这些天老来看他的小伙子，小伙子叫他爷爷，他看着面熟，他像极了年轻时候的自己，郁黄年轻的时候其实还是蛮帅的，要不然，沐上川那么多高干不嫁，偏偏要嫁郁黄？难道真是瞎了眼？

第四章

麦含芳睡在蓝青林的隔壁，这间房一直是蓝青林的工作间，一张宽大的案台，上边堆放了几个大小不一的绣绷，十几个布篓子，分类放着各式绣片、盘扣、流苏、碎布、各色珠子、绣线等。墙上钉了几排木桩，上面布满钩子，钩子上又挂满了各种挂件饰品，吊坠、手机坠、钥匙坠、包包坠，五花八门，有成品与非成品。这些挂件，每一件都是独一无二的，都是蓝青林的想象与巧手，用薄玉、绣片、玉环、绣线组合，立意福寿，吉祥如意是基调，色彩是蓝青林的审美，挂钩上，有一件一件的深色袍子，普普通通的，藏青、酒红、墨绿、灰黑，可是在这些暗色调中镶上古朴的绣片，一件一件的衣服，立马灵动起来，向看过来的人挤眉弄眼。麦含芳躺在木床上，睡前总是盯着这些玩意儿，想这鬼丫头原来是靠捣鼓这些破烂讨生活呀，这些东西都是她们从前做针线的边角余料，如今却成了稀罕物，再看柜子里，堆了更多旧银器与木器，它们正等着蓝青林来变魔术。

闭上眼睛，麦含芳觉得孙女聪明，知道来古罗村，呼吸上好的空气，安安静静地，凭着自己与生俱来的审美天赋，用想象与手艺讨到生活，而且还生活得不错，所以，心里的欢喜，一阵一阵地涌来，甚至睡眠里也渗出笑意。

有这样的心情，麦含芳自然觉得舒畅，在家里激动了几天，她又在赵妈的陪同下，在村里走动走动，巷子两边屋挨屋，只是在屋里进出的人，几乎没有一张脸是她熟悉的。她恍惚了，明明是在古罗出生在古罗长大的，回到这里，竟然像是在别处，没有一点家乡的感觉。她一路上心里嘀咕不住地摇头，在村尾登上石阶，她要去楸树坡看看麦家祖坟，看看爹娘，看看祖父祖母，以及躺在山坡上的先人。路上灌木丛生，快八十岁的麦含芳只能望路兴叹，想从前家族里是雇了专人，在家族之间往来的山路上护路的。麦家每年派工斩草护路，还要请石匠补修好全程的石板路，而通往麦家祖坟的这条路，更是重点修护路段。这天，她站在那里，呆愣了好久，石板隐在杂草青苔中，茂密的树林涌进视野，父母的坟，也只能估个大概方向。她朝山野大声呼喊“娘”“爹”，一声比一声大，声音在树林间回荡，间或有几声激越的鸟鸣，随后，就只是流光穿行在树木中的沙沙声，有寂静的斑斓，与透过树叶那一束一束的光柱，安然沉默。

麦含芳又喊了几声，声音似乎有些胆怯，她忽然不忍心打破这里的安静，于是开始低声喃喃：“娘啊，爹啊，芳儿不孝啊，好久没来给二老请安了……”念着念着，就泪眼婆娑，情绪失控，弄得搀扶她的赵妈手足无措，“青林外婆，我们先回家，一会儿我请人来开路。”如此劝慰了好一阵，麦含芳的情绪才缓和下来。

古罗村是个安静的村落，所有的房屋不是建在山腰上，就是建在山林中，而所有的建筑，风格惊人一致：砖木结构，青石蓝砖。从地理位置看，古罗村可以算是湘西，或是桂北，也可以说是黔东，属不毛之地。在过去，是个三不管地带，有汉族、土家族、瑶族，生活在这里的人，多少带点神秘气息，村里人明显与外边的人有很多不一样，除了豪爽，还格外剽悍。他们对子女的教育，“不惹事，不张扬”摆在很重要的位置。村里人偶尔会感慨，住在这里早已尘埃落定，怎么还要这般谨慎？但问原因，谁也不清楚，至于祖上是怎么来这里的？更没有人能说清楚。但他们肯定是有故事的，而且还不是一般的故事。隐居隐身的后面是夜黑风高，是金戈铁马，是气壮山河与惊天动地。这些背景，麦含芳似乎隐约知道，在她的感觉里自己的家族存在一股神秘的气息，而这神秘，她与她的兄弟又都不知晓，也许家族的先人有交代，觉得有些东西烂在肚子里，比公开更为妥当，更有利于后代生息繁衍。

那天蓝青林听赵妈说，外婆在楸树坡上哭，去祖坟的路被杂草灌木丛阻隔了，她半天没吭声，想想心里也不是滋味，自己住在这儿几年，从没有去那里祭拜先人，也从没有想过要去打理一下他们的墓地，是有些不孝顺。麦含芳当然没有怪她，年轻人不懂这个，而且她目前挺着个大肚子，按风俗孕妇是不能去坟地的。只是几日后，她要赵妈放下手中活儿，赶紧去村里张罗几位壮劳力，把那条路砍出来，如此，麦含芳心里稍稍舒坦一些。有路就可以随时去楸树坡上的墓地，坐在那儿与父母讲讲话，说一说这些年来的大事小事。尽管她是隔了两天才去的，走在新砍出来的山路上，心情就激动起来。说实话，她是有点怪蓝青林，来村里这么久了，居然让外婆家的祖坟隐在乱山冈中，如果再过几十年，谁都无法辨认，就像很多人说的，祖宗都找不到了。

路修好后，麦含芳特意选了一个适合祭祀的日子，让赵妈提了一竹篮子食品，带着西沐去了楸树坡后山，在父母坟前很正式地祭拜，然后学着父母健在时的祭拜方式，面朝西边，点上三炷香，拜天叩地，神情虔诚神圣，感谢祖宗庇佑，含芳一生没遭什么苦，生活顺顺当当，如今，又托孙女的福，回到古罗村。她在叩拜时，心里默默祈祷，从此，不离开了，我就守着你们。

在楸树坡与父母说了几回话，麦含芳有了踏实的感觉，她见到蓝青林也不急了，不是每天陪她做一会儿针线，与西沐讲一会儿天上仙女的故事，就是在厨房给蓝青林煲汤。这个时候，麦含芳是不敢煲太补的东西的，接近要生的胎儿，母亲吃的营养，是真真切切长到宝宝身上的，此时大吃大喝，反而不太妥当。但汤是要喝的，麦含芳把子排焯过血水，用淮山、甜豌豆、花生米、白莲子、红枣、薏米、玉米，轮流变着花样炖汤。汤端到蓝青林面前，她总是笑盈盈地接住，一口一口，先闻闻汤的香气，再有滋有味地喝下。她相信外婆，这些汤汤水水一定是对她对肚子里的宝宝有益的。蓝青林从小就喜欢外婆做的任何食物，什么东西经她一捣鼓，她嘴里的一条条馋虫，迅速地被勾引出来。

只要是晴天，蓝青林都会带着西沐出门，迈克随在后面，穿过村巷，从村尾上坡，坡上有少许菜地，中间是之字形的石板路，走过这段路，蓝青林又要坐在那棵楸树底下，发阵子呆，看着落日掉到溪谷里，才慢吞吞回家。

这天，麦含芳也跟着去了，这条路于她而言，是熟悉得不能再熟了。那个时候，她与父母、大哥家、二哥家住在古城堡里，只有三哥成亲后，住在古罗村里，这座三进庭院，是由家里从前的庄房所改，有些房子仍然保留着庄房的职能，父亲、大哥有事没事，总会来这边议事。

城堡里的家，院子倒是蛮大，房屋面积狭小，阴暗潮湿，几乎没有窗户，有种封闭隐秘的氛围。房屋外的院子边，高高低低砌有城墙，这些城墙全是石块垒成，十分坚固，城墙有三丈多高，城墙之间有丈余宽，城墙围着城堡在山坡上，弯弯绕绕，而城墙上有枪眼射击口。在城堡东南方向，有个天塔，明白人一眼便能看出，这是用于练兵的，里边的房屋都是用小青砖和石条砌成，当然，到了麦含芳出生时，天塔做了麦家的祠堂，也不再有人说，天塔是用于练兵的地方。但住在城堡里的五个家族，心知肚明，知道这就是一个纯军事防御性质的城堡，不适合住家，可是住在这里的人都回避，没人说也没人问，他们麦家、陆家、高家、戚家、赵家就在这里生息繁衍。

若干年后，后代们在城堡靠寒水溪与罗水溪汇合的深潭边，又建了新村落，以至于很多住在城堡里的人，对城堡开始嫌弃，巴不得早点离开。家里的大嫂、二嫂更是，她们看到三哥家在村里住上宽敞的新院子，眼红得忍不住会说上几句尖酸刻薄的话，好在那个时候，家里的掌门人是长者，媳妇不满的话，从来不敢摆到桌面上的。麦含芳不说什么，但她动不动拿些衣物在三哥家住上几日，她在心里也是喜欢新村落的。走得多，路上的每块石板，麦含芳恍若认识。

时间是什么呀，是看不见的东西，却能把从前实实在在存在过的东西，弄得似是而非，或者千疮百孔。只是在这些石板上，时间又有印记，那些个脚步把石板踩得滑溜溜的，连隙缝里的尘粒也都光滑。

“从前，这个山坡上长了好多树，这些树，现在都不知去了哪儿。”

麦含芳与蓝青林坐在那棵叶子宽阔的楸树底下，自言自语，又像是在对蓝青林说。

“人多了，要吃食物，所以把树砍了，种庄稼了。”蓝青林如此推理。

麦含芳笑着，点了点头，又摇了摇。她记得当初父亲怕树根损坏石板，叫人砍了长在路边上的树，那些树，用斧子砍不动，都是用锯子锯的。那个时候，嫌弃树长得太密，满山满坡的，谁能预料几十年后，森林密布的山坡，树长得七零八落，有些地方成块地秃。

坐在山坡上剩下不多的老楸树下，麦含芳失语了，觉得自己渺小如尘埃，在天地之间，可有可无，存不存在，无关紧要。而眼前自己曾经的家，楸树坡城堡，已经坍塌成废墟，在旷野里孤寂，听山风，浸夜雨，时光熄灭着它们的光亮，再过几十年，废墟将埋在树叶与尘土之下，很少有人会知道它们存在过，更没有人考究它们存在过的缘由，以及肩负过的使命。麦含芳想着想着，便叹上一口气，蓝青林转过身来，望着她，脸上是理解的笑容：“又想起过去了？”

“要是身子灵巧，我一定要到下面城堡里走走，房子垮了，路还在，石阶还在，那些城墙还是好好的。”城堡里的房屋，因为没有人住，四处漏水，一面一面的墙，喊倒就倒，灶也塌了，各式野草在屋内疯长，墙头瓦楞，窗台天井，见缝就生，以至于青苔密布。“西沐的爸爸老喜欢一个人在城堡里走，下次让他陪你走走。”

“好啊，进老屋看看，看还有些啥东西留在那里。”蓝青林听着笑了，老屋破败成这样了，外婆还想着里边有宝贝。

“那郁澍会欢喜，他老觉得城堡里有故事，他问了村里好些老人，每个人都说得模模糊糊的，好些疑问都回答不上来。”

郁澍的直觉是对的。麦含芳还是小孩的时候，祖父隐晦神秘，他少言寡语，却又一言九鼎，平常一个人待在他的黑屋子里，冥思沉想，或案前阅读，偶尔外出，又见他健步如飞地行走在山路上，一年里总有些时间在外边游走。对此，祖母从来不言说，总是一副懂得的表情，默默地送他出门，又默默地迎他归来。

于是，麦含芳忍不住夸郁澍：“看来西沐的爸爸不是一般聪明，他什么都不知道，却能够感觉到，他肯定是看到古罗村里的房屋，几乎每个院落都有些讲究，像你三舅爷爷家的院子，坐北朝南，以南北为中轴线，东西两边厢房对称，阴阳合瓦，龙凤纹琉璃滴水和沟头，封火山墙，房檐四角起翘高挑，玲珑别致，而城堡的房里呢，除了城墙坚固，最关键是隐秘。”麦含芳还记得小时候，在祖父的书房里见过一张地图，那天祖父喝了酒，他拍着麦含芳的脸蛋，捋着自己的胡子，嘻嘻笑着，“看不懂吧，小东西，这是我家的布防联络图。”可是在一张老旧的牛皮纸上，麦含芳看到的是“麦氏方舆图”，图上有山有水，有城墙，有城堡，有数字标示。长大后，有次与三哥麦望春在省城聊家乡，说到那张地图，才知道那些标示其实都是核心机构设施，这些机构全部建在山腰和山中间，建筑风格都是青石蓝砖、砖木结构，房屋面积狭小，封闭隐秘，机关暗道，布置严密。三哥告诉她，麦家的祖先来到古罗村是躲难的，古罗村在他们来之前，就是深山老林，没有任何人居住，他们带着不可告人的秘密隐藏下来，最开始以为居住在此，只是暂时的。当然麦家不只是一个家族，而是一个庞大的组织，曾经的风光与气势那是后代无法想象的。

三哥麦望春听大哥麦望秋说，他小时候曾被曾祖父带着在城堡对面庙里住过一段时间。那个寺院不是一般的寺院，在古罗山顶，坐东朝西，青石巨板，寺院依其山峰地形而建，有砖有木，屋顶以鉎瓦盖之，一座寺院看上去，似城似堡，周边都以青石围起，墙垣中有小窗口，用于瞭望，而在庙里的正殿、双耳房、厨膳房、鼓楼等地方，总有一个最佳观望处，轻轻一瞥，寺外的动静便能知晓，而城堡内的蛛丝马迹尽收眼底。古罗山隐在群山之中，放眼望去，山连山，绵绵不绝，而古罗山西面，有西罗山，山上亦有一寺，晨钟暮鼓之时，与对面西罗山寺遥相呼应，钟声鼓声在群山回荡，绵长悠扬。古罗山下有明月山，山上有小径直通古罗山主峰，但这条路上有一险道，叫“断山桥”，两山相连，路基丈余，以长条石为阶梯而成，路基两边万丈深渊，左为白寒溪，右为青寒溪，真的是“抬头一线天，颔首两条溪”，既悬又险，但对于住在寺院的人，既稳妥又安全，是老天的庇护。

大哥麦望秋印象最深的是庙宇四角的钟鼓楼，站在那里视野开阔，长年都有小和尚打坐或练功。大哥说，最初，这些和尚打坐与练功只是幌子，他们真实的目的是放哨，当然到了曾祖父那一代，钟鼓楼上的小和尚也就真的只是打打坐与练练功了。他记得在庙宇四周有高高的城墙，城墙上有枪眼射击口，这些射击孔一直是个摆设，从来没有真正使用过，但曾祖父与他的兄弟们会在某个重要的日子聚在一起，用他们的方式叙旧缅怀。

如今，坐在楸树坡上往山顶望去，云雾之中，能看到残垣断壁，其庙宇的模样只能通过遗址来想象。麦含芳小时候随母亲去庙里敬过香，从盘山小道上去，爬几百级石阶，才能走到正殿的前坪，正殿亦坐东朝西，诡异的是寺院大门应在大殿正面方向，而古罗山寺院却是侧边正中开门。大门两侧楹联，上联“壮志未酬尔等焉卸鞍马”，下联“宏愿必续吾辈岂低龙头”，横批“古罗仙山”。如果是有心人，读下楹联，必定大惊，何许人也，敢用这种口气？仔细掂量，内心的疑问会一个又一个，只是在这个深山密林里，似乎没有人仔细去读，也没有人去掂量。通往正殿，除了两侧的通道外，中间还有一通道，这通道颇为讲究，有皇家之气，铺的是一整块一整块的大理石。麦含芳记得自己每次踩在上面，都为自己不能一步一块石板而焦虑，每次都尽量跨大步子，还是够不了。直到自己长大了，可以像大人一样迈出大步子时，那年从县里的女校回来，母亲告诉她，山顶的寺院失火了，烧得干干净净。从此，那上面就不再有人去，没了香火，只有无限的荒芜。

“真想上去看看，如今成啥模样了。”麦含芳感叹着，蓝青林抬头凝视古罗山顶峰，她想肚子里的娃娃生下后，一定要上去看看。

第五章

沐上川记不清自己那个时候怎么就嫁给了郁黄，那么多的追求者中，“随便抓一个，都比他强”。这句话也是自己跟他吵架时常常说的。这的确是一句大实话。

当初，决定跟郁黄结婚时，同办公室的袁大姐瞪着眼睛瞅了她半天，然后说：“你傻吧，嫁给他？”郁黄那个时候在东北局管辖的某支部队里，随时要往南方挺进，而且目标未知。

“你放着好好的日子不过，硬要去吃动荡的苦头，小沐你这是干啥？”袁大姐苦口婆心，而沐上川那个时候就想这是袁大姐的私心，当时她正热心给沐上川撮合对象，那人都四十多了，长征时期的老革命，讲着一口听不懂的南方话，沐上川看到他，不自觉地就想躲起来，她不敢说她不愿意，怕大家批评自己立场不坚定。而最后是沐上川大学里另一位女同学嫁给了这位老同志，婚姻五年，生下仨孩子，这五年同学除了生育辛苦，日子过得还算幸福，但接下来的日子就真的是惊涛骇浪。东北局的头头出了问题，这位老同志也受到牵连，先是关押，然后调回原籍降级处理，家属当然一同前往。等沐上川与同学们知道后，还没来得及送行，女同学与她的那个丈夫早就离开了。

若干年后，沐上川躺在枫城自家床上，依然觉得后怕，嫁人的风险是看不见的，真的是蒙着眼睛撞大运呀。她也是在那个时候看到了政治与婚姻的关系，政治的小手指，轻轻一摁，婚姻及个人的命运便可翻天覆地。

现在她最担心的是郁寒雨，她尽管没有与自己说，可是她还是知道了。

出了这种事，连空气里都流动着某种暗示。沐上川从医院回来的那些日子，天气好的时候，保姆李姐会把沐上川扶下楼，让她与老干所的几位老姐妹坐在太阳底下扯闲谈。这天，沐上川还没坐到那张旧沙发上，就感觉到几位嫔驰与往常不一样，都起身过来迎接她，站在那里，又盯着她看，而那一刻沐上川积攒了好多天的话，都哑在这一路缓慢的行走上。老姐妹们在沙发上坐下，相互之间挪了挪位置，待她坐好，有那么一会儿的冷场。小鸟在树上叽叽喳喳的，嫔驰们才开始讲话，有人夸她气色好，有人夸她长胖了，以至于沐上川疑心肯定是近期住院把自己住得憔悴，人就特别苍老特别难看，因为平常她就气血不足脸色蜡黄，很明显这些嫔驰是口是心非，反话正说。她忍不住伸出手，摸着自己的脸，可是这些嫔驰的目光，并没有停在她的脸上。

沐上川感觉到了某种暗示。因为她们提到了郁寒雨，提到了郁澍的爸爸——小雨的丈夫谢一民，她们啰嗦的话语里有一个意思，你家郁寒雨看上去不太像很有钱哈，那她老公的那些钱都给了谁？是不是外边养了人？这些嫔驰平常的话题是说哪个东西吃了降血压降血糖降血脂，哪里的超市骨头新鲜价格合适，说的全是日常琐事，可是今天大家都莫名其妙地扯到郁寒雨。于是，沐上川横了她们一眼，“你们怎么就认为我家小雨有钱呢？”几个嫔驰集体沉默，然后又环顾左右而言他，倒是沐上川在这张沙发上坐出了凉意。

这张旧沙发是小区物业特意为几位嫔驰准备的，在绿色玻璃长廊里，只要太阳一出来，嫔驰们立马也跟着从屋子里出来，大家一起闲聊，她们中最小的八十一二岁，最大的九十几岁，有一点很相同，就是她们的老公基本上都去了另外一个世界，即便没有，不是身体不能动弹，就是大脑不听使唤。所以，这个也常常是她们叨唠的内容之一，讲她们过去时光里的种种故事，甚至还会讲她们老公的旧相好。都是要去那里的人，还有什么不能讲？她们全放下了。

就像此时，这些嫔驰又开始嘻嘻哈哈了，郁寒雨家里的事在她们眼里根本不是事，因为她们认为什么事情一旦发生，它只是发生了，没有什么大不了的。因为任何事情总会过去，总会翻篇。婈驰们一把年纪，还有什么没见识过？所以在沐上川捉摸揣测时，她们的话题，又在四处跳动、四处转悠了。

回家后，沐上川便开始翻阅近期的《枫城晚报》，她在二版寻找《枫城清风》，这是有关部门通报违法违纪案例的栏目，不是很醒目，平常看报一翻而过，再加上最近她一直在医院，李姐给她带报有一搭没一搭，她没有看全。她翻找了一下午，也没有找到有关谢一民的任何情况，倒是把自己累着了，她本想坐会儿休息一下再找，可是这会儿郁寒雨推着购物车移了进来，郁澍帮着把食品、日用品整理归类，沐上川在瞬间醒悟，她在心里埋怨自己，咋就变得迟钝了？不是出了事，在外游荡的郁澍怎么会突然回来呀。

沐上川虽然老了，她还是知道不该问的不去问，问了只会给郁寒雨平添愁绪，自己又帮不了任何忙，既然你不让我知道，那我就装作不知道。只是这些天，她不想下去晒太阳了，她老是一个人靠在阳台上的躺椅里，似睡非睡，她在想自己一路走过来经历的那些事，以前周围被停职开除的，很多都是方向、路线问题，可是如今多是贪腐问题，具体表现为对金钱的贪婪、对女人的沦陷，沐上川想如果谢一民也是这样，她会觉得丢丑，家人会很没面子，犯政治错误是思想层面的，那是观点与信念的不同，而利用职务或工作之便贪婪，这却是人格与人品的问题。如此一想，躺在太阳下的沐上川重重地叹上一口气，也不知道有些党的干部是从什么时候开始变成现在的模样，想当年自己还是学生时，就觉得共产党的干部身上散发着无穷的魅力，他们被信仰燃烧得目光炯炯，做事雷厉风行，关键时刻为同志着想，甚至为同志挡子弹，特别是党的干部，不端架子，工作上亲力亲为，生活上与大家同一个水准。那个时候，他们在沐上川眼里是这个国家的希望，他们朝气蓬勃，旁人也会不自觉地被感染，觉得自己正在建设一个欣欣向荣的国家，每个人都充满激情。

其实，当初自己就是被郁黄身上这些品质所吸引，他身上就有共产党人的那种气场，在学校明明危机四伏，他却依然与学生们谈笑风生，沐上川记得他问她在读哪些书，而沐上川在他面前毫不避讳地坦白，她读了《马克思传》《恩格斯传》《列宁传》以及《共产党宣言》等先进书籍。这些书是五哥哥偷偷拿回家的，它们与一摞俄国文学书籍放在一起，沐上川先是看屠格涅夫的小说，然后看艾思奇的《大众哲学》《社会发展史》，知道了原始社会、奴隶社会、封建社会、资本主义、社会主义、共产主义，也知道了唯心主义、唯物主义以及剥削与被剥削，知道沐家是在吃剥削饭。而沐上川在与郁黄说看了这些书时，郁黄是一脸微笑的表情，到后来，沐上川才知道他在那时根本就没有读过这些书，他不像知识分子，先要在思想上弄明白，才开始行动。

郁黄是先有行动的。他是在他三叔的带动下，先从行动上参加了革命。他从小与三叔亲，三叔参加了共产党，他自然追随。而他的大哥郁青却追随了二叔，最后去了台湾。郁黄的两位叔叔都是了不起的人物，一位是大陆这边的高官，一位是台湾的将军，只是自从革命后，他们没了往来。1988 年，台湾那边来了人，是二叔与大哥的后人，他们先到天津，再到北京见三叔家的人，那个时候郁黄的脑子还好使，一家人在一起，话讲得少，酒喝得多，讲的话，也全是曾祖父与太奶奶的那些事。大哥郁青家的人扯着郁黄照相，说怎么跟他家老爷子这么像。当时，沐上川坐在旁边，她咧嘴笑了：一个娘生的，怎么会不像？年轻时候不像，到老了，长着长着也像了，即使两人处在不同的时空，到头来思维方式、言谈举止、表情神态、一些细节习惯，竟莫名地相似。只能说基因，是一个很神奇的玩意儿，即便素未谋面，但血管中流淌着同样血液的祖先的后人，都会超越时空跨度，由基因来重复这些条码印记，让似曾相识，甚至恍惚，充斥在这些人的感觉里。之后郁家的人又见过几次，大家心照不宣，只说先人说家乡说孩子，从不涉及政治，特别是时政。她与郁黄一路走来，总是知道避开类似敏感的问题，让本不成其错误的错误没有机会站住脚跟。

沐上川记得二十世纪五十年代初，她在东北人民政府贸易干部局教育科工作，与东北局理论教育处联系多，因为东北局就在自己单位的隔壁，自己常常往局机关跑，偶尔能碰到那里最大的领导，四十来岁，戴副眼镜，瘦高个，眼里常含笑容。只是有一天，机关里突然气氛肃穆，所有人都严肃得变了一张脸，因为这位进进出出的大领导居然出事了，几天后，全国上上下下都在批斗他，批斗他的团伙。当时，沐上川刚休完产假才上班，这个事件在她心里的震动可顶一个八级地震，所幸她在潜意识里知道，不明白的事全装在心里，她只是默默地做着自己的工作。言多必失，还会招祸。没多久，东北局就成了一段历史，当然，也包括华北局、华东局、中南局、西南局、西北局这些大区的一级党政机关，以及各大区行政委员会，都被撤销。在撤销前，几乎天天开会，主题为揭发批判、认清罪恶、分析根源、划清界限、认识错误等，沐上川庆幸自己资历浅，也没有嫁高官，在这风声鹤唳之时，依然能安静生活。在这些会议中，她只是一个默默无闻的记录员，但在记录中，有时她的脊背会忍不住打冷噤，因为总有一些人，会在这个节点跳出来，表现得比别人更加革命，要与犯了错误的人划清界限，然后就捕风捉影，无限上纲，罗织罪名，打击他人。于是真的就株连了一些人，这些人从顶层主要负责人，发配到水泥厂、制药厂、机械五金厂、建筑公司、农场等基层单位，任副职，也有的被发配原籍，像前面说到的沐上川同学的丈夫。

也就在那年，郁黄南下土改，他从辽宁一路向南，走走停停，经河北、河南、湖北，最后停在了枫城。当时，东北局解散，按照分配方案，沐上川被分在北京，商业部很需要她这种专业的干部，可是郁黄不停地向组织申请，要解决夫妻两地分居的实际困难，所以沐上川只在北京工作了半年，就调到枫城。革命人四海为家，她来到枫城时，无论如何都没有想到，在这里一待，就是一辈子，而且深深扎下根，有了枝繁叶茂的景象。

刚在枫城生活的时候，沐上川极度不适应。先是气候，这里夏天热得你嗷嗷叫，冬天冻得你直骂娘。这里的热，四面都是火，滚滚热浪裹挟着肌肤，就连心里，都有火苗呼呼地旺着，汗不是一滴一滴的，而是呈水流状湿过来。冷的时候，骨头缝里总有风飕飕地穿梭，最最恼人的是，这里的冬天不生炉子，偶尔办公室会摆上一盆炭火，炭灰浮在空中，然后落在头发里衣服上，沐上川从来没有见过这等场景。还有，让她惊讶与郁闷的是雨，从冬天开始，没完没了，一直下到春天，春天下雨似乎名正言顺，然后在夏天更加猖獗，雷雨暴雨，一阵一阵，隔不了几天就发洪水，好不容易熬到秋天，秋雨又以绵绵无期的姿态，婉转在一天天的日子里。关于气候，沐上川在与众哥哥众姐姐的通信里，一直发着牢骚。

直到很多年过去，她再回北方，又不习惯干燥的气候了。她觉得脸上干，干得起皮起皱，身上的皮肤哪儿都痒，一层一层的皮屑，雪花样，到处翻飞。还有辣椒，枫城炒个小菜、开个汤，也会撒把辣椒，沐上川根本就进不了口，那个时期，家里不开伙，都在各自单位的食堂吃饭，每次都恳请大师傅少放点辣椒。但即便单独为北方人做的，不放一点辣椒的菜，也吃得沐上川大汗淋漓、嘴唇发麻、嘴角起泡，后来才明白，炒菜的铁锅，早已千锤百炼，被辣椒浸透了，炒什么都自带辣味。

沐上川都不记得自己是什么时候适应的，倒是后来，她带孩子回老家，孩子们什么都好，只是突然不吃不喝的，在餐桌前斯文了两天，最后对她嚷着，要吃辣椒。以至于后来回老家，一定会带上剁辣椒与霉豆腐，否则咽不下饭。弄得哥哥姐姐围着看把戏，说川姑娘生下的孩子都成啥了，一个个活脱脱的成了南蛮子。

习惯是时间沉积的。

在枫城生活久了，也就习惯了这里的地理环境、这里的气候与饮食、这里的风土人情。沐上川看着三个女儿，有的时候会生出陌生感，她们个个能说一口地道的枫城话，吃起辣椒来，一个比一个猛，而且去一趟外地，回来会抱怨外地菜不好吃，没有辣味。沐上川在心里重重地叹着气，老家辽宁是回不去了。老了才知道，孩子在哪儿，家就在哪儿。枫城成了自己生命中最后的家。当然，那个老头子在哪儿，沐上川也必须在哪儿，这是上天的安排，尽管对他，她有一火车的不满意，可是这些不满意，在三个孩子面前就不得不淡化。人在世间，能安安静静度过一天一天的时光，就算赚到了。未知的未来无法预料，谁都一样。

沐上川躺在阳台的躺椅上，好远的过去，莫名其妙地绕来绕去，一睁开眼，自己还是在枫城的家里，郁寒雨与郁澍在家里窸窸窣窣一阵后，人早走得没影了。

第六章

郁黄有一天问他的陪护老娄："我的家在哪里？"老娄见他认真的模样，笑着告诉他："你的家在枫城老干所，你老家在天津武清。"

郁黄望着窗外的湘江，水面宽阔，从南往北，在城市的中央，蜿蜒缠绵，两岸绿树成荫，沙滩洁净，美得人屏住呼吸没了思想。郁黄的目光落在清澈的江水里，其实，谁都不知道他的视线在这刻，已经穿过若干岁月，望到老家武清县大黄堡乡后蒲棒村的那片芦苇荡，他儿时最好的时光都穿梭在那里，爹娘称那为大黄堡洼，就是块湿地，可是这块湿地望不到头，夏天绿浪滚滚，冬天白雾茫茫。

小时候跟着哥哥郁青，还有村里一般大的孩子，老喜欢在筐儿港大堤上奔跑，看堤上拉船的纤夫，他们穿得稀巴烂，却吆喝喧天的，拉着大运河里运粮的官船，而郁黄更喜欢站在那里，看湿地里的芦苇，稍稍有风，便有呼呼的声响，远远近近的。各种鸟类一会儿水里，一会儿芦苇上，飞来飞去，嗷嗷鸣叫。湿地的芦苇，一年四季会在不知不觉中变换颜色。春天绿芽冒出来时，人们开始蠢蠢欲动了，其嫩芽可做菜也可入药，春风一吹，似乎是眨眼间，成片的芦苇变得郁郁葱葱。随着夏天的来临，这绿色开始慢慢变得老到，变得深沉，绿波在阳光下，不断变幻，且波光闪闪。到了秋天，这波光就开始浅了，叶子也慢慢变黄，远远望去，白色的芦花漫天摇曳，在风里婀娜，但如果是在阳光下，一望无际的芦花，看上去又像就要收获的金色麦浪，翻滚在静静的水面上，湿地后边的燕王湖也就美得一塌糊涂。

小时候的郁黄，与哥哥在村里私塾发了蒙，可他整个身心被芦苇荡所吸引，一没注意他就钻进芦苇地，撩开芦茎，在密密的芦苇根部或密集的芦秆间寻找鸟巢、捡鸟蛋、抓雏鸟，蹚在没膝水里，眼里全是小鱼小虾。母亲只要知道郁黄去了芦苇地，回来便是一顿饱打，母亲扯着郁黄的耳朵，总是气急败坏，“地里有蛇，咬了就没命了。你知不知道？”芦苇荡里鸟多，我们知道，爱吃鸟的蛇类也知道，所以在夏天的时候，经常会看到各种颜色的蛇，在芦苇间爬行，或在水里游动。郁黄遇到过几次，自己好不容易发现一个野鸭的窝，伸手过去时，里边盘着一条正在享用美食的蛇，郁黄吓得屁滚尿流，踉跄着跑开。

坐在湘江边的病院里，郁黄偶尔会想起妈妈扯着他的耳朵，从院子往屋里走的情景。自己人小，步子没母亲大，而母亲气蒙了迈着步子只管往前冲，郁黄伸着脖子歪着头，一路小跑，母亲的动静在那一刻是震天动地电闪雷鸣，到屋里，拿起神龛边上的鸡毛掸子，就直接朝他身上扑来，而这个时候，郁青头都不抬，看着他手里的书。与郁青亲不起来，很可能是这一幕在他的记忆里根植太深。弟弟遭难，他怎么可以如此镇定，一副不闻不问的样子？

若干年后，郁青从台湾回来，郁黄问他，他一脸茫然，说不记得了，并一再强调，妈妈从不动粗，她怎么会打你呢？说得郁黄瞠目结舌。可是母亲揪着他耳朵的劲，在某个时刻，分明还在他耳朵上，麻辣火烧的，他会不自觉地用手扯着自己的耳朵，脸上酿起笑意，只有这个时候，他又回到大黄堡的家里，母亲真真切切地站在他面前。

母亲韩氏是在九十三岁的睡梦中去了另一个世界的，郁黄感到庆幸的是，在她最后的几年里，他回去过几趟，陪她唠嗑，老人家念得最多的还是郁青，一口一个“青儿”。有一次老人家自己说开了，她戳着郁黄的脑门子，小时候就你皮，一天到晚往芦苇荡里跑，你青哥哥比你乖多了，他在学堂认真读书，回家帮我做活，他怕你被蛇咬，每次都是他跑回来告诉我，弟弟又上筐儿港大堤了。

郁黄望着老母嘿嘿笑，这么多年过去，才知道当年是郁青告的状。其实第一次上芦苇荡是郁青带去的，只是后来，他不去了，而郁黄不去就做不到了。只是，郁青的这个状，害他没少挨打。所以，多年后兄弟俩在饭桌上，郁青说母亲从不动粗，郁黄本想把他当年告状的事说出来，可是望着他认真的样子，郁黄始终说不出口。那天，他陪着郁青给母亲上坟，郁青扑在坟头号啕大哭，郁寒雨郁南霜她们上前去扶起他，扶了几次，都没有扶起，他就那样扑在长满野草的坟堆上，旁若无人地大哭。那年他八十岁，他有近五十年没有回来过。他是该哭的。郁黄心里想。

本以为郁青在有生之年不能来爹娘坟前这么一拜了，二十世纪八十年代，郁青就与大黄堡联系上了，在1988年秋天，郁青的两儿子与女儿带着家人大大小小，一路浩浩荡荡来寻亲访祖，在天津机场接机的是郁黄丢在老家的一儿一女——郁红阳、郁红缤，还有郁黄两个姐姐的孩子。来的人阵容强大，接待的人阵容更威猛，这些人四目一对，都能从对方脸上，读到自己或亲人的影子。

郁青的孩子们在大黄堡待了几日，在老屋里各自睡在自己的睡袋里，孩子们见到望不到头的芦苇极为激动，嚷着："这就是爸爸常唠叨的芦苇荡！""比他说的还美啊！"

他们来的时候正是晚秋，白茫茫的芦苇花散着秋波，把这些一直漂在外乡的大黄堡人，看得泪眼婆娑，举着录像机边看边录，"录给爷爷看。"那个时候，大陆这玩意儿还比较少见，郁家的人还极其配合，时不时出现在镜头里。

郁青这个录像的孙子举着录像机，要家族老屋里的人一个一个出场，要大家用武津大黄堡的话自我介绍，我是谁家的，叫什么，说是郁青在台湾要看看家里人听听家乡话。他呢，举着冰糖葫芦，使劲咬一口，对着镜头大声喊："爷爷，这是不是你常给我讲的糖堆儿？"

他们一行，后来又去了北京，见三叔一家人，然后来到枫城，郁青的孩子们见到郁黄，个个嘴巴张得老大，"叔叔长得跟爸爸太像了。"他们捂着嘴，说着自己的惊讶。

这边是由郁南霜去北京接他们的，南霜是枫城师范历史系老师，随他们一起在北京游了几天，随口说起京城明清历史故事，听得他们一愣一愣的。

走在不起眼的小胡同里，随便一个宅子，都能引申到历史，小门脸里原是深宅大院，是从前王公贵族的府邸，什么恭王府呀，雍亲王府呀，礼亲王府呀，庆亲王府呀，醇亲王府呀，孚郡王府呀，淳亲王府呀，睿亲王府呀，郑亲王府呀，涛贝勒府呀，四处都是长廊、楼亭、花厅、假山，衔水环山，古树参天，曲廊亭榭，富丽天然，这些王府旧是旧了，却座座惊艳，它们静静地待在原地，往日的皇族气息，扑面而来。

看了两三个王府，他们唏嘘不已，郁南霜说，北京城有句老话“礼王府的房，豫王府的墙”，他们中马上就有人说，没有看礼王府与豫王府。郁南霜笑起来了，“北京城里缺什么，也不缺王府，够你们看的，只是我们这次的时间不够，你们下次来，慢慢看。”在故宫，他们说起台北的故宫，台北故宫里那些价值连城的宝贝，南霜笑了笑，自言自语：“北京故宫有没有宝贝，不是很稀罕，它最大的价值是它是真正的故宫，那些历史人物是在这里完成我们所知道的历史故事，所以，这里的一砖一瓦也就成了文物。”

一帮人嘻嘻哈哈笑着，郁青的小儿子郁宁洱却听得极为认真，他比郁南霜小几岁，还在大学读哲学，从在北京见面起，他就喜欢听郁南霜说话，而他插话时，又总是极斯文地称呼郁南霜为霜姐姐，比如：“霜姐姐，宁洱有个问题不明白。”“霜姐姐，宁洱想知这个掌故的出处。”他不自称“我”，而是动不动就说“宁洱”“宁洱”的，刚开始，弄得郁南霜一愣一愣，有时竟然忘了要回答的问题，一个人站在那里兀自笑。

郁宁洱也笑。

他们姐弟之间的投缘便从这里开始，当年郁南霜都三十岁了，还没嫁人，平常脸上阴沉沉的，很少有笑意在脸上停留，可是这个弟弟却能让她不时笑起来。

也就是这次以后，他们之间开始通信，两家的情况、大大小小的事务都由他俩通报，在来往中，她在郁宁洱的鼓动下，开始着手申请出国留学。那个时候大陆还很少有人做这个梦，所以郁南霜的申请很顺畅，而且她出国留学的费用有担保，都由郁青出，她在美国先学语言，然后改学幼儿教育，到最后就留在美国。郁南霜成了郁黄家的代言人，只有她与郁青一家联系甚密，她到了美国，经郁宁洱等亲人撮合，与从台湾到美国波士顿某大学担任历史学教授的麦念澧结婚。

在郁黄还清醒的时候，他偶尔会感慨，说郁青没安什么好心，轻轻松松，就骗走了他一闺女。说到底郁青这么大方，供郁南霜留学，他是在寻找一种自我安慰，对家人，对母亲，他从没做什么，他想用这种方式来弥补。

郁南霜去美国两年后，郁青那边又开始鼓动郁寒雨也出国，当时郁寒雨刚刚毕业，念图书管理专业，分在大学图书馆工作，过着安逸的单身生活。郁宁洱那次过来，见她是这种状态，跟她说，年轻人不能太安逸，要给自己压力，要有勇气挑战自己，譬如像你姐姐一样，出去见见世面。说得郁寒雨一脸期待，可是郁黄不高兴了，回到家里就跟郁寒雨说，你不能出去，你出去了，我与你妈老了，谁管呀？

郁黄在这一点上，对未来的洞见，倒是很准确。而郁寒雨当时的回答是，家里不是还有大姐郁热风吗？郁黄看了看她，没有言语。但郁寒雨知道，这个家，爸爸妈妈难得的共识是都宠她，她也与他俩亲，他们听她的，他俩的矛盾全靠她从中斡旋。所以，她十几岁时，就担负着重任，任何时候她都是家里的消防员，一有什么紧急事，就是她来熄火，虽然那个时候郁寒雨还没有意识到自己在充当这个角色，但郁黄早已看得清清楚楚。这个家的稳定，就靠郁寒雨来把持了。

也就在那次，郁黄私下里跟郁宁洱交代，要他以后不许提郁寒雨留学的事。郁宁洱当时觉得叔叔郁黄这是自私，但毕竟还是隔了一层，大家多年没在一个屋里吃饭，这些话就不好说出来。郁寒雨还在盼望大伯一家为她办理出国担保的事宜，而她也不知事情怎么就黄了。

倒是郁黄每次想起，就觉得自己这个决定相当正确，当然，他偶尔也会觉得自己作为父亲是自私的，但是他也会在这个时候记起郁青跟他说的一句与此事毫无关联的话："好好活着，长命百岁，到时我们一起回大陆。"这是郁青在台湾战友之间常说的话。那是在老家，郁青与郁黄面对燕王湖，看着在水里起伏的芦苇荡，无比感慨，说真没有想到自己还能站在这里看家乡，平常与战友常说的"我们一起回大陆"只是说说而已，没有真正指望过，如今自己真回来了，福分啊。郁黄听了他这几句唠叨，豆大的泪水，没打一声招呼，就直接落下来。

"是啊，武津人哪有不恋家的？"这又是母亲常说的一句话，儿子郁青几十年没回来过，她这样念叨，想他肯定会回家的，遗憾的是她没有等到。

坐在湘江边的郁黄会在一瞬间脑子很乱很乱，他记得一些话，可是却记不清是谁说的，他拍着自己的脑子。他跟郁寒雨说过，他在见到郁青后，就再也记不起他小时候与年轻时候的样子，想起来的，就是他八十岁走路喘粗气哈着腰的样子。那年，听说郁青要回武津，作为弟弟自然要回老家作陪。他们从机场见面开始，只是对视或微笑、点头或寒暄，在去大黄堡的车上，郁黄忍不住偷瞄几眼，在心里总觉得面前的这个人，不太像哥哥郁青，他们之间有太长时间没见过。那年他随二叔去了武汉，之后，听母亲说，回来过一次，可是那次郁黄偏偏不在家，所以，这个哥哥只是母亲含在嘴里的念叨，于他完全只是个模糊的影子。

即便是个影子，他却是存在的。

在郁黄的表格里，兄郁青，他的出生年月、政治面貌、学历等，清清楚楚地填写着，紧紧跟随自己一辈子。在大黄堡后蒲棒村老屋里，他们坐下来喝茶的时候，彼此间依然言语不多，哥哥郁青的表情高冷且谨慎。郁黄看到的是周围的热闹，其实在他身体的多个部位，埋藏着失控的导火线，稍稍不注意，便会点燃。摆在神龛上的父母，静静地注视着他们的儿子，郁青、郁黄也只是安静地坐着，难掩的局促，像极当年在外闯了祸等着父母来处置的样子。

3

第三部分

第一章

古罗村的夏天，没有暑气，日子像神仙。山高云在下，徐徐清风，吹来又荡去。赵妈与外婆从山上挖来驱蚊草、薄荷与九里香，一缽一缽地种在庭院里，驱赶蚊虫。住在古罗村，什么都好，唯一痛恨的是夏天的蚊虫，赶之不尽，驱之不走。

在村里转悠几圈，西沐的手上脚上便会冒起几个包，痒得她乱抓，皮肤红肿发炎，甚至溃烂流脓。蓝青林也是一样，她身上散发着胎儿的鲜气，蚊子追着咬，而她待在店子里，店面的门窗全部敞开，蚊子畅通无阻，蓝青林也就被咬得四处是包。

应对蚊子，村里的老方法是烧蚊香用艾草熏，可是蓝青林受不住，烟子呛人，而且蚊香还含有毒素。喊人清扫房子周围，但蓝青林发现光清扫周围是不行的，必须清扫村里所有旮旯弯里，锄草，冲洗水沟，鸡鸭不能在庭院散养，总之，这个卫生搞起来，就是一个村的事情了。还有啊，蓝青林保证了自家的清洁，却不能保证蚊子不乱飞，而外婆与赵妈认为最好的隔离方式是摆上那些驱蚊的植物，看上去绿荫清凉，气味已在空中驱赶。此外，外婆还要赵妈在房前屋后撒些生石灰，木门上挂上艾草。她说从前住在这里的时候，春天开始，家里都会撒上石灰，杀菌灭虫。而且每隔一段时间都会搞一次大扫除，烧艾叶撒石灰，祖宗传下的生活法宝，如今都没人用了，大家只想着如何方便快捷，木屋砖瓦房也不护理，老屋自然也就越住越破。

蓝青林觉得每一件小事，在外婆的嘴里，可以延伸出很多没有关联的事，奇怪的是，蓝青林听着还觉得有些意思。

蓝青林看见外婆在院子里指手画脚，赵妈忙上忙下，她忍不住停下正在做的手工活，抬起头来，让笑意在脸上蔓延。

其实，外婆的能干是看不见的。

她每天早上一起床，便想着要怎么给蓝青林与西沐弄吃的，“蓝青林要给她吃，但又不能吃得太狠，也不能吃得太乱。”“胎儿在肚子里，带甜分的食物，要适当控制。”所以，早上她要赵妈煲的粥，不是小米就是豆类。上午，外婆只要有空，就会与赵妈一起去村口，赵妈是例行公事买菜，而外婆是挑选食材。回来，第一件事，开始炖汤。这汤炖得看似不经意，其实要求很多，程序也不能少。比如，筒子骨炖冬瓜，大家都觉得很简单，可是在外婆这里讲究还蛮多。筒子骨要先在沸水中过下水，清水洗后，开始文火慢慢炖，汤面上的水沫，要一勺一勺，不厌其烦地舀掉。外婆强调这些水沫不是好东西，味儿腥膻，筒子骨煮到一定火候，外婆才要赵妈把带皮的冬瓜丢进去，慢慢炖，炖到一定时候，外婆会往冬瓜汤里放几片西洋参，或把两蔸葱扎个结，在汤快好时丢进去，吃的时候又捞出来。

外婆的讲究很多。有回，蓝青林到厨房拿黄瓜吃，正碰到外婆在数落赵妈，说她冬瓜切得不周正。蓝青林立马笑了，问周正的冬瓜啥样。没承想，外婆从砧板上拿起一坨，四正四方，红烧肉样，只不过其背面是油亮的青色。冬瓜皮是外婆特地要求不削掉的，她说味儿就在这里，还能排毒清火。没有想到的是，赵妈还挺服行，上午刚刚忙完煲汤的具体事，与外婆又开始为午饭做准备，当然，这个场面，外婆依然只是动嘴不动手。家里的事务，也不知从何时开始的，外婆负责出思想，赵妈负责来执行，两人在蓝青林的眼皮子底下，磨合成了一个人。

家里有了外婆，蓝青林感觉可以少操好多心，于是多出来的空闲，除了做手工，便是用来想念郁澍。店里忙时，她来不及想，一旦得空，她便开始胡思乱想，屋子里各式挂件在她眼里开始变得魔幻，它们会有表情，甚至会跳出来说话，蓝青林坐在那里，静静地看着，情绪会莫名地波动。昨晚睡前她上了一下起点中文网，郁澍的小说《现世安好》还挂在首页，红字显示有19892人在追，点开可以看到作品信息，目录125章，作品讨论9565条。这些数字表示一切正常，郁澍一直在更新，生活中的任何事，都没有影响他更新小说。《现世安好》已写了60万字，网络小说一般只要有人追，就要一直写下去。这部小说是郁澍遇到蓝青林后开始写的，刚开始网站的编辑不认同小说题目，太安静了，可是郁澍执意，他说会有人追着读的，小说挂上去，虽然不是大红大紫，但也还是有些人气的。郁澍说他的小说只是为一部分人写的，世界上那么多人，千奇百怪的大脑装着各种思想，不可能一致，能有一小部分人把目光给他，他已经感激涕零了。所以，他没有理由不绞尽脑汁继续写他的故事，蓝青林看见郁澍在他的小说里，一会儿现代，一会儿清朝，一会儿明代，几个人物穿越来穿越去，那些读者搭着文字大巴，穿过时光隧道，在他虚拟的世界里漫游，观望别人的生活，偷窥人家的情感。

说实在的，蓝青林没有时间认真阅读，郁澍每天更新几千字，日子一天天过，小说的字数一下就累积成一个巨大的数字，而蓝青林要在现实中具体生活，所以，她只能抽空去望几眼，带着笑意，她明白每个人都是个体，所拥有的能量就是一个城堡，多数城堡内空洞、平庸，甚至贫穷，可是有的城堡里，神秘、厚实，储蓄着无尽的宝藏。蓝青林觉得郁澍就是这样的，他的想象力是惊人的，这是一种与生俱来的创作力，是上天给的，别人怎么努力也是得不到的。要说人世间的不公平，这才是最大的不公平，你尽管有权势有金钱，或者多么努力，可才华这个东西，你没有就是没有，老天不给就是不给。而拥有的人往往又没有意识到，有的显现，有的埋没，开悟了的人，便携带着才华在世间飞翔，笑傲江湖。

郁澍最近更新的内容，是小说中主要人物的家人遇到劫难，小说中的主人公在四处奔波寻求营救，在奔波的过程中，遭受一路的白眼与冷遇，小说中的主人公发出“人为何物”的呐喊。在读到此章节时，蓝青林肚里的胎儿莫名地乱动，他似乎极不舒服，胎儿心跳急剧加速，蓝青林看着自己的肚脐眼，因是极度撑开，腹部皮肤又薄又细，腹壁上布满紫色妊娠纹，呈波浪状，有时候能看到孩子的头部与手脚，很明显他已不满意他的活动空间了，时不时地伸展手脚，所以腹壁上时不时这里鼓起一坨，那里又鼓起一坨。外婆看了，笑吟吟地用自己的手掌覆在上面，说："调皮鬼，是不是想出来了？"而蓝青林只是笑笑，双手搂着自己硕大的肚子。她想血脉真的有无法言说的神奇，胎儿定是感觉到了，母亲看到的文字传输给他，他懂得担忧，他似乎看到了亲人的艰难与苦楚，所以在肚子里躁动不安。

从农历七月初一开始，古罗村的上空弥漫着一种特殊的气氛，家家户户都开始做准备，清扫厅屋神龛上的扬尘，买回各式供果，还有鸡鸭。其间，在外边工作或打工的古罗村人，只要能赶回来的，都开始陆陆续续回来了。各家各户的大门敞开着，家里人齐刷刷的，好些空了多时的房屋吸了人气，竟然有了生机勃勃的味道。

古罗村的老规矩，每年在这个时间，不管你身在何处，都要放下所有的忙碌，回到家里，住进老屋，与族人一道接祖。接祖供神是古罗村的一个盛大节日，也许你可以春节不回家，但七月半必须回来。这个节日从何而来，没有文字记载，村民们一代一代，口口相传，也就留存下来。虽然二十世纪六十年代末七十年代初，这个形式被隐藏下来，人们关着门偷偷祭拜或在心里默默祈祷，此后又慢慢恢复了，到现在，一些习俗反倒比从前遵守得更严格了，还笼罩着一种庄严的色彩。

"七月半在古罗村，家家户户都是要接祖的。"外婆说，"我打小就知道，这是对逝去亲人和长辈悼念的节日。"古罗村的村民，小时候都会听到长辈讲一个故事：农历七月十一到十五是鬼魂们走亲访友的日子，相当于人间的过年。在这些日子里，成为鬼魂的祖先会来到他从前居住过的地方，来看看自己的子孙，有福赐福，有灾挡灾！这对于活着的人来说，是一件天大的喜事。一方面可以接福消灾，另一方面，又可以与逝去的亲人交流会晤。

如此神秘的节日，不可能不隆重。

接祖的各种准备，从七月就开始了。蓝青林总是能从古罗村上空闻到某种气味，自从知道这是为谁过的节日，蓝青林就认定，她闻到的这些气味，是先辈们的气味。从山间为聚会而来，他们早已在我们看不到的空间等候着过节了。

古罗村的习俗，是在七月初八时，家家户户打扫香案、牌位、挂钟（响板），从初九的下午开始接祖，有些人家是初十、十一，据说有些特别有孝心的人家，初一就开始接祖了。接祖的日子由自家确定，没有统一的规定，但送祖，就一定是七月十五。

准备接祖时，就得在先天晚上，整个大家族的人聚集在家族中某户人家里，备好酒水祭祀供品，举行迎接仪式。外婆依然记得很清楚，正式接祖，通常是在下午酉时，暮色冥冥，天光将暗未暗，家里会摆好香案，放好牌位。住在城堡里时，麦家牌位是紫檀木的，字是深黄色的，字体大小不一，爷爷是家长，所以那些牌位一块是他的祖考祖妣，一块是显考显妣，然后还有好多块，曾祖考曾祖妣的，高祖考高祖妣的，天祖考天祖妣的，烈祖考烈祖妣的，太祖考太祖妣的，远祖考远祖妣的，鼻祖考鼻祖妣的，依次排列，上溯麦家九代；香烛点上，摆上几盆果碟、三杯茶、三双筷子，香炉里点上香，油灯点燃，再在香案前，放个大鼎罐，用来烧放纸钱，炮仗在门外点响，大人们嘴里碎念：“各位祖宗回家咯，家里后人准备了好孝敬喽。”

至此，接祖算是正式开始。

蓝青林听外婆讲这些细节时，仿佛自己也在场，因为在古罗村住了三四年，看他们张罗的“七月半”亦是如此。去年的这个时候，郁澍在家，蓝青林特意陪他在村主任陆永顺家，观摩他家接祖的全过程，陆姓在村里也是大姓，族人蛮多。他们本来只是去看看热闹，结果每餐都被留下用餐，蓝青林其实不明白，明明是祭祀先人，可是活着的人聚在一起，热热闹闹的，餐餐大吃大喝，总觉得这是借着祭祀先人的名义，在犒劳自己的嘴。

蓝青林印象最深刻的是祖宗接回来的那几天，每家每天会杀一只鸭，七月正是古罗村麻鸭出产的时候，鸭肉特别鲜嫩。鸭子杀得直接，就在香案前动刀子，用鲜血祭拜，说是要给先人吃血食。鸡也一样，在香案前杀。每天的伙食必须考虑妥帖，每餐的菜除了鸡鸭，猪肉、牛肉、羊肉是不可少的，还有豆腐、豆芽等素菜，一般是九大碗，做好后，恭敬地给先人摆上，另外，还要备上艾叶斋、糯米斋、粟米斋这些特色点心，给酒杯里满上酒，茶杯里倒好茶，然后，点烛，上香，敲钟，放一小挂炮仗，由长者郑重其事地告诉祖宗：可以吃饭了。

这声招呼，祖先们似乎真的听到了，顷刻间就集合过来，抬眼望去，香案前三炷香，寂静无声地燃着，缕缕青烟在美食上缭绕，偶尔有香烛火苗燃烧的嘘嘘声，像是祖先们用餐的吞咽声。孩子们从小就知道，这满桌的美食这个时候是不能动的，必须等先人受用完毕，才可轮到家人吃。大人们还很神秘地告诉孩子：吃先人吃过的东西，长大后，先人会把他们的智慧传给你，你就会很聪明。于是，再胆大的孩子都不敢造次，也许每个孩子长大的期许里，都想成为一个聪明的孩子。

外婆说了另一个秘密。她说是三舅爷爷告诉她的，说是供过的食物，人再去吃，真的就没有味道了，因为先人真的吃了，精髓被他们吃掉了，摆在那儿的，只是那些食物的形状。蓝青林听了后，脑皮发麻，自己又忍不住仔细回味，她在村里好几户人家吃过供奉过的食物，美味谈不上，是不是没有了平常的味道，却怎么也记不起来。但有一点是可以肯定的，摆在香案前，再美味的食物，热气会散掉，香味自然也会跑掉，食物肯定就不如我们平常出锅时吃到的鲜美了。

此前，蓝青林都是看别人家过七月半，外婆来了，七月初，她便开始张罗，与赵妈在集市买祭祀时需要的东西，香烛、纸钱、炮仗以及烧包用的各式东西。所以，这次蓝青林是亲历其中，参与了全过程。

外婆说上次她跟赵妈去楸树坡上的墓地，看到山上的道路，墓地周边，都长满荒草，寒凉在山间的日光下流泻，在那一刻，她好难过，便动了今年一定要接祖的念头。她要祖宗恕罪，她与哥哥们都出门在外，多年不归，三位哥哥如今客死他乡，所以每年的七月半，阎王给先人们放假时，他们回到老屋，老屋不是断壁残垣，就是亲人不在，尽管蓝青林也是血亲，可是她不晓得在这个时候接祖，也没有给他们备吃的与喝的，更没有后人给他们烧纸钱烧包烧房子。

外婆在七月初八这天开始了接祖仪式，家里人不多，但各式祭祀供品特别丰富。她在接祖前，在桌上摆好碗和祭祀的物品，如糖果、饼干、水果等。在这天下午四点左右，她带着蓝青林、蓝青森、蓝波尔、郁西沐来到楸树坡上，离外婆父母、祖父母坟地不是很远的空旷之地，烧香，烧钱纸，燃蜡烛，放鞭炮，波尔与西沐端着祖宗的牌位，外婆念念叨叨，迎接祖宗。回到家，在厅屋神龛前，两张正方形的桌子合在一起，成了一张长方形的桌子，上边外婆铺了靛蓝色的桌布，然后，给事先摆在桌上的碗里倒上酒水，放爆竹、烧纸、燃蜡烛后祭祀祖先，外婆领着大家磕头作揖，隔一段时间再添加一次香火。在这期间，外婆一再嘱咐波尔、西沐，不能去碰祭祀的桌椅，小孩子只能静静地待在边上，一段时间后，香火快灭时，又要继续点上三根，接祖期间，香火必须旺盛。其间前一天晚上，第二天早上、中午、下午都要备酒水、茶水、糖果、水果祭祀，当然还要备上饭菜，好吃的菜每餐都要摆上。有些菜外婆亲自掌勺，她说红烧肉是她父亲最爱的，豆豉辣椒蒸火焙鱼，母亲喜欢。除了饮食，在香案前也摆了血鸭祭祀，每天郑重其事，盛情款待，像家里真的来了许多贵客，直至七月十五傍晚，才起身送客。

七月半最重要的事，是送祖。也就是七月十五下午五点左右（时辰是酉时），古罗村家家户户走出家门开始送祖，毕竟祖宗是要回阴间去的，据说是阎王给他们的假期到了，必须在这个时间赶回去。亲人的不舍、先祖的留恋，在这一刻演绎得格外隆重。

在把祖宗接回来的这些日子，家里人除了尽心尽力地做好饭菜，每天要做的事就是给先人封钱包，并在钱包外面写着逝去亲人们的名字，里面包着冥纸钱、纸戒指、纸车子等，封好后，将鸭或鸡血滴在上面。村里的规矩是由家里读过书的来写钱包，如今是毛笔字写得工整的，来做这件事。除了给自己的先人送上表达孝心的钱包，还有一些讲究，譬如：还要写一些钱包，打点各路牛头马面的角色，以及阴间的大头管事的。

活着的人以自己活在这个世界的体验，去想象未知的另外一个世界，生怕自己的祖宗在阴间过得不顺利，遭受委屈，被鬼欺负。钱能搞定的事，后人必定全力以赴。所以，都会认为钱包封得越多越好，以此表达后人的孝顺。在封钱包时，人们除了给自己直系的祖宗送，还给旁支的过身的，各种拐弯亲戚，来个顺水人情，反正就是几张草纸，也不是真正的钱，几乎所有的人都表现得慷慨大方。只要是自己想感念的先人，都会一一表达这份思念之情。这些事情一般是在接祖的这几天里做的。而做这些，想法极为简单，就是想让先人在阴间衣食不愁。于是这些钱包，好多人家都是几箩筐几箩筐地写好装好，等着到了十五送祖时，在旷野里焚烧，烧了便表示让先祖带上了。

烧钱包、烧衣包是在这日下午祭祀之后，鞭炮一路放过去，把祖先们送到事先准备好的湖边堤岸上，或河滩溪水旁，总之得靠着水。那天，外婆带着他们在楸树坡上对着寒水溪的空地上，铺上稻草秆，在上面摆好各色礼物，衣包、供品、香烛，烧香烧纸祭祀，然后把衣包、香纸等一起焚烧给先人们，衣包烧得差不多的时候，再围着焚烧的地方放鞭炮，表示已经把祖宗送走了。楸树坡的风低低地吹下去，在寒水溪里迂回斡旋，带着一股气势，又往山坡上刮，从罗水湖边吹拂来的风儿一到，便把刚刚烧过的灰烬，吹得干干净净。烧过的纸片，失重的，一片一片，在空中漫散，大的灰烬，看上去像翩翩起舞的蝴蝶，黑的，白的，灰的，悠悠摇晃着，渐行渐远。外婆站在溪水边，拱手作着揖，送客的样子，嘴里喃喃。她望着天空，对边上的蓝青林说："你看见了吗？这些灰烬散得好快。"静默了一会儿，"灰烬散了，表示先祖收到了我们送去的礼物。"她说。

接着，在古罗村周边的溪水里，一盏一盏的天灯，随风而动，静静地漂向罗水湖，灯在湖里漂流，光影在水里舞蹈，天上人间，地下龙宫，恍若就是这般景象。

景象如梦如幻，繁花似锦。寂静之中，流向湖的深处，直至消逝得无踪无影。到下一次见，那就是下一年了。

在古罗村有一种说法，烧包是一种思念、一种寄托，是对逝去亲人的一种表达。他们用这种形式，希望先人在冥界衣食无愁，日子过得富裕，当然，也祈盼先人能保佑还在世间活着的亲人。所以，这些日子，他们会对逝去的亲人絮絮叨叨，告诉他们近年发生的事，喜事报喜，感谢他们的保佑！难事伤心事，会诉说衷肠，恳请先人神助！用他们自己的话来说，古罗村七月半的接祖送祖，是某种意义上阴间与阳间的交流时刻，也可以说是先人与后人试着重逢的节日。于是在这个节日里，貌似有一场灵魂深处的交谈，人们接受着阴阳相隔的事实，却用彼此关怀的方式，开展一场祭祀，相互问候，相互暗示。他们始终相信，亲情无界，血缘无界，生死之间于某个空间存在联系。

尽管存有这份相信，可是一些禁忌，分明又是害怕的。他们害怕先人害怕鬼魂。在天黑之前，送完祖宗了，烧完包了，七月的大事算是告下一个段落。只是在这天晚上，与十六的晚上，家家户户，早早吃过晚饭，然后门窗紧闭，都在家里不出门。在这两天的晚上，大人们看紧自己的孩子，绝不让他们走出家门半步。

如此谨慎，又因一个传说。传说阴间也有调皮鬼，到了阎王下令回去的日子，他们留恋人间的锦绣繁华，不舍归去，偷偷地躲在人间寻找替身。而他们最喜欢找小孩子做替身，把鬼魂依附在孩子身上，以此名正言顺地逗留在人间。这对孩子来说，是件极其可怕的事，身心备受摧残，弄不好，从此百病缠身，继而夭折。这样的传说，说得每个人都神经兮兮的，不相信者也没有胆量以身犯险。所以，在这两天里，外婆紧紧看护着波尔与西沐，不准他们离屋寸步，蓝青林双手时不时地搂着自己的肚子，她想搂紧肚子里的孩子。

有些事，听着听着，不是信了，而是怕了。这个时候，谁都害怕被鬼盯上。有时候，她又笑，她明明是个彻底的唯物主义者，到了古罗村，传说听多了，心里竟多了一些怕意。其实在很多地方，称七月半为中元节，也叫鬼节。她想有些东西是解释不清的，既然传承下来，也许总有些根据与意义，信一点，心存敬畏，不是件坏事。特别是今年，外婆在家里把这个节日过得像模像样，所有的仪式没有塌一点场，身临其中的蓝青林，却是小心翼翼的，她是外婆的外孙女，她担心外婆的先人不认识她，还怪她住在麦家的老屋里。她笑着把这个想法告诉外婆，外婆严肃了半秒钟，然后牵着她的手，来到香案前。外婆上了三炷香，她把手抚在蓝青林的肚子上，对着神龛上的牌位说："爸、妈、阿公阿婆，这是我女儿的女儿，她喜欢这里，所以住下来了，她把我们的老屋打理得好好的，如今她又快生孩子了，请你们要保佑她。"

在祖宗接回家的那几日，外婆一有空，便把蓝青林扯到一边，她与祖宗一遍又一遍地报告。在外婆报告的时候，蓝青林总是举头凝望上空，希望在某个特定的瞬间，能够肉眼望到祖宗。这当然只是躲在她心里的想法。如此这般琐琐碎碎，同时也是吃吃喝喝，农历七月半这个传统节日就彻底过完了。

这个节日一过完，日子便飞起来，眼看着天上的下弦月一日小于一日，农历八月也就到了近前。农历八月一到，也基本上就步入阳历九月，人们的日子又开始过回阳历，九月底的时候，哥哥蓝青森带着蓝波尔又来到古罗村。

哥哥此行的目的是要把蓝青林接出古罗村，他说就快生了，去县城待产，稳妥一些。外婆点着头，说她也跟去。可是蓝青林与哥哥说东说西，就是不说去县城生孩子的事。一向温和的哥哥突然跟蓝青林急了，他说："青林，赶紧收拾，一旦发作，可不是闹着玩的。"蓝青林搂着波尔，看着西沐，说："哥，你紧张啥？村里这么多女人生孩子，不都挺好的。"外婆用手指戳了蓝青林的额头，"你真不懂你哥的心。"她斜睨了她一眼，说："听你哥的，住过去，横竖没几天就要生了。"

蓝青林的预产期在九月底十月初，其实，她该做的准备，都做了，一旦发作，就可以直接去医院。她想好了，来不及，就去镇上的医院，来得及，就去县里的医院。镇上的医院，只要在村口坐船，在罗水湖里转几圈，坐在机帆船上，十来分钟的样子，就可以到了。

哥哥每次回古罗村，都会住上几天，陪着外婆在楸树坡那棵大楸树下坐坐，这回，外婆拉着蓝青森要去城堡看看。那片长满青苔的断壁残垣，在时光里沉睡着，外婆试图去唤醒它们，所以她老是跟蓝青森讲她小时候在城堡的事情，青森不像青林，他在外婆旁边像是在听，心却在打野。

外婆朝他手臂上一拍，"走，我们下去，到里边看看。"她指着一条麻石道，道上铺着青苔，石头缝里长满野草。蓝青森还没缓过神来，外婆已站起来，往那边走了。

“不行，外婆，这路好久没人走，滑。”蓝青森扯住外婆，那个下午，蓝青林也在，还有西沐与波尔，迈克在那刻已经冲到麻石路上。

外婆推开他的手，“有你扶，滑什么滑？”接着她挽着他，说：“你扶稳哒，放心啦，我就站在那望一望。”于是他们踩着没膝的野草，波尔跟在后面，下午三四点钟的阳光追赶着他们的背影，这三个背影镀上一层金色的光，带着光，他们向城堡缓缓靠近。

蓝青林看不见外婆的表情，但她能猜到外婆脸上堆起的狐疑、惊怵以及不敢相信的夸张表情。城堡里的腐烂、荒凉，在风中激荡，外婆踉踉跄跄，却又极其镇定。蓝青林在几十米外，能感觉到哥哥蓝青森心里的害怕，那害怕更多的是一些担心，在他眼里，城堡坍塌了，多年没住人，剩下的就是一堆乱石，城堡侧门的房梁也垮了，砖石覆盖着，风化后也长满青苔，石缝里倒是长出了灌木，这也表示进城堡唯一的通道给堵住了。别处虽然可以进去，却很危险，城墙垮了一部分，绿藤虚虚实实掩盖着，也披挂在没有垮塌的城墙上，爬城墙进城堡，一不小心就会掉进很深很深的沟壕里。外婆也明白这里的危险，她在靠近城堡侧门时，就站着不动了，搀扶她的蓝青森顺着她的目光，望向城堡。城堡内墙体斑驳，裂缝纵横，野草疯长，他觉得没什么好看，而外婆却看了好久，以至于蹲在她脚边的迈克开始用嘴巴去蹭她，催她离开。

“老外婆，您看到什么啦？”扯着外婆衣角的波尔问，他被眼前的静谧惊到了，“老外婆，从前您真的住在这里吗？”

“您的妈妈呢？”

“您住的房子里还有啥东西？”

…………

波尔突然话痨了，在接近黄昏的时候，他被这个荒弃的城堡点燃了好奇。

外婆并没有听到他的问话，她似乎已经跨过了那道其实很宽敞的侧门，从石阶上飞奔下去，绕过圆形的石坪，又上了中间的石阶，几十级台阶被外婆的脚步“噔、噔”地敲打着，石阶的尽头是一个方形的青石板坪，内里有石栏杆，一口圆井旁，有不少人在洗衣浆衫，或者淘米洗菜，往南一拐，就是她家院子的大门了。

暗红色的木门通常是虚掩的。轻轻推开，妈妈定是坐在堂屋里喝茶，或者正做着针线，院子里两棵柚子树娴静地挂着青果，父亲与哥哥们在东厢房议事，后院的厨房里热气腾腾，一日三餐被两三位厨师打理得井井有条。主家随时吩咐，饭菜立马就好。家是什么，家是厨房灶台上总是有时令食物，灶膛里的火，呼啦啦的，时大时小，屋顶上瓦片上炊烟不断，屋内人饮汤食饭。所以，外婆推门进院子后，见过妈妈，见过父亲与长兄，最想去的地方是厨房，她想要嗦一碗家里的肠子粉。

只是这碗肠子粉还没来得及开吃，蓝青林在楸树底下一声呼喊，硬是把外婆从城堡里的饭桌上生生拉了回来。蓝青森与波尔明明陪在外婆身边，却不知道外婆在那个时刻回到了过去。要不是蓝青林的这声呼喊，外婆肯定会陷进城堡里。

哥哥蓝青森带着波尔走的那天晚上，古罗村一片寂静。

寂静的夜晚在蓝青林看来一切如常。

她摸摸细细做完睡前要做的事宜，正准备躺下，时间在那时已经过了十点钟，她刚往床头一靠，整个人突然往下一落。蓝青林闭着眼睛，听见自己的五脏六腑也跟着咯咯作响，她立马惊到了。不知自己落到哪里，睁眼一看，自己笨重的身体还是躺在床上，只是屁股下面有一摊水，水浸湿了床单，一股子腥味在房间里散发。

“难道是破了羊水？”这样想的时候，疼痛应声而来。她捏着手机，想打给郁澍，但她犹豫了一下，还是先摁了哥哥的电话。可是，要打电话联系的人，都不在身边，她必须叫醒外婆与赵妈。她试图起来，可是脚一落地，便像踩着棉花，身体晃了起来，支撑不住，直接栽在了西沐的小床上，西沐撇了撇嘴，头往里边靠了靠，又沉沉睡去。

蓝青林叫了几声“西沐”，西沐根本听不见。蓝青林只能狠下心来，用手去拧她的屁股蛋蛋，她小手拂了拂，瘪起嘴哭起来，可她哭归哭，照样还是要睡。“西沐，醒醒，帮我去叫外婆！”蓝青林喊着，同时她疼得尖叫起来，然而，西沐仍然没有醒来的迹象，于是蓝青林只能下毒手，用手指掐西沐，这下西沐敞开嗓门尖叫着号啕起来，只是这闺女的眼睛还是紧闭着，你不掐她，她立马又睡着。蓝青林气得从她小床上滑到地上，好在刚刚她下狠劲揪了一下西沐，她总算哭声嘹亮起来。

外婆与赵妈几乎是同时进屋的，她们倒是不慌，从从容容扶起蓝青林，赵妈给她女儿凤莲打电话，叫她赶紧联系去镇上的船。来往镇上的摆渡船只有两艘，夜晚的时候，一艘停在古罗村，一艘靠在镇上的码头边。那里的罗水湖边上有向东蜿蜒的罗水河，每天早上六点多，镇上码头的船就会开往古罗村，古罗村的，也会开往镇上。来来往往，不急不慢，日子就这般晃悠悠地过着。可是今夜，古罗村吆喝喧天，揭瓦掀屋，大家上蹿下跳都在找一个人，这个人就是陆永顺的老爹，平日都是他在开渡船，开了几十年，从未出过什么岔子，偏偏在这个节骨眼上，找不到他的人。

陆永顺听说蓝青林要生了，老爹人又找不到，急得在他屋里使劲找船钥匙。船停在湖里，按道理人是没有离开村子的，陆永顺的娘走了四五年，平日里陆老头收了工，都是一个人在屋里抱个收音机，听听戏剧，喝点米酒，可是今日屋子空空的，就是找不着人。

如此本来要沉睡的村庄热闹起来，青石板上脚步声吧嗒吧嗒地响着，大人们“陆伯、陆伯”一路狂喊。赵妈从屋里到巷子里来回跑了好多趟，不停地对着陆永顺喊着：“怎么办？怎么办？你那个死老爹找到没？”

陆永顺已经把古罗村翻了个遍，他因为急，也变得气鼓鼓的，机帆船他是会开的，可是找不着开船的钥匙。隔着墙，他已听到蓝青林呼天喊地的疼痛了。也就在这时，蓝青林的外婆冲了出来，她对着陆永顺喊话：“找不到你爹，还有对面的戚爹呀，赶紧打电话，要他开船过来，我们带着青林就去码头等。”

如此一喊，一村的人才醒悟过来，陆永顺也一巴掌拍在自己额头上。人一紧张，就成一根筋了。一个电话，船瞬间解决，戚爹正往古罗村开，等赵妈拿着早准备好的产妇待产包，外婆扶着蓝青林走到码头，黢黑的湖面上漾来一阵风，风里有“突、突”的机帆船声音，陆永顺心里一块石头落了下来，幸亏麦家阿婆提醒，不然，真不知会出现啥局面。

戚爹把船调好头，带着一行人，直接往湖中深处的黑色里开，船头的灯亮度不够，却能照见一丝一丝的水汽，罗水湖在夜里的寂静是骇人的，周围的山，明明是黑影，却好像在移动，林间时不时惊起野兽或鸟类的怪叫与响动，山影幕布一般，深深浅浅的，于是便有了可以让眼睛想象的图影。

蓝青林坐在木凳上，斜靠着栏杆，湖面的夜色让她暂时忘了疼痛，她傻了般盯着四周，内心的惊悚几乎彻底把她淹没，白天，环湖的青山，层峦叠嶂，连绵起伏，秀丽俊朗，从山上吹过来的风，湿润清凉，可是在夜里，这些白天的山清水秀就蒙上了诡异的色彩，白天伫立不动的青山，这会儿全走动起来，而且还拖着笨重的身子开始舞蹈，开始吟笑，是的，瑟瑟凉风，竦竦山木，在群山里起伏跌宕，朦胧中像有一群人，若有若无的，浅笑低吟。

蓝青林忍不住全身发抖。好在外婆一直紧紧地握着她的手，不时用手去拂她额前的刘海儿，“不用怕，月末月初，就是这么黑，不要怕。外婆小时候坐的摆渡船，还是木筏子，摇桨一下一下地摇，在寂静里发出怪异的响声。外婆小时候晚上也坐过船，船上就点着一盏马灯，那亮光微弱得随时都会黑，那才叫怕呢。”蓝青林抬头望着外婆，额头上的汗从头发里流了出来，她已无力张嘴，无边无际的黑色，正紧紧地裹挟着她，她眼睛里的光开始散淡，眼前的外婆成了一团黑影，人也变得困了，甘愿陷入这片黑色里沉睡。

眼睛刚刚闭上，赵妈冲着蓝青林一嗓子喊过来：“西沐娘！别睡！马上到了！”蓝青林一个寒噤，脸憋得通红，她抚着肚子，似乎想忍着，可是脸上的表情在告诉大家，她忍不住了。

她呆呆地望着外婆，被外婆抓住的手，反过来抓住了外婆，她开始喘气不赢，她对着天对着夜空嚷起来：“不行了，不行了，娃要出来了。”

“没事，你别忍了，就让他出来。”外婆说。

“他要出来，我们挡不了的。”赵妈附和。

船头，戚爹认真开着船，陆永顺分明听到蓝青林的叫嚷，所以，他背对着她们，一直在用手机与镇医院急救中心通话，要他们赶紧来码头。这两个男人在船上似乎帮不上什么忙，但他们两个站在船头宽厚的背影，足以让外婆与赵妈心里踏实，她们让蓝青林躺在船板上，让她平静地一呼一吸，一呼一吸。就那么一会儿，一声啼哭冲破夜空，这月黑风高的夜晚，因为这婴儿的哭声，夜色开始温情脉脉，哭声嘹亮在湖面上，又如夜莺的歌声，辽远又动听，再抬头，岸上的灯火已到近前。

“是个男娃。”赵妈用早就准备好的纸布巾包裹着婴儿，同时向大家报喜，之后，她又忍不住要显摆一下自己未卜先知的高明，“麦家外婆，我说得对不对？我早说了，这孩子是个男娃吧。”她眉开眼笑。

娃儿一生下，船就靠了岸。

医生与护士从救护车里冲到船上，剪脐带，消毒，包扎，简单地处理后，把产妇放上担架，护士抱着婴儿，又一起去了镇医院。赵妈扶着外婆，也上了岸，脚步竟然不是往日的跌跌撞撞，那是脚底生风，她们朝着救护车开走的方向，与随在一旁的陆永顺，一起走向镇医院。那刻，他们心无旁骛，耳朵里竟然灌满了婴儿嘹亮的哭声，他们被这哭声弄得全身战栗，情绪激昂。

昨晚罗水湖上的惊心动魄，躺在医院的蓝青林完全不记得了，生完孩子的疲惫与虚脱，让她的眼睛无论如何都睁不开，她想睡，好好地睡一觉。睡在床上的她就觉得一身都是痛的，腰痛，胯骨像散了架子，可是她连哼哼唧唧的力气都没有，正要眯眼时，护士又过来摇醒她，给她打个针、喂片药。而她身上动不动就湿渍渍的，虚汗出得像淋了水一样。赵妈给蓝青林不断地抹身子换睡衣，边换边唠叨：“麦家外婆，你说这些事，是不是该西沐爸爸做的？”也难怪，她守了一个晚上，做着做着，便有了一些脾气，孩子都生了，孩子的爸爸还没出现。蓝青林在这个夜里，因为虚脱，竟也没有正眼仔细看一眼儿子，她不是不想看，而是没有力气看。她闭着眼睛听医生说，有六斤七两，发育一切正常，其余她就暂时不去关心了，因为其余的都不重要了。

早上，赵妈女儿凤莲牵着西沐，提着鸡汤与换洗衣物，兴冲冲地赶来，婴儿粉嫩嫩的，睡在床边，两位老人歪在另一张床上眯眼瞌睡，她一进房间，像带进来一股风，咿咿呀呀的，看毛毛问产妇，再就是凶自己的妈妈，说她不该让麦家外婆守在这里。说着说着，她瞅着西沐突然来气了，“你那个老爸，几个月都没出现了，他凭什么就这么放心呀。”边说边从钵子里盛出汤来，“他未必不知道，生孩子对女人来说，就是过鬼门关啊？吃苦受累不算啥，时时有搭上命的可能呀。”

可能因为是早上，两位老人家坐在床边木愣木愣的，蓝青林通过几小时的休息，面色开始红润，她睁开双眼，用母爱包裹着在边上酣睡的宝宝。可是凤莲也不知哪根筋搭错了，她问蓝青林，宝宝生了，报告了郁澍不？蓝青林说，昨夜太慌乱，手机在护士那里充电，所以还没来得及报告。

凤莲把手指竖在嘴上，她的嘴角诡谲地往上一扬，轻轻一笑，“那就好，那就好，我来演一出戏，你们都躲到一边，不许吭声！”然后，她又指着西沐，“你也一样，不许作声，听到没？”

她嘚嘚地跑到护士办公室，取了手机，接着叽里呱啦地与护士说了一阵，护士三十来岁，听凤莲这么一说，立马很共鸣，毫不犹豫地站在凤莲这边。

镇医院是有网络的，所以凤莲要蓝青林打开微信，然后交代她不许出声，一切都由她来说。

嘀嗒嘀嗒的视频呼叫声响起，响了一阵，没有回应，蓝青林说，他晚上要熬夜，现在肯定醒不来。凤莲斜睨了她一眼，“今天你男人醒不来，也得醒！”话音刚落，那边接通了，郁澍睡眼蒙眬，眼睛都没睁开，就喊：“老婆，你干啥哈？这个时候吵我。”

“孩子要出来，几时还晓得选时间，他哪里知道郁澍大人这个时候要睡觉！”

凤莲这一吼，把眯着眼睛的郁澍吓得一哆嗦，他定睛一看，屏幕上是凤莲，于是对着这边也喊起来：“青林呢，青林呢，你干吗拿着她的手机？”

“你还记得你有老婆呀？！”凤莲在这节骨眼上没忘记数落郁澍，但也就一下，她立马转入正题，“呼你是十万火急！要不然，我才不理你！你老婆正在手术室，医生说出现了紧急情况，请家属决定，是保大人还是保孩子。郁澍，你赶紧决定！”凤莲的口气装作焦急万分。

这里还没说完，郁澍就抢了话：“大人孩子都要！”

“废话！我们不知道大人孩子都要呀！”凤莲来脾气了，她吼了起来，“二选一！人命关天！”

“我要看看青林！”郁澍也在那边吼起来。

“看不到！在手术室。”凤莲喊起来，她吞下涌上来的口水，突然就骂起来，“没见过这样做老公的，这样当爹的！你有天大的事，有这个大吗？”

“我大人孩子都要！”郁澍没有理会凤莲，只顾自己呐喊，呐喊中他明白与凤莲说什么都是徒劳，所以，他在屏幕里吼起来，“把手机给医生，我要与医生通话！”

“医生在手术室，你与护士讲吧。”凤莲早就留了一手，她把一直站在她旁边的护士拽了过来。

“您好！我老婆啥情况？”郁澍问道。

这种玩笑本来不宜与患者家属开的，可听凤莲说，这个男人在妻子怀孕的最后几个月一直不在身边，而且昨晚确实是惊心动魄，稍稍晚一点，孕妇与孩子就不知啥结局了。作为女人，她自然也生气了，所以，当凤莲要她串演这个角色，她毫不犹豫地接受了。她接过手机，对着郁澍说了一连串专业术语，中心意思就是母子处在危险之中，请家属赶紧定夺，要孩子，还是大人。她说，按道理，这是需要家属签字的，但紧急情况，视频录像可以存档做资料，您表个态吧！

郁澍在那边，没有说一句话，泪水从眼睛里奔涌而出，接着号啕：“对不起，对不起，青林！对不起，青林！”

凤莲的心直往下落。外婆与赵妈的心也往下落。躺在床上的蓝青林的心也往下落。

捏着手机的护士眼泪也出来了，她觉得她正捏着一个情感难题。好在郁澍在那边抹了一把泪，哽咽着："青林，对不起，下次你生孩子时，我一定陪在你身边，这次我们就放弃孩子吧，我要保你！保住你，才有家！"声音似乎弱下去了。可是也就一瞬间，屏幕里的郁澍大声喊过来："保大人！保大人！"

他这一声喊，病房里所有女人的脸上都有了笑意，唯独最小的女人西沐看不下去了，她奔了过去，朝着手机屏幕喊："爸爸，爸爸，你别信她们！妈妈与弟弟平平安安！"

还在号啕的郁澍被西沐这声呼喊，愣住了。

世界在那一刻辽阔静远。

也就那么一会儿，郁澍缓过神来，他喊起来："西沐，西沐，快让我看看你妈妈！"

西沐把手机移到蓝青林面前，蓝青林见到郁澍一张泪脸，他们在屏幕里相互凝视，并不言语，只有泪水不停地从他们的眼眶里涌出来，泪眼对泪眼，这是喜极而泣的泪。如此这般，像是周围没有别人，外婆心疼蓝青林，不住地念叨："快莫哭了，月子里，女人哭不得的。"凤莲也看不下去了，她头一歪，挤进视频里，对着郁澍又吼起来："唉，总哭干啥？你老婆的眼睛还要不要？你不想看你儿子？"

于是这才把屏幕对准正在熟睡的宝宝，让郁澍这个当爹的，看个仔细。

第二章

郁寒雨在妈妈的病房里见到郁澍时，她才发现自己并没有想象的那样坚强，那些平时积攒下的泪水，都潜伏在她身体的各个角落，看上去不曾存在，可是就在见到郁澍的那一瞬间，有一声巨响炸在头顶。一道闸门被打开，一些涓涓细流，突然就汇聚为一股洪流，从她的眼眶里冲了出来，她失去了所有能力，只能怔怔地抓住郁澍，让那些泪水打湿自己。

与儿子住回自己的家，家里的每样东西，因为他们的到来，开始复苏，那些带着记忆的物件，在主人的擦拭下，或者梳理下，又有了原来的模样。即便是那些快要枯死的植物，表情不再是恹恹的了，似乎萌动着喜悦的气息。把家里各个角落里的灰尘除去，把衣物上的霉味去掉，把房间里的空气换一换，稍稍整理，这个家又温暖了。郁澍住回到他从前上学时的房间，房间里所有的东西都保留着，都是他走时的模样，他的赛车、他的篮球以及墙上他喜欢的歌星朴树的照片，都还待在原处。家是什么呀？家是留存记忆的地方，家是在各个角落散发出自己气味的地方。

郁寒雨从来没有想到过，郁澍会成为她心里的定海神针。牵着郁澍的手，在楼道里遇见邻居，郁寒雨的目光不再躲闪，她安安静静地，一如从前，颔首浅笑。郁澍明亮的眸子，让她学会了面对。世上真的没有什么大不了的事，谢一民在外边做了什么，该他承担的，应由他去承担。他的事情离她那么远，自己干吗摆出一种惭愧的姿态，来迎接别人的审视，或者低眉顺眼地去接受那种无理的审视呢？面对这些目光，她要像李白一样，仰天大笑出门去，让你们这些目光在蓬蒿之间游移蔓延，你们只管嚼舌根，只管咂巴着那些口水，娱乐娱乐自己荒凉的心，风儿吹过，日子盖过，活着的人该干吗就干吗。

自从郁澍回来，郁寒雨心里就开始亮堂了，什么事都由他张罗。只是自己欣喜过分，在家里做这做那，好久没有住人的屋子，看见儿子回来了，当妈妈的肯定是会有做不完的事。看得见与看不见的灰尘，用清水抹了又抹，然后是柜子里的衣服、箱子里的床单被套，用时郁寒雨都要用洗衣机洗了烘干，她好像只相信水，她认为只有水才是干净的，那些在空气里裸露着的东西，她都认为浸入了灰尘，摸一摸，手就脏了，就想赶紧洗手。

郁澍觉得妈妈有洁癖。

而洁癖的后果是寻累，几天之后，郁寒雨的眼眶发黑，眼窝深陷，最最关键是她的腰突然就直不起来，腰椎处有一两节骨头脱臼了一般，无法受力，也无法用力，她躺在床上稍稍移动一下，都痛得钻心，下个床更是要命。她想，这是怎么了，之前从来没有发生过这样的事，自己老是老了，可是身体一直还是马马虎虎的，这些年从来就没有病得躺在床上动不得。

儿子郁澍当机立断，把她送进医院。在去医院的路上，她很沮丧，想这是怎么了？自己难道与医院杠上了？从什么时候开始的，她都不记得了，她每天都要往医院跑，不是爸爸就是妈妈，要不就是他们一起待在医院。在医院里她看到了太多生命的无常，前一秒钟还是鲜活的，下一秒钟心脏就不跳了。只是她从来没有想到，自己也会要住进医院，儿子回来还只有几天，他就送自己进医院，而自己躺在病床上，是真的动弹不了了。

儿子找到外公郁黄的陪护老娄，在他的介绍下，郁澍帮妈妈找了一个临时陪护，在医院开始一系列检查，然后理疗、镇痛、消炎，一天一天都被各种治疗填满。医生说，这病搞不好还会发作，甚至会有瘫痪的可能，建议钉几个钉子固定一下，让腰椎慢慢复位。

郁澍找了好多专家，反复论证，最后决定给郁寒雨做手术。郁寒雨也没明白，现在的自己为什么啥都愿意听郁澍的，为啥就对他这么放心？

有一点郁寒雨心里是明白的，无论如何，她愿意依赖儿子，这世上除了儿子，还有谁为自己着想呢？所以，医院里的事，就由着郁澍处理，干什么，郁澍只要与她说一声，她就马上照办。

郁寒雨的想法是对的。在医院里治病的这十几天，郁澍安排得井井有条，外公外婆那里，他也照顾得一点不差。我们通常总认为孩子没长大，他们做什么事，都不愿意放心，更不要说是放手了。

其实，郁寒雨是背水一战，她没人可以依靠了，郁澍是她的唯一。当一个人没有选择时，他只有认命，而这次认命，让郁寒雨看到了郁澍的成长，他确实已经长大。

可以出院时，她心里着实感叹了一番，很多事，自己以后再也不硬撑了，放手交给儿子，他肯定会比自己强多了。可是，她却没有想过，她这一放手，郁澍就脱不了身了。郁澍的感觉是他刚抽离一下，妈妈的柔弱又靠了过来，他无法推开，同时在心里也放心不下。

人与人的关系，在很多时候就是这般，依来靠去。如果说是靠过来时，你没有扶住，那靠过来的肩膀是会自行直立的，可是有人扶了，他便直不起了，作为支撑者，便也开始觉得，如果没有他的支撑，这世界会坍塌。来来去去，左左右右，前前后后，道理就是郁寒雨站在那个中心点上，四周都是郁澍随时可以伸出来的手。

郁寒雨在郁澍的照顾下，顺利手术，家里也请了阿姨，生活不再只是不停奔波，郁寒雨感觉自己往前赶的脚步终于停下来了，母亲由李姐陪着偶尔也过来，围桌吃饭，人多一点，才有家的样子。有时，在这边吃过，就由李姐去医院给爸爸送个饭，而母亲就在女儿家晒晒太阳，给凉台上的植物松松土淋淋水，日子又有了从前的安静。而这个时候，郁澍开始往外跑了，郁寒雨装作不知情，与母亲聊家常、讲花草。

作为妻子，郁寒雨一直想绕开谢一民，他在外，从来不与她说他的事，如今摊上这个事，即便想伸手帮个忙，她也无能为力，不知从哪里下手。她唯愿他好，唯愿他能懂得放下，珍惜生命里并不多的时间。如果他走在那条凶险的道路上不知回头，那必定是个悲剧。

她只是在心里叹息。想起从前，他本在学校教书，日子过得安安静静，但在那个时候，他如飞蛾扑火般步入政坛，她每每对他一发表自己的见解，他就黑起脸，她便收了话题。人生都是自己的选择，想做什么事，老早就在他骨头里左右了。这种话不投机的次数多了，郁寒雨也晓得什么话是谢一民不喜欢的，于是尽量回避。回避的目的，是不想发生冲突，没有正面冲突，家里的气氛就和谐了，至少不会恶语相向。

从小目睹父母争吵，长大后，郁寒雨就不相信爱情这个东西。最开始她是害怕的，但她知道女孩子长大了，总得嫁人，至于嫁给谁，在那个年龄段，所认识的男性实在太少，很多事情还没想明白，就稀里糊涂步入婚姻。郁寒雨要嫁人时，母亲沐上川跟她说，嫁人之前一定要擦亮眼睛，如果你嫁了，即便是坨狗屎，你也要吞下去。婚姻就是这样的，浪漫幸福只是大家对婚姻的想象，而琐碎与残忍是内核，能忍，婚姻才能维持，才能让一桩婚姻稳定下来，夫妻之间看上去恩爱。

郁寒雨上班时，看到身边那些男同事，手里突然有了点权，或有了一点钱，自我感觉就飘起来，明明快五十岁了，喜欢的还是年轻女孩，碰巧有年轻女人勾搭过来，那就不管不顾了，抛弃原配不在话下，已经长大的孩子也成不了他要变心的阻力。在现实中，郁寒雨想，这些男人难道从未想过，投怀送抱的女人为了啥，他真的以为千百人中，是自己魅力独特，是众女人心仪的男神？其实，这些人心里是知道的，只是装作不知道。所谓魅力，不就是手里的权力与口袋里的金钱？只是他们没有想过，一旦有权力的男人被年轻女人依附上，那他的噩梦就开始了，而且永无止境。梦醒时分，身败名裂不说，妻离子散已成定局。

这世间有好多药，唯独没有后悔药。

郁寒雨一直后悔，不该同意谢一民从学校出来。她有时候想，假如他没有步入政界，肯定也是个教授了，每天看看书、写写论文，日子枯燥乏味却单纯，最主要的是欲念会少许多。尽管周身会散发出文人的酸臭味，闻久了，也会习惯，况且它不会给家庭招来灾难。不过，她又在心里笑，单位上的那些同事照样翻云覆雨的，最后她似乎明白一个事实：这世界哪里都是江湖，哪里都险恶，变与不变，永远捉摸不透，也无法预料，因为人心难测。所以，在她接受谢一民所从事的工作后，便不再多语，这是他自己的选择，人都是一辈子，选择自己想做的，试一试，这是一种满足。而不试总归遗憾，会一辈子心存不甘。

当初，谢一民刚到县里工作时，他有过这样的感觉，他对郁寒雨感叹："窝在学校，哪里知道世界原来是这样的。"十几年前，那些混在政界的人，感觉都非常好，仿佛只有他们在干大事，融资，贷款，立项目，拆迁，修路，搞规划，四处都是建筑工地，哪儿都在砌房子盖厂房。谢一民初来乍到，不知从哪里下手，于是每个办公室去拜访，这种拜访仅仅局限于寒暄，也有想去套近乎，学到真经，不过这肯定是异想天开。那个时候，谢一民回家后，会把他看到的听到的想到的都告诉郁寒雨。他说奇怪死了，县里常委们的办公室，墙上都挂了一幅巨大的山水画，每个人都面朝东方，坐在山水画下，更夸张的是县委书记，居然是坐在一幅长城画下。郁寒雨听人说过，这叫坐江山，而县委书记坐在长城下，是想万里长城永不倒。如此一想，这些常委都是有想法的，都想坐稳自己的位子，更想去坐更好的位子。

只是没想到，几个月后，郁寒雨去县里看谢一民，顺便参观他的办公室，他的座椅之上也挂了一幅山水画。郁寒雨看到是威武的高山，四周耸立，重岩叠嶂，从山上湍急而下的水流，汇聚在山脚，以一种奔腾之势，向左奔流。郁寒雨愕然间，大笑不已，"你怎么也挂上这么一幅画？"

"搬进来，墙上就有的。"谢一民轻描淡写地回答，人却站在办公室的对面欣赏起画来。郁寒雨走过去，往他肩上一拍，"挂反了，你傻呀。"

谢一民盯着画，不明白。

郁寒雨不说原因，自己捧着肚子撅着屁股笑弯了腰，她连叹了好多气，才指着画说："你看，你看，画上的水朝左边流，你办公室的门正好开在左边，你所有的运气都会流走的。"

郁寒雨是信口开河，谢一民站在那儿呆愣起来。

说起来，这话听上去，确实好像有那么一点道理，但郁寒雨当时真的是瞎说的，就想找个理由来打击一下谢一民。她瞄了一眼，居然就切中要害了。后来，谢一民请了一位高人来看，说的与郁寒雨一模一样。有过这次经验，郁寒雨认为，所谓风水，其实就是一种感觉。如果第一眼觉得哪儿不妥，说出原因，那便是风水中要解释的东西。只是世间，有的人不够敏感，不能接受万事万物发过来的气息，漠视着万事万物的某种暗示，而有的人，知道有某种暗示存在，自己又感觉不到，所以想了解，就得请所谓的高人来指点，而高人，有真有假，很多时候，他们了解的，只是一点皮毛而已。况且，世间万物的很多事，只可意会，不可言说。一旦说破，麻烦就来了。所以，一个人的悟性决定着你能走多远，开不开悟，是性格所致，是你平日里各方面的积累，但在某种时候，取决于老天是否对一个人有偏爱。

郁寒雨觉得谢一民介于聪明与愚钝之间，他不会察言观色，说白了，他不会看人，这便是他人生轨迹里最凶险的屏障，也是他在工作中致命的弱点。

在工作中，你不强势霸道，就做不成事，当然，你一强势霸道，就会得罪很多人，而这些你得罪了的人，都会成为一颗定时炸弹。很多时候，不做事，反倒是好事。和稀泥，做一个没思想的人跟在别人屁股底下混，跟得好，说不定你还会有高升的机会，也会有好的仕途。可是谢一民在那个时候是看不到这些的，一个劲地埋头做事，在做事过程中，有时看到自己布置下去的工作没有落实好，他一个从学校出来的人，也会发火。这火发多了，也就习惯了。

这是一个可怕的职业，却仍有无数人削尖脑袋往里边钻。在官场上混，老人有教诲，说有两样东西不能直视，不能直视太阳，不能直视人心。至于什么是太阳，各人有各人的理解，而人心，似乎明白得多，那就是人类的内心，周围的身边的，你一旦直视，会伤心、会害怕、会绝望，如果你锋芒毕露，那你必死无疑。而一般人都会沉默，或者融入同流，在这个时候，你失去了出淤泥而不染、濯清涟而不妖的境界与风骨，你沉在尘世中，被蒙上一层又一层的灰尘，怎么洗，都洗不净了。

谢一民最开始在青山县只是打打酱油，那个时候他只是挂职，在很多时候，他是一名看客。当时莫名地还有一种奇怪的心理，总觉得他们做的一些事，很滑稽，自己是站在一边看笑话。后来，他去了川县、蓝山市、古春市、田阳市，慢慢地，就不一样了。在这些地方，他是实职，而且一步一步走向所谓的重要岗位。而在这十几年里，自己的父母以及岳父岳母，都在暮年里飞速老去。从前，岳父老喜欢问问他的工作，并提出一些他认为正确的建议，他当了一辈子领导，从北方到南方，习惯了指手画脚，所以免不了还会指东指西的。可是老头子没有想到，到了谢一民他们这个时代，他们打江山的那套工作经验，已经时过境迁了。所以，每次遇上岳父长篇大论时，谢一民就会客气地招呼一声“老革命，我要出去一下”。

到后来，忽有一日，岳父郁黄问郁寒雨：“怎么好久没有听到小谢子叫我‘爸爸’了？他干啥对我左一声‘老革命’右一声‘老革命’？”郁寒雨哈哈笑起来，她说：“他没叫错呀，你本来就是个老革命。”可是他那天有些生气，虎着脸，凶巴巴地吼了一声：“我是岳老子！应该叫我‘爸爸’！”

爸爸如此计较后不久，他的记性越来越不好，出去后，有好多次，找不到回家的路，自己爱吃的东西，他总是偷偷地全部收起来，放在柜子里，用锁锁起来，有时候钥匙又找不到，有时候又总是怀疑别人动了他的那些吃的。反正有事没事就会去找妈妈、李姐的岔子，然后勃然大怒，不停地骂她们。有一天，大女儿郁热风推门回家，他居然问，你找谁？还用手去推她。气得在一旁的妈妈走了过来，臭骂这个老头子。还有两次，妈妈说起来更气人，爸爸自告奋勇要承担去老干所食堂买早饭的任务，也就是买点包子馒头回来，妈妈与李姐在家盛好小米粥，摆好剁辣椒、腐乳、伏蒜籽什么的，就等他的包子与馒头，可是左等不来，右等也不来，害得李姐去食堂来来回回找他，结果连个影子都没看到。更气人的还在后头，一两个小时后，他晃晃悠悠地回来了，妈妈问他，你不是去买早餐了，怎么这个时候才回来？他叽叽歪歪的，反倒白了妈妈一眼，谁说我去买早餐了？我跟前栋的吴老头去对面公园遛弯去了。

次数多了，妈妈觉得老头子是故意气她，于是在女儿面前数落他，还一桩一桩地当笑话讲，可是这些笑话集在一起，问题就来了，大家似乎察觉出了端倪。直到二姐郁南霜给郁寒雨打了一个电话，说你还磨蹭啥，赶紧带爸爸去医院看看，看是不是得了脑萎缩。

在医院里检查后，妈妈望着爸爸哭了。

而爸爸却不接受妈妈的伤心，他闭着眼睛不去看她。弄得在一旁的郁寒雨莫名地想哭，爸爸这个时候，还不懂得珍惜，他们之间，彼此记得住对方的时间并不多了。

在爸爸的脑子还没有坏到什么都忘记时，妈妈有一天居然直视着他，然后问："你心里还惦记张凤妹不？你是不是在心里还是喜欢她的？"张凤妹是他在老家武津的老婆，爸爸与她生有儿子郁红阳、女儿郁红缤。

那是个五月的黄昏，爸爸坐在夕阳里发呆，妈妈看着他的眼睛，突然有了这个发问。

郁寒雨正在凉台上，给一盆蔷薇花剪枝，她吓得停止了手里的动作，傻傻地看着父母。爸爸在那一刻，嘴角扯出几缕笑意，只是他笑过之后，又望着远处的那抹夕阳。

郁寒雨顺着爸爸的目光，也停在了那抹夕阳上。

她在心里长叹，这么多年了，母亲怎么还不能放下？这世上的男女之情，真的是会记仇的？

作为女儿，在很多时候，郁寒雨是站在爸爸这一边的。在他们几十年的婚姻中，郁寒雨看到爸爸一直在隐忍，而妈妈从开始的弱者，到后面，就一直在得理不饶人，以至于心理上发生了巨大的变化，她却没有意识到，总是站在某种情绪的制高点，发出惊人的吼声。

由此，郁寒雨想起了自己的婚姻。

自己天生害怕这种吼声。一旦这种声音出现，自己就会失聪。耳朵里一片寂静，自己只能静静地看着对方，看他被怒气撕扯的脸，在视线里不停地后退，可是脸上横着长的肌肉，绞在一起的狰狞，罩在黑色里，像密集的雨点，向自己扑了过来。郁寒雨在这一刻通常觉得是世界末日，她只能被动地怔怔地望着，她想躲起来，却又无处可藏，突然间，会觉得人在这个世界上活着，真的很可怜，她想蜷缩起来，缩成一个小毛球，滚在角落里，躲在窗帘边沙发下静静地待一会儿。但她的外表从来都是强悍的，神情显得平静，当然也只有她自己知道，她的心脏收缩得有多紧，心口有多痛，那一刻，如果有什么东西稍稍触碰一下，她的身体会发出巨响，四分五裂地爆破，空中全是血淋淋的碎片。

当然，事情不至于如此，很多时候是一种情绪在失控。在婚姻中，除去情爱，回归琐事时，就是两个人的一场博弈。

在最初的博弈中，心硬的那位，永远是胜利的那位，心软的这位，往后退着，不得不委曲求全，甚至投降乞和。而博弈后的结果，通常都是一个人站在高处，另一个人站在低处。这种境况存在于一些家庭，外人一眼便可明了，可是有的却是隐性的，外人看到的都是假象，有的还被人误读误判，这种家庭，爱面子，隐藏得深，别人看到的永远都是斯斯文文琴瑟和鸣的样子，或者说是相亲相爱的温馨场面。

当然，家庭里博弈后，最终的结果，是心软退让的这位，开始承担自己心软退让的所有后果。譬如，厨房水池里堆了几天的碗，两人都装作没看见，照样在冰箱里翻东西吃，可是两人中，总有一个人看不下去了，撸起衣袖，把碗洗了。于是，洗衣、拖地、做饭等家庭里存在的具体事，都朝你身上扑了过来。久而久之，就成了这个家里的一种习惯，你偶尔罢工，他就会惊讶，你不做，谁做？婚姻中的争执与吵架也是，最开始放让的那位，便成了这个家庭里永远的输家，以后的岁月里，你总是处在这种状况里。其结局，是习惯，或者回避争执，但两个人在一起，意见不一致，肯定会在不能预料的时间与地点里突然爆发，老是放让的一方，也有倔强的时候，如果老是赢的这一方，不懂得退步，那便有一恶战，甚至会走向婚姻的解体。

其实在开始的时候，谢一民是让着的。从世俗的角度去解析他们的婚姻，郁寒雨是下嫁，谢一民是高攀。谢一民是在枫城郊区小煤矿里长大的，他们住的地方，黑乎乎的，谢一民爸爸当时是一名矿工，妈妈在劳服公司，他们那个煤矿属枫城郊区，叫唐家山煤矿，是个集体厂矿。当年，郁寒雨把谢一民领回家时，妈妈沐上川随便一打听，他家是在那样一个地方，她的脸立马黑得跟煤炭一样。他一走，妈妈扯着郁寒雨的手，说：“你傻呀，你去过他家吗？”

郁寒雨还记得自己的轻描淡写，她白了妈妈一眼，“你以为，都像你，资产阶级小姐的思想，一辈子都没有清洗掉。”

带谢一民回家之前，郁寒雨跟着谢一民坐班车去过唐家山煤矿。她确确实实被他家的拥挤不堪，以及低矮简陋的青砖平房吓住了。她一米六五的个子，站在房间内，感觉总要弯起腰，还有他们家喝水的杯子、吃饭的碗，好像没有洗干净一样，杯沿上碗沿上沾染着隐隐的黑印子。那天，她在他家，脸上一直挂着礼貌式的微笑，却不吃不喝的，显得拘谨害怕。在回枫城的路上，郁寒雨一直沉默，而谢一民好像懂得郁寒雨为何沉默，他也没怎么说话。

郁寒雨坐在班车上，那是个五月周日的下午。车窗外田野菜地里，绿油油的，禾苗一垄一垄的，菜地里的瓜棚豆架，也是一垄一垄的，从那里吹来的风，呼呼地朝着她的脸上拍打过来。她的目光避开谢一民的脸，她觉得自己没办法看他，一看他，心里就打着退堂鼓。很多年后，她在心里笑话着自己，笑自己当时那个奇怪的想法。自己为什么要给自己下套？自己为什么要站在那样一个制高点上？说实话，那天她明明被谢一民家的寒碜以及他们家的大嗓门吓住了，但坐在车上，她茫然地望着从眼前一晃而过的风景，脑海里不断地重复着一句话：我不能嫌贫爱富。

谁都不能相信，她坐在那里默默无语，是在不停地批斗自己。她感觉到来自内心的某种信息，她害怕煤矿工人的生活，但又觉得自己无耻龌龊。汽车疯跑着，她在心里发疯地念着：不能嫌贫爱富！她在那个时候，不允许自己有这个思想！即使有这个思想的苗头，她也用她的意志力，把它掐灭掉。她感觉到了疼痛，彷徨铺天盖地，又如眼前稍纵即逝的窗外风景。她压抑着，苍白的脸上，眉头紧锁，用“我不能嫌贫爱富”鼓舞士气。如今想起这一幕，郁寒雨就觉得可笑，在那个时候，自己仿佛救世主一般。

人在回首时，很难理解当时的所作所为。大家记得的，往往是结果，而导致结果的背景、心境以及最根源的细枝末节，通常被岁月冲洗，再要还原，几乎不可能。

郁寒雨从来就忽略了自己要选择谢一民的最直接原因。那个时候，郁寒雨大四，而谢一民已是助教，还在校团委兼职，做团工作时，与郁寒雨认识。谢一民虽然家境不是太好，但他在学校也还是个香饽饽，一米八的个子，长相清秀，郁寒雨也不清楚为啥他站在校园里，无论哪个角落，她都能一眼把他从人群中找到。刚开始，她觉得很神奇，后来，她又觉得是哪儿不对，而等她意识到哪儿不对时，谢一民直接走了过来，问她，愿不愿意做他的女朋友？

那年八月最后一个周末的下午，他们刚好在校园不小心碰到，前后都没有谈恋爱的铺垫，更没有浪漫的氛围，他就走了过来，直接问。

郁寒雨先是目瞪口呆，接着才开始脸红，脸红一阵子后，她没有回答他，而是狠狠地剜了他几眼。那时那刻，她很生气。这么重要的事情，怎么可以这么随便地问出来？太没有仪式感了。况且是站在靠近操场的水泥路上，四周没有她喜欢的植物，甚至连一棵树都没有。可是郁寒雨没有意识到自己狠狠甩过去的眼神，竟是温柔如水，尽管她在这一刻是希望有粉色蔷薇、橘色月季、红色玫瑰作为底色的，希望边上有江河的流淌，当然最好是清澈的湘江，再不济，也应该是站在树下，那树最好是开着花的桃树、杏树。他向自己表白时，正好吹来阵阵的风儿，风儿拂动众花，花瓣满天飞舞，像雨点般，缤纷落下，她看着花瓣，颔首浅笑，轻轻点头。但现实从来就是残酷的，郁寒雨就只是站在校园小径上点着头，水泥路上还有几处塌陷，而且没经自己大脑，这头就点得像小鸡啄米一样。

说到底，年轻时候的郁寒雨就是一外貌协会的，看人就看长相，还有身高。在那个时候，她的几个闺密，看见谁找个男友，个子矮小，定会捧着肚子笑话好久。年轻时，谁都有那么点虚荣心，觉得自己的男友，总得带出去不那么丢人现眼，而不丢人现眼的唯一标准，仅仅是长得不寒碜。当然，郁寒雨的标准肯定不是只要长得不寒碜，而是要英俊与才气，还要有玉树临风的气质。

其实，这也是妈妈沐上川没有坚决反对的原因，在她眼里谢一民除了家境不好，人还是长得高高大大的，五官也标致，受过良好教育，所以到最后，他们的恋爱就被默认。默认后不久，爸爸干什么都会带上谢一民，在家里，他俩常常坐在与凉台相通的书房里下棋，老爷子的笑声时不时传来，郁寒雨守着妈妈与阿姨，在厨房准备饭菜。有时候，郁寒雨很郁闷，也很恍惚，觉得这哪是自己在谈恋爱呀，看上去好像是谢一民与爸爸在谈。当然，这奇怪的想法，也只是在她的心尖上滑溜几下，谢一民陪爸爸，讨爸爸欢心，终归是因为自己，因为是自己的爸爸，他才费心思陪在旁边讨巧卖乖。

郁寒雨总还是觉得这场恋爱少了什么，与谢一民在一起的时候，似乎从来没有小情调小心思，他一板一眼的，脸上固定着一种表情，很少一惊一乍、大喜大悲。身处恋爱中的郁寒雨没有停下来，以旁观者的态度来看待这场恋爱。只是过后，总觉得他来找她，不完全出乎情，或者出乎爱，更像是在完成他生命里必须完成的一项工作任务。

情为何物？生死都可相许。郁寒雨茫茫然走进婚姻，糊里糊涂，就把日子过了几十年。她的闺密伍妮儿，每回见到她，都要啧啧地挤对她一下："你脸上怎么从来就看不见爱情的光泽呀？"她有个谬论，有爱的女人会放光。她夸张地形容这种女人，说她们脸上格外光泽，肌肤透亮，眼睛里汪着两潭清水，映照物象，反射出好多束强光，打了出去，不是春天照样春光明媚。那个时候，她们几个闺密在一起，经常交流自己的艳遇，每个人说着自己被人追求的感觉。她们中，只有伍妮儿一直单身，她说她不想结婚，偶尔来场恋爱，倒是不反对。

其实，在忙忙碌碌中，心意相通的两人并不能时时遇上，所以，伍妮儿的空当是比较多的，有时她念叨："那个死鬼，怎么还不来？"边上的女人自然幸灾乐祸，"你以为你是仙女！"

而伍妮儿会神经质地鄙夷几个结了婚的女人，"你看你们，腰身个个水桶样，怎么就不晓得好好管理自己？"然后，她拍了拍自己的额头，"谈场恋爱吧，一场恋爱下来，可还原成少女的样子。"

“找谁谈呀？”郁寒雨问。

“找你家谢一民谈呀，我总觉得你们没怎么恋爱，就结婚了。”伍妮儿信口开河，郁寒雨向她丢了个白眼，可是伍妮儿说得更来劲了，嘴巴又咂巴上了，“你都不晓得恋爱是咋回事吧？”

闺密们说多了，郁寒雨心里自然会生些小气，她想，我有这么不堪吗？一辈子一场真正的恋爱都没谈过。她呢，也是真傻，有一天，她问，真正的恋爱应该谈一些什么？

于是便有了伍妮儿与郁寒雨的一问一答。

“你能记起两件最让你感动的事吗？”

郁寒雨还在想，伍妮儿又问：

“你哭脸，他会为你擦拭泪不？”

这下郁寒雨想都没有想，直接摇头了。

“他知道你喜欢吃什么吗？”

“知道吧。”郁寒雨不能确定。

“他知道你的渴望吗？”

“我没有渴望。”

“狗屁！”伍妮儿“呸”了一句，发问又来了。

“他会总是惦记你在干吗吗？”

“应该不会。”

听到郁寒雨的回答，伍妮儿补充道：“我问的不是现在，而是恋爱那会儿。”

郁寒雨呆望着她。

“他为你精心选过礼物不？这个礼物与价格无关，只与你的喜好有关。他是不是给你礼物，像是走个程序，对你的喜好不管不顾？”

郁寒雨没有回答。

“你病了，他是不是着急？”

伍妮儿还不罢休，她说：“他望着你，是否眼睛里盈满笑意，是否总是欣赏你的傻气憨气，甚至会回味，忍不住开怀大笑？”

郁寒雨在记忆里寻索，仿佛一片空白，自己的一些小欢喜，他从来都看不到，偶尔呈现的傻气憨气，老是被他骂得狗血淋头。在郁寒雨的印象中，他不懂得人的小情绪和小喜好，常常把工作思维与生活思维混在一起，把工作中的角色与家庭中的角色混在一起，而郁寒雨却从没想过，这会是与爱有关的。

这个问题，还没想完，伍妮儿的问题又来了，“想想你们当初爱的时候是啥感觉，你们有过那种茫然的感觉吗？世界在眼里消逝，心里总是莫名地痛，痛自己，痛对方，一不小心，眼睛里会噙着泪水，目光总是湿漉漉的。”

…………

伍妮儿像个恋爱专家，一个又一个的问题砸了过来，郁寒雨无招架之力，只是伍妮儿还不肯放过。问题问过之后，仅仅停顿一会儿，她用眼睛直视郁寒雨，然后说：“这些问题，反过来，问一遍，对谢一民，他的回答，也是你对他的爱恋。”

众闺密唏嘘，如此考问，爱情就金贵了、稀缺了。一时间，大家陷入沉默。伍妮儿不在婚姻里，自然也不懂身在其中的微妙，情感，如果可以用问卷回答出来，那就不是情感了。情感应该是看不见的，它就是一种气息，一种存在的感觉，一个眼神传来时，在某个时刻能看到秋水与绿波，这只是一瞬间，也许这秋水与绿波根本就是个人的眼神，因为我们每个人面前都立了一面无形的镜子，眼里看到的，其实是自己的内心。感情在两个人之间的存在，只是一个感觉。正如我爱你，可以与你无关，我只是爱着。

但伍妮儿的这些发问，却让郁寒雨不自觉地去追溯她与谢一民的源头，沿着这根情感线，她慢慢地捋，但捋到一个地方，似乎有一个结，她失去了勇气，不敢深究。

那结无人可以解开。

谢一民当初决定与她好，也许考虑她的家庭更多。在那个时候，郁寒雨的家庭要比很多很多人的家庭优越。如果真的是这样，郁寒雨在心里就无法不伤痛，一个女人，居然不是被一个爱自己的男人迎娶，他的迎娶有附带的条件。郁寒雨想，这是一个女人的耻辱。所有的一切，从过往的点点滴滴中一点一点地去抠细节去还原去放大，偶尔会袭来迷茫的自作自受的痛恨感。

这样的点滴像电影片段，在脑海里翻动，并随时能插播切换。

譬如：两人一起过人行道，车流如麻，郁寒雨心惊胆战地避让着，谢一民一个人早已大步流星走到前面去了，回头看见郁寒雨在人行道上慢行，从来不会觉得那刻应该牵着她的手，反倒会甩出一道目光，恶狠狠地责备，怎么走这么慢。最初的这种情况，郁寒雨的眼里会有风灌入，泪水会在眼里打转转，到最后，她也习惯了，只是内心荒凉寒冷，想都是人，自己的运气怎么这么差。特别是看到斑马线上，人家拽着妻子或女友，用身子挡住危险时，郁寒雨就会停下脚步，发一两分钟呆。

郁寒雨伤心流泪时，他总是会比她还生气，她的泪，他视而不见，这辈子，他从没有伸出他金贵的手，为她拭过泪。到最后，她几乎不在他面前落泪。

两个人在一起争执时，他总是以高声压住郁寒雨，或者是那一种恶狠狠的气势，在那个时候，郁寒雨只能一步一步地退，有时退得好，可以躲起来，可是有时候，没退好，会莫名地激怒他，他的情绪会在那一刻冲杀过来，让郁寒雨无处躲藏，周身浸泡在语言的暴力里，无所适从，内心漫起绝望。她会在那个时候，叩问生命，问自己活着的意义，甚至悲伤到极致，不明白自己为何要守着这样一个人这么活着。那一刻，她想放弃，放下一切。她这样想的时候，眼里是没有泪水的，两只眼睛像两个黑洞，洞视着世间的过去与未来，似乎会期许下辈子的光景，她的愿望是下辈子不要遇上这样一个人。

有一幕，郁寒雨最不愿意记得，但她至死也不会忘记。

那是当年她生郁澍时的情景，第一次生孩子，从未经历过的，心慌、不知所措。疼痛在四周翻涌，不知何时可以停歇，不知哪里可以依靠，郁寒雨的手在空中捞着，她希望抓住一根稻草，让她稳稳神，于是她抓住了谢一民的手。生孩子的疼痛在医生看来是再正常不过了，他们通常不喜欢产妇哼哼唧唧的，他们用眼神告诉产妇，这痛要忍着，往更深处想，这痛也是你自找的，你寻了那一瞬间的快活，就得承受此时的痛。疼痛与快活是对等的，现在有多疼痛，那个时候你就有多快活。但不管怎样，产房里还是会听到粗俗的骂声，郁寒雨不能像她们一样叫骂，她用她最大的毅力，让疼痛迂回在体内。这忍是得有内功的，她咯咯地咬着牙，所以抓住谢一民的手，似乎想告诉他，这个疼痛有多痛，她抵制疼痛的方法，就是自己用力气来抵抗，她紧揪谢一民的手，但在这个过程中，郁寒雨无论如何都没有想到，捏在她手中的手，在用力挣脱，她问："怎么啦？"

谢一民伸出另一只手，抚着他那只刚刚被郁寒雨捏过的手，回答说："你捏得我好痛。"

郁寒雨的心立马往下落，她失语了，却无法不泪目，可是她又是那么不甘心，睁着满是泪花的眼睛，盯着他，看了足足两分钟。他脸上没有任何羞愧，或者不安，站在旁边自顾自地揉着自己的手，郁寒雨用目光狠狠地剜了他几下。因为身体里的疼痛以排山倒海的架势冲击而来，她不想像别的女人一样号叫，她只能咬紧牙关，使劲与自己较量，而她的力气总是要发泄出去的。于是，她反手抓住床栏杆，把自己所有的力气都用在这个冰冷的铁柱子上，汗从她额头上流下来，头发湿成一缕一缕的，她闭着眼睛，在那刻，她根本不能睁开眼睛，因为稍稍一睁开，泪水就会决堤。

闭着眼睛独自一人承受着疼痛，毕竟心有不甘，于是，还是会睁开眼睛去瞟谢一民，看他这位即将做父亲的人在干吗，可是那刻，郁寒雨不看还好，一看便彻底崩溃。谢一民坐在对面医生办公室里，跷着二郎腿，把头埋在一张《卫生与健康》的报纸里，这一下，一声怒吼奔出胸腔："谢一民，你听着，孩子生下来，不姓谢！这孩子与你无关！"怒吼掷地有声，似乎震醒了谢一民，他脸上开始有了讪讪的表情。

那个时候的谢一民，有一点是肯定的，在郁寒雨抓着他的手，希望他给她力量时，他却含羞，他根本没有做好当父亲的准备。郁寒雨不管这些，这一幕太刺激她了，在以后的若干年里，两人只要一吵架，郁寒雨就痛说家史，把这个场景搬出来，"我生郁澍时，他居然坐在那看报纸！"

以至于长大成人的郁澍，听这个故事，耳朵都听出老茧了。而谢一民每每就讷言，其实，他也觉得羞愧，于是他想忘记，所以，他通常会指着郁寒雨说，这是她杜撰的。这话听得郁寒雨没由来地泪流满面。当然，事隔多年，郁寒雨也恍惚，也觉得有几分不真实，作为丈夫，作为父亲，他怎么可以如此娇气！是不是记忆出了差错？在内心郁寒雨也希望这个细节是自己凭空捏造的，可是那一幕对于她来说，是刻骨铭心的，只要她活着，有记忆，她都不会忘记。也因她在医院的发飙，她的儿子跟她姓，她在无意识之中，又为谢一民给爸爸郁黄送了个人情。

爸爸郁黄与妈妈生了三个女儿，他当然希望有一个姓郁的孙子，知道谢一民与郁寒雨的孩子姓郁后，还位高权重的郁黄笑得合不拢嘴。而此时的谢一民顺水推舟，不跟郁寒雨计较，孩子姓什么都是他谢一民的儿子，况且他自己并不是谢家的独苗，家里还有兄弟，他在那一刻极为豁达，一脸的微笑，同意儿子姓郁，取名郁澍。这也是郁寒雨与谢一民之间，她最占上风的一件事。尽管她占了上风，但心里一直想不明白一件事，那就是在她生孩子的那一刻，是她痛一些，还是谢一民被她捏着的手更痛一些。

这样的事，是永远想不明白的。有时候，她只能自己一个人默默地想，而有些事情，想与不想，它都是身体里的一个伤口，从前她会舔一舔，把疼痛咽下，看着伤口，慢慢结痂。

本来，婚姻是两个人精神上的门当户对，可是郁寒雨却没有看到过他真正的立场，也不知道他真正的追求，但从小在镇煤矿里长大的谢一民肯定不想重复父辈的平庸人生，所以他的心思是不在日常生活里的，他也无法从平常的生活中感受乐趣，他的眼睛里只有他认为重要的人，他们的心思与想法。

后来，郁寒雨越来越羡慕伍妮儿，她没有要婚姻，从一开始她就看明白了，中国目前的婚姻状况还是不平等的，所谓的反封建、男女平等，都是一种形式，多数家庭中，还是存在着大量的不平等，男人在哪里都有他们的性别优势，尤其在婚姻中。

在中国的工薪阶层，夫妻俩都上班，不平等在多数家庭根深蒂固。女性除了上班，要包揽家里所有家务，还要生儿育女，况且，也有一部分能干的女人，赚的钱不比男人少，甚至还多很多。在婚姻中，女人付出的劳动，大多数男人是熟视无睹的，他们骨子里习惯把家当宾馆，回家是来休整的，这里的一切，食物会有人做好，衣服会有人洗好，环境会有人整理好，还有小孩子也会有人带好，在他们的眼里是看不到琐碎的，因为这些琐碎，女人统统都做好了。而女人做好这些后，还要去职场打拼。

每每伍妮儿数落婚姻中这些可笑的事情时，都要问她的这些闺密，是在什么时候丢失了自我意识，难道是怕自己的丈夫不爱自己吗？她在说这些时，会痛心疾首，“爱，这个东西，你愈怕失去，就愈容易失去。女人哪，一定要有小女人的温柔，也要有大女人的气场，最好雌雄同体。”

其实，生活中的大部分人是一边崩溃，一边自愈。可伍妮儿一个婚姻局外人，却像个导师样，理论一套一套的。

她说：“爱是什么？爱没来时，一个人有滋有味地生活着，来了，两个人有滋有味地生活，如果爱走了，生活还如从前，你并没有失去任何东西。爱不是依附，更不是包揽，女人一定不能做保姆式女人，男人在这种服务下，通常都是白眼狼。”

每个人其实都应该绽放着光彩活在这个世界上，当爱来了，就是两个人好好地绽放，如果他走了，一个人还照样绽放。生命是独立的，不依附谁。

伍妮儿在郁寒雨的几个女友中，一直前卫，她了解的社会也总是格外地异类，那天在饭局上，她给大家分享了一段偷听来的对话。

她说上周，她陪高校几位教授看企业，统一乘车，每次呢，她都是一言不发地坐在后边，于是这些教授便不记得后边坐了一位女性，他们在车厢内放肆说着各类八卦。在伍妮儿看来，他们不管在学术上有多高的成就，骨子里却都还是渴望艳遇，他们在抖搂他们熟知的圈内逸事后，突然集体痛恨现有的婚姻法，似乎妨碍他们幸福生活的，就是这部婚姻法。

他们在车上激烈讨论。他们说，中国的婚姻法真的要改一下。有的说，最好是不要婚姻！有人憨厚地笑了一下，说，没有婚姻，也不好，社会会不稳定。有人附议，是啊，社会不稳定是大事啊。大家嘿嘿地笑，这笑里透着不甘心。有人老谋深算地说，婚姻还是要的，要不然，谁来带孩子，谁来负责呢？不过呢，婚姻法最好能规定，一桩婚姻，五年后，就自动解除。这男人一说，众教授的兴致一下就高了，他们一起鼓掌，说，这是个好主意。

当伍妮儿把这故事说给女友们听，她们明明很愤怒，却集体沉默了。

生活在一起的男人女人，原来是这样嫌弃对方，原来是这样渴望着对自己有吸引力的异性。从人性的角度去思考，那些教授的讨论是没有什么不妥的，人本来就是一种喜新厌旧的动物，本来就是喜欢去征服的个体生命。只因我们是社会人，在社会中，有各种法律与规定制约着我们所有的行为与冲动，于是，我们被框在其中，装模作样地生活，循规蹈矩地做人。

郁寒雨一声长叹，她说如果让她重新选择，她也不想要婚姻，一个人，沿着岁月，走走停停，有爱的时候，就停下来，好好恋爱一下，爱走了，也只是挥挥手，继续自己的人生旅程，说不定，下一站又有更好的风景。

郁寒雨没有明白，男人为什么就认为，女人就一定要吊死在一棵树上？为什么会认为，女人没有他们会活不了呢？现在的女人，与你结婚，又不是吃你家的、用你家的，她的所有的一切，都是自己赚来的，为啥要倒贴？如果是为了感情，你爱她，她也爱你，那她是愿意的。你不珍惜，干吗不拍屁股走人？

那天，她们几个闺密讨论来讨论去，结果都笑了，这些男人的思维方式还停留在有帝王将相的时代里，以为他们是女人的天女人的地，殊不知，女人早就在经济上独立了，只是接受传统教育多年，守着家庭，没有去投奔自由宣布独立。于是，她们几个人，也一起讨论起婚姻法来，我们需要婚姻法来保护吗？好的婚姻应该是什么样子？

她们努力梳理，认为婚姻给她们的，她们最满意的，是孩子。除了这个，好像什么都没有！

伍妮儿笑了起来！如今，女人想要一个孩子太容易了。“没有婚姻，我们照样可以有孩子，去医院，选各方面都优秀的精子，做一个试管婴儿，我们照样可以把孩子带大。当然孩子的父亲，仅仅是医院里的一个数字代码。”伍妮儿说。

“那干脆不要婚姻，每个人，都一个人生活，看上谁了，一起生活一会儿，腻了，又各自离开，这样最好。两不相欠！”有闺密说出自己的观点。

“有了孩子，怎么办？”有人问。

“这就需要一个抚养孩子法！婚姻法，有没有，无所谓啦。”

…………

婚姻到底是什么？大家很难说清，仔细想想，其实不过是人生太艰难了，需要一个人来陪伴，需要一起来同舟共济，而不是一方对日常的琐碎进行躲避，用冷漠、敷衍、指责对待婚姻中一直在付出的一方。

那天讨论，让郁寒雨明白了，其实女人也在渴望新的婚姻。她们不会像男人一样，享受着婚姻家庭中的一切福利，又想拥有婚姻之外的自由，因为他们总是巴望，人世间的一切便宜都由他们来占有。他们还不能接受一个现实，男权社会，在社会文明的脚步声里，开始土崩瓦解了。

现如今，好多女孩不谈结婚的事了，恋爱可以，但不结婚了，我没有义务在婚姻中承担保姆的角色。

郁寒雨有一种自己生不逢时的感觉。

第三章

郁澍那天脚底生风，他紧赶慢赶，要以最快的速度赶到蓝青林身边去。他一会儿高铁，一会儿大巴，一会儿小摩托，其实都是交通工具在行驶，可是郁澍却觉得是他的脚在一步一步地丈量距离，在丈量的过程中，他无比焦虑无比不安，从前从来没有觉得这段路是所谓距离，可是今天这个距离在折磨着他。

他昨晚与蓝青林视频后，归心似箭，可他心里又有着万箭穿心之痛。在开始的视频里，赵妈的女儿凤莲把他骂得狗血淋头，其实，不用凤莲骂，郁澍也知道自己浑蛋，蓝青林怀孕在身，自己离家，一走就是几个月。在妈妈家，他几次欲言又止，看着妈妈无助的眼神、近乎慌乱的状态，他一次又一次地失语。他想等妈妈情绪稳定一些，等妈妈的内心能长出一些坚强，他也想尽自己微弱的能力，去帮帮父亲，想打听到他目前的状况，或者请人给他传个信息，儿子在关心他。这些心里的愿望，他每天用心努力去做，有的成了，有的没成，在做这些时，他心里踏实。夜深人静时，他才觉得愧对蓝青林愧对西沐。

昨夜凤莲给他来一出要他在孩子与青林之间选择时，他完全蒙了。这是他生命的一部分，怎么可以舍弃？在视频里看见凤莲喊话，他却听见疼痛在他的心口嗞嗞地撕裂，他眼睛里顿时喷出血来，他不要，他不要。他也想喊起来，他不要这样的世界！遇见蓝青林后，他才明白自己这些年，一直在寻找什么。她在他面前，并不多说什么，她只是静静地望着他，也不多问一句，也不埋怨，像这次，他突然离开古罗村，离开她，离开西沐，这么长时间，她居然不多说一句话。有几次，他就想倒豆子，把家里的情况，全部告诉她，可是在与她视频时，张了几次嘴，说出来的话题竟然又是别的内容。由此，郁澍想这可能是老天在出面制止，你郁澍家的这些事，请不要打扰蓝青林，让她带着孩子，在古罗村安静生活，让她在自然恬淡里自由自在。古罗村他们的家，就是他们的童话世界，注入进去的信息，只有美好，与想着就要忍不住笑的时光。如此一理解，郁澍便在自己郁闷时，绕开话题，在枫城与蓝青林说古罗村说西沐，说郁澍还没见过的青林外婆，还仔仔细细地说了古罗村今年的七月半。

一路排山倒海的情绪，冲击着郁澍，他闭着眼睛，其实也在一遍又一遍地，享受着又做父亲的喜悦。至此，他觉得他的人生正走向完美，自己何德何能，可以儿女双全，让自己的人生，以一个“好”字来呈现。他坐在车上，忍不住嘴角上扬，如此，便又想起蓝青林，想自己能拥有的一切，都是蓝青林给的，而自己这辈子要做的事，就是好好爱她，努力赚钱养家。

这天的下午三点，郁澍在镇上医院见到了蓝青林母子。

青林产后正在一轮一轮地出着虚汗，郁澍望见她的第一眼，她那张清秀的脸，红扑扑的，额上的刘海儿湿渍渍的，但她那双眼睛黑得透亮，望着他，黏过来一团火，郁澍的手被这团火吸住，伸出去抚摸，而这抚摸，竟又像触电般。郁澍的泪从眼眶里涌了出来，蓝青林的眼睛里也蓄满了水，无声无息地顺着眼角流淌。郁澍抓住蓝青林的手，一个劲地低喃：“对不起，对不起。”

蓝青林已经管不住自己的泪了，眼睛里的那些水，不知道是从身体的哪个部位决堤而来，泪花了一脸。但是她的神情里又满是笑意，她耳朵里听到的是郁澍的诚意，她听到了他的不得已、他心里的苦楚。在那一刻，蓝青林竟然对他没有丝毫埋怨，她就想着他今天才回来，是有他今天回来的理由。

其实，之前的蓝青林不是这样的，她是见到郁澍以后，整个人都低到尘埃里了。两个泪人正诉说衷肠，赵妈提着一袋子衣物推门进来了，见此场景，她大骂郁澍："你咯个化生子，当了爹，不好好高兴，哭么子哭，自己哭还不算，还要带着小蓝哭。"说着，她把郁澍一把拉开，"月子里哭不得，哭了，会坏眼睛的。"她大声嚷着。

赵妈横了一眼郁澍，她对他是有看法的，有这样当丈夫的吗？有这样当爹的吗？赵妈在心里重重地叹了口气，想只有这个蓝妹子，哈宝一样，把他当宝。她一直认为是郁澍使了什么法子，或灌了什么迷魂汤，让蓝青林死心塌地跟着他。

老话说：男人的嘴，骗人的鬼。赵妈相信郁澍除了用他深情的目光，还用了他那张甜甜的嘴，骗到蓝青林的。

赵妈还记得，那年，郁澍总来店里，来了，又不买东西，就坐在一边的茶台上，兀自泡茶，起先是蓝青林泡了什么，他喝什么，到后来，他会径自走到茶叶柜前张望，指着正山小种、红茶、绿茶、白茶、野生藤茶、生普熟普，问："可以沏一壶不？"赵妈当时心里想哪里来一小混混，居然来骗吃骗喝，可是让赵妈意外的是，蓝青林不动声色，顺着他手指的方向，就从茶柜里把茶叶拿出，用寒水溪源头之水，也就是古罗山溶洞里流出来的清泉，把茶泡上，于是蓝青林就在店里忙碌。刚开始，郁澍坐在店里，眼睛里喷着炽热的火焰，蓝青林走到哪儿，火焰就亮到哪儿。到后来，他从自己的双肩包里，取出手提电脑，就在茶台上，边敲打文字，边抬头看一看蓝青林，眼里的火焰，又亮成了一汪清泉。

而蓝青林只管在店里做事，偶尔一个回眸，看见郁澍专注在他的文字中，脸上净是宁静与安稳，那个时候，她并不知道他从哪里来，他坐在她的茶台边，又在写什么。但在蓝青林的潜意识里，她喜欢男人专注的神情。郁澍坐在那里，敲打文字，那种忘我，是从心里升起来的。她会在做事的空当，偶尔走过去，帮着烧水给壶里换茶叶，沏上新茶，这些茶大多是百叠岭早春芽尖、牛栏坑肉桂、武夷山大红袍、六安瓜片、炎陵雪中红、洪江黄金茶，反正都是蓝青林平常舍不得喝的精品茶，但给郁澍喝，她眼睛眨都不会眨。如果那刻，店里恰巧不忙，她会就此坐下来，慢慢地喝上几盏，也不言语。有的时候，郁澍一直在敲字，蓝青林也不见怪，她只是坐一会儿，接着，又起身忙店里的事。

赵妈是无论如何没有看懂他们，只觉得他们在茶台上，并不怎么说话，一杯茶一杯茶，慢慢地喝，没想到的是，他们喝着喝着，猛地一下，就谈到婚姻了。这小子，就成了“古罗旧事”的姑爷，说得更确切一些，是他就成了“古罗旧事”的店老板。赵妈直叹自己没有一个这样的儿子，要不，也来店里坐坐，坐着坐着，也许也会成为店老板。这话是她私下对凤莲说的。

凤莲听后，张嘴大笑，“你的儿子？知道吗？人家西沐爸爸可不一般，人家在英国读过书，现在敲着电脑，就赚钱咧，你以为，是个男人，就可以被‘古罗旧事’老板娘看上？”

对此，赵妈不得不佩服蓝青林。郁澍第一次进店时，穿得破破烂烂的，之所以这样说，赵妈看见郁澍的牛仔裤上，破了好几个洞，一件T恤旧得纱线都稀了，她就没明白，蓝青林能看中他，怎么就晓得他是受过教育的？怎么就觉得他与村里其他小伙子不一样？难道他额头上有字吗？而且，自始至终，他们也都不怎么说话，只见目光对视，偶尔闪些火光，“那就是这火光里有内容喽。”赵妈与凤莲念叨。

“人与人之间是存在暗语的。”凤莲回应，“他们肯定是这类人，前世应该有印记，这辈子在这里遇上，便能认出来。”顺着赵妈喜欢的前世今生话题，凤莲越说越玄乎，她拍打着自己的额头：“你发现没，郁澍见到青林，就留下来了，喊结婚就结婚，好像他是天上掉下来的，没有父母，没有兄弟姐妹，更没有七姑八婆。”

“然后，就安安静静生活在古罗村，好像他从前一直在这里生活。”凤莲继续说，“只是这次，他突然离开了这么久。”

凤莲平常并不反感郁澍，觉得蓝青林没有找错人，但赵妈始终觉得这个伢子不靠谱，长得单单瘦瘦、白白净净的，不是个过日子的人。当然，老人家自己蛮能拎清事理，她知道什么话可以说、什么话不可以说，病房里，她尽管看见郁澍害得蓝青林情绪激动，泪流不止，不高兴归不高兴，她还是从摇窝里抱出小宝宝，送到郁澍面前，她指望宝宝能转移两人的视线，能平复他们的情绪。

郁澍果真愣了一下，望着襁褓中的儿子，很自然地伸出手来，抱在怀，他听见自己的心跳声，但他又觉得，是儿子的心跳声。他眼睛亮亮地望着闭着眼睛酣睡的宝宝，因全神贯注，郁澍鼻尖上渗出细细的汗珠，他似乎感觉到两颗心，重叠在一起，彼此在相互感应，一下，一下，跳动着回应着。郁澍想告诉他，自己是爸爸，爸爸来迟了，让你与妈妈受到惊吓了。如此一想，他搂紧儿子，闭上眼睛，又滚出泪来。这让站在一旁的赵妈，又没看懂了。好好的，看见自己的儿子，干啥子又要落泪？

这一幕，能懂得的，只有躺在床上的蓝青林。她潮热的面颊上，散发出喜悦，面前一大一小，还有她的西沐，已然成了她的全部。她在心底，不停地感谢各路神仙，觉得这辈子，自己要做的，便是陪伴与守候。守着这个男人，与他一起变老。守着孩子，看他们长大。

郁澍抱紧儿子，那突然涌上来的爱，正一股脑儿泛滥着时，陆永顺扶着外婆，牵着西沐进来了。目光对望，喜悦的叫唤从陆永顺、西沐的嘴里蹦出来。

先是一串银铃般的笑声，然后大声呼喊："爸爸，爸爸。"西沐似乎想投入郁澍的怀抱，但郁澍只能腾出一只手，搂住女儿，"呀，呀，我的小公主。"习惯性地在西沐脸上亲了亲，接着，他伸出另一只手，让她看襁褓中的弟弟，西沐凑过头来，盯着看，鼻翼里一呼一吸的，弟弟这个时候在睡梦里咧个嘴，美美地笑了一个。

蓝青林喊醒郁澍，她指着麦含芳对郁澍说："外婆，你还没见过。"

郁澍这才放下一双儿女，郑重其事向外婆请安问好。外婆麦含芳一直站在门口没动，好像是在等着这小子过来拜见，到了近前，她用她莲花般的眼睛上下打量郁澍，郁澍被盯得不好意思，退了两步，拱手作揖，一口一声地喊着："外婆，恕罪！郁澍请外婆原谅！"

外婆背着光，看着光越过自己，全都打在郁澍的脸上，这孩子天庭饱满，印堂发亮，鼻子直挺，最让她满意的是他目光清澈，眸子里点着两盏光。外婆审视完毕，才开始点头，脸上漾起笑意，然后拿眼睛去看蓝青林，"难怪我家青林要嫁你，原来郁澍相貌堂堂呀。"

说得一屋子人都乐了起来。此时却有一个人没有乐，他冲上去，对着郁澍就是一拳。“你小子，这个时候美死了，知不知昨天晚上，我快吓死了！”陆永顺突然嗷嗷直叫，“在湖上航行时，我就想好了，见到你，老子一定要狠狠地揍你几拳！你想想，这是多大的责任呀，站在船头我一直瑟瑟发抖！要是有一点闪失，我怎么交差？”

陆永顺的一席话，顿时让刚刚热闹的场面，跌进昨夜的惊险，面对今日的安好，昨夜发生过的一切，已成过去。但是，经历过的人，都会刻骨铭心。命悬一线的时刻，不是每个人都会遇到，这种后怕，有的时候会成为一个时期的噩梦，而陆永顺自然就认为这个噩梦的制造者是郁澍。所以，他不发泄一下，总觉得不舒服。见过郁澍的人，都喜欢他，当然陆永顺也是一样，这几年，他为古罗村出钱出力出点子，作为村委会主任没有理由不喜欢他，可是任何事情都是一码归一码，在蓝青林生孩子时，你作为丈夫、作为孩子父亲不在现场，这是失职的行为。所以，陆永顺必须站出来说几句，不能因为他郁澍有抓人的笑容，昨天那些还在埋怨他的人，见到他后，又都不说了，都只是望着他笑。于是，陆永顺伸出的拳头，也就有了特别的意义。而郁澍也因这几拳，内心似乎感受到了震动，他五味杂陈，在这件事上，他纵是有千般万般理由，对蓝青林母子也是愧疚的。他必须当众接受陆永顺给他的这几拳。几拳之后，他抱紧了陆永顺，他用男人之间才能知晓的胸怀，表达着他的感激！而陆永顺也就顺势在他的后背又擂上几拳，之后，他们大笑！男人之间的理解，不要言语，用拳头，三五两下，什么事就解决了。

古罗村的农历八月，夜晚开始有了凉意，郁澍在这样的夜里，老喜欢躺在院子里的合欢树下，望着天空发呆。每每这时，蓝青林便会吩咐西沐不要过去打扰，她知道肯定是他的码字又遇到瓶颈，他需要借助辽阔的天空，去放飞自己的思绪。儿子郁若水这些天里吃了睡，睡了吃，当然他也不是白吃，每天都会长上一两左右的肉巴巴。老外婆亲自煲汤，他妈妈每天几碗热汤灌下去，就成了源源不断的乳汁，全吃到小家伙肚子里去了。

其实，这个院子只是在这两天才安静，因为郁若水的出生，村里的乡亲，时不时过来看看，端上一缽自酿的甜酒，或是一盆子鸡蛋、几尺棉布、一个帽子、一双鞋什么的。而外婆总是笑吟吟地接住，她说这是给小若水接福，接过这些，她又逐个给来看若水的乡里乡亲回礼，有喜饼喜糖，当然，还有喜蛋。外婆麦含芳说，她当年在古罗村当姑娘时，大嫂生了孩子，自己的妈妈就是这样给乡里乡亲回礼的。其实，在这来来往往中，人们图的是热闹与喜庆，图的是对小生命的欢迎，与一起分享的喜悦。

这几天，蓝青森带着蓝波尔住下来了，蓝青森听说那夜在罗水湖里的惊险，便不住地后悔，悔不该当初扔下妹妹，自己带着波尔回县城。妹妹这也是命大，万一有什么闪失，他这个哥哥怎么后悔都晚了。外婆倒没有一点怪他的意思，可是他却总是念叨，他这样一念叨，郁澍就不好意思了，于是大舅子与妹夫，两人就喝起酒来，外婆也不要赵妈去劝，反倒要赵妈再做几样下酒的菜，让他们喝个畅快。郁澍与蓝青森都是内向性格的人，平常都是个闷葫芦，他们像所有中国男人一样，只有在这个叫酒的液体灌进体内后，才会掏出心来，让对方看看。外婆想要他们彼此之间多了解，说到底，在这世上，他们是蓝青林最重要的男人，也是此生需要依靠的人，所以，外婆想他们先成为酒肉朋友，再成为酒肉亲人，经过几轮掏心掏肺后，蓝青林的日子也就会愈加安稳。有人说，男人的情怀是装在酒里的，举杯推盏后，才会肝胆相照义薄云天热血沸腾相见恨晚，几场酒下来，情义从酒里倒进了血液，兄弟会比兄弟还兄弟。

郁澍与蓝青林从来没有这样放开来喝，有酒有菜，心无旁骛，一心一意地喝，醉了，也不用叫代驾，直接躺进屋，简直一个“爽”字了得。这样喝酒，心可以飞起来，什么都能嗨起来，眼前的景物与人影由远而近晃动得厉害。

外婆坐在不远处，带着西沐与蓝波尔，月光洒了一地。

之前，住在这里，赵妈老是念叨，说这院子阴气重，走来走去，老是她们几个女人，这会儿，望着这两个喝酒的男人，外婆笑了，带上若水与波尔，院子里的阳气正在升腾，一些帅气、霸气、豪气开始在院子的上空横冲直撞，外婆似乎看见了，眯起眼睛望着天。

只是有个晚上，这酒喝得有些多。郁澍打着酒嗝，眼睛布着血丝，蓝青森不让他喝了，他抢着酒杯，偏要喝。喝到最后，他呜呜地哭起来，他说他爸爸出事了，妈妈也病了，爷爷奶奶外公外婆全老了，自己曾经赌气，不与家里联系，没想到这次回去，一切都变了，家里的光景全变了，从前的样子没有了。抽抽噎噎的，上气不接下气的，嘴里喷着酒气，话语像奔腾的河流，任何人都拦不住。最后，听见他又说，我不是不牵挂青林，不牵挂西沐若水，真的是枫城的家里抽不开啊……

爸爸至今不知关在哪儿，也不知他到底犯了什么事。妈妈一个人守着家，最亲的外公居然不认识自己，闭上眼，还能感觉到自己去英国念书时，他厚厚的手掌拍打自己肩膀的温热与力度，他悄悄地往我背包里塞进一沓花花绿绿的票子，在耳边悄悄说，别告诉他们，自己花。从小到大，外公老以这种方式宠着自己。小时候，外公到哪儿都要牵着我，逢人便要把头挨着我的脸，问别人，像不像？他明知道像，妈妈像外公，我像妈妈。因为知道像，所以他特别喜欢问，他心里喜欢听别人说，郁澍简直跟你是一个模子套出来的。每每听到这句话，外公便目光炯炯，声若洪钟，仰头大笑。笑过之后，就会塞给我几张花花绿绿的票子，要我买东西吃。可是，这样一个好玩的老头，他不认识我了。他警惕地望着我，在他的大脑里关于我的任何记忆都成了空白……

还有我的妈妈，我走之前，她还是漂亮的，可是这次见到，我惊到了，妈妈无可救药地老了，脸上的皮肉松垮耷拉，皱纹在眼角开花，最主要的是神情，都无法逆转地匍匐着苍凉，望过来的目光，总是让我全身激灵。我从未在妈妈的目光里见过的呀，没有一点过渡，就已经成了无法改变的事实，绝望与凄凉笼罩在周围，是目光的全部内容……

我的妈妈从前不是这样子的……

郁澍说不下去了，他趴在饭桌上号啕起来。桌上的人赫然，外婆心里一个劲地哆嗦。原来如此，可怜的孩子。她揉擦着红了的眼睛，赶紧走进厨房，冲泡了一碗透亮的葛根粉，放几勺蜂蜜，要蓝青林端去给郁澍醒酒。

那晚一过，郁澍好像不记得他哭泣过，家里也没有谁再提起。而蓝青林看他的目光，湿湿的，黏黏的，当然在心里，还是有些怪他的，家里发生了这么大的事，为啥不说一声，让她一起来分担？只是郁澍看起来，总还有那么一丝忧郁，他的部分心思，肯定还留在枫城。爸爸的事，一直没有着落，所以，心一直悬着。妈妈，也老让他担心。但在古罗村，与蓝青林在一起，他试图将枫城的一切忘掉，在某个时刻，他确实也忘了，可是过后，他觉得自己很无耻。

蓝青森住了一段时间后，带着蓝波尔回县城他自己的家了。而酒局并没有就此结束，当然这酒郁澍并不是跟蓝青林喝，而是跟村里一帮年轻人，他与他们打得火热。

刚开始是在蓝青林家的餐桌上，陆永顺以村主任的身份来请教郁澍，他想把漂亮的古罗村整得更有内涵，他们喝着说着，阵地慢慢地转到外面，一会儿是陆永顺家，一会儿是别的什么人家，当然他们的酒局，转来转去，就在古罗村里。

这样喝酒对于男人来说，瞬间就是豪情万丈，即便酩酊大醉，也是心甘情愿。他们在一起，除了谋划出古罗村的未来，还闲扯出自己的故事，什么都讲，争先恐后地，讲自己心里真正喜欢的人，她们的模样，甚至细到喜欢的某种神态与某种味道。

郁澍听着听着就会发呆，想自己怎么从前忽略了他们的内心，忽略了他们的情感，好像他们天生只会在地里劳作，每天在村里奔忙，没有想过忙过以后，他们的灵魂，是安放在哪里的。安放下来后，这些灵魂又渴望什么。

郁澍望着酒桌上的乡亲，憨态可掬，每张脸上的表情延续着生命中的众多密码。原来不管什么人，内心总有萌动。一些渴求与愿望，看似不同，但本质上又是一样的。不管生存处境在何种状态，内心都会生出那么点孤独，或者说一直在寻找，寻找与自己默契、能够心心相印的那一半。

这似乎与是否结婚无关，寻找是与生俱来的，只是这世上绝大多数人，都是寻不到的，念想的人一直住在心里，或者被供奉在心里。只是眼前这些人，他们的表达更直接一些，大大咧咧地喝酒，张开嘴直接喷话，内里的那一丝柔软，全都隐藏在大声吆喝中。

郁澍与他们一起谈古罗村的设想时，他会侃侃而谈，其余的时候，他是沉默的。他点着烟，在烟雾里看他们，听他们讲话。在各家吃过后，陆永顺这天又约了酒局，好在这阵子，郁澍在下午两点开始码字，在酉时收笔。近来他感觉自己思路不够顺畅，写着写着，就被卡住了，像是一个人站在了水里，四面都是茫茫水雾，不知往哪里迈步，眼前的景象在迷惑自己。他不知道一路走过去，到底会有什么在那里等他。所以，在自己想清之前，郁澍更愿意抽身离开，在真实的生活环境里，与这群真实的人混在一起。从某种意义说，他们在古罗村重复着生命的意义，在这里土生土长，生存就是生活。婚姻在他们还是小伢时，大人们都已安排。在他们心里，喜欢的人与婚姻关系不大。当然他们的喜欢，也只是心里喜欢，问会不会付诸行动，他们只是嘿嘿地笑得邪乎。

世上每个人都有风花雪月的。如果不与陆永顺他们喝酒，郁澍是看不见的。

这天的酒局，是陆永顺组的，搞得神神秘秘的。戚小满、麦景禾、高大全，都是与陆永顺年纪上下的，这些留守在村里的青壮年，弄来一艘木船，船尾有篷，有做饭的灶台，船中摆了一张桌子，船板正好坐人，脚都放在桌子下方。他们一上船，就坐在甲板上以及两边的船板上，陆永顺像模像样地划动着木划子，船慢悠悠地从古罗村的码头上驶出。

夕阳浸在罗水湖里，四面的青山染上了一层霞光，细细碎碎的，漂在湖面，晃荡出粼粼波光，在水面上五颜六色。郁澍被这山这水莫名地感动着，想起自己网文里曾经写的一句诗：水是眼波横，山是眉峰聚。当然他也是剽学的，这是古人的诗，写的是送别，此时此刻，这个句子就跑了过来。

船走了不久，陆永顺也不划了，与戚小满他们开始在桌上摆碗上菜，然后打开一坛青梅酒，放在了旁边的甲板上。

郁澍心里清楚，他们今天之所以这么隆重，是因为早两天他给了他们一个建议。陆永顺一听，打了鸡血一样，立马就兴奋起来。现如今也是奇怪得很，几乎所有的村落，不是在村头就是在村尾，都会建一座庙，请来僧人住持，庙里一切供奉由村里人担负。富裕的村，庙堂修得富丽堂皇，和尚还请上了几个，成天香火袅袅。郁澍在湘、贵、川交界的几个地方都看到过，村民们信菩萨行佛礼，而且在这件事上，村与村之间还相互攀比，也不管这寺庙是否有历史。

那天的酒桌上，陆永顺问郁澍，古罗村要不要也建一座？因为村里好些老人已经向他提出了要求。郁澍借着酒劲，把手一挥，“永顺，不可以！不可以！”接着，他打了个酒嗝，“难道你不知道？在古罗山上，过去是有庙的，我们每天抬头，还可以看到它的一些模样。”

“要建，就要在旧址上建！”郁澍说出他的意见。

“可是，山太陡了，烧个香，拜个菩萨，太费事了。”陆永顺把村里好多人的想法说了出来。

郁澍上前用手指戳了他一下，“求菩萨办事，这点苦都不肯吃，心不诚，那所许的愿，难以灵验呀。”

陆永顺像是被打醒了，他望着郁澍由他一个人说，他看见他修长的手又是一挥，说：“我有一个想法，一直没有与你说。我觉得古罗村在村前可建个村史馆，古罗村概貌及由来，村里的人家从何时迁徙而来，所有的正史与野史都可以写上，然后是村里的地理结构、所处位置，民风民俗，细到节气的耕种，村里的饮食习惯，一些古罗村的土特产，如木器银器、织锦绣品、食物制作等，加上村里多年的耕读传家、兴学育人的传统，再添加一些传说与典故，配上一些图片与实物。这样子，在一虚一实之间，古罗村史馆立马就可以像模像样了。”

郁澍在酒桌上随口一说，陆永顺顿时脑洞大开，眼睛睁得老大，嘴巴张着，半天合不拢，一个劲地点头，“嗯，这个点子好！咋不早说！”

“这不是你说要建庙，被你急出来的想法吗？”郁澍一只手摸着脑袋，另一只手端着酒杯自顾自地抿了抿，他也得意着，要是在古罗村真能建个村史馆，那意义就大了。

此时，暮色冥冥，几个男人坐到船上的桌前，一桌子的下酒菜，全是古罗村最有名的美味，腊肉腊肠腊鸡腊鱼腊石蛙，外加卤牛肉卤鸡胗子、鸭脖子与鸭舌，还有凉拌的折耳根、秋葵、葱莼、寒菌，一些清爽刮油的小菜，撩得所有人口水直流，而酒在这个时候是必须有的，在山水之间，酒是绝配。郁澍一个人眯起眼睛，近处远处的山峦，在青色与蓝色中变幻，水鸟从山林间俯冲下来，在湖面低飞，然后直接扎进水里，一尾鱼瞬间成了它腹中之物，它拍打翅膀，从水面掠起，扑哧扑哧飞向山林。

深秋的风，有些凉意，坐在船上的汉子们，有酒燥热着身体，在如画的美景中美食，耳边聒噪着兄弟们的吆喝，嘴里的鱼肉，嚼劲十足。一口咬下，烟熏味的油汁带着家里灶台上的气息，有些过往就在食物里，眼前会有屋梁上挂钩上那一串串正在风干滴着黄油的腊货，于是慢慢地嚼，吃着吃着，都不记得从什么时候开始，不用筷子了，都用手，然后大口喝酒。这酒喝得不过瘾，他们中有人站起身，立在船头吆喝一嗓子，山歌就在山水间回荡。

“嗨……”

“高山岭上有丘田，爷种三年做皇帝，崽种三年中状元……”

“嗨……”

“一根甘蔗九根苗，剁根甘蔗架浮桥。架起浮桥我妻子过，不是我妻子水里漂。”

“嗨……”

“十七十八上广西，丢了爷娘丢了妻。丢了妻子连路有，丢了爷娘好哭泣。”

“嗨……”

“高山岭上高登天，站在高山看四川。看见四川好跑马，看见云南好撑船。”

这些山歌在村里的四方坪郁澍听过好多遍了，可是由不同的人唱出来，听起来的感受又不一样。其实，很多时候，郁澍只能听懂一半，但奇怪的是歌声里描述的场景会扑面而来，有的直白，有的幽默，有的告诫，但绝大多数是一些情歌，就像郁澍对陆永顺说的，怎么你唱的歌，全是哥哥妹妹呀。陆永顺的娘是村里的情歌仙女，张嘴就来，那种最长的情歌，她唱得最全，所以呀，陆永顺张嘴也可以来上那么一段。这不，郁澍看见陆永顺对着青山碧水，借着酒劲，号起嗓子来。

嗨……
对门姑娘矮坨坨，
背上背起猪草箩，
一来为了扯猪草，
二来为了看情哥。

众人哄然一笑，都说：“看你哦。”陆永顺做着鬼脸，昂着头，高腔一声“嗨……”，接着唱：

小小园地一堵墙，
苦瓜丝瓜种两厢，
郎吃苦瓜苦想姐，
姐吃丝瓜思想郎。

唱得水鸟忘了鸣叫，跟着歌声袅袅而飞，溅起水花，一串又一串，辽阔的湖面，像个扬声器，把歌声送给山峰，峰林摇摇曳曳，一吸一吐，歌声随着林涛，婉转回荡，气势恢弘，又余音袅袅。听得郁澍一愣一愣，陆永顺兴致来了，又吼了一嗓子：“嚯……嗨……

“四月天气日正红，妹今插秧在田中，妹插秧来哥也插，插来插去两相逢。

“四月插秧秧连秧，一对秧鸡来歇凉，秧鸡抬头望秧水，情妹抬头望情郎。

“四月插秧丘连丘，哥一丘来妹一丘，只盼老天落大水，冲垮田坎成一丘。

“四月插秧秧又黄，插个大行对小行，插个月亮对星子，插个小妹对小郎。”

这是一首插秧山歌。插秧本是村民们的劳作，他们却唱出了诗情画意。这就是古罗村的山歌，这些山歌内容，都是村民们每天的日常。在田间地头，在山林溪边，在屋场谷坪，什么都可以拿起来歌唱，而且唱得有滋有味，几乎是你唱我唱大家唱。都可以发声，于是无论什么事情在什么地方，只要有古罗村的村民在，山歌定会嘹亮。劳动的时候，有劳动山歌，喝酒的时候，有敬酒山歌，恋爱的时候，有恋爱山歌，此外，还有处世做人的劝世山歌，是古罗村人从小到大喝的“心灵鸡汤”。古罗村有句老话：出门三步歌绊脚。有些歌王、歌仙，那真的是看到什么唱什么，手上做什么唱什么，人家问什么唱什么，一天到晚，歌声不离口。

这种对山歌的迷恋，郁澍从赵妈身上看到了。她在家做事，做着做着，忽然就唱起山歌来，奇怪的是，你不让她唱，她好像就不晓得做事了。每个月的十五，在古罗村就是个节日，一群一群的人对歌娱乐，尽管参加的人只剩下老人，但这个习俗从未间断，算是留存下来了。再加上一些传统节日，像“元宵节”“三月三”“四月八”“六月六”，山歌唱得更来劲，个个盛装还有仪式，山歌的内容，除了情歌，就多是吉祥如意、丰收喜庆。那样的场面，一会儿歌声，一会儿鼓声，其实唱什么，很难听清了，但歌声里的喜悦在空气里清楚地传送着。

只是，这些传统在逐渐丢失，就像现在，村里会唱山歌的年轻人越来越少。想到这儿，郁澍从酒桌前一跃而起，他直接走到陆永顺面前，伸出他漂亮的双手，使劲鼓掌。

“唱得太好了，我们有使命把你们唱在嘴里的歌，用文字记录下，用设备立体地录下来。这也是村史馆里要展示的重要内容！”

陆永顺的脸在山水间顿时光芒万丈，他从来没有想过，这些土得掉渣的山歌，有留存的意义，而且从郁澍嘴里他才听说，这些山歌还是珍贵的文化遗产。他忽然想起他的娘，他是在娘的背篓里听着山歌长大的。要是妈妈还在，那些山歌，几箩筐都装不下。好在他还能记得一些，于是他向郁澍保证，有空的时候，他用笔记下来。

“好啊，大家有空时，把自己能唱的山歌记下来，到时，要蓝青林来整理分类。”郁澍笑着应承。

说起来，这些事真的就是喊做就可以做的事，前提是行动。郁澍住在古罗村，越住越觉得有好多事必须去做，因为他觉得，有些事不及时抓住，等以后你想做也做不成了，像山歌，像传统风俗，像绣品，像木器石器银器，都汇聚着古罗村的文化，不着手保存下来，等到以后，你再想来找，那就找不到了。

郁澍经常在村里转悠，像“蟾蜍罗，咯咯咯，唔读书，没老婆”“生子唔读书，不如养头猪”“嫁夫要嫁读书郎，斯斯文文进学堂”这些童谣、民谚和山歌，总是不小心灌进耳朵里，他们说着唱着，却没有文字记录，从前村里的人口流动不大，大家可以代代相传，可是居住的人正在重新洗牌，这些在村里存活了多年的精髓也将随之消失。走在街巷里，郁澍经常会抬起头来，在一家一家的大门前，看先人们在门柱上留下来的楹联，像“承先祖克勤克俭，启后嗣曰读曰耕”“承前祖德勤和俭，启后子孙读与耕”“绳其祖武惟勤俭，贻厥孙谋在耕读”“书为至宝一生受用不尽，心作良田百世耕耘有余”“耕读传家久，诗书济世长”……

一路走过来，郁澍的内心会对古罗村生出一些敬意，住在这里的人，原是一群有理想的读书人呀，在深山在田间地头，一刻也没有停止过告诫后人，要有凌云壮志，要有家国情怀。郁澍就觉得要把村里一些影响着灵魂的东西抓住，每每这时，又好像这些东西根本不存在，很虚无很缥缈，但你生活在古罗村，又实实在在感觉到它的存在，而且是很具体地在古罗村存在着。他就是在那一刻有了想建村史馆的冲动，他想把这些收集到村史馆去。

最让郁澍高兴的是，陆永顺完全接受了他的建议，而且跟他一样兴奋，兴奋之后，竟着手干起来。村里有这样一批有远见的年轻人，肯定会有个好的未来。

此时，一只不明动物在山间发出号叫，林子里一群一群的鸟，啪啪地从窝里飞起，在重重叠叠的山峦间，惊慌失措地盘旋，湖面的寂静有了声音的扩散，有了动物的骚扰，而这些响动，在厚实的山影间回响延绵。这些声音在水面在山谷回荡时，有水波的荡漾，有山壁的隆鸣，在某个时候，随着风声，穿过悬崖，又沧桑地回到山水间，可是那声音却莫名地被收回，顷刻间掉进深渊。

郁澍知道植被茂密的山峰上，暗藏着无数溶洞，那洞里的世界，人的想象无法抵达，它的容量绝不是我们所看到的山，它伸展的路线、暗河，四通八达，层层叠叠，因溶洞的神秘，此地也就成了历朝历代兵匪最喜欢的藏身之地。在这里，一洞跨三省，一点都不稀奇。

在郁澍看来，这些洞很像山的眼睛，苍翠深邃，如同精灵一般，在山崖上闪耀，发出诡异的光芒。他们几个男人坐在船上，海喝海聊，船在罗水湖上漂，四面的山峰长得极为相似，特别又是在夜里，抬头只能看见一个大月牙形的上弦月，傻傻地朝人间笑着，郁澍觉得是朝他们几个男人笑着。在这样一个有些浪漫的意境里，就几个男人傻喝，有暴殄天物的感觉，所以心里想着，等一个晴好的日子，天不冷了，一定带着蓝青林，也租上这样一艘船，最好是月圆的日子，她抬头看月亮，自己就看她，听她说话。

郁澍这样想的时候，看着旁边的男人在猜拳喝酒，一个个正在兴头上，古罗村的习俗，男人与女人，很少一同出席，他们一般是男人扎堆一起玩，女人也扎堆在一起。所以，郁澍觉得在美景中想到自己爱的人，是一件再正常不过的事，可是郁澍望着陆永顺，想他们好是好，就是骨子里少了一些浪漫，也不知是什么把他们身上的浪漫磨砺掉了。他喜欢他们，可是他还是希望他们身上能保留生命里本该有的东西。但他为自己的想法笑起来，也许他们比自己更浪漫，只是他们把这些藏了起来。

麦景禾拍了一下郁澍，“郁哥，你跑神了。”

“我跑神了，何以见得？”郁澍心里一惊，但嘴里却是杠杠的，否定着。

戚小满端起一碗酒，放到了郁澍面前，“你刚才眼神空了，一个人自顾自地笑。”

高大全也吆喝起来：“来，喝口酒，把你的神追回来！”

郁澍还有不喝的理由吗？于是，他端起碗就猛吞几口，他还要喝，却被陆永顺抢走了，送到麦景禾面前，“不许对郁哥无理！人家是作家，不跑神，能写出家伙来？你以为都像你呀。”

一船人哄笑着。

陆永顺的山歌又响起来，伴着野兽尖锐的怪叫，与林间惊起的鸟鸣，在湖面与山影间回荡。船一直顺着山风在漂，整个湖面上，也只有他们一艘船，偶尔郁澍心里有一丝担忧，但又想永顺、禾景、小满、大全从小就在这里长大，他们熟稔这里的一切，既然跟他们出来了，就充分相信他们。此时，他们也像郁澍一样，抬头望着山峰，戚小满啧啧地嘚瑟：“今晚就漂得远呀，都漂到四川了。”

郁澍不敢相信，起身站到了船头，水是一样的，只是山的影子在月光下略略有些不同了，临水的山峰不知从何而起，陡峭削立，或者奇石嶙嶙，岩石上几乎不长植被，只在顶峰才有些丛林茅草，一个一个半露的岩洞里，跳动着绿色的磷火，看见这些火光，郁澍听见湖面的风，嗖嗖地吹在后背，脊梁骨猛抽了两下。

“郁哥，你看见了吗？这片悬崖，上上下下，有好多洞，洞里有好多悬棺，有的岩缝里也放着。”陆永顺不知何时站在了郁澍后面，他说的话像一道道凉风，还含着鬼火，郁澍一哆嗦毛骨悚然了。其实他在他的网文里老早就写过悬棺的，只是从来没有在实景中看过，而且顺着陆永顺手指的方向，悬崖上的悬棺不是一两副，在这面悬崖上，有一个悬棺墓群。风从石崖上吹过，又掠过湖面，浩浩荡荡，打在他们身上，发出呼呼的声音，转背又贴着湖面，吹皱湖水，细细碎碎的，哗哗而去。

在郁澍的网络小说里，涉及过悬棺，在他的想象里，那是神仙死后的归宿。按说，云是仙人葬骨之处，可是有一部分仙人，他们死后，照样要看山看水看往来船上的凡人，也就是说，他们既要待在腾云驾雾的地方，又要时刻体验凡夫俗子的喧闹。于是，江河、沿岸，或靠近河流的湖泊边，在壁立千仞的悬崖间，或地势险峻之处，都是悬棺所选之地，他们的舒坦劲儿，是凌空绝壁，是清冷孤傲。这也是为什么，一些放悬棺的洞穴，被冠以升真洞、仙机洞、换骨岩之类的传说。但话又说回来，既然是神仙，那就该长生不老，又怎么会死呢？

郁澍在小说里有过交代，他说，悬棺葬至今几千年了，也只有云南、四川、江西、湖南几个省份有，而且为数不多。他说这些死了的神仙是在天界犯了事，必须死的，其实还有好多神仙都活得好好的，只是我们的肉眼看不见。所以呀，他学着古人把那些放悬棺的崖洞称为“地仙之宅”，在这么高的地方住着，是依据着神仙的本领而来的。神仙都有腾云驾雾的本领，只是这些悬棺却不是神仙自己弄上去的，是人在崖壁凿孔，椽木为桩，这些都由着郁澍在他的网文里胡编乱造，略略有些影子，略略有些逻辑，便有粉丝追着读，而这些连郁澍都没弄明白。

其实悬棺葬是古代一种比较奇特的埋葬方式，历来被称为“上古遗存，天下奇迹”，但从某种意义上讲，悬棺葬与我们所知道的土葬、水葬、火葬，甚至天葬都是一样的，只是为失去灵魂的躯壳，活着的人自以为找到了他们认为妥当的安置办法。人死了，因为地域、民族、习俗的不同，选择不同的葬式。有一种说法，悬棺葬与史前原始民族实行岩居有关，是人们洞处穴居生活的反映，于是便有了“你从哪里来，就回哪里去”的说法。既然活着的时候是住在岩洞里，那死后当葬回原处。

也有人说，与战乱有关，但如果说，与朝廷追杀有关，有些可信度，一些重要人物，躲到四面是山的地方生活，死后却有着一万个不放心，怕被挖坟晒尸，要后人把他葬到峭壁上，壁立水滨，逶迤高广。

在很多的记载中我们可以看到，一个军队，一个部落，一个家族，突然在众人面前销声匿迹，人间蒸发。这些人，最后去了哪里？特别是在朝代更替之时，有更多类似事件发生。人们隐隐约约还记得，那些争夺江山的首领与部队，在一夜之间，彻底消失在人们的视野里，从此，与世界决绝，一刀两断。时间一久，这个世界上的人自然就忘了，甚至忘了他们曾经轰轰烈烈地存在过。记忆是很恍惚的，更是不靠谱的。

但消失了的人，肯定与世界依然是盘根错节的，他们的消失，封存了很多无法言说的秘密，比如军事图纸、朝廷秘事、兵器秘诀、家族瓜葛等，没有哪件不是惊天动地的，足够后人想象奔腾，在茶余饭后惊讶感叹。

当然悬棺葬与传说有关是最为贴切的，是那些少数民族至今还保留着的各种习俗，以此溯源，很多迷惑，似乎迎刃而解，或者恍然大悟。世人都看到了，临江面水的悬崖绝壁，是所有悬棺葬遗存的地方，“水行山处”是棺墓里先人所在民族的共同特点，不同的只是葬具形式，在罗水湖悬崖边，陆永顺说，这里以两种形式居多，几乎都是船形棺和整木挖凿的独木舟式棺材。这些习惯于水上生活的民族，善于造船与用船，他们相信，先人死后，鬼魂虽然到了另一个世界，但并未离开生前待的地方，他们习惯了依山傍水，他们愿意待在一个神仙待的地方，可以与自己的家人及后代长相厮守，并保佑他们子嗣延绵，一代又一代繁荣兴旺。

于此，悬棺葬习俗来源于当地人祖先崇拜的传统，更与当下活着的人，息息相关。

郁澍在看到悬崖上那些黑黢黢的影子时，脑袋里立马奔腾起来，搜寻着他所知道的有关悬棺的一点点的信息，但他嘴里没说，看着看着，他还是把头转向陆永顺，“呀，呀，大半夜的，站在这里看棺木，瘆得慌！”

“怕啥？罗水湖的山崖上好多咧，只是有一些被树木遮住了，平常我们没有注意。”陆永顺笑着，他手指着面前的石壁，“只是这里的岩石不长草木，悬棺裸露，而且集中，有悬棺墓群的气势，自然阴气重。”

“回吧，回吧，我们下次选个白天来看。”郁澍嘴里喊怕，头还抬着，看山崖上的黑洞，其实，在夜里无论如何是看不清的，他看到的只是自己的想象。

“我妈是畲族，她祖先的头领都是悬棺葬，从小就听她讲过故事。比如客家人畲族就一直流传着一个关于悬棺葬由来的传说：上古时，畲族的始祖盘瓠王是星宿降世，生不落地，死不落土，所以他去世后儿孙们就用车轮和绳索把棺木置于悬崖峭壁的岩洞中。其后代代沿袭，形成了古代畲族人的悬棺葬习俗。畲族的‘畲’字，古时写成‘畬’字，也包含了这个故事的意思。”陆永顺讲的时候，郁澍的目光落在他脸上，想每个人的背后，到底能牵扯出多少让人惊讶的故事来。他想象的翅膀顺着陆永顺的话语，拍打着翅膀，不停地追赶，那又是一个新鲜的世界。只是陆永顺说完传说，突然右手朝郁澍一拍，“哎，我妈妈跟你老婆一个姓，也姓蓝。”郁澍像被电打了一下，不太明白地望着陆永顺两片随意传送话语的厚嘴唇，只是厚嘴唇又动了，还连带着手势，他的手在郁澍眼前上下晃动，“嗨，你老婆姓蓝，八九不离十也是畲族啰。”

这句话郁澍听懂了，蓝青林只对他说过，外婆家是古罗村的，几乎没有提及过她的父亲与父亲的家族，所以，在此刻他只是将信将疑地望着陆永顺，看他的这张嘴还会说出什么更新鲜的事来，果真就听见他又啰唆起来：“客家畲族，在我们这一带有好多，听我娘讲，他们畲族有四大姓氏，蓝姓、钟姓、盘姓与雷姓，后来变了一些，蓝姓的改成兰姓的，盘姓的有改成潘姓的，雷姓的有改成娄姓与吕姓的。”

陆永顺絮絮叨叨的，听得郁澍吓了一大跳，这些钩沉史迹在以一种口传形式流传着，只是这种口传肯定会在某一天，突然消失。像陆永顺说畲族时，开口闭口，会加上一句“我娘说”以示来源可靠，但他娘早走了，而他说的也只是他的记忆。所以，把乡村里那些口传文化用文字记录下来，存放在村史馆里，是一件必须做的事了。

如此一想，对古罗村的村史馆又生出了无限向往，觉得这是一件功在千秋的好事，于是郁澍扯着陆永顺又回到桌上，与戚小满、高大全、麦景禾聊他们的村史馆。

第四章

在那个夜里，儿子郁若水执意降生在罗水湖上，让身为妈妈的蓝青林惊慌失措，好在这小子一出来，就对着群山，对着夜空，躺在罗水湖上声嘶力竭地号啕，呜哇呜哇，宣告自己的到来。听着他嘹亮的哭喊声，蓝青林竟然吐出一口长气。有这等哭声的孩子，身体一定是健壮的。躺在甲板上的她，也确实看到了他握紧的拳头，在空中划动挥舞，在那刻，刚刚在罗水湖上的惊慌与无助彻底消失了，她眼角虽然还闪着泪花，那晶莹透亮的泪花里，映照出来的，是腾空而起的喜悦。

这是她见到儿子的第一感觉。

如今，他天天黏在自己身边，要吃要喝要抚慰，稍稍不如意，便开始瘪嘴，然后小嘴一撅，放声大哭。他已经知道，他哼唧哼唧的哭声，是要挟他人的武器，是满足自己各种欲望的神器。不管怎样，蓝青林泡在幸福里，无比从容地做着母亲，她觉得有外婆在，她几乎都不用操心。世间有个铁定律：妈妈能干，女儿就不能干。妈妈不能干，女儿就能干。可见能干都是逼出来的，没有谁想能干。看见外婆指挥着赵妈忙里忙外，便能理解自己的母亲姚小瑶百事不探的样子，什么事外婆都安排了，都做好了，她自然就不用操心了，而到她做母亲，她还是百事不探，于是蓝青林与哥哥打小就很独立，走到今天，蓝青林看着忙碌的外婆，自己格外享受。

这会儿，宝宝的摇窝摆在合欢树下，当然是当阳处，外婆把若水的青屁股裸露出来，让他趴着，接受太阳直射。外婆是周全的，她用摇窝被严严实实护着小东西周围，还给他摆了个舒服的姿势，若水红皮老鼠般，一缕一缕的黑发，黏贴在头皮上，鸡爪子一样的小手，拳头紧握。可是就在他弓着身子晒屁股的时候，他粉嘟嘟的小嘴，正嘬着他的蓝花摇窝被，他在用嘴感知世界，他正处在人生中的第一个敏感期，对他来讲，世界就是味道。

坐在屋里也在晒太阳的蓝青林，隔着玻璃望着她的儿子，爱意穿过玻璃，匍匐在若水身上，一寸一寸地缠绵，蔓延出地老天荒的母爱图。

宝宝经外婆与赵妈一打理，那些个新生儿的指标诸如黄疸之类的正常得很，脸上身上也不长湿疹，头发里也不结痂，作息时间开始紧跟日夜更替，蓝青林只要泛滥一下自己的母爱就可以了，再加上这一阵子，郁澍也一直守在家里，日子这样过着，就是她想要的日子。

郁澍一如既往在午后才在院子里出现，这个时候，大家已经吃过中饭。他起床后第一件事，便要抱抱若水，只是他抱若水的时候，西沐会黏过来，也要抱。于是郁澍一手抱着若水，一手牵着西沐，在院子转圈。外婆点着头，颇为赞赏："这就对了，小孩子就是要抱着在日光里走，老一个地方待着不动，那晒的是死太阳，走动着，晒的太阳，就是流动的阳光，这样，宝宝才会长得灵泛。"

这逻辑，也只有外婆能想出来。蓝青林看见郁澍的嘴角扯动了两下，那笑意又终于忍了回去，他大概知道外婆在自己心里是至高无上的，也不敢笑，而是真的照着做。

若水在月子里，除了缩水调理的那几天，之后，体重便开始以一天一两的速度狂飙，脸蛋红扑扑的，睡梦里时不时地扯着嘴，咯咯地笑，间或又做着怪样子，很痛苦，甚至狰狞。赵妈说，小孩子这个时候还总有上辈子的事打扰到他，他的表情或喜或悲，与现在我们对他的照看无关，等他彻底脱离出来，就不会有这种无意识的表情了。蓝青林不太相信这类说法，但这些话又不自觉地在心上滑过，她的目光会停在若水的脸上，竟然会跑神，想这小子的前世是干啥的，怎么会投胎到自己肚子里来？想着想着，就会傻笑一会儿，然后，摇头叹息，管他前世是谁呀，这一世，他是自己的儿子，只管好好爱他。

出了月后，若水就更乖了，而蓝青林也开始往店里走走，指挥着凤莲料理店面生意，如常的日子也在一点一点回归。只是那天，郁澍与哥哥一道喝酒，喝着喝着，竟把自己喝哭了。

酩酊大醉的他，把几月来他离开古罗村的内疚全倒了出来。他说到他在枫城的家，他家的变故，妈妈的无助，外公外婆的苍老，枫城的家里暮气沉沉，没有一处有生气。在那里，他就成了顶梁柱，成了所有人要依靠的臂膀。而他最最放不下的，是父亲。在这段时间里，作为儿子的他必须去打探，以宽妈妈的心。郁澍那天借着酒劲断断续续地哽咽着，之前，所有的这些他从不与人说起，他本就寡言。内向的人，即便有个好事或喜事都不会说，如今家里出了这样的事，他更加缄默无言。

只是蓝青林还是觉得怪怪的，她不知道夫妻之间，这种情况是否正常。她与郁澍几乎不说过去，也不谈未来，两人在一起，常常相视而笑，也不多话。

这样久了，蓝青林有些慌，总觉得这不是人间夫妻的日子，可是蓝青林又找不出哪里不好。

两人一起聊天时，他们会说到童年，说到大学时光，蓝青林觉得自己对郁澍知道个大概，她知道他是在枫城出生长大，在长春上大学，在英国格拉斯哥艺术学院读了油画与版画的研究生，然后在那座城市的一家工作室工作了两年，而他是在那里工作时，才开始写网文的，只是没有想到，这网文写得他丢了正业。他的网络小说自然是写中国，于是，他常常回国，去他感兴趣的地方小住，边看边写，这种状态有两三年的时光，到最后他住到古罗村，遇见自己，就决定停下来。

这些是郁澍对蓝青林说的。

蓝青林相信他说的每句话，他眼睛清澈，手指修长，笑起来，神情干净。

他虽然写作，可是走到哪里，他都会习惯性地从口袋里摸出画本画素描。蓝青林喜欢翻他的画本，她觉得这是他内心的另一种记录。她记得有一句话这样说：你眼睛里看到的东西，就是你心里的东西。

比如，那阵子，郁澍老来店里喝茶，尽管他抱着个电脑码字，可有的时候，他还在画本上画画，而他画的全是蓝青林，各种神态的蓝青林。她在那个时候，就把他当成了一个浪子，爱在外边玩，或是一位见到稍有姿色与气质的女子容易动情的男孩。所以在店里，她该干吗就干吗，不太理会他，虽然有时也会坐下来，与他一起喝喝茶，聊上几句，但她并没有敞开心扉，她只是安静地看着他，耳边并不反感他偶尔露骨的情话。蓝青林想他讲一阵子，自然会走，而女人天生是听觉动物，听了好听的话，脸上会放出一种愉悦的光亮，这种光亮又让人拥有一种无法言说的美，而这个美又牢牢地把郁澍给抓住了。男人是视觉动物，蓝青林在他眼里越看越喜欢，她的举手投足、她的一颦一笑，在他的眼里，都是那样好看。于是在那段时间里，他像中了魔一般，在画本上画了一个又一个蓝青林，他总想着要把青林那瞬间的神情永远留下。

如今，蓝青林再翻看这些画本，眼睛会蒙上一层湿雾，她索性闭上眼睛，然后兀自傻笑。西沐出生，他就画她们母女，到后来，他画西沐画得更多，背景全是在古罗村，或是家里的某个角落，几笔下来，人物传神，场景逼真，蓝青林每每翻看，都会忍不住要笑，因为郁澍画西沐时，一般都是想画就画。西沐睡觉时的各种睡相，全留在画本上了，西沐吃饭的憨态，他也画，肉嘟嘟的，各种姿态各种表情，也全画下，刚开始蓝青林怕丑了自家闺女，可是见到画后，西沐的所有状态下的样子，因为自然因为放松，所以都好看，再加上他们中式的木房子里，各种有趣的小玩意儿一陪衬，这童真就具体成意境了，那回味也就无穷无尽了。所以，这些画还当真好玩。如此，蓝青林就小心翼翼地收起每一幅画，想着等西沐长大了，可以给她办个见证她成长的画展。

现如今，郁澍的画笔对准若水了，他写作累了，从屋里走来，便开始有事没事画若水，当然西沐仍在画里，画他们时，郁澍笑意从微眯的眼睛里落到画纸上，那是他的父爱。偶尔，在网络小说写足了字数的时候，他会架起画架，调好颜料，把画本里的素描搬到画纸上，注入更多的细节，比如，他会给西沐穿上民国时期的中式衣裳，白色、淡蓝色的斜襟布扣装，过膝的黑裙子，在画里，任何时候，她都是这个装扮，与她所待的环境浑然一体，木屋黑瓦，白墙飞檐，花格屏风，圆门长廊，再加上各个季节的草木，像星星般点缀其间。画面恬淡幽静，又把人的眼球唰唰地吸了过去，当然最吸引人的还是西沐的各种憨态。这些画有好多张了，蓝青林都编上号，请人装裱了，一幅一幅地收好。偶尔会一时兴起，在店堂里挂上几幅，惹得不少客人问价钱，这个时候蓝青林眼睛望着画，头摇着，一脸的笑意，说："不卖，不卖的。"多数顾客看看就走了，可是遇上性格怪异的，你不卖，他就是要买，而且是铁定了要。这个时候，蓝青林就急了，说："真的不卖，画中女孩是我女儿哩，这个画，要留着，等她长大。"如此扯来扯去的。可是一旁的凤莲看到人家价格出得好，便会小声嘟囔："干吗不卖？这画是西沐爸爸画的，要他再画一张就是。"

每每这时，蓝青林忍不住向她翻白眼，想她不懂，这些个人物画，一眼看上去，好像雷同，但每个细节是不可能相同的，从着色，到人物表情，再到背景，看似区别不大，但只有画画的人心里清楚，自己在画的那一刻，郁澍眼中与心中的西沐，会有很大的不同，所以，呈现在画纸上的图景是不同的，只有亲近的人，才能解读到这其中的密码。如此，这些画在蓝青林眼里绝对是独一无二的，想自己不是穷得揭不开锅，怎么着，都舍不得把画卖了，可凤莲说蓝青林是死脑筋。

蓝青林奶娃时，喜欢翻看这些画本，翻到近年的，突然发现自己在郁澍的画本里消失了，特别是最后的两三本里，全是西沐与若水，他再也没有画过自己了。这一发现，她心里一惊，这也意味着，他的目光没有停在自己身上了。这是一个男人正常的情感转移，可是不管怎么样，在蓝青林的心里，还是有那么点失落那么点难受。

爱情里的荷尔蒙只有十几个月，而蓝青林与郁澍在一起四年多了，那就意味着他们之间身体里基本上不怎么分泌荷尔蒙了。在一起，更多的是亲情与习惯，他们会产生婚姻荷尔蒙，向亲密之爱与承诺之爱过渡，走向平常的夫妻，生活里只笼罩着烟火尘世的气息。

偶尔，蓝青林会丢下儿女，推开郁澍的房门。夜里，郁澍大多数时间在码字。这个时候，郁澍见她进来，如果正在写，那他仍然敲他的字，蓝青林只管静静地趴在他的床上，看着他或者只是在他床上躺一会儿，也不多言。如果他刚巧写完了，他们会聊一下天，或转移阵地，回到蓝青林的房间，一起看看孩子，说说家事。

日子里的所有琐碎，在他们夫妻间具体存在。

只是他们平静地讲述，连他们自己都奇怪，他们之间相敬如宾的成分很重。蓝青林有时候会想怎么会出现这种状况，也许是都害怕失去，都害怕伤害到对方，才显得小心翼翼，所以，两人之间相处格外小心，家庭事务、小孩教育，双方都极为尊重对方的意见，有意见时，也只是委婉地表达，表达时脸上堆着笑意。他们也就三十来岁，都懂得：人生如尺，必须有度。情感如面，忌讳越界。婚姻里的两个人，是彼此尊重的两个独立个体。蓝青林从不问郁澍从前的感情经历，如果他说，她就在一旁静静地听，有时郁澍会戛然而止，蓝青林绝不会去追问，而是陪在一旁与他发一阵呆，如果他陷得很深，她会自己悄悄走开，不打扰他，让他平复情绪，或独自回忆。

因为她明白，在他的过往中，他需要独自追忆独自梳理，而那个时候，她还未出现，他生命里重要的人是别人。同样，蓝青林也不跟郁澍说过去的感情经历，偶尔说说大学时期的初恋，语气里全是调侃与好玩，这是一种成长经历，是过后的笑资，所以是轻松的开怀的。

他们俩并没有约定，但他们许多生活方式竟然惊人地雷同，与人交往，懂得分寸。他们知道，与任何人走得太近，都是一场灾难。这一切，也许是他们之前的经历留下的印记。不与人走得近，那就意味着你必须独处，忍受孤独。好在他们在相遇之前，习惯了孤独，而一旦习惯了，就发现孤独原来很好，属于自己的时间多了，内心的自由也多了。做什么，不用总想着去迁就他人，全凭自己内心的召唤，如此一来，一个人在天地之间，忽然有了通透之感，像酒在体内横行霸道，情绪跟着心情昂首阔步，向左，向右，只是自己一个人的事，在别人眼里，她待在那儿是静静的，神情也是淡淡的。内心平静是她在这世界上最大的资本，于是她脸上的五官也就格外温和，郁澍就是被她的这种神态所吸引。

一路走来，他们不谈过去，却常常讲未来。当然，最根本的原因，是孩子。

有时候，蓝青林也会想，如果没有西沐若水，也许他们只是享受当下的卿卿我我、当下的浓情蜜意，一阵风吹来，很多东西就散了。可是他们之间有了孩子，无论东风西风北风南风，怎么吹都是吹不散的。作为父母，还必须考虑未来，这是绕不过的，这也是他们十指相扣时讨论最多的话题。

蓝青林觉得现在的自己，年轻漂亮，健康幸福，她爱郁澍，爱孩子，爱家人，爱周围的一草一木，待在自己的时光里不念过去、不畏将来，让日子每天像是毫无意义地虚度，可是在这种虚度中她有着满满的知足。

蓝青林幸福着，但她不想去焦虑无法预料的将来，或者强求这一世永远如此。她只是满心欢喜享受眼前，其实她也没仔细思考，自己为何不胆怯？在古罗村，她似乎感受到了外婆家族先人的保佑，这幢旧宅院里的每一处景致，都会点燃她目光里的亮光，她觉得她住回来，是听到了某种召唤。还有，她的“古罗旧事”，虽然不赚什么大钱，但生意总在一点一点之中进行，令她最为开怀的是，她在旧物上的一些创意，总是有人接纳，有人欣赏。每每淘来一块好绣片，她都要琢磨好久经纬线的走向与色泽，然后千丝万缕，密密绵绵，让从前的图案奇迹重生，于是，一块普通的绣片，在某种背景的衬托下，画面又灵动起来，表情也有了迷人的光泽。

蓝青林从前在职场，听她单位里的一位女神说过，女人想过好一辈子，有三点很重要：一呢，你要拥有一技之长，就是你在这世界上赚钱的能力；二呢，你的情商够用，也就是说，在芸芸众生中，遇见的人、面对的事、你的断舍离，便是你所拥有的一切；三呢，人品过硬福报终究会来，心善，貌才美，貌美，爱才来，爱来了，幸福就来了。当时这位女神是蓝青林的领导，她们出差，飞机误点，两人闲聊，她说了这些。可能她怎么都没有想到，她口吐莲花，说了很多很多话，而蓝青林能记住的，就只有这三点。

蓝青林在意这三点，想法很简单，她想这辈子自己要活得好一点，她想幸福。她从那些所谓命苦的女人身上似乎看懂了她们命苦的原因，这些女人一旦遇上相爱的男人，便扑上去，掏心掏肺不说，赌上自己所有的身家性命，结果人去楼空，一辈子就在哀怨中，命便越来越苦，脸也越来越丑，一个生命仿佛就处在凋敝之中，难见光彩了。

不过有一点，蓝青林是很惊讶的，她与郁澍之间，莫名其妙地，像有位什么高人在指路，双方都在某个时候懂得什么可以说、什么不说。于是，在很多时候，他们之间交流靠的是眼神与微笑，四目相对，笑着笑着，就会含情脉脉，人就淹没在情海中，所有的情绪便是幸福了。在日常的生活中，他们许多的喜好居然惊人一致。比如，对古罗村的喜欢，郁澍是有过之而无不及，他对古罗村及周边的村落文化都入了迷，常常四处走访，听老人讲古，听各种民俗，听到有趣的传说，他身上带着用于写作的记录本，本子里记录得密密麻麻，有文字有图画，遇上特好玩的，郁澍回来会与她说。她听后，并没有刻意，但说出来的真实感受竟与郁澍惊人一致。

有时候，郁澍会在那一刻发愣，他想蓝青林是谁，为什么自己的思想会长在她的脑袋里。其实，蓝青林也这样想过，但蓝青林能用她感性的思维来解释，她跟郁澍说，我们本来不认识，茫茫人海中，在某个瞬间对望了一眼，便停住了脚步，彼此靠近，可以说，我俩的第六感觉，特别特别准，要不，就是上辈子我们一定是很熟很熟的人，这辈子投胎时喝了忘情水，什么都忘了，唯独感觉还在身体里。郁澍听后大笑，他说，这些都是他小说里的胡言乱语，可到了蓝青林这里，竟成了作古正经的解释。

还有就是对饭菜的喜好，蓝青林喜欢吃的菜，他几乎都喜欢，外婆说，不是一家人，不进一家门。外婆喜欢煲汤，郁澍成了外婆的粉丝，每次喝的时候，他嘴巴咂得最响，咕噜咕噜的喝汤声，格外夸张。而在一个家庭里，此处的夸张，扩散着人世间的暖意，是足以保证家庭和睦的润滑剂，一家人都会在他的喝汤声里喜悦，而外婆的眉眼眯在一起，嘴里的哈哈根本不停歇。

近期，蓝青林看到郁澍与陆永顺他们准备为古罗村建个村史馆，陆永顺除了向镇里申报资金之外，准备先把古罗村楸树坡下寒水溪与罗水溪汇合处的麦家祠堂稍稍粉刷一下，把一些文字与图片弄进去。郁澍对陆永顺说，这个事，就是要先张罗起来，像打草鞋样，边做边像。

麦家祠堂在过去是村里最好的房子，它建在城堡与当年的新村落之间，抬头可望见古罗山上的古罗大庙，脚下环绕着清澈的寒水溪与罗水溪，蓝青林听外婆说过，她小时候，常见她的爷爷与族人在那里议事。自己当年与外婆来村里小住时，也常去麦家祠堂玩，那个时候是村里的大队部，很多屋子堆放着生产工具。麦家祠堂坐东朝西，土木砖瓦结构的单体建筑，在童年蓝青林眼里，很多间房子，很多走廊，占地面积好大。祠堂前坪，竖立着两对旗杆石。

那天，蓝青林随他们在麦家祠堂实地察看，郁澍用手拍着旗杆石，问陆永顺："知道这是啥东西？"

陆永顺一脸茫然，抿紧嘴巴，突然又嗓门超大地嚷开了："石头呀。"麦景禾走上去，冲他鬼笑："切，叫石头，还会问你？"

郁澍笑了，他对麦景禾说："不过，你最该知道，这是你麦家的东西。"

麦景禾一脸憨傻。

郁澍狡黠一笑，"你们见过荣誉证书吗？"戚小满马上举手，"怎么可能没见过？我家女娃子每学期都会拿几张回来，三好学生啦，学习积极分子啦……"

郁澍双手拍掌，发出嘿嘿的笑声，说："差不多，差不多。"

可是陆永顺不满意了，他催促郁澍，别卖关子了，赶紧说吧。

郁澍又拍了几下旗杆石，说："这个石头真的就是从前的荣誉证书。"

接着，他说：

明清时期，凡家人或族人考中功名，必定要在祠堂门前竖起大旗，这是一件光宗耀祖的大事情，所以，今天我们看到的这个用来竖大旗的旗杆石，就是古代有功名者的"荣誉证书"。

在那个时代，走进一个村落，一般的人都会抬头看村里立起的旗杆石，旗杆石越多，就证明这个村里的科举荣耀越多，也说明这个地方人杰地灵。

而在我们古罗村，我就只发现这两个旗杆石，据说旗杆的上半部也是有讲究的，若是进士出身的，旗杆上会做两个四方斗，举人做一个四方斗，贡生是没有斗的，我们这两个旗杆，顶部的雕塑似乎不见一个斗。

蓝青林听着，她想起外婆说过，村里的人家有传统，虽然崇尚读书，但不求功名。读书的目的只求知书达理、钻研学问、修身养性，可以很好地持家育子、为人处世、放大格局。不成文的规定延续多年后，村里只有麦家人在清末去考功名，考了秀才，因成绩优异，被选入京师的国子监读书，成了贡生，后来是不是举人，没听外婆讲过。蓝青林觉得自己多少与麦家有点关系，便冲了上去，忍不住要给麦景禾挽回一点面子，她说："麦家人不喜欢考功名的，这两位去考试的，是不听话的。"

众人先是愕然，然后大笑，连连称是，村里的麦家、陆家、戚家、高家、赵家，祖上好像都不去考功名，但又都要求后人好好读书，而且日子都还过得富足，都说古罗村人，外出做生意是有几把刷子的。

说笑间，大家抬头看旗杆顶部的雕刻，发现两个形状各有不同，一个像笔锋的样子，一个分明是把刀戟。郁澍在一本古书里了解到文武功名不同，旗杆顶部的雕刻也会不同。文功名多雕成笔锋，武功名多雕刀戟或镌坐狮。功名旗杆的主人署名在旗杆夹的正面，左边条石上雕刻主人得功名的时间，右边条石上凿刻主人获得的具体功名。郁澍低下头去，左右环顾，条石上字倒是有，只是都被磨损得无法辨认。看不清也罢，但他还是心里想笑，从古至今，几乎所有读书人都标榜自己淡泊名利、不追功名，其实呢，看得比什么都重，就说这个旗杆石，功名高低的一点点区别，它都不会放过。功名高低除了在旗杆上端区别外，旗杆底部的础石也有讲究，旗杆底部都有磐石垫底，通常举人、进士不用再垫础石，而贡生等则需要在磐石上加一块圆础石。

麦家祠堂门槛特别高，整座祠堂的房顶由八根巨大的柱子撑起，抬梁式与穿斗式结合，两侧山墙开门通外，中间有一个长方形的大天井，采光与通风极好。走上石砌成的檐阶，大门前可见一对"门当"与四对"户对"。"门当"为祠堂大门前左右相对而置的一对扁形石礅，是狮子与祥云。门楣两侧的梁柱上有四对精制木雕，"户对"采用镂雕手法，动物花鸟图案。这么讲究，其实，"门当"与"户对"只是用来镇宅。进门的屋顶上有一个三环的八角形天棚，彩绘、木雕精美，祠堂内，十来根大柱将整个室内分为四进两厅，中间为天井，四周皆为条石砌成，屋内地面铺设青砖，每根大柱下都有白云石的八角形柱础。站在天井前，抬头看，斗拱两侧的柱子上分别镂空雕刻的成对的麒麟、凤凰、灵芝，线条流畅，栩栩如生。再往里走，藻井的彩绘，格外抢眼。藻井为正方形，由里及外，图案呈八卦状布局，第一层图案为“龙凤呈祥”，第二、三层为明暗“八仙”图，第四层为“蝙蝠”图，寓意家族幸福吉祥。祠堂主厅上方悬挂着“麦家祠堂”，黑漆白字，两侧各有四个大字：左为“神恩广布”，右为“厚积流光”。八根大柱、一扇大门、两扇侧门，将整个祠堂分为左右对称的三个部分。堂后两侧开有拱门通内院，天井以大麻条石砌成，井底铺着光滑的鹅卵石，两侧还开有拱门通向祠外。

站在院内，可以看见飞檐翘角，在斑驳的青砖墙上依稀可见“兴仁”“敬宗”“尊祖”等繁体字样，据说在这个院内，可以摆上十几桌的筵席，从前，每逢清明节，麦氏家族都会在这里举行隆重的集体祭祀活动，族人也在大院内集体就餐。麦家在村里是最有钱的，其实谁也说不清，麦家是为何有钱，村里人都知道，在过去，麦姓孩子，只要想念书，从村里念到县里，再从县里念到省城、京城，学费都由祠堂里的“义仓”提供，“义仓”一直实施到二十世纪四十年代末，如此，也让麦姓孩子大多远走他乡，古罗村最后只成他们记忆里的家乡。

蓝青林没有问过外婆，“义仓”支不支持女孩读书，当年她去省城上学，是否也是“义仓”提供学费？但提不提供，外婆的父母是开明的，在那个年代，允许她从罗水码头坐船北上，悠悠晃晃七八天，赶去省城上学。那个时候，外婆是富贵人家的小姐，坐船去上学，是与哥哥们一起，每次还有家里的仆人相送，船上张罗饭菜，船下引路挑行李。

这天，蓝青林在麦家祠堂的围屋里，随郁澍他们四处走着，陆永顺拿个小本子，郁澍说什么，他就认真记录着。郁澍说，这间屋子装古罗村的开村史，关于麦姓、陆姓、戚姓、高姓、赵姓的家族史，文字、照片都可以往墙上挂，当然，还要写个前言，把村里的地况地貌、风土人情、源头历史等全部写上去。然后，这间屋子是我们的山歌屋，我们村里的前辈唱的歌，在这里都可以找到，而且我们还录制原唱，分类录像录音，歌词歌曲也要分类存列，这个屋子要动用现代的电子设备，才可以把古罗村的山歌完美呈现。

陆永顺两眼放亮，想着以后想念妈妈了，就来这里听山歌。

郁澍领着一帮人在祠堂的群屋走，走至一间长条形、不是很方正的屋子里，蓝青林听见郁澍喊她："青林，这间屋子，我们就叫布衣坊，好不好？"还没来得及仔细瞅，郁澍又说了："这里我们摆纺棉花的纺车、织布机，还有我们土家族、苗族的织锦，还有各式绣片，在墙上，可以挂上我们有特点的服饰，挂上装裱了的精美的织锦与绣片，写上动人的传说与寓意，那些热爱传统布艺与锦绣的人，定会在此流连忘返。"

蓝青林站着没动，耳朵里听着郁澍的絮絮叨叨，眼睛里竟神奇地出现了画面，而那些画面又正是自己喜欢的，所以站在这间空屋子里的蓝青林，双眸发亮，头微微抬起，恍若真的置身某个展厅。

古罗村的穿衣史爱美史，在这里，用棉纱，用锦线，在女人们的指间来来去去，便有了故事，有了画面，也有了传承。

蓝青林还站在那里陶醉，郁澍他们的脚步早已经挪开。

在隔壁，他与陆永顺他们大声嚷嚷："这里，这里，就叫古罗美食，把我们村里所有食物，取上漂亮的名字，吆喝出食物的美味，喊出食物养生的关键词，写出食物的历史以及现如今的做法，配上照片再搭配一些传说。"

一屋子人啧啧地咂口水，脸上的表情仿佛正在享用某道美食。麦景禾张着嘴，似乎有哈喇子流出。高大全大笑，咬牙切齿地说："对！对！我们就是要让走进这屋子的人馋死！馋死！"接着，哈哈大笑，"让他们忍不住想尝古罗村的美食，还有还有，在隔壁房间，要另辟出来，我们就叫它豆腐坊。"

是啊，在古罗村介绍什么，也不能让豆腐缺席。这是古罗村人天天要吃的一道菜。古罗村的田埂上、水稻旁，都种着黄豆，这些黄豆跟着水稻种下，也跟着水稻成熟。水稻有早稻与晚稻，黄豆有六月黄与八月黄。古罗村人最喜用六月黄做豆腐。豆腐坊里摆上石磨、水缸、木桶、箩筐、簸箕、撮箕、团箕、捞箕、提篮等物，最好每天出一锅长相嫩白入口嫩滑的白豆腐，门口放个木桶，装上水豆腐，供参观者尝新。各式香干、腐乳、腐笋，可包装出古罗村的特色，还可摆上百叶豆腐、油豆腐。

这豆腐坊被他们七嘴八舌一下子就整出了模样。郁澍笑着，走进一间类似厅堂的屋子，他说："这间屋子，我们取名木工坊，一边展示古罗村的各式农具，另一边展示木艺，窗雕门雕，屋梁的雕花，还有各式代表古罗村庄的家具，花床、桌子、木柜、木椅，啥都行。"

陆永顺点着头，说："大家记得收集，我们也要号召村里乡亲捐献，要让他们觉得，家里有东西在村史馆陈列，是一种光荣。"

说话间，陆永顺身为村委会主任的味道出来了。在这一刻，连郁澍也望着他，大家看到了他的踌躇满志。

就这么走了一圈，蓝青林没有想到，村史馆还真有不少内容，只是她觉得还少了点什么，眼睛掠过大门前的旗杆石，突然就明白过来，她说："村史馆什么都好，但不能漏了村里的读书人，我们收集一下，只要是从村里读书出去的，不管从事何种职业、人生何种走向，我们都可以介绍一下。所以，一定要留间屋子，放进我们的古罗人物，当然，不光是读书的，各种有成就的、大家认可的人物，我们都请进来。"

蓝青林如此一说，郁澍拍着自己的脑袋，鼓起掌来，他说："这个是关键，这是我们村里的灵魂，我们不能忘了他们。"

"还有啊，我们还要搜集旧照片，号召村里所有人以及与古罗村有关的人，只要是他们的照片，都拿来，他们的故事与经历，都由郁澍来写！这样我们的村史馆就不会是呆板的村史馆了。有了这些，整个村史馆就会生动起来，大家走进来，看到的不只是摆了几件展示的老物件，而是走进故事的海洋。每个家族的故事，都会留在这里，让后人缅怀。"蓝青林抢白道。

大家沉静下来，觉得办好村史馆，确实还有做不完的事，除了修缮、布局，还要收集、整理、归纳以及撰写内容，真是个大工程。所以，在这刻，蓝青林看见陆永顺有了畏难的表情。

郁澍上前拍了拍他，轻松地说："慢慢来，我们边做边像。"其实，郁澍心里也没有底，但他想，建村史馆，总比那些在村里建寺庙要有意义多了。这样一想，他又坚信自己，而且在他心里，总觉得古罗村很神秘，觉得眼睛看到的，仅仅是冰山一角，很多隐秘的东西，也许一直在村庄的某个地方存在。

这种感觉很奇特，蓝青林最清楚。

谈恋爱的那会儿，他们喜欢一起徒步，背着行囊，在古罗村周边行走，他们除了游历附近的村庄，更喜欢在古罗村周边的山峦上行走，连绵不绝的山脊匍匐在大地上，他们走走停停，经常坐在一块岩石上，俯瞰古罗村。不看不知道，一看吓一跳，白墙黑瓦的房子，在高处一看，原来是一个"全"字卧在水田上，面水背山。郁澍说，古罗村在那个时候建房子，难道有规划局吗？怎么可以归整得如此有秩序？

蓝青林也惊讶。

小时候听外婆与舅爷爷们絮叨，现在回想，总是记不起具体的内容，但从他们的神情里，又可以看到些许神秘，只是当时外婆并不怎么关心，而那些舅爷爷有的远走他乡，有的在后山坡上，带着家族里的许多故事，归于尘土，与青山默默相对。

如此一想，似乎又证明了某种感觉，此村庄在过去应该是有严密组织的。郁澍在听蓝青林讲她在这里的童年，经常会跑神，这种推测在他心里，一次又一次地确信。所以，他们每次坐在山顶看古罗村时，都会感慨万千，郁澍喜欢在他的画本上，仔仔细细地画下俯瞰下的古罗村，楸树坡城堡，古罗山庙宇，四条溪水——寒水溪、仕美溪、木家溪、罗水溪从山间逶迤，一路妖娆，投进罗水湖的怀抱。罗水湖把沿路山基浸泡在碧水中，蜿蜿蜒蜒，时宽时窄，只是在中心点有个像葫芦样的水面，湖水沿着山脉向南，最后流到罗水河里，而罗水河绕来绕去，又流到湘江里了。

那个时候，西沐还没有出生，蓝青林经常跟着郁澍出来，在山顶看村庄，人会陷入片刻的恍惚：天上人间，不知自己究竟在哪儿。

郁澍是个户外运动发烧友，装备整套整套的，而且配置相当有水准。蓝青林跟着他，在古罗山与西罗山之间大大小小的山峰上，来来回回奔走，天黑了，他们支起帐篷，就地夜宿。在蓝青林眼里，郁澍文文弱弱的，可是在杳无人烟的群山中，郁澍面无惧色，安然淡定。

蓝青林想郁澍都不怕，自己也没什么好怕的，只是黑黢黢的丛林似乎有无数双眼睛，后背与后脑勺总是冷不丁地一激灵，她很奇怪，她在这个时候，居然不愿把这个感觉告诉郁澍。她的理论是，人心都是肉长的，荒郊野岭，说不怕，那都是为了壮胆。如果他旁边的小女子都泰然，他自然没有怕的理由。所以，蓝青林从不告诉他自己的怕意，总是一脸呆萌的傻样，望着郁澍。有的时候，他们会在帐篷外看星星，或者在帐篷里，躺下来聊天，说说各自想说的过往。

蓝青林睡下后，郁澍才会在小桌子上码字，写网文。山里的风声带着翅膀，密集地拍打，听上去格外喧嚣，呼呼地来回响动，似乎又吹不走，总是在林间回旋，在山坳里兜圈子，带着虚张声势的架势，呼啸而过，于是，丛林中的野兽也会吼上一嗓子，回音响彻夜空。

这种时空，从里至外，是令人毛骨悚然的。

而郁澍在这种氛围之下，像是打了鸡血，字打得飞快，思绪格外清晰，想象会在这时长出他意想不到的翅膀，打出来的文字，都是他之前未曾预料到的。郁澍归结为山里的空气奇特，空气里存有一剂天马行空的迷药，天地之间，似乎只有自己在奔跑在放飞思绪。他借着微弱的光，坐在那里，手指在键盘上飞速敲打，当然，更大的响动是他脑袋里思绪的奔腾，那里跑动着千军万马，而这是凡人肉眼看不见的。

有一回，蓝青林从睡梦里醒来，与郁澍在一起时，她已经养成了一个习惯，自己醒来，从不弄出什么动静。那刻，她眼睛微眯，用余光偷看桌前的郁澍。郁澍正沉浸在写作状态中，眼睛盯着电脑屏幕，手指抽筋一般，啪啪敲打键盘，脸上的表情，随手指敲打的节奏，不断地变换，手指不动时，表情有些空茫，手指敲打得快时，脸上就呈现出各种表情来，有舒缓的愉悦的，有急切的紧张的，有惊恐的绝望的。在他的那张脸上，眉毛一会儿打结一会儿拧起，目光一会儿柔和一会儿犀利，甚至凶狠，还有他的嘴，一会儿抿紧一会儿张开，一会儿噘起一会儿嘟着。最奇特的是他脸上的肌肉，放松的时候，神情平淡，是她平常看到的英俊模样，可是他的手指敲着敲着，肌肉会绷紧，脸上立马堆起横肉，在某个时刻，那横肉还会不自觉地抖动，时不时咬牙切齿，甚至有狰狞的模样，像是恶魔附体了。

半夜醒来，看到郁澍这个模样，蓝青林便不敢真正醒来，所以，她躺在那儿，一动不动，闭着眼睛，她知道郁澍正心无旁骛地在他自己构建的江湖里驰骋。那一刻，她突然恍然大悟，一直模糊的一个词，今天倒是彻底明白了。“脑力劳动”之前总觉得抽象，用下脑袋，又怎么就是劳动呢？今天看到郁澍用脑如此使劲的样子，终于明白，这真的是一种劳动。这种劳动通常是个体的，他人是看不到的，所以常常被忽略，觉得只是想了想，因为脑子好使。看到郁澍这个样子，蓝青林躲在被子里感叹，脑力劳动其实也是精神劳动，郁澍忘我投入的写作状态，感觉他的精神与肉体彻底分离了，他浮在空中，所有的精力投入在他的另一个世界里。

这晚郁澍的写作状态出奇地好，一直不知道蓝青林在一旁佯装睡眠，写作中的种种表情被她尽收眼底。而蓝青林看到的这些个表情，只是装到心里了。她没有告诉郁澍，她自己并不知道为何不告诉，可能是潜意识里怕影响到他写网文的状态。能有好的写作状态，这些个无意识的表情又算什么呢？

第五章

自从郁澍回来后，郁寒雨各方面的状态好很多，性格也开朗了，而且也不刻意回避谢一民的事，面对亲戚及过去的同事，她能迎上目光。就像郁澍跟她说的，这些事已经发生了，我们就接受吧，没有什么的。而且，真有什么事，那也是他的事，我们母子并没参与，所以我们不用背负什么。

郁澍的话，一下子让郁寒雨豁然了，是啊，有什么呢，不过是生命里出现的一个事故，一切都由犯错的人去承担。自己只是一个家属，什么都不了解，干吗要去承受地狱般的情绪呢。

于是，她放空自己，一些无关生活的事尽量忘记。

她每天的生活内容，最重要的，还是照顾父母，然后附带开始呵护自己，腰椎不好，一周总会去医院做一下理疗或者身体护理。儿子跟她说，家里出了这事，你不能活得像个祥林嫂，你还得有你的模样。

家里的兰花，在各个角落，独自绽放，钟点工每天都来一趟，收拾屋子。她在家时，便会做饭。这些工作都是郁澍安排的。而且请人的工钱，也是郁澍支付。郁寒雨只负责自己父母那边的各项事务，当然也包括请人。这也应验了一句老话，人管不了那么宽，一代只管一代。

只是郁寒雨回到家里，偶尔还是会想儿子。郁澍不发朋友圈，他离家后，就好像真的消失了一样。

于是，她会在微信里给他留言：

你在哪儿？

怎么这么久不回家？

忙什么呢？

…………

郁澍偶尔也会回答：

在神游。

赶网文哈。

讨生活啰。

…………

或者发来几张萌萌的图片，郁寒雨每每看到这些，便会恍惚，觉得这些冷漠的文字、应付的图片不是郁澍发过来的，想着他在家照顾自己贴心贴肺的场面，怎么都没有办法往一个人身上套。于是郁寒雨会任性地给儿子打视频电话，儿子有时接了，郁寒雨见他，确实是在工作，电脑摆在桌上，一杯喝得差不多的咖啡，烟灰缸里丢满烟头，桌上四处堆放着打开的各种参考书，如《明史》《二十四史》《清史》《宫廷秘史》《野史秘闻》等。如此，郁寒雨就不多言了，只说，少抽点烟，写完了，就回家。

这天中午，郁寒雨去了老干所，保姆李姐做好饭菜先出门了，她说她家今天有点事。母女俩在饭桌上吃得异常沉闷，妈妈沐上川不低头好好吃饭，老把目光往郁寒雨身上送，郁寒雨知道老太太有话要说，于是停下嘴里的咀嚼，接过目光，又把目光送到妈妈脸上。

沐上川看郁寒雨的神色里布满怜爱，“你这一向的气色不错，女人就该这样对自己，”她抿了抿嘴，又张开，但却停顿了两秒钟，接着说：“小谢子的事，我知道了，你急，也没用。”

妈妈爱看报爱看电视新闻，家事国事天下事，没有她不知道的，郁寒雨在这刻只是无语。

“这种事，我们听组织的。”

妈妈虽然是地主家小姐出身，可在大是大非问题上，从来都是革命的。这样的觉悟，郁寒雨是赶不上的，所以，她依然无语地望着说话的妈妈。

只是没想到妈妈来了一个大转折，她突然叹了一口气，说："就怕小谢子在外边有人，如果还生了孩子，就麻烦了。"

这个问题一直是郁寒雨不愿意想的，但不愿意想，并不意味着不存在。作为女人，对待这个世界上所有问题，似乎都可以包容，独独这件事，做不了大度，做了，那也是装出来给他人看的。

郁寒雨正在愣神，妈妈又甩过一句话来："也怪你，从来不见你对小谢子温柔过。"

"你又未必对爸爸温柔过？"郁寒雨想都没想，这句话就冲了出来。

妈妈笑了，这笑让她脸上光彩夺目，她定定地望着女儿，神情里有几丝得意，说："我们那个年代，不温柔，老公也赶不跑。"说到这儿，她似乎来劲了，呱唧呱唧起来："知道不？你所处的时代，你不温柔，就是男人离开你的理由！"

郁寒雨听得心里一沉，觉得妈妈真的是个巫婆。她看上去是个五谷不分的弱女子模样，不管处在哪个时代，心里又总是明镜似的，什么都明白，只是不爱与人说。当然，对女儿例外，该点醒的，她会往死里点。

"你说自从郁澍上大学，小谢子回过多少次家？"妈妈有一绝招，她要么不开口，一开口，就专戳人痛处。

她叹了一口气，"你那时不听我的，非要找他，生个孩子为讨你爸开心，偏要姓郁，小谢子是个心思重的人，你以为他嘴上不说，心里就没有想法？"

"儿子是我生的，怎么就不可以姓郁？"郁寒雨终于找到还嘴的机会，"男人要变心，是没有理由的，也无法预料，而且因人而异。"妈妈的眼睛瞪得老大，她眼里的这个女儿，总是与自己隔山隔水，她没有想到更让她跌眼镜的话还在后面。

"妈——这个时候还说这个，有意义吗？"说话间，郁寒雨不自觉地朝母亲沐上川白了一眼，"现如今，男男女女的事，在我眼里都不是事，我没有闲心怪他，我想的就只是他的平安，因为一切的一切，与这个比较起来，都无足轻重了。"

郁寒雨简直不敢相信，这些话是从自己嘴里说出来的。

妈妈在饭桌对面惊讶地望着她，也就几秒钟的样子，她低头认真吃着碗里的饭菜，此后，一片寂静，好像刚刚她们没有说过什么话。饭桌上只有吃东西的窸窣声，妈妈脸上一如往日地淡然。也许她觉得她不该多管闲事，或者默认了女儿的观点，觉得自己再说什么，都是多余。

中午的阳光，从客厅的凉台照了进来，深秋的寒意似乎特别渴望这缕亮色，穿行在窗外树上的风，在寂静的午后，听上去有些动静，树枝摇曳，树叶哗哗，唱着季节里秋天的歌，成群的麻雀，在树枝间，起起落落，叽叽喳喳，秋天在它们的鸣叫声里生动地呈现。

屋里的母女突然安静了。

空气里弥漫着砂锅里的排骨萝卜汤香味，这个汤，是一会儿郁寒雨要去医院送给爸爸郁黄吃的。“冬吃萝卜，夏吃姜”，爸爸糊涂之前常这样说。而萝卜在秋季，就开始从泥土里爬出来了，以白白胖胖的姿态、水嫩水嫩的口感，亮相在枫城的菜市场上。郁寒雨一看到它们，耳边就会想起爸爸的这句话，于是便会买来炖汤，或是炒萝卜丁萝卜丝，给爸爸送去。

萝卜汤香，一阵一阵地飘来。人在一呼一吸间，似乎有点抵挡不住诱惑。果然，妈妈说话了。她说，以后炖萝卜汤，用大砂锅，大家都可以吃。郁寒雨想，爸爸从前炖时，你不是不吃吗？但这话郁寒雨没有说出来，她只是望着妈妈，头在这刻不自觉地点着。

“今天，我也去医院。我有个把月没去了。”妈妈又发话了。

尽管爸爸已经不认识妈妈了，她去了，也做不了什么事，但每过个把月，她总要去看看。郁寒雨不能揣摩这是何种心理，因为每次妈妈只在一旁冷眼，不做什么，也不说什么。

这天亦是如此。

郁寒雨用两个不锈钢铁桶，装上汤与饭菜，还带上秋季时令水果，葡萄、鸭梨、脐橙，还有一年四季都要吃的能补钾的小米香蕉。

妈妈拄着她有四个支撑的拐杖，一步一步地跟在郁寒雨的后面。

每每这个时候，妈妈是不要搀扶的，一个人走得稳稳当当。只是坐在车上，她又开始莫名其妙地念叨了，她对郁寒雨说：“你爸爸清白的时候，老是惦念武津大黄堡，他生病这些年，那边的人几时来看过他？”

郁寒雨专心开车，不去接话。因为这话怎么接，都没有意义。

父亲的原配，在老家拉扯着两孩子，侍奉着公婆，一辈子就被郁家卖了，准确地说，是被爸爸卖了。一辈子，守着大黄堡，家里除了老人与孩子，便是永无止境的操劳，在那个家里，她是儿媳妇，是孩子们的娘，是郁黄名义上的老婆，可是这个男人明明活着，却又不是她的丈夫，作为女人，她肯定是不甘的。尽管在这场婚姻中，妈妈也是受害者，但与大妈张凤妹比起来，妈妈所有的委屈都算不上委屈了，郁寒雨十分理解老家的哥哥姐姐不怎么待见枫城这边的亲人，这都是当年父亲埋下的孽根。所以，父亲病了，郁寒雨也只敢象征性地告诉了郁红阳与郁红缤，他们没过来看，她从不说什么。而且，大妈也走了这么多年。

“你从哪里来？”没有人仔细去想，想清楚了，也好像很虚无、很缥缈，总有一天，自己也还是会消失，而且，也无法知道自己究竟会去哪儿。

郁寒雨想，幸亏自己不爱思考这些问题，要不然真的会崩溃。

当然，郁寒雨有时也会想，哥哥郁红阳与姐姐郁红缤见到爸爸这副模样，大概不会有多震惊，对于他们来讲，父亲一直不怎么搭理他们，他们对他自然印象不深。

没有对比，自然不会有落差。

但他们的血缘终归来自这里，他们不来，那是他们在心里还在怨恨爸爸，怨恨可以绵绵无期，但爸爸的生命不是绵绵无期的，他会在郁寒雨无法预知的某一天，彻底离开。有时候，郁寒雨又想给武津的哥哥姐姐们发个信息：你们再不来，恐怕是要后悔的。

“树欲静而风不止，子欲养而亲不待。”这个道理谁都懂。

郁寒雨最终还是没发，她想他们未必没有想过父亲的年龄。想到这儿，她在心里又开始埋怨二姐郁南霜了。父母越老，她回家的次数反倒越少了。当然，她在美国的家是有忙不完的事，两个孩子相继结婚，老公身体状况不断，而她一直是那个家的主心骨，用她自己的话说，“没办法，离不开啊”。

人独自立在天地之间的时候，总是很少。

郁寒雨的头顶上，有父母，有公婆，与她并行站立的，看似有好多人，谢一民、大姐郁热风、二姐郁南霜，还有一些偶尔嘻嘻哈哈的闺密，但真正能掏心掏肺的，却找不到一个人，如此，人还是孤独的，而相连的，一环套一环的，是血脉。郁寒雨在想郁澍时，内心竟莫名地有了宽阔的样子，还配上了笑容，从内心发出来，照在万物间，自然璀璨。

父母的苍老，在郁寒雨眼里是个无能为力的事实。郁寒雨默默地看着，在他们身上，她看到时间具体成某样实物，在一点一点斑驳、一点一点腐烂，散发出死亡的气味，她想到自己的将来，终究也是逃脱不了的。于是，情绪里的难受会汹涌而来，似乎自己陷在茫茫海水中，四周都没有岸，深黑色的水一直在翻腾，狰狞与恐惧，具体成一根鞭子，时不时在抽打内心。

人的意志会在某刻崩溃，只剩下无助，完全被恐惧所淹没。人的意志会在淹没后，又开始残喘，并能感受到周遭的潮起潮落，在空隙中有一点点光亮的泄漏，这光亮在内心温润，从而滋生出一种渴望。

这天，她突然想，如果郁澍有了孩子，孩子的笑脸，便是这世间最生动最美好的开始。由此，又可以看到生命的成长，周围又是生机勃勃的景象，在这种景象中，人的眼睛里看到的又是希望了。有了希望，生活里的美好便开始一点一点占据内心，而人的情绪不自觉地氤氲出让身体愉悦的多巴胺，整个人的眉眼又会往上扬，日子被过得有滋有味。

人本就是靠希望而活着的。期许未来，活着才有力气。

最近郁寒雨老是套郁澍的话，想知道他是否谈女朋友了。郁澍三十多岁了，之前，郁寒雨的态度是顺其自然，郁澍不提，她也不说。近期家里一连串的事情发生后，她似乎难以看到前行的亮光，在不自觉中，她的步子迈起来有些消沉有些摇晃。

其实，她对郁澍的现状是满意的，能自食其力，做自己感兴趣的事。这些她都不用操心，也操不上，当然，如果想操心，也不是完全操不上。像近期她开始焦虑，郁澍要找一个什么样的人。

在家里，郁寒雨有时会说道，妈妈沐上川多数时候不言语，自顾自地看书看报，可是这天，她朝郁寒雨翻了个白眼，“你管好自己就行啦！郁澍找好了，自然会带回来给你看。”接着，她又说：“你可不要去催，如果匆匆忙忙地，为找而找，到时不合适，后悔一辈子。”

这也是郁寒雨害怕的事，每个人找的时候，都充满希望，想着自己从此生活美满，什么风雨呀苦难呀折磨呀，以及日后滋生的嫌弃、厌恶，甚至怨恨，在这个时候都不曾预料。而这些都与当初找到的这个人有关。

“郁澍为啥迟迟不找，还不是你们的婚姻吓住了他。”妈妈沐上川总是语出惊人。

而妈妈的话，每每又总是让郁寒雨难以还嘴，她不得不承认，自己与谢一民的婚姻很无趣，之前忙工作忙家务，从来没有回头检视过自己的婚姻。在这场婚姻里，似乎一直在走程序，而内核里缺少的东西，郁寒雨知道，谢一民也清楚，只是两人从来不说而已。

仔细回想，谢一民看自己时，脸上的肌肉从来都是紧绷的，他的紧绷，致使郁寒雨也严肃着一张脸，两人目光很少对视。郁寒雨的理解是他不懂柔情蜜意，郁寒雨的自欺欺人是她安慰自己的一种方式。要不然，她会像很多抑郁患者那样，深度抑郁，而自己无论如何深度抑郁，谢一民照样还是紧绷着脸，照样不会有丁点的柔情蜜意。

在感情面前，一方如果是乞丐，那另一方永远不会去珍惜。

知道这些后，郁寒雨在谢一民面前变得沉默了。而家庭中的沉默，蔓延的是一种距离，冷暴力充斥空间，外边的人眼中琴瑟和鸣，里边的人周身寒冷，却还要做出微笑的样子温暖的样子。

这是不得已的虚伪，谁都不愿意的虚伪。

“撕开中国人的婚姻，有六七成，都是如此。”闺密伍妮儿曾说过。从头开始，遇见的人，也许更差。老话“箩里挑瓜，越挑越差”说得太准了。人活着不易，不想折腾，似乎是大部分人的想法。所以，睁只眼闭只眼，让岁月给内心蒙上尘土，时间越久，尘土越厚，重重地覆盖着，致使内心趋于麻木、疏于思考，失去了好奇的天性，不会激动，当然，最最不会的就是冲动。

自己感觉没了灵魂，而其实是灵魂已游走在身体之外，在别人的眼睛里，仅仅是一具存在着的皮囊。而郁寒雨在谢一民不喜不悲的脸上，知道自己守着的也仅仅是一副躯壳。他的灵魂停泊在哪里？郁寒雨是不知道的。

这样的婚姻看上去很恐怖，却又平静地存在着。

人是奇怪的动物，明知好的婚姻千里难寻，临了，又会为自己的后代张罗，全然不记得婚姻里的乏味与无趣，仿佛着手操办的这个婚姻，将会与所有的婚姻有所不同，所有的好运、所有的吉祥、所有的幸福，都会来到眼前这桩婚姻里。即使将来，这个婚姻出现了状况，人们又肯定会集体扭过头去，装作没有看见。从古至今，婚姻里所有的不堪，忍一忍，才会走至云淡风轻里。这是很多人对待婚姻的态度。

郁寒雨活到五十几岁，她终于明白，大家在婚姻里装聋作哑，婚姻才得以长久地存在，要不然，早就散伙了，各奔东西了，根本就不会挤在同一屋檐下，看着对方变老变丑，变得古怪与不可理喻。

妈妈与爸爸现在就是这样。

在郁寒雨眼里，妈妈表面上占了上风，可是得了阿尔茨海默病的爸爸远离了人世的纷争，他的躯体留在人间，灵魂早已去了我们不知道的地方，从某种角度讲，他其实是超脱了，他的精神要比妈妈快乐一些。妈妈精明，记性也好，老了后，回忆往事成了她生活的重要部分，而她的往事，一些坎坷，时不时折磨着她。

如此一想，郁寒雨会莫名地叹上一口气，而妈妈这时，总是朝她翻个白眼，嘟囔着："没事，叹么子气？好事喜事，都会被你叹掉的。"

郁寒雨浅笑了一下，妈妈在自己面前总是充满优越感，也不知她的优越感从何而来，这时，郁寒雨忍不住会把目光停在妈妈脸上。

快八十六岁的妈妈，面色红润，细细皱纹在眼角漫散，与其他老人不一样的是，她没有老年斑，一张脸干干净净，虽然被岁月涂抹出老态，可是她的神情却不见老的痕迹，安详和顺。这份安详是她从东北辽阳的四合院里带来的，在郁寒雨的记忆里，妈妈无论做什么，都不急不慢，到最后，还喜欢抬起头来，远望一阵，又落下目光，不言不语地做着手里的活儿。

郁寒雨浅笑之后，沉默了，妈妈终归是个大家闺秀。

妈妈一个资产阶级臭小姐，从中国的北方，越过黄河，跨过长江，来到枫城，本身就是个传奇。而自己，从出生到现在，就只待在枫城，视野的局限，根本不用说，最最不能比的，是经历。妈妈从旧式家庭出来，接受着当时的新式教育，家境优渥的她，在大学期间居然是共产党外围组织的一分子，学校里有日本教员，校外有国民党耳目，她一个漂漂亮亮的女学生，内心的镜子被一些书籍擦得亮亮的，年轻人的心是空白的，用什么来填补，便会有什么样的底色，而且永远都难改变。而那个时候影响妈妈的，是两个人，三哥哥沐淳翔与五哥哥沐淳灏。三哥哥沐淳翔从枫城的上空，跌进湘江里，用一颗本要打日本鬼子的子弹，结束了自己二十一岁的生命。没有了三哥哥，五哥哥沐淳灏便是她的精神依靠，那个时候，五哥哥是一所中学的老师，而妈妈还在上学，五哥哥带回家的《马克思研究》与马克思的《雇佣劳动与资本》的译文本，还有艾思奇的《大众哲学》等书籍，为少女时代的妈妈打开了一扇窗，她不再只是思考自己与家里的那点事，她也像五哥哥一样，会为国家为民族担忧，也会不自觉地审视自己的这个大家族与家族里的成员，也开始注视自己所处的社会，有了思考，自己的双脚便被牵引到一个队伍里，起先是学校进步学生的外围组织，然后从外围走进内部。

有一次，妈妈躺在阳台上晒太阳，那本她经常翻看的杂志，盖着她的脸，郁寒雨知道，翻开的那页，肯定是三舅舅英姿飒爽着美式空军服的照片，与那段叙述他英勇就义的文字。妈妈躺在哪里，都喜欢拿上这本书，在阳台上，她便翻开，把书摊在脸上，遮住直射的阳光。

那是个午后，暖暖的冬阳正沐浴着妈妈的全身，一个翻身，书“啪”的一声落到地上，断送了妈妈舒服的午睡。当时郁寒雨正好在家，她从客厅走过去，弯腰捡起书，页面正好翻在有三舅舅的那页。三舅舅年轻的目光朝郁寒雨望过来，望得郁寒雨心里一酸，莫名地叹了一口气，想都没想，就把一个奇怪的念头给讲了出来：“要是三舅舅没战死，妈，您会不会跟着三舅舅，去了国民党那边？”

是啊，如果沐上川的三哥哥沐淳翔没有战死，她会不会跟着三哥哥去了另一个队伍？这个问题郁黄问过她，自己的五哥哥沐淳灏也问过她，她每次只是默默地望着他们，从不回答，眼里装着不屑。

可是在这个午后，郁寒雨又如此发问，她竟然淡淡一笑，望着窗外有些低矮的天空，“要是你三舅舅当年没有战死，那在1949年10月，北京天安门的上空，参加开国大典的人们，会多看到一架飞行的飞机，因为有一架肯定是你三舅舅开的。”

听得郁寒雨心里一怔，忍不住也跟着抬头望向天空。

“唉——你们都不了解你们的三舅舅。”妈妈兀自叹了一口气。

郁寒雨在那一刻，没有跟上妈妈的思维，她张着嘴，想为什么妈妈能如此肯定，难道就一定会是这个结局？可是妈妈眼里的笃定，让郁寒雨把想要说的话，咽了下去。

语言有时候是苍白的，会在某个时候聒噪了空间，于是她扭过头去，看阳台外那片冬阳下的树林，枫树的青红色，银杏的青黄色，朴树枝叶的赤褐色，柚子树的绿叶与黄色果实，还有香樟树茂密的绿叶里油亮油亮的红叶子，致使整个树林五彩斑斓，层层叠叠的颜色，在阳光的照射下，摇曳生姿，妩媚迷人。在这片绚烂中，各类小鸟，俨然已是这个树林的主人，起起落落，穿行其中，用它们悦耳的鸣叫环绕着树林的宁静，鸟鸣让郁寒雨竖起耳朵，她听到一种回声，她总是认为鸟鸣的清脆声，是某种宁静，来自空中的回声。

望着树林，兀自发了一阵呆后，再转头，看妈妈。

妈妈趴在贵妃椅上认真晒着太阳，刚才她是仰躺着，是正面晒，现在趴着，是晒反面，用妈妈的话说是晒背。晒背时，她脸上会出现无限满足的表情，偶尔她会对郁寒雨“啧啧”起来。她说，你不知道，晒背几多舒服。郁寒雨心里就笑，想我怎么会不知道这种暖烘烘的感觉呢？那得有时间呀。像此时，妈妈软塌塌地趴着，一张脸侧在枕头上，那本杂志搭在她肩上，三舅舅二十一岁的脸，正调皮地笑着，似乎还眨着眼，他依着他的妹妹，他八十六岁的妹妹。

妹妹苍老，哥哥年轻，时空在这刻故意开着玩笑。

这是宿命。

活着的妹妹在世间辛苦，死了的哥哥在天上快活。所以，哥哥永远年轻，妹妹在世间，倏忽之间，就沧桑了。殊不知皮囊的苍老，其实不算什么，而肉眼看不见的苍老，才是无可救药的。

郁寒雨现在很害怕自己稍稍一安静就会胡思乱想，她怀疑这是不是近期自己回学校听了几堂哲学课的原因。

上个月，郁寒雨回学校参加一个必须参加的会议，尽管她内退了，但有的时候，一些必须参加的规定性会议，是不能缺席的。郁寒雨是个明白人，这种会议，她总是默默地来，坐在一角，会议结束后，又默默地离开。每回都一样。以前，过去的同事望着她会点头微笑，现在这个表情也省了，可能是大家都累，在会场，几乎是所有人都抱着手机，用手指刷来刷去，都想刷点有趣的事。郁寒雨迷茫地坐在那里，她想不明白，大家明明不想开会，但为什么又都规规矩矩地坐在这里，人在心不在，偌大的会场，每个人都是孤独者，甚至正在说话的人，他也孤独，也许他并不知道他到底说了啥，因为他念的材料，是别人写的，他只负责用嘴巴念出来，话筒把这个声音送出来，竟成了会场的空间背景。

会议结束了，郁寒雨周身还氤氲着这种气息，她漫步校园，身边晃动着一张张青春的脸，顿时心生羡慕，仰起头，开始四处张望，且走且停中，校园里熟悉的一切，已然陌生了。

一辆方正的黑色奔驰，在人群中低调地行驶，当然这种车，无论主人怎样想低调，是做不出低调的姿态来。郁寒雨横瞟了两眼，便没把目光放上去，倒是这车并不急着走，不紧不慢地跟在后边。郁寒雨想躲开，她拐进只能步行的软面沥青路，这是条环湖路，湖是校园里的清晖湖。湖一直是学校的中心，郁寒雨上学时，湖就在，现如今，湖面更开阔，周围植被更茂密，草地、灌木、树林，成片成片，各种色彩映在湖水里，浑然一体，景致迷人，在四季的变幻中，有着不同的妩媚与妖娆。

郁寒雨的大学时代在这里，毕业后，留校进了图书馆。她记得上学时，老师提到清晖湖，他突然点名，问了几位同学，清晖是啥子意思？字面的解释，大家回答得很好，明净的光辉及光泽。老师嘿嘿笑着，指着教室外的清晖湖，说，还是山水的代称。陆游的《老学庵笔记》里有说：国初尚《文选》，当时文人专意此书，故草必称王孙，梅必称驿使，月必称望舒，山水必称清晖。老师侃侃而谈，自己的耳朵在那一刻，似乎挡了挡老师讲课的语速，让那些个话语掉了下来，落在自己心里，从此记住，不但记住，在图书馆工作后，还特意找来陆游的《老学庵笔记》，翻到卷八，找到此处，从此，“山水必称清晖”便放到心里。

想到这里，郁寒雨望着湖水笑了起来。

“呵呵，喊雨同学，你终于笑了。”湖边一潮男突然扭过头来，眼睛闪亮地望着郁寒雨。

郁寒雨脸上的笑迅速收回，有些困惑地望着与她搭讪的男人。男人一脸笑意，鱼尾纹在眼角周围四散，他拍着额头，“要喊雨！你真的不认识我了？悲催呀。”

郁寒雨见他很夸张地拍着额头，但笑容依然留在脸上，于是，自己使劲在记忆里搜寻该有的迹象，叫自己“要喊雨”，那必定是中学同学，只有中学时代，同学们才热衷给每个同学取绰号，而且一个绰号一旦横空出世，这个绰号便在班上的同学中，伴着唾沫，飞来又飞去，真的就永久传播下去。自己好端端地叫郁寒雨，却被班上男同学喊成“要喊雨”，到最后，班上谁都这样叫。所以，郁寒雨在那一刻定定地望着朝自己喊话的人，也就那么一瞬间，一个人的名字从她脑袋里蹦出来，她没有说出来，而是捧着肚子自顾自地笑起来，眼泪花了她的眼角，她指着面前这个男人，“哈，哈，居然是你！姜打鬼！”郁寒雨说的姜打鬼，当然不是正式的名字，也是这位同学在班上的绰号，姜打鬼，其实叫姜达贵。

姜达贵是郁寒雨初中与高中同学，那个年代不管啥子弟，都是按家里居住的地方，自由选择上学。当时，郁寒雨的妈妈在枫城市物资局上班，爸爸在清水湾的工厂当领导，没日没夜的，几乎难得与她们姐妹仨见上一面，她们的家自然是落在物资局的宿舍区里。物资局在枫城的西区，接近郊区了，而姜达贵家住在枫城最西边，他爸爸是渔场职工，妈妈本是乡下农民，他爸爸为让儿子进城上学，便把妈妈接到渔场，平常帮忙做些零活，算是渔场的临时工，他们这种子弟，在当时有一种称呼：进城的半边户。渔场在枫城一个叫水陆洲的地方，有大片水域与湘江相连，水陆洲上一代一代的人，用泥土在相连处筑起泥坝，围鱼养鱼，一格一格的鱼塘，荡漾着波光，像上帝撒下的网眼。听说，当年土改，鱼塘分配难以均衡，鱼塘因方位、因大小、因肥沃的程度，怎么分，都难以让水陆洲所有人满意，最后决定不分了，鱼塘归集体所有，鱼塘是水陆洲所有人的。有关单位把这片鱼塘划在枫城市畜牧水产局下面，成立一个集体属性的渔场——枫城养鱼基地，负责满足全市及周边居民对鱼的需要。

姜达贵是初中二年级转到郁寒雨班上的，从距离枫城几十里的乡村，他说是堂秩公社一个叫烟泷村的地方。在南方，十里不同音，他来枫城，操着一口烟泷村土语，一开腔，震惊四座，全班同学个个乐翻了，女同学捂嘴低眉，男同学仰天咆哮。他是郁寒雨的同桌，刚到班上时，他大概有个把星期没讲一句话，郁寒雨心里犯嘀咕，想与自己同桌的男同学会不会是个哑巴。可是，那天，他开口讲话了，本是要对郁寒雨说“站开些”，可是却说成“起开歇”。一向严肃的郁寒雨，愣了半秒，她张开嘴，望了他半天，然后像是突然明白过来，就顺势扑倒在课桌上，笑开了。姜达贵满脸通红，咬紧嘴唇，不知自己犯了什么错，傻傻地望着同桌，一副无辜无助的样子。

那个时候，郁寒雨高高瘦瘦的，穿着布格子罩衫，两条辫子总是搭在胸前，眼睛亮晶晶的，无邪又无畏。在姜达贵眼里，那就是高不可攀的公主呀。这话是这天姜达贵在学校的清晖湖畔说的。他们站在湖边叙旧，两个人瞬间年轻了很多，所有的思绪都回到过去，说着说着，郁寒雨觉得眼前的姜达贵与过去的姜达贵发生了翻天覆地的变化，眼前的男人，好像儒雅很多，看上去还有些身家。可是郁寒雨的脑海里，时不时蹦出姜达贵小时候的模样，穿的衣服，领口袖口总是油光放亮，衣服上老是散发出鱼腥味，弄得郁寒雨习惯性地斜向一边，看到他，郁寒雨想自己的高低肩，肯定是那个时候落下的。如此一想，她又笑了，她笑，还因想起姜达贵从初中开始，一年四季，鼻子下方总是挂着两条青龙，缩进缩出，偶尔抡起衣袖，顺势一抹，恶心得郁寒雨没法把目光放过去，只是有事没事，朝他翻白眼。而姜达贵却傻乎乎的，从来不知道郁寒雨的好多表情是因他而起。

我们说风水轮流转，不如说是上帝喜欢开玩笑。从画面上看去，在清晖湖畔，姜达贵明显比郁寒雨怡然与笃定，他的眉宇里装满智慧，他的穿着一点都不显山露水，却能在一眼间看到他的境界。他们物质与精神都不在一个层面，但他们在中学时代的人生轨迹里有很深的交集。所以，今天遇见郁寒雨，姜达贵格外激动，这是他少年的梦呀，他从来不敢告诉任何人，郁寒雨常去他梦里，来来回回，不知有过多少次。这是他羞涩少年与青年的底色，他一直珍藏着，所以，在郁寒雨面前，他愿意俯身，与她一起回忆过往。

"哎，你来学校干啥？"郁寒雨问。

"想碰碰运气，遇见你呗。"姜达贵嬉皮笑脸，说话不正经。

都长大了，无论对方怎么嬉皮笑脸，都不在意了，脸上甚至会溢出一种理解的笑意。郁寒雨望着他，"怎么还这么皮？"接着，很认真地打量他，"哎呀，听同学说，你现在是一个大得不得了的老板了，你来学校这样一个清净的地方，干吗？"

"上课。"

"上课？"

郁寒雨瞪着眼睛，重复着姜达贵的话，只是语音提高了、话气转换了，实实在在成了一个疑问句，接着，还用刀子直劈过去，"你给学生上课，还是你听老师讲课？"

姜达贵摇着头哈哈地笑着，然后，摇晃着作揖的双手，"折杀我了，我到这里来，肯定是听老师讲课呀。"

"听什么课？"

"哲学。"

郁寒雨以为自己听错了，但又确确实实听得明白。一个商人，来大学听哲学课，什么情况？郁寒雨不由得对姜达贵肃然起敬。

其实，姜达贵来枫城大学听哲学课有一年多了，起初是旁听，纯粹地听。他一把年纪了，绝不是为了文凭，文凭对于他，已经没有任何意义了。不为文凭听课，他就是听着好玩，一辈子没上过大学，就想看看大学里的老师都胡说些什么。老师对姜达贵这类人，通常是睁只眼闭只眼，只要你不捣乱，静静地坐在那儿听，反对的理由是不成立的。到后来，姜达贵会约自己喜欢的老师，与他们喝茶聊天，老师也无所谓，这样的学生，不要考试不要文凭，他们在一起，仅限于聊天，聊对世界的看法，聊眼前的人想听的，自己的观点有人愿意听，那肯定是好的，更是消除自己工作疲劳的一种方式，而且人家是社会实践的成功者，听他们讲生活讲创业，那是看任何书本了解不到的。

当然对于姜达贵来说，与老师聊天，总是可以学到一些知识的，自己的思维通道会在意想不到的地方开启。在学习的过程中，他无法感知哲学的意识正潜入血液与大脑，这种潜入异常缓慢，甚至悄无声息，待到某个时候，才会有所感悟，或者说是有所发现，但身在其中了，又会不以为意，甚至觉得，难道这个世界不是本来就该这样子吗？而至于世界从前在他眼中是什么样子，已经完全记不起来了。学习哲学的人，本来就是迷路之人。

也许，这就是传说中的哲学，郁寒雨想。一开始，听姜达贵说他到学校学哲学，郁寒雨隐藏了在心里的敬意，表现出来的是脸上的惊诧，接着便以哈哈大笑回应。姜达贵，你这是干啥呀，赚足了钱，开始迷茫人生啦？还这么狂，进大学听课就听课呗，偏偏一学，就学最深奥的学科，谁都知道，学哲学的人，都是智商高的人。是不是钱赚到一定的程度，会有厌倦感？然后，来个华丽转身。这样一个转折，自己看着，都觉得神气。姜达贵默默地笑着，他内心也认同，觉得这是自己所有转身中最华丽的一次。

郁寒雨调侃着。虽然在学校工作，但郁寒雨一直没弄清什么是哲学。哲学是啥？有人跟她白眼，哼了一句“哲学就是一种思考方式”。“哲学是一种工具。”郁寒雨模糊记得书本里也这样说过：哲学就是个工具，了解、探索的工具，服务于人生，是一个人维护内心的工具。哲学与其他学科不同的是，本身就是对日常生活的另一套话语的建构，说白了，是同样的事物，哲学有一套自己的语言体系。说起大学的哲学系，可能很多人对它都有一种范围狭隘、内容抽象的印象，很多人都知道哲学历史悠久，是学问的起源、万学之母，但又常常忽略它的存在，觉得这门学科没什么用，学的东西很虚。

郁寒雨搜索着自己哲学知识的点滴片断，却没有发现自己在姜达贵面前，仍然保持着学生时代的伶牙俐齿。这是一个人在另一个人面前的自然状态，莫名其妙的，没有任何外力推动，天然就是如此。而对于郁寒雨的伶牙俐齿，姜达贵只是微笑着，还听得兴致勃勃，他从前也是这个样子。他们从清晖湖畔，转移到校园外边临江的餐馆里。遇上老同学，光站在湖边谈哲学，显然是不够的。落下的夜幕，给了姜达贵邀请郁寒雨共进晚餐的最好理由，他们坐在一起吃饭聊天，成了一件顺理成章的事。从哲学的角度去思考，又会衍生出诸多理论，与一套解释这件事发生的语言体系。譬如，郁寒雨会想，在遇见姜达贵之前，从来就没有想过他，相对于她来说，他是芸芸众生里的沧海一粟，她知道他存在，却陌生得与她的生活相距甚远，可是此时，他们坐在一起，推杯换盏，交谈甚欢。如果用哲学的方式去思考为什么，郁寒雨真的回答不上来，她隔着玻璃窗，望着在湘江里流动的城市灯火，人生的迷茫，像这灯火，映在夜色里，朦朦胧胧，却在四处蔓延。

此时，扭头看景的郁寒雨，一边的脸在黑色的阴影里，一边在柔和的灯光下，坐在一旁的姜达贵有些恍惚，他们之间，空了几十年，但对于他们各自，又确实是存在的。别人不知道，自己染指哲学后，干什么都会来个为什么，正如现在，坐在这里，看到郁寒雨，内心涌出无数个为什么，只是他庸常的惯性思维又把这些个为什么摁了下去。

餐桌上，上来一只小烤鸡。还没吃，郁寒雨又笑了。她也不知为啥，一听姜达贵在学校学哲学，自己平日里听来的有关哲学故事，便齐刷刷地涌了过来，这也是她望着烤鸡笑的原因，于是她望着他，说："哲学家的鸡，是啥样？"

姜达贵摇头，不知她的葫芦里卖的啥药，郁寒雨白了他一眼，“呵，你肯定知道，我每次遇见学哲学的，就会想起这个笑话，用现在的网络语来讲，这是一个很有名的梗，叫哲学家的鸡。”接着她指手画脚，准备给姜达贵讲故事，只是还没张嘴，她眼睛里铺垫了无数个笑点，银光闪闪，那些笑点像坠落的星星，从空中如水般流泻，从远到近，瞬间开始奔涌，直冲过来，要把对方淹没在她的情绪中。

郁寒雨眉飞色舞，很像当年在教室的课桌上，朝姜达贵喷鸭屎的样子。没说话，先捂住了嘴，捂着嘴，话又说出来了。听说，枫城有个孩子，在大学里学哲学，读了四年，毕业了，回家后，母亲杀鸡犒劳儿子，吃饭的时候，母亲问儿子：“大学四年，你都学些啥？”

“学哲学呀。”

“学了后，你会干啥啦？”

儿子用筷子指着砂锅里香喷喷的鸡，说：“学了哲学，看问题就会与一般人不一样了，比如现在，这砂锅里的鸡，妹妹与您眼睛里看到的，就只是一只鸡，一只具体的鸡，而我们学哲学的人，看到的，是两只。”此时，他母亲与他妹妹把眼睛睁得老大，盯着桌上这只鸡，想那敢情好啊，学了哲学，一只鸡可变成两只鸡，以此类推，两只鸡又可变成四只鸡……她们正无限遐想着，学哲学的儿子推了推他的眼镜，很神秘地说：“除了桌上这只具体的鸡以外，我还能看到一只抽象的鸡。”

他妹妹这时哼了一声，伸手把砂锅往自己面前一拖，斜睨了他一眼：“那好，你就吃那只抽象的鸡，我与妈妈吃这只具体的鸡。”

姜达贵是听过这个故事的，只是他听的版本没有这样活色生香，这故事被郁寒雨讲得好像她就在现场，所以，现在听，他也跟着郁寒雨哈哈大笑。他有时候真不明白，生活中，为什么别人都认为学哲学的人是傻子呢？他们有一个共识，学哲学的人在思想和境界上很深邃，但是在具体的世俗生活中，往往又表现得很幼稚。说白了，哲学家和普通人之间，存在着一个界限，对事物的理解和认知上的，这是无法跨越的。对于普通人来说，哲学存在的意义是什么呢？这个问题，近年来一直困扰着姜达贵。哲学，在别人眼里，就像是一群无聊的人在做无聊的事。世间对他们，存在两个极端的态度，或者是全然地蔑视，或者是无知地崇敬。理解和共鸣，只存在于学哲学的人之间。尽管如此，还是有一部分人，想推开这扇门，往里瞅瞅，比如像姜达贵这类人。只是他们也陷在一个误区里，他们明明在世俗的生活中，如鱼得水，功成名就，突然间，也想在思想与境界上获得哲学家般的深邃，从一般意义上考虑，仿佛这是一件顺理成章的事，有过生活的磨砺，看事看人都会透彻，再来点哲学知识点拨，那肯定能成高人了。可是，那个通向智慧的隧道，那些无形的思想，会停滞在某个领域，有个地方给它们关上了一道看不见的门，门上扑面而来的气息，是冰冷的厚重的，更是无力穿越的。

那一晚，郁寒雨与姜达贵吃了一个哲学晚餐，莫名其妙地讲了一晚上有关哲学的事，几十年没见，居然都忘了叙旧。这晚他们加了微信，姜达贵把郁寒雨拉进他们高中的同学群，199 班，群名叫相亲相爱 199，郁寒雨被拉进去，里边的同学吆喝喧天，摇头晃脑地欢迎，而且都是喊着绰号：要喊雨。身在其中，郁寒雨有些小感动，而且顿时有了穿越感，日子好像被拉回到几十年前。一张毕业照被人发过来，有同学要郁寒雨圈点自己，郁寒雨还没明白过来，姜达贵便在一个扎着小辫拧着眉头的黑影上画了个蓝色的圈圈，于是新一轮的欢迎与鞭炮声又在群里炸响，炸得郁寒雨心里暖暖的。丢失了好多年的同学，突然间回来了，大家一起聊天，不需要过渡，什么都可以聊，当然他们聊得最多的还是过去的时光。只是郁寒雨偶尔会想起她与姜达贵遇见后的那个晚上，居然彼此都没有问对方目前的工作与生活状况，一上来就与哲学较上了劲，嘻嘻哈哈了一晚上。

之后，郁寒雨莫名其妙地跟着姜达贵进了哲学课堂，她只要有空闲，也会到学校，坐到教室里最后一排，默默地听，听着听着，姜达贵的后脑勺像是长了眼睛，他会在某个瞬间，转过头来，送给郁寒雨几缕笑意。这笑意在郁寒雨的眼睛里如同明媚的阳光，照在她内心的阴霾上，而那些左右着她情绪的阴霾忽然间会烟消云散，笑意竟然就出现在了她的脸上。

与姜达贵听哲学课，偶尔在小茶室听哲学老师与姜达贵聊天，生活里有了这些内容，郁寒雨似乎稍稍能从她过去的生活里抽离出来了。每天除了爸爸妈妈，便盯着郁澍，时不时想知道他的行踪，尽管无论怎么努力，儿子郁澍都在回避，可她依然乐此不疲，一上微信，就想与儿子视频，打十次，九次是没人接的。现在她不东想西想了，最多只是愣愣神，又去做别的事情了。

坐在茶室喝茶，听他们聊天，或者听姜达贵讲话，郁寒雨都觉得挺有意思，这种时候，郁寒雨只是听，偶尔还会有类似姜达贵这般已赚得盆满钵满的人，坐在那儿听教授谈经论道。而郁寒雨常常会在这个时候跑神，她觉得姜达贵他们是在逆规律，该读书的年龄不读书，削尖脑袋不顾一切地赚钱，赚够了，突然又想起了课堂。读MBA，大部分是装蒜的，每个企业都有自己的模式，你都管理得很好了，甚至手下都是各类大学的MBA毕业的，你再去学，纯粹是镀金。学哲学就显得含蓄许多，功利的色彩退到看不见，来学校仿佛就是来听教授聊天的，而自己的身家居然可以做到把教授请出来，不在教室里聊，在茶室里聊，他与教授坐在一张茶桌上，对饮一壶茶。像郁寒雨这样，按部就班地上学、工作，平平淡淡的，就像现在又回到学校，老师都不愿意与你多谈了，至少有一点可以肯定，老师望着你，眼睛不会发光。而姜达贵有时一说起江湖上的事，立马会点亮老师眼睛里的火花，于是沿着这个话题谈下去，最后又用哲学的术语去总结，而这总结出来的结论，又总会惊艳到所有人的耳朵，高远深邃，还特别震撼，好像冥冥之中早已存在，现在大家看到的结局，其实早已喻示，如今一点一点地回想，一个个捂住了嘴巴，恍然大悟。当然，郁寒雨也看到一些人，他们来到课堂，根本就坐不住，好像天下好多事都等着他们去决策等着他们去亲力亲为，他们的心处在浮躁中。不能安静下来，是很难做成事的。

在老师的口中，世界万物、人间诸事，细细推究，必有缘故，如果一定要探究，你沿着密布的路径，向上追溯，来回寻觅，便可见到缘起之处。就像别人想不明白，姜达贵这么大一个老板，要啥有啥，却独独对郁寒雨点头哈腰，有求必应。在众人眼里，郁寒雨要姿色没姿色，要智慧也不那么出众，也没任何特殊的背景，但姜总偏偏就对这样一位女人上心，所有人都觉得姜总中邪了。可是如果去溯源，那必定也是有缘由的。也许郁寒雨自己都不知道，在姜达贵的成长中，郁寒雨是一个重要角色，这与男女之间的情感没有半点关系，却与他那个时期的贫穷、勇敢、莽撞、好强、蓬勃、自卑、敏感、野性、放纵等若干个形容词组合而形成的少年气有关，就是这样一个野到家的小子，偏偏特别在乎同桌郁寒雨朝他甩过来的任何一个白眼。

郁寒雨那个时候也很皮，常常坐在物资局大院围墙上，摇晃着长腿，看围墙外的大片鱼塘。水光总是与日光重叠，光线不同，鱼塘的水面，也就不停地变幻，而鱼塘的远处是辽阔到天边的水域，那里苍碧如蓝，在不同的季节里升腾出异常美丽的霞光。姜达贵家住在鱼塘与湘江间的坡原上，江风湖风，浩浩荡荡，从他家里穿堂而过，坐在自家堂屋，姜达贵常常能看到围墙上的那个小黑影，他一直没明白自己的眼睛为啥老是要去瞅两眼。

郁寒雨与她院子里的女孩子坐在围墙上看风景，还会吸住其他人的目光，他们表示关注的方式，便是躲在暗处，捡起地上的石头，朝她们扔过去。郁寒雨坐在围墙上被人扔石头，姜达贵不高兴了，他想这石头要扔也是他扔呀，因为郁寒雨是他的同学，所以，他认为朝郁寒雨扔石头的人是在与他作对。于是，他躲在另一角，与他的死党强宝、细崽他们又朝那边扔石头，他们的对手是另一伙渔场子弟大军与小军，一场孩子们的石头战就此开始。而观战的，就是坐在围墙上的那几个女孩。姜达贵卖命地奔跑在鱼塘的塘埂上，这鱼塘与鱼塘之间的围堤修得不是很宽，为躲避朝他扔过来的石头，他一个趔趄，扑通一声，跌进鱼塘。在掉进去那一瞬间，他听到郁寒雨幸灾乐祸地大叫，他心里那个恨呀，又不知与谁去说，只能在水里一个劲地扑打，大军与小军见姜达贵落水了，一阵讪笑后，打着飞脚，哦嗬一声，就没了人影。没了他们却依然笑声不断，郁寒雨她们从坐在围墙上看风景，到从围墙上跳到风景里，站在了塘埂上，对着落水的姜达贵大笑。强宝与细崽寻来一根竹篙，把姜达贵拉了上来，可是这时渔场场长带着一帮人，从东边的围坝上吆喝喧天地骂了过来：“鬼崽子呀，鱼塘里你也跳进去玩呀，死了鱼，扣你爸的工资。”

那个时候是计划经济，各单位、机关、学校、工厂的食堂，都从这里买鱼吃，各鱼塘集中喂养，鱼塘养的大多是四大家鱼——青鱼、草鱼、鲢鱼、鳙鱼，而在鱼塘里养鱼的工人几乎不吃鱼塘里的鱼，对于他们来说，这是死鱼子，是圈养的，没啥味。他们不是不吃鱼，他们自认为身上有技艺，只要自己想吃，面前一望无际的湘江，他们想吃什么鱼，会抓不上来？这些个鱼，称之为河鱼，不在体制内的，不属计划经济管控的，它们是生长在流动水域里的，顺水而走，逆水而行，它们不但活蹦乱跳，还格外灵敏，一般人是抓不到的，而能抓到的，当然是他们这样常年在水上工作的渔民了。渔场渔民的祖先都不住在岸上，一条船，一个家，一年四季就荡在水上，实实在在地过着“以船为家，以水为生”的生活。水就是他们的“土地”。最早形成渔场，是因为渔船多的人家鱼捕得多，在江边挖下水塘囤积一时卖不掉的鱼，后来发现水塘养鱼也是一条生财之路，于是，这一带的水塘越挖越多，渔民一会儿岸上，一会儿江上，两栖了。但这些年来，他们自己只吃河里的，那些身段长的、身段短的，有鳞的、没鳞的，仔鱼、大鱼，用现在的话说全是野生的。品种虽然说是靠运气，但一般情况下，河鳗、马脚迹、翘嘴巴、野草鱼之类的，随时可以吃到，如果家里瓦缸里刚巧还存有茶油，那弄点麻青蛙、石蛙、大黄鳝、黑泥鳅尝尝，那透鲜的味儿，引得馋虫成群结队地在喉咙里上下爬行。见识过他们做菜，就知道这鲜味是从哪儿飘来。用油爆过，在砂锅里焖，丢点姜末，放一把红辣椒，抓一爪紫苏，汤奶白奶白的，肉鲜嫩鲜嫩的，原汁原味。吃下去额头冒汗，鼻尖通红，直至大汗淋漓，鼻涕直流，还停不下筷子。那个好吃呀，是会让人看着奔腾的河流，生出无限好感来的，当然嘴里的哈喇子也跟着河水汹涌而来。

住在物资局大院的郁寒雨莫名地喜欢围墙外的水域，网格状的水塘，蜿蜒壮美的湘江，她有事没事就坐在围墙上，晃着脚丫，发阵子呆。有年暑假，坐在围墙上的郁寒雨看见姜达贵、强宝、细崽还有大军小军们都在湘江河里罾鱼，用个长竹竿，固定两块交叉的竹片，四角挂上蚊帐布，然后用炒熟了的黄豆，碾碎拌上米饭或豆腐渣与香油做鱼饵。他们把一个一个的罾鱼围兜放到湘江里，隔一段时间取一次，一般大鱼罾不到，各种小鱼总是能罾到一些，一个下午，半桶子小河鱼，肯定是可以弄到的。郁寒雨在江边看了几日，这天她像模像样地也弄了个罾鱼的布兜兜，在湘江边忙上忙下的，别人都是带个桶子装小鱼仔，她带了个罐头瓶子，瓶子里老早就装了清水，可是她忙活了老半天，一起竿，蚊帐布内空空如也，只有一坨不知啥东西组成的鱼饵，水渍渍的，趴在纱布中央。姜达贵假装路过，瞄了一眼，便捧着肚子笑弯了腰，本来就恼的郁寒雨这下更恼了，追着姜达贵，用竹竿扑，江风呼啦啦的，姜达贵迎着江风，嘻嘻哈哈地奔跑着，跑着跑着，就跑到屋场的坡原上。屋场的前坪里，一个又一个的篾竹圆盘里正晒着各式小鱼仔，那个时候缺油，基本不做火焙鱼，从河里捞上来的鱼，撒点盐，就着太阳晒干，或者根本不撒盐，直接晒，晒干的鱼叫淡干鱼。郁寒雨没有追到姜达贵，却看到一个又一个圆盘里的干鱼，在风里散发出说不上是香还是臭的腥味。她站在那儿怔住了，鱼的鳞片，在阳光下，在各色晒盘里，在风吹动的光影中，发出五颜六色的光束，这些奇异的光，让郁寒雨忘了风中流动的鱼腥味。

等郁寒雨慢悠悠回去时，却发现自己摆在柳树下的罐头瓶子里游着几尾鱼，小鲫鱼、小鲤鱼、小鲢鱼，甚是可爱，她半蹲在沙地里，对着斑驳的阳光认真地观赏。她心里明白得很，知道这鱼是哪儿来的，她只是一个人兀自笑着。其实她在看鱼时，在玻璃瓶上看到了一双眼睛，但她就是不理他，抱着罐头瓶子就往院子的围墙方向走，留下姜达贵一个人在黄昏里帮她收拾捕鱼工具。只是这以后，郁寒雨经常翻墙过来，跟在姜达贵后面，看他罾鱼，偶尔郁寒雨自己也操作，可是她一动，鱼儿就不来，这样又会招来一阵又一阵的讪笑。

人都是在时间里亲近的，郁寒雨跟在姜达贵后边屁颠屁颠的，有时到了吃饭时间，姜达贵的妈妈会留饭，她喊："妹子，在我家吃个冇菜饭吧。"平常郁寒雨看都不看他家的饭桌，径直就往自家的大院跑。偶尔妈妈下乡了，姐姐去支农了，爸爸在清水湾工厂里赶生产进度，根本无暇顾及家里，郁寒雨都是到了吃饭时间，就往物资局的食堂跑，自己打饭吃。可是偏偏有一次，姜达贵的妈妈在厨房用柴火炒了几个菜，香得郁寒雨直吞口水，她老人家又客气地吆喝："妹子，在我家吃个冇菜饭喽。"郁寒雨向饭桌瞟了一眼，可仅仅是这一眼，她的眼珠子竟然就挪不回来了。

首先是桌上的辣椒大蒜豆豉炒鱼嫩子、萝卜青菜米汤煮芋头，还有一碗粉蒸肉，更让郁寒雨受不了的，是他们家饭桌上的白米饭，是焯过米汤再用木甑蒸出来的那种，香喷喷的，白灿灿的，腾腾热气熏得郁寒雨的眼睛放亮。她强咽自己涌上来的口水，喉咙里似乎伸出一只手来，想吃这桌上的饭菜，但理智又让她略有矜持，她站在原地，呆呆地想着，为啥他们家的饭菜这么诱人？而在食堂吃饭的自己，对饭菜从来就没有欲望，老觉得吃饭是一件必须完成的事，所以，有时候，郁寒雨吃饭时，会一粒一粒地数着饭粒吃，极没有胃口。食堂里的米饭，不是长了肉虫子，就是起了黑霉，都是吃国家粮的，自己不下地种粮，这些粮食是农民从自家口里省出来的，从粮店里买，一毛三分八一斤，有的吃就不错了，挑肥拣瘦的，人家会说不知足不惜福。所以，在郁寒雨的印象里，她以为周围所有人，都与她一样，吃着长虫子起霉的米饭，可这天看到姜达贵家饭碗里的米饭，她怔住了，她没有控制住自己的脚步，径自走到了饭桌边，尽管矜持、害羞，但她怯怯地坐到了饭桌前，静静地吸着扑鼻而来的香气。姜达贵眼里的火苗被点亮了，他兴奋地端起饭碗，对着郁寒雨说："吃吧，吃吧。"郁寒雨端起了碗，但她扭过头去，对着姜达贵的妈妈甜甜地喊起来："阿姨，您也来吃。"

姜达贵的妈妈站在灶台边，双手在自己的围兜上擦了擦，郁寒雨坐在她家饭桌上吃饭，她似乎有那么点受宠若惊的味道，她知道达贵的这位女同学是高干子弟，听她讲北方话，就特别不一样。她怎么都没有想到，她随口一喊，这妹子就真的在家吃饭了，所以，她又往灶膛里放了一把柴，弄了个葱煎蛋，香味又在屋里回旋呛人。这饭菜，可以说是郁寒雨有记忆以来最好吃的一餐，她的一日三餐，是随父母在各类机关食堂完成的，除了食堂，她基本上没有吃过别的。过年的时候，父母偶尔包过饺子，但她不爱吃，母亲本来就是小姐一个，哪会包饺子，只是象征性地弄成个饺子的样子，让郁寒雨、郁热风、郁南霜记得她们是北方人。所以，这天在姜达贵家吃的几个家常菜，在她看来就是人间美味，过去了很多年，她还记得辣椒大蒜豆豉炒鱼嫩子，蒜香辣味鱼腥气，丝丝缕缕都是陶醉。萝卜青菜米汤煮芋头盛在一陶缽里，姜达贵妈妈给桌上加来一碗葱煎蛋时，她用汤勺给郁寒雨舀了两勺，白白嫩嫩的芋头，入口即化，绵软微甜，吃得郁寒雨喜上眉梢，哆嗦着小嘴，似乎有点烫，她时不时嘟起嘴唇，吹一吹，可是又有点等不及了，吃下去后直伸脖子。姜达贵想偷偷地笑，可是不敢，只是自顾自地把头扭向一边。“喝口米汤，就好了。”姜达贵妈妈笑着说，并自己示范，把头埋进碗里喝米汤。芋头是粗粮，姜达贵家有时是当饭吃的，吃得最多的是盐巴芋头，芋头在饭甑里，带皮蒸熟，掀起盖子，雾气腾腾，香飘四周。剥去褐色的皮，抹上一点盐，一手端着米汤，一手捏着盐巴芋头，也吃得人舒坦。芋头粉糯，热气直冒，一着急，牙齿便会偷懒，又香又软的芋头会直接滑溜下去，所以噎住是经常的事。还有那碗粉蒸肉，肥而不腻，轻轻一咬，油嗞嗞地冒，顿时口舌生津，在嘴里香糯香糯的，肉吃下去好久，嘴里的肉香一直留存。那餐饭把郁寒雨眼睛都吃直了，她的味蕾是在这餐饭中忽然之间开启了，之前她吃饭好像仅仅是为了填饱肚子，吃了这餐饭，她才知道世间有美食一说。

她后来回忆，觉得这与自己父母是东北人有关，曾经陪他们回过老家，他们认为世上最好吃的就是饺子，而且食量超大，很少用小碗小碟，几乎都是大碗大锅。在东北的饭馆，都是碗比脸大，菜用盆装，吃个烧烤，感觉气势汹汹，一个人涮二十来串羊肉是标配，再来若干板筋脆骨、粉条、豆皮鱼、蘑菇、大白菜，还有面点，至于黄瓜蘸着酱吃那是塞牙缝的。郁寒雨觉得他们吃主食吃肉极其凶猛，无论桌上摆了多少，他们都能迅速清扫干净，也许与他们处在寒冷地带有关，人一冷便需要食物补充能量，但什么东西量大了，就会少了一些味道。如同大锅菜永远没有小炒的味美，道理很简单，大锅菜贴锅的机会少，菜是沤熟的，小炒的，贴锅概率大，而且锅铲要不停翻炒，菜是炒熟的，自然就好吃一些。可是家乡养出来的胃是根深蒂固的，郁寒雨父母每每念及老家的一顿乱炖，两眼也会放光，觉得那是人间美味。郁寒雨自从吃了姜达贵家的饭菜，她的胃便记住了，她的胃被湘江水域周边的乡野味撩拨着。

其实姜达贵一直没有告诉郁寒雨，那天正好是他生日，所以家里才有粉蒸肉。不过他家与郁寒雨家不一样，他家别的生活用品比不过郁寒雨家，但他家灶台上吃的，却好过她家。姜达贵妈妈是个农村女人，在她看来，面前摆好碗筷，日子就活了过来，她总能弄些好吃的给儿子，肉呀鱼呀什么的，还有，赊账都能弄几盅酒给老公抿一抿。厨房是她活动的天地，她能在那里变戏法，摸摸天摸摸地，三五两下，就有了爷俩想要吃的东西。姜达贵没有缺过吃的，但他却一直羡慕郁寒雨这些大院子弟，他从没告诉过郁寒雨，他趴在围墙上，透过墙缝，看过郁寒雨父亲坐着军绿色吉普车，威风凛凛地从院子里开向外边。

人都是羡慕自己没有的东西，就像这天郁寒雨不可思议的举动，她居然留下来在他家吃饭，这对于姜达贵来讲，意义重大，他从心里感激郁寒雨，觉得她没有瞧不起他，没有觉得他地位低下。还有姜达贵的妈妈，都有喜极而泣的冲动，在她眼里，郁寒雨是个干部子弟，而他们家的背景要多复杂就有多复杂，只是她还从没有告诉过儿子姜达贵，这也是她改嫁到渔场来的重要原因。

这些都是后话，反正郁寒雨因一时嘴馋，吃下这餐饭，让姜达贵在心里对她充满感激。他们初中高中一直同班，生活的地方也仅隔着一堵形同虚设的围墙，尽管之后，郁寒雨还是没有忍住自己的嘴馋，吃过多次姜达贵妈妈做的饭菜，但她也还是懂事的，她会偶尔从物资局食堂买一些梅菜糖包子或油条油饼，送过去，表达一下自己不是白吃他们家的饭菜，姜达贵家也没客气，心照不宣地收下，并美美地享受了。

可是他们高二时，学习突然抓得很紧了，郁寒雨的妈妈对她的学习开始上心了，在家里请了老师给她上小课，妈妈对她一再强调，你一定要考上大学！最好考回东北去。考上大学，郁寒雨心里也想，可是她却不想考回东北。所以，她在迎考时，并没有使劲发狠，她怕自己一发狠，就真的考到东北去了。可是，这个时候，姜达贵却退学了，他不参加高考，成了渔场的一名职工。郁寒雨看到同桌有两天没来上学，起先还以为他病了，她翻墙过去问，他妈妈正好在家，她告诉郁寒雨："姜达贵顶职了，成了渔场的一名工人。"那一刻，郁寒雨无法相信自己的耳朵，她无法理解姜达贵这个荒唐的举动，放弃高考，顶职当个工人。虽然姜达贵在班上不算成绩出众的，但也还是不错的，只要发挥正常，大专肯定是能考上的。

那天，郁寒雨从姜达贵家出来，就朝堤坝上跑，她看见网格的鱼塘上哪里有人工作，就往哪里跑，她想找到姜达贵，她要质问他，为何在高考面前，临阵逃跑？可是，所有有人工作的鱼塘她都跑到了，就是看不到姜达贵的踪影。郁寒雨如此找他，找了好几天，这天却被姜达贵妈妈拦下，她说："郁家妹子，其实他也想考，可是他无论考得多好，他的政审是过不了关的。他不像你，有个好出身。人的出身，自己是选不了的，是老天定好了的，现在他能顶职，有个工作，是最好的了。妹子，你就不要找了，我们一家人都知道，你是为了他好。他跟你，不是一个命。"姜达贵的妈妈是站在江堤上说下这些话的，风鼓起她系在腰间的黑色围兜，她时不时搂起围兜一角，擦拭泪眼，"姜达贵的身世有些复杂，等你们长大了，也许会晓得。你别再找他了，他去洞庭湖渔业公司培训了，要大半年。"

世间的离别是突然而至的，这年郁寒雨考上了大学，不久她妈妈调离物资局，她们家也离开了物资局大院，离开了渔场。从此，郁寒雨再也没有见过姜达贵，只是偶尔在看枫城的报纸时，看到渔场看到水陆洲这个地名，她会想起这个人。而且，有一次，她路过这片土地时，发现鱼塘早没有了，被填平了，上面砌了好多好多江景房，她走在其间，不敢相信曾经的过去真实地存在过。她望着那片拔地而起的高楼，恍若隔世。

她怎么都没有想过，她还会遇见姜达贵。而且，他还能一眼认出她来。也许，这世间万事万物，暗藏着看不见的玄机，也观照着对应的轮回。

第六章

郁澍自从上次夜游罗水湖后，便时不时与陆永顺他们结伴而行，从陆地到水上，围着古罗村打转转。而最让郁澍着迷的，是罗水湖里陡峭山崖上的悬棺，他白天去过几次，看到的依然只是个大概，船行在山崖边，不论船上的人怎么仰头，通常只能看到悬崖上一个一个的缺口，或者说是一个一个的黑洞，里边的悬棺很少能瞅到整副的，裸露出来的，一般情况下，就只是棺木的一角，或者如同岩石一般的颜色。水波荡漾，山色更替，只有飞鸟在宁静的山水间婉转鸣唱，这些鸟甚至会飞在悬棺上嬉戏一会儿，每每这时，郁澍总会呆愣愣地看着。

其实，村里老早就想修个庙，可是建庙的具体地址一直定不了，每次选好一个地址，立马就有人反对。民间的俗语：庙前贫，庙后孤，庙左庙右出寡妇。村民又想敬菩萨，又怕自己不小心惹了菩萨，都晓得自己是凡夫俗子，只想求点啥，不想舍了啥，因为平民百姓舍啥都舍不起，其实活在尘世中，财富呀，福气呀，健康呀，人丁呀，命数呀，功名呀，反正世间让人眼红的，没有人不削尖脑袋想多多获取，但在获取时，又极其害怕有丁点儿的伤害。都知道庙宇是供奉神仙的地方，一代一代人口口相传，住在庙宇周围的人都没有好下场。他们当然会有他们的解释，大家供奉神灵的地方，自然是好运聚集地，但普通人住在神灵周围，好运一不小心就会被吸走，除了神灵借去用用，那些前来求富贵的，也会在某个时辰，把周围的好运给求走了。还有啊，那些住在庙前的人之所以贫穷，说是因为他们挡住了庙神的财路，庙神财运不畅，肯定就要怪罪下来，神仙都不高兴了，你还想富裕？住在庙后面的人，不小心看尽了世间来来往往上香火的人，定然就会没了什么凡俗之心，终究会孤身一人。在世俗人眼里，庙宇旁边，肯定有好多神灵活动，而神灵又是世人肉眼看不见的，因此阴气重。男人住在旁边，阳气总是不小心被看不见的神灵一点一点地吸走，日复一日，身体会莫名其妙地虚弱无力，寿限也总是不请自到，生命会戛然而止。这些没有被证实的观念，在村里所有人心里根深蒂固，而且张口就来，说得跟真的一样，听得人瘆得慌。人都是惜命的，谁都不敢为证明什么去赌上自己的性命。郁澍不是与他们讨论建村史馆的事，还真不知道民间有这么多风俗。

郁澍想难怪当年古罗大庙会独立在山顶上，也许就是要遵循这些传统习俗。立在山顶，仙气飘飘，不连累世俗。如此一想，郁澍便常常抬起头去仰望，尽管只剩下残垣断壁，可是在古罗村各个角落，都望得见大庙。郁澍爬到山顶，站在庙里的任何一个角落，古罗村的全貌又尽收眼底，特别是那个也成废墟的楸树坡城堡，几乎是三百六十度无死角，什么都看得真切。千万个为什么在他心里腾升而起，难道他们放心不下尘世？或者还在依恋尘世？又或者他们本来就是一体的？他心里有个计划，等村史馆建好后，一定要尽全力让古罗大庙恢复原来的样子。

而目前，他与陆永顺、麦景禾、戚小满他们全力以赴把心思投在建村史馆上了。这些日子，他在村里散步，走着走着，就走到麦家祠堂，他觉得自己都成了幽灵，时时飘荡在这里，每间屋子都要装下古罗村该有的往事，可是屋子里的任何结构，又不能改变。一些维修，也是以旧修旧，建筑风格绝对不可以有任何破坏，还是原来的样子，要做到这些，郁澍脑壳都想烂了。每个格间的布局，比如说布衣坊、山歌屋、木匠房、民俗民风、古罗美食、古罗人物等，他在房间里踱步、发呆，寻找着灵感，偶尔会迸出火花，某间屋子清晰的布局，才会呈现出模糊的样子。

祠堂前坪，有个荷花池，汉白玉石砌成围栏，有些雕花隐在石壁上，在池的后面是田野与寒水溪、罗水溪，溪水环绕着四周的水田与几口山塘，再远处就是层层叠叠的山峦，山峦上湿雾袅袅。郁澍站在十二月的冬天里，眼里的景色一片荒凉，他发现自己踩着的石阶很潮湿，看不见的雨，把空气弄得湿漉漉的。雨没看见，郁澍倒是看见了池塘里的枯荷，残败着各种姿势，垂首在寂静的水面上，荷叶与莲蓬枯成黑褐色，在冬天的肃杀中雕塑般沉默。郁澍的目光从那儿绕过，但刚刚绕走，又鬼使神差般，调转头来。他似乎在努力回忆这个池塘夏天的样子，早几日听蓝青林外婆讲起过这个池塘里的荷花，当时只是惊讶地听着，可是此刻站在这里，他努力回想池塘里荷花的样子时，灰蒙蒙的天上，闪过一道蓝光，这道光竟然为他打开了一扇门。站在那里，他定睛瞅着什么，接着，居然傻乎乎地笑了。

眼皮子底下的事，差点就错过了。他拍打着自己的脑门。

老天还真的是厚爱古罗村，有这么一个让人意想不到的事发生在此，古罗村村史馆不想加分都不可能了。

郁澍高兴之时，惊出一身冷汗。这么重要的噱头，差点像一缕轻风在他的耳边轻轻拂过。是自己老了吗？怎么一点都不敏锐了？当然，站在池塘的石阶上，他还是得意地笑了。他似乎置身于十里荷花间，这些荷花可不是一般的荷花，这些荷花是千年前的，穿越时间隧道，开在了如今的时光里，荷花本身就是仙境里的花，千年时光披身过来，顿时，云彩锦绣，流光溢彩，仙气飘飘。

早两天，一家人围着火炉烧水煮茶，西沐趴在小椅子上堆积木，蓝青林在看蒙特梭利的一本育儿书，若水在摇窝里打着呼噜，与他一起呼噜的，还有迈克，在摇窝边，侧着头，四脚并拢，不管不顾地睡着它的大觉。外婆在一旁清理着她的一口皮箱，翻着翻着，她从里边的隔层找出一本纸相册，她惊喜万分，“呀，一直以为这相册丢了，原来是搁在这里呀。”外婆自从住到这里后，她的东西都被蓝青森陆陆续续带了过来，这口旧得不能再旧的皮箱也是。

当时，郁澍正在一旁画素描，他本来是在房间里码字的，思路不是很顺畅，便出来续茶，在二进院落的茶室里走了一趟，竟舍不得回去了。老婆、女儿、儿子的气息随着缕缕茶香，还有蓝青林放在地炉子边烤的芋头，正从里往外冒着热气，散发一股浓香，郁澍知道，这是她给他的夜宵。每次她递过芋头来，便会念叨：“煨得芋头熟，天子不如我。”或者嘻嘻哈哈地问：“寒夜拥炉，有烤芋头吃，幸福啵？”所以，在那一刻，端着茶杯的他，双脚被这种气息困住了，他不自觉地放下茶杯，坐在火炉边，拿起搁在桌上的画本，装模作样地画起来。

他想画下儿子若水做美梦的样子、女儿西沐堆积木嘟着小嘴的萌态，画下老婆蓝青林读书时的娴静，还有外婆在岁月里的回望，当然画这些时，还会附上迈克的慵懒。但是外婆这声惊喜的大叫扰乱了这个意境，她举起相册，从茶几上摸起自己的老花镜，一个劲朝蓝青林喊：“青林，过来，你来看哪。”

“里头有好多你外婆年轻时的照片呀。”她惊讶地咂巴着嘴，举起相册，仔细端详，“呀，呀，那个时候，还真漂亮哟。”接着她又摇着头，说：“真的不敢相信呃，相片上的人怎么会是我嘢。”外婆自言自语道。蓝青林丢下自己手上的书，紧挨着外婆，伸着脖子随着外婆翻动的手，看相册里一张张黑白照片。照片里除了外婆年轻时学生小姐的模样，还有家族里的一些合影，外婆父母的以及兄弟姐妹的，有一张很特别，是一个青年，留着西式分头，穿着浅色西装，侧着身子，很严肃地站在麦家祠堂开满荷花的池塘边。蓝青林指着，“外婆，这是你男朋友？”

外婆拍打着蓝青林，虎着脸，但神情里掩饰不住自己的开心，“乱讲啦，这是我四叔，我祖母最心疼的满儿子。”

“天哪，怎么有股子仙气呀。”蓝青林凑近瞅，老觉得没有看清，便从外婆手里夺过来，对着坐榻上方罩灯下的光，仔细打量外婆嘴里的这位四叔，“外婆，怎么从来没听你说过？”

外婆坐一旁，看着蓝青林，“我家这么多人，与你一个小孩子有啥好讲的，讲了，你也不懂。”

“你不说，我又怎么懂呀，”蓝青林指着照片上的年轻人，“说说你的四叔，他是干吗的，最后去了哪里。”

"我祖父讲他净做点空事，他在日本京都皇家学院学习植物学，特别痴迷古植物，他最后好像去了美国，好多好多年没有联系了，怕是不在世上了。"外婆自言自语，又像是在对蓝青林说。

但故事已经从外婆嘴里缓缓流出来了。

在那个年代学植物学，是没有遇到好时代，外婆的祖父当然会说他是在做空事。当时那个时代，家不家、国不国的，战火纷飞，民不聊生，有志之士都在考虑如何救国救民，可是一个叫麦加洪的古罗村青年一头扎进植物学，专心致志地做着他的科学研究。二十世纪二十年代初，他在省会枫城洋人办的学堂念书，暑假时，他带回两位老师，一个美国人杰克西，一个日本人田边一郎，他们随他来看罗水湖上的悬棺。

那一个月的时间，他们晚上住在麦家，白天就驾着木船在罗水湖上勘察，几个人又是拍照，又是画图的，弄得古罗村人有些不安。乡贤们来麦家，说着他们的担忧，怕这些洋人坏了村里的风水。麦家尽管也觉不妥，但免不了护犊之心，便一再强调，他们是在湖里四川、贵州段考察，坏不了古罗村的风水。

然而，谁都不知他们从绝壁悬崖上，爬进一个洞里，七拐八绕地，进入了一个墓群。在墓群的一块巨石后面，又发现了一个暗道，小道时窄时宽，窄时顶端只漏下一条线光，宽时，又好像在露天的岩石上，起起落落的，蜿蜒曲折。走到尽头，什么都没有，一壁天然的石墙挡在眼前，倒是石墙上头压过一个巨大的拱形巨石，让这面石墙藏在巨石之下，而这巨石天然地围成一个半圆，在石墙正中间隐隐约约立起一排佛像，具体是什么菩萨，麦加洪一时辨认不清，弥勒菩萨、韦陀菩萨、观音菩萨，好像都像，再加上菩萨身上布满了灰尘，不仔细看，所有的菩萨与岩石是一体的。

中国人有个规矩，不管在哪儿，遇见菩萨都是要跪地磕头的。可是麦加洪的美国老师杰克西不懂这些，他不但没有磕头，居然上前一步，用手去动佛像。麦加洪没来得及制止，神奇的一幕在这一刻出现了。在杰克西用手摸第三尊佛像时，佛像后的墙壁居然徐徐移动着，直至一面墙全部打开，只是他们看到的，还是一扇墙。麦加洪心里惊讶，原来这是一道夹墙呀。

正当他还在惊讶时，这位美国人，天不怕地不怕，他的手已放在夹墙上，只轻轻一推，夹墙转动了，里边露出了一道小门。这下，他们三人一起连退了好多步，由里往外冲出来的气息，瞬间要让他们窒息，这气息是陈年的空气与尸骨的腐臭味。

好多年后，四叔麦加洪给在枫城读书的外婆讲起过这个细节。不用说，他们发现了古墓。里边有些什么？很多人都关心，可四叔说，进了小门，又有向下的阶梯，四面是阴河，中间有个岛屿，岛屿里边有个独立的静室，很方整，但不大。一副棺材放在正中间，四周摆满坛坛罐罐，坛罐里除了装着五谷，还装了各种植物种子。在那个时候，四叔的眼睛里，就只有这些种子，别的什么金银细软似乎都看不见，当然，没有看见，并不意味着没有呀。反正他在那个时候，用他携带的布袋子，装下几个坛罐，小心翼翼地怀抱着出来，其中一罐是黢黑的带壳莲子。

外婆说，她四叔从古墓里出来，就得了一场重病，病得起不了床，都不能去枫城上学。他总是咳嗽，用四叔的话说，是肺里全是古墓的味道，这味道总也咳不完。他在病床上躺着的时候，就想着把这些气味全部咳出来，这样，自己的病就会不治而愈。村里人说他是鬼魂附体，在墓穴里被吸走了阳气，所以无论吃什么药，他依旧脸色惨白气若游丝。尽管这样，他在家养病期间，每日对着从古墓里带出来的种子，竟还要发一阵子呆。外婆的祖母——四叔的母亲说这些古墓带出来的东西晦气，会招来病痛，让他扔了。他却大声吼起：“扔什么都可以，就是这个不能扔。”弄得家人都以为他中了邪。他确实因这些种子陷入一种痴迷的状态，他不许任何人碰他的这些东西。

麦加洪足不出户，除了望着这些东西出神发呆，又总觉得要做点什么，于是用锐器戳取出一些，放在清水里泡，泡着泡着，便能猜出是啥东西，最能让四叔肯定的是一颗一颗的莲子。这些如同化石一样的小黑石头，四叔猜不出它的年代，看古墓的摆设，应该是有些年代，几百年肯定是有的。那个时候的四叔并不关心莲子来自哪个朝代，他做着各种培植试验，梦想着有朝一日它们能发芽、能开花。他苦思冥想，并身体力行。

他想出一个绝招，在莲子的外壳上钻一个小洞，或者用锉刀把莲子两头锉开一至二毫米，浸泡在清水里，而这清水又极为讲究，水温一定控制在二十五至三十摄氏度之间。四叔总觉得莲子与别的植物种子是不一样的，直觉告诉他，即使上千年的种子，只要培植得当，它肯定可以“复活”。他的判断来自他眼睛的观察，他观察到莲子自带“神器”，独有的一层硬壳，形似航天器的“密封舱”，不仅能完全防止水分和空气内渗及外泄，存贮有 0.2 立方毫米空气的小气室，可以维持待在里边的莲子所有的需要，所以，莲子的千年，真的只是倏忽之间。

那个时候，麦家还住在城堡里，外婆听自己的哥哥说，四叔后来把他那些玻璃瓶里的莲子，丢进家里的几个石缸里，他还喊人在缸里铺了肥肥的淤泥，他做梦都想这些莲子能够发芽，发了芽得有土壤依附，才可以抽芽散叶，才有枝蔓延伸所需的营养，于是，才可以长出田田荷叶，才会有亭亭花蕾，花团锦簇才有可能出现在层层荷叶之上。

四叔对古莲子的疯狂痴迷，成了村里人的笑话，大家都觉得麦家出了个呆子，还是进过省城学堂的呆子。

没有等到这些莲子发芽，四叔就离开了古罗村。

他走了后，不再有人惦记水缸里的莲子。只是在一个初夏，四叔做梦都想着的莲子有了动静。它们在石缸里发芽，展叶，舒苞，开花，结籽。在那些日子里，一波又一波的荷叶，舒展开来，亭亭玉立。一朵又一朵荷花，慢慢盛开，女神般迎风摇曳，它们在人们眼睛里美丽着，却又只是静静掠过，人们觉得它们美，自自然然地盛开，又自自然然地凋败，它们只是庭院里一处风景而已。直至有一天，外婆的四叔从日本京都写信回来，问及石缸里的莲子是否发了芽。众人这才恍惚，一院子里的人惊讶起来，大家一致做证，这莲子发了芽开了花，只是此刻，季节已经到了秋天，石缸里只剩下几株残荷，要死不落气的。

信是外婆的父亲回的。

他首先告诉他家里一切安好，然后再告诉他，今年夏天，石缸里的那些莲子复活了。发了芽，长了叶，开了花，那些花有三种颜色，有粉白色的、粉红色的、粉紫色的，每一株好像都比古罗村里以往的高一些，荷叶与花盘也要大一些。外婆说她父亲之所以写得这么详细，是因为他在写信之前，向家里上上下下的人问了个仔细，这么多人，总有那么一两个人是在观场的，是能记住一些细枝末节的，还有他们的一些想象。譬如，会问，你怎么就觉得缸里的荷叶与花盘比村里的大一些？回答的人，一点都不含糊：大少爷，难道您没注意过吗，在我们古罗村是没有荷花的，我们村只有碗莲，碗莲的花是要小一些的。一件看似没有人注意的事，其实周围存在着诸多眼睛，只要有人想了解，是没有不知道的细节的。

听说外婆的四叔在日本京都收到这封信后，高兴得手舞足蹈，然后又痛哭流涕，他后悔自己没在古罗村，没有拍下照片，没有详细记录，留下资料，错过了这神话般的盛开。收到信的时候，正是寒冬腊月，还是夜晚，但他捏着信一路狂奔，跑出京都皇家学院学生宿舍，穿过植物园里的樟树大道，穿过如今的北大路，绕过今宫神社与大德寺，走进一个青石巷子里，冲开一座庭院的木栏，大声呼喊："老师，老师，古莲子开花了。"

从房子里出来的田边一郎，站在屋檐下，很是恍惚，但他只有片刻的呆愣，便伸出双手，要看麦加洪手中的家信。

田边一郎是一位研究古植物的专家，当年，他也从古墓里带回一坛莲子，他没有培植，只是用专业的考古设备检测古莲子的年龄。检测的结果是这些莲子上千岁了，最保守估计，也有八九百年的历史。那个时候，田边一郎会更多地去思考墓穴里主人的身份，他忍不住去翻阅那个时代中国的历史以及重大事件，翻着翻着，他有些走火入魔，觉得很多事情不可思议。麦加洪的那声呼喊，又把他拉回到古植物研究上来，他两眼喷火，目光闪亮。

千年的古莲子复活，开花结籽，这意味着什么呀？这不仅仅是植物种子寿命的问题，也不是关于植物种子偶尔出现的休眠期。反正那一晚，师生俩被这个事实点燃了，一边喝酒一边神聊。酒在他们的血液里流淌，各种奇思妙想四处飞翔。千年前的植物可以复活，别的什么生命呢，在以后是否也可以复活？譬如，人。他们大胆地假设着。在这个时候，他们自然会想起罗水湖上见到过的古墓，古墓里的骷髅头。一千年前，中国那个时段是宋朝，赵姓人的天下，是言官可以尽情胡说的时代。而古墓里躺着的人，为何要在墓穴里放上这么多植物种子？这是个谜。他们想那些种子能复活，当然，如果躺在那儿的古尸能咕噜咕噜活过来，然后，咕噜咕噜讲起话来，那么，所有的谜团就是故事了。

外婆的四叔以一份加急电报惊扰了古罗村人。

他说，石缸里的荷花，是千年前的古莲子开的，要好好保护。长出来的莲子，要收集保存好，来年播种到水塘里，让这些荷花开遍古罗村。麦家祠堂前的池塘里，在那个时候也要播种下这些千年前的古莲子长出的莲子。

郁澍听下这个故事时，心里的惊叹号一个又一个地奔涌出来，只是在当时，脑袋里塞满了糨糊，除了惊讶，自己没有腾出多余的时间来思考。

几天后，他站在麦家祠堂石坪前泮池中间的拱桥上，隆冬的凛冽使得他全身一哆嗦，哆嗦之中，他的眼睛忽然一闪：一望无际，竟是一片荷海。蓝青色的荷叶，粉白、粉红、粉紫的荷花，在晨雾里、日头下、霞光中，自带光环自带仙气，映照着青山，荡漾着绿水，村里的白墙黑瓦，在花海中璀璨，这璀璨里又有古罗村好多好多的荣光。

郁澍像被电击中了一般，忽然全身抖动，心里的长叹拖出好远，天哪——！古罗村真是一个福地！一个衣架子刚刚做好，华服不容置疑地披了过来了！用麦加洪的故事，引出千年古莲！在古罗村的村史馆前辟出几百亩地，种上这些古莲，到时村史馆不火，都不可能了。

创意好，然后，一点一点去做好，蓝图才可能变成现实。好在陆永顺是个明白人，听到这个建议，眼睛里立马就飙出火光来，一拳擂出去，欢呼起来，可是话在他嘴里又是另一个滋味："我的天哪，你长的是啥脑子呀，这么邪乎的点子，你也能想出来！"

听听这是什么话。偏偏郁澍不计较，还得意地傻笑。他跟陆永顺讲完具体做法，一门心思就想早点回家，去听外婆再讲讲她这位在战火纷飞的年代潜心研究古植物的四叔，他还要问问蓝青林，往年古罗村水塘里的荷花有什么不一样的地方，而他自己试着回忆，那些荷花居然都是模糊不清的姿态，却又似乎有着一闪一闪的眼睛，像历朝历代的仙人，亭亭玉立。

这天晚上，外婆与赵妈在厨房里做着灌肠的扫尾工作，一到腊月，古罗村家家户户都开始忙乎起来，灶台上方，挂起了腊鱼腊肉腊鸡腊鸭腊鹅，还有腊肠子腊猪肚腊猪蹄腊牛肉什么的，每天烟熏火烤的，烟味香味一点一点地往肉里渗透，黄灿灿的颜色油亮油亮的，这都是由时间涂抹上去的，不急不慢的。这些天来，灶台上的三根横梁上总有一些东西挂上去，像是挂上了一整年的光景，抬头随意地瞟一眼，心窝子里便涌出暖意来。

今天外婆与赵妈在家里声势浩大地做着古罗村家家必做的腊香肠。把洗净的肠衣吹鼓吹饱满，灌进剁碎的前腿肉与五花肉，放少许盐与花椒搅拌，在灌的过程中，她们聚精会神，外婆说这个时候不压紧，到时香肠一切就碎，成不了形，村里人会笑话的。郁澍偶尔碰见厨房里她们的忙碌，会在满满当当的味觉视觉里惶惑，节气一个接着一个，人们迎接它们的方式，便是变着花样做各式食物，大家乐此不疲地欢庆，日子似乎也就有滋有味、热气腾腾的了。

外婆说，自己愈老，便愈喜欢看见所有的亲人聚在一起，哪怕他们仅仅是吃吃喝喝，也会打心眼里高兴。她似乎忘记了自己所有的使命，一心一意就想着让家里食物丰盛。古罗村在冬至这天，好多人家杀年猪，外婆带着赵妈，在这些人家，把老早就预订好的肘子、五花肉、排骨、龙骨，还有肠子与肚子等，连着热气弄回家。她们沿袭了老风俗，要在冬至这天进行腌制，还说这天做下的腊肉，可以吃到来年夏至。更奇的是挂在灶台的腊肉，外表一律是焦糖色，或者颜色更深，但只要用淘米水一洗，冬至这天腌制的，肥肉便通明透亮，瘦肉也是黄中透红，怎么吃都是肥而不腻、满口烟香。这些都是外婆与赵妈在做事时，漫不经心总结出来的。

郁澍觉得人只要用心生活，就会积攒出生活的神奇。

这天晚上，忙了一天的外婆才在火塘边坐下，蓝青林端上一盏红茶，用嗔怨的口气说："外婆，家里的年货你做得太多了，吃不完，会浪费的。"外婆抿着茶，轻轻笑着，"哪里多呀，过年了，家里人都会回来，还不够哪。"

外婆说："我家都从简了，都没蒸酒磨豆腐，也没做米粿、煎馓子，我寻思过年摆在神龛上的米酒、米粿、馓子，不是自家做的，祖宗会不会生气？"

做米粿、煎馓子，这些事是很费工夫的，既要舂米粉，还要和粉、擀皮子、切坯子，油煎时火候的把握决定着馓子好吃的程度。除此之外，馓子煎时吃不吃油、出锅后脆不脆，还要看粳米与糯米的搭配比例以及和粉的水分。外婆与赵妈说得一套一套的，郁澍在一旁听得一愣一愣的。厨房像个实验室，一代一代人具体实践着，然后口口相传，把各类美食的做法传了下来。他没有想到陆永顺、戚小满、麦景禾他们往家里送来的米粿、馓子这些年货，蕴含着他们家人的性情与智慧。

"不会的，不会的。"蓝青林随口宽慰着。外婆吹着茶气，眼睛看向厨房，隔着玻璃，眸子晶莹，"嗯，我想是不会的，他们回来看见灶台上的腊菜，应该会满意的。"外婆吞下一口茶，目光还停挂在那些腊货上。

"您的四叔会回来吗？"郁澍忍不住顺着她的话。

"我爹妈肯定来，如果我的祖父祖母来了，四叔也会跟着来的。"外婆的眼睛这时望着空气，一本正经地回答着。

"不会吧？昨晚您不是说四叔最后去了美国，掐指算算，他快百岁了吧。"蓝青林实话实说，这个岁数还在不在人间，一般情况下，大家心里都是清楚的。

外婆没有糊涂，她只是若有所思，"如果是这样，那他更会回来。知道不？他的胞衣还在城堡麦家大院厨房里的灶火旁，我母亲跟我讲过，一个人最后不管去了哪里，到最后他还是要回来取这件衣服，穿上这件衣，他才能完整地回归到他原来的地方去。"

这话听上去有些荒谬，却又好像在理，郁澍知道古罗村有个习俗，每家每户，房子无论怎样修缮，但厨房的灶台与地面是不能动的，因为灶台边的地底下，埋着家人的胞衣，只要是在这屋里出生的，他们的胞衣都会由族人存放在这里。胞衣是一个人从母亲体内带出来的第一件衣服，这衣服就埋在母亲经常待的地方，灶火旁有这个家的热气，灶上锅里的油烟味，就是这个家的味道。厨房看上去简陋，又极其神圣，从油烟味与忙碌的场景里，可以看到这个家是否兴旺发达子嗣延绵。这便是外婆执意要在厨房挂上这么多腊货的原因，各式腊菜会让祖先们觉得，日子还像从前一样，安好富足，一寸一寸的光阴只是缓缓前移了。

4

第四部分

第一章

住县城时，麦含芳早上通常不起太早，有的时候，即使醒了，也赖在床上，可是自从到了古罗村，天还微光，屋檐下的小鸟就开始窸窸窣窣了，之后，就叽叽喳喳的，接着，婉转鸣唱此起彼伏，这觉也就无法睡了。麦含芳索性爬起来，张罗起一家人的早饭。蓝青林跟她说，有赵妈，外婆不用起这么早。麦含芳也想再睡睡，偏偏稀奇得很，除了鸟儿吵，还好像总是有人扯着她起床似的。她想起小时候，赖在床上睡懒觉，父亲会动怒，说要家法处置。当然，这个家法无外乎竹条子伺候。在麦家，任何时候都是不允许睡懒觉的，白天要借着天光做事读书，不能随意辜负。恍惚之中，麦含芳觉得父亲的气场还在，自己一到这里，居然就不敢睡懒觉了。这样想着，人却早走在了院子里，拉开门闩，打开院门，清扫起前坪后院廊前水沟来，然后，修剪花枝捡拾枯叶，开始一家人新的一天。

一户人家庭院的模样，便是这户人家未来的光景。道理很简单，庭院收拾得好的人家，有好的生活态度，这种态度决定一个人无论何时都不会背运，好的运气时时跟着。清扫完院落，如果还有空闲，那就摆上一些盛开的鲜花，花儿拥在一起，就是花团锦簇，这似乎是个暗示，家里的日子开始接近眼前的意境。麦含芳恰恰迎合了这个暗示，这个季节里，她在屋檐下天井边摆放着铁海棠、蟹爪兰、月季、梅花与长满红果果的富贵籽。

冬天的院落很好扫，院里的合欢树叶几乎落尽，枯枝上稀稀落落的合欢荚果，一条一条地挂着，竖的像柴刀，横的像弯月，不过都已干枯，在寒风里微微颤动，一天落下上十片，整棵树在天空下如同剪影般，许下重重的沉默。院子里本来是有两棵合欢树的，一东一西，也不知何时，西边的合欢树被锯掉了，现如今还留着一截木头，西沐经常坐在上边，她以为这是长在地里的木墩，是专门给她坐的。“四合院子里只栽一棵树，不好。”当年修缮房屋的师傅说。蓝青林便记住了这句话，她在南边种了一棵香椿树，几年间，长得像模像样，早阵子，还让陆永顺剪了枝，以待春天能发更多的椿芽。院落最关键是冲洗好水沟，这个活儿，赵妈不用说，每天都做得利利落落。在院子里扫落叶时，麦含芳会片刻恍惚，觉得日子回到从前，爹妈在的光景又在眼前活灵活现，以至于赵妈走到近前，伸出手来，在她面前来回摆动，她才回过神来，扑哧一笑，自语老了。笑着笑着，她又呆回去了。有时她使劲甩了甩头，说自己只要一停下来，瞬间就回到好远的过去。“其实，我好想结结实实回去一次，看清楚一下爹娘的样子。”麦含芳在一次愣神后对赵妈说。赵妈想都没想，便接住了话：“要真是这样，那就吓死吧人哒，你还是莫老想从前的事，多想想眼前，蓝青林、蓝青森他们够你想的。”

赵妈讲的是实话。马上过年了，蓝青森一家也会过来，这个年不晓得有好热闹。而她与赵妈每天生活的主要内容，就是想尽可能使餐桌上的食物更丰富更撩人。麦含芳对食物的无限热情，源自她的丈夫姚守旺。尽管在心里她老觉得自己的丈夫拿不出手，但她却没有意识到，她的生活已被姚守旺彻底改变。因为一个突如其来的大事件，本来是两个世界的人，居然相濡以沫过了一辈子。

人的记忆自带选择，在麦含芳身上表现得尤其突出。她对人唠叨往事，要么就是她在古罗村与父母一起生活的经历，要么就是她求学的过程，然后就是与蓝青森、蓝青林他们一起生活的场面，中间的片段被她自动屏蔽，像是从来没有过。一个看上去容光焕发的老人，内心像个海绵，汲取了她所有的经历，这其中也包括她不愿提起的亲人，与不愿提起的往事。当然，不愿提起并不意味着没有存在过，像她的丈夫姚守旺、她的女儿姚小瑶，他们已经刻在她生命里，随着她的身体走到哪儿就带到哪儿。

她的命运有个分水岭。

那一年，是接近二十世纪最中间的年份，麦含芳还在枫城念书，城外时不时响起炮声，学校停课，仓促之下提早发了毕业证书。当时，住在城里的四叔一家人早在两年前飞往美国了，而她正谈了一位男友，他家的小洋房在天心街至黄兴南路之间的街巷里，麦含芳记得巷子的名字叫里仁坡。而她的男友告诉她，巷子其实是叫醴陵坡，醴陵是他的老家，他说枫城一半的醴陵人都住在这条巷子里，只是醴陵坡，在枫城人口里，念着念着，就念成了里仁坡。当时，麦含芳正顺着枫城东城门外的城墙漫步，他们仰望城门上的三个字：醴陵门。作为醴陵人的丁道明，自豪感在他体内的血液里时时爆棚，他随口会说起老家来。麦含芳记得那个时候的枫城有九座城门，城西门为临湘门又叫碧湘门，城东为济川门，城北门为长乐门，城南门为南熏门又叫南楚门，还有清泰门，是城西北门，浏阳门，城东北门，另外那些弄不清方向的城门，名字倒还能记得，如端礼门、端阳门，而醴陵门，不知为啥也叫城东门。

麦含芳之所以能记住这么多门，全仰仗她的国文老师。他不满政府仅仅为了自己操坪练兵方便，四处拆除城墙。在课堂上，同学们都可以从老师的嘴里听到城墙拆到哪儿了，政府先从北面城墙拆起，然后往东，在城垣东北角凿出一个经武门来，而麦含芳每次听到老师从愤慨到痛心疾首，她便会低下头去。她并不知墙拆得哪里不对，城里的城墙有的是，矮矮塌塌的，灰不溜秋的，在她的眼里是不合时宜的，她没有觉得拆了有什么不好。当然，她知道老师在课堂上发这些牢骚，也不是白发，他是发给丁仪兰听的，而麦含芳之所以低头，是因为那个时候她正跟丁仪兰的哥哥丁道明谈恋爱，而丁道明的父亲正是拆城墙之人。他父亲的想法很简单，就想在城区有一块大大的空地，而城墙让他不爽，把一块地分隔成好几块，所以，他命令拆城墙，拆到哪儿，兵营就搬到哪儿，如此，那些兵就能在偌大的操场上做各种训练。尽管国文老师的唾沫在头顶飞溅，麦含芳依然觉得拆个城墙没什么大不了。

丁道明的爸爸麦含芳见过几回，粗眉大眼，眉毛不是一般意义上的粗，长了个倒八字，末端还有长眉往上翘，眼睛呢，也不是一般意义上的大，黑眼珠圆鼓鼓的，看过来的目光，炯炯有神且杀气腾腾。麦含芳知道他是一个军官，但不知道具体级别，她与丁道明好，除了丁仪兰的撮合，还有她家里。丁仪兰说他们全家都喜欢她，当然，最最关键的是丁道明心仪她。而她初见丁道明时，小心脏怦怦地跳得痛。他们的恋爱谈得像天下所有情人一样，最终奔向男婚女嫁，他们约好，等麦含芳一毕业，丁道明就去古罗村麦家提亲，然后，在金秋十月，选个黄道吉日成亲。

这个世界上的事，从来都是计划赶不上变化。还在四、五月间，枫城城外炮声隆隆，学校作鸟兽散，草草发了毕业证，解散了学生。那段时间里，麦含芳住进丁府，而丁道明父亲从前线传来密信，要他们赶紧整理行李，随时准备撤往台湾。麦含芳听到这个消息时，左右为难，她想无论如何，都得与自己的亲爹亲娘打个招呼，丁家人劝她，战况吃紧，时间上恐怕来不及，更何况麦含芳的家在偏僻乡村，交通极为不便。可是麦含芳无法做到与自己的家人不辞而别，她对丁道明说："我去一下，就回，不用多久。"

经不住麦含芳的念叨，丁道明瞒着家人，在一个天晴的早上，带着她出了枫城的南熏门，过了东沌渡，在湘江船泊公司坐船，去古罗镇所在的青木县，到了那里，麦含芳的三哥哥麦望春会来接，然后一起回古罗村。

五月的江面，春波荡漾，薄薄的潮湿，扑哧扑哧地吹在风里。麦含芳俯在船栏杆上，双眸盯着挥手的丁道明，那一刻的麦含芳可以说是美艳的。她穿着枫城最好的裁缝铺刚做出来的时髦洋装，上衣是绿色阴丹士林布做的荷叶边圆领衬衣，上面罩了件开司米嫩黄色的毛衣，黑色与绿色相间的细格子长裙，白色丝袜裹着细腿，脚踩一双平跟的黑皮鞋。江风吹动衣裙，麦含芳两条辫子上的蝴蝶结也在微微颤动，丁道明除了挥手，还一直向她微笑，俯在桅栏上的麦含芳颔首浅笑，甜甜的。她脑袋里闪都没闪一下，这是他们今生今世最后的一面，这一挥手，便是他们一辈子的别离。在以后很多很多年的回忆里，麦含芳一遍一遍地细想他们分开的这个过程，码头上，他们并没有相拥，但相互凝望了好几秒钟，她记得湿湿的潮红在脸颊上散发出香甜的味道，没来得及仔细吸住这气味，丁道明把那口不是很重的皮箱给了麦含芳，两人手都没碰到，麦含芳便转过身去，随着人群涌上甲板。在那一刻她急着上船，想尽快找到自己的船舱位置，一切妥当后，她在船舱里从随身的包里摸出小镜子，照了照，往脸上补了粉，嘴唇上添了口红，她的心思就是要在丁道明眼里始终都是漂亮的。如此之后，她才从从容容地步出船舱，当时甲板上站了好些人，她走到船尾的栏杆边，丁道明在岸边往她这里靠，他们在空气里传达爱意，脸上的线条在幸福笼罩下，柔和美丽，嘴角掩不住地笑，向上扬起，他们的眼睛好像都想把对方吃进去。此时，江里的绿波，岸边的垂柳，空中的水鸟，甚至泥土里的花草，都带着忧伤的情绪，它们在偷偷落泪。其实，风在那刻已经开始呜呜地号啕了，唯独他们，沉浸在爱河里。他们抬眼看风看水，竟觉得风含情水含笑，他们的目光黏在一起，久久不肯分开，直至船在江心成了一个小黑点，丁道明还站在原地。很多年以后，麦含芳追想，难道那一刻，丁道明感觉到了？从此，恩爱情浓的人，天各一方，永不相见。

从船开动的那一刻开始，麦含芳的命运便翻开了另一个篇章。

从某种意义上说，她是金枝玉叶，但从这一刻开始，她的这个命已经接近尾声。她是在后来才恍然而悟的。八九岁时，妈妈带她上古罗大庙烧香，麦家是庙里的大香客，所以麦家人去敬香，庙里中午都会备斋饭。那天麦含芳吃饭吃得极慢，大家都吃完了，她一个人还在桌前细嚼慢咽。妈妈与住持闲聊，不知是不是麦含芳的吃相有啥问题，住持一时兴起，问了麦含芳的生辰八字，坐在那里掐指算了起来，直至麦含芳把碗里的饭菜彻底吃完，他的兰花指才停止了掐算。他用目光小心地瞄了她几眼，又从心窝子里叹出一口长气，长气在饭堂里回旋，扑哧出一缕看不见的青烟。妈妈吓得睁大了眼睛，果然，她听到住持说："这娃的命，有好几种，天上地下的，全看她自个儿造化。"妈妈略有不安，想问个仔细，住持却闭目打坐，不再言语。本要告辞回家，妈妈仍是忐忑，请求住持明示。良久，住持才睁开眼睛，"施主请放心，这娃心慈，终归有好命。"说过，又闭上眼睛，仿佛莲花座上的菩萨，垂目禅坐。

古罗大庙午后的这一幕，麦含芳琢磨了一辈子，特别是在她陷入绝望之时，住持的话，宛若黑暗里的一盏灯，那闪闪烁烁的柔光，是她活下去的念想。

再说那个五月的江面，麦含芳在船尾看不到那个黑点时，心里开始惆怅，眼神里闪过不易察觉的恐慌，江风似乎刮走了她脸上的薄粉，流动的江水映照着流动的白云，通过她的眼睛，触碰到她的大脑，她眩晕起来。她脸色苍白，摇摇晃晃地进了船舱。

这一路上，船走走停停，除了两岸的风景，便是大江流日夜。麦含芳用笔记录下她的所见所闻，也写下她的思念，思念里掺杂着少许后悔，这些文字成了信件，一封一封的，丢进停靠的码头边上邮驿的信筒里。她没去想丁道明是否可以收到，她只是想写，于是她的心情也就一路寄送，只要船一靠岸，她便飞奔下船，寻找邮驿，或者找伙计代寄。只要把信寄出去了，她看风景的心情就舒坦了，像是她在替丁道明看这一路的景致。当然，她在寄信的时候通常会去想丁道明读信时的表情，想着想着，她就停住了脚步，站在那儿，自顾自地笑上一会儿。说来说去，恋爱就是一种心情。她在船上，独自一个人享受着，至于这些信，丁道明是否收到了，永远是个谜。因为，他们在这个时候，已经失联了。

离开枫城越远，战争的场面越发明显。之前，听人说战争，麦含芳觉得这是离她很远的事，她在学校顶多只是听见几声炮响。在这方面，说她没心没肺一点都不为过。船离开枫城后，一路西行，偶尔能见到岸上行军的部队，至于是什么部队，麦含芳完全搞不清，倒是船上的旅客一眼就明了，就听见他们说："国军又败了。"

兵败如山倒。

各地局势正以颠覆性的姿态迅速变化，而坐在船上、荡在碧波里的麦含芳，以为未来的生活还是她从前的样子，她会在不久的将来做丁家的儿媳妇，与她喜欢的人丁道明一起生儿育女。这些生活偶尔会在她眼前闪过，她会低下头去，浸在她营造的光环里。

船走了多久，麦含芳记不清，只觉得那是次漫长夹杂着恐慌的航行。很显然，船最终还是停在了青木县城码头，麦含芳也如期见到三哥哥麦望春，但她没有看到三哥哥脸上熟悉的笑容，他满脸愁云，嘴巴紧抿，见到她的第一句话："你这个时候回来干啥！"说这话时，麦含芳还看见他横过眼睛来，并跺了两下脚，跺得码头上的夹板来回晃动。见到哥哥，麦含芳哪管这些，她一如从前，笑嘻嘻地拖着长腔，喊"三哥哥——三哥哥"。弄得麦望春不得不又回她一个笑脸，伸手接过她手里的皮箱。

麦望春在县城打点麦家的几个店铺，他的大部分时间在这里消磨，十天前他接到妹妹的电报，说要乘船回来。接到电报当日，他回电，要她暂缓回家。麦含芳根本没把哥哥的话放在心上，她当时正心急如焚，丁家立马要动身，她觉得自己暂缓不了，她只想回家一趟，看一眼父母，看一眼古罗村，就回枫城。从县城回古罗村，紧赶慢赶，非得一整天时间，因为所有的码头被封锁了，只能走陆路。这阵子麦望春焦头烂额，他一直奔波在县城与古罗村之间的路上，家里老婆生了孩子，母亲大人又病重，古罗村绊住了他的心。但近期局势震荡，店子生意日日亏损，尽管他试图进行挽救，可还是越救越亏。父母兄弟一商量，一些店铺准备关门。而麦含芳这个时候回来，在麦望春看来，这是在添乱，给家里，更是给自己。

这天在回古罗村的路上，麦望春心事重重，他已经预感到不妙，至少妹妹在近期回不了枫城是肯定的。他没有跟她说，如今枫城至青山县，有多个路段封锁了，什么时候解禁，谁都不知道。他只能望着他这个傻妹妹，想你自己选择回来，这是你的命，怨不得别人。在这天的深夜，他们回到古罗村楸树坡的城堡，大哥麦望秋、二哥麦望雨，还有父亲，都坐在厅堂里，潮湿的山风在麦家院子里回荡。拾级而上时，麦含芳觉得楸树坡城堡暮春的夜色，黯然里带着苍凉，几盏微弱的灯光在城堡人家闪动，呼呼的风将这些灯吓得失去了发光发亮的能力。进得家门，扑面而来的是寂静，麦家的院子陡地空旷了许多，直觉告诉她，这阵子在家里的人少了。她向父亲、两位哥哥请安，他们的目光齐刷刷地望过来，又都欲言又止。这不是麦含芳心目中的重逢呀，她没有细想，就去了父母的房间，探望母亲。

屋子的空气夹杂着熏香、中药与病人体味，麦含芳恍若隔世，她不敢相信躺在床上的人是自己的母亲，但不管她相不相信，床上的人已伸出手来，"芳儿，芳儿，是你吗？"声音细若游丝，飘在空中。

麦含芳的心立马就湿了，她握住妈妈的手，轻轻地答应："妈妈，芳儿回来了。"她俯下身去，用脸贴着妈妈覆盖了被子的胸口，仍是轻轻呼唤"妈妈，妈妈"。

妈妈的手抚拍过来，在她的头上，来回摸抚，麦含芳在这一刻，没有忍住自己的眼泪，她在被子上蹭了蹭，便抬起头来，看自己的亲娘。头发越发麻白了，脸上皮耷耷的，眼睛灰蒙蒙的，目光散乱。麦含芳想仅仅几个月的时间，妈妈怎么就成这样子了，哥哥们写信时也只是轻描淡写地附了一句：母亲病了。其实也是老毛病，眩晕、头痛、昏厥，但近期发病率高，母亲动不动就感觉天旋地转，人站都站不稳，接着，就晕厥过去。醒来好上一阵子，然后没有任何预兆地又眩晕起来，而且人一眩晕，就吃不进食物，还会呕吐。这种症状如果是在现在，都知道那就是颈椎压迫神经所致，不是什么大病，可是在那个时代，这些症状似乎在所有人心里压上了一块巨石，特别是病人，心里会恐慌，以为自己的日子不多了。妈妈也是这样想的，她觉得自己走之前，能见着女儿含芳，心里知足了。她看着女儿，豆大的泪珠停滞在眼角。三哥哥一直站在麦含芳身后，他不想妈妈情绪太过波动，便蹲在床前，对妈妈说："妹妹回来了，可天天陪着，这下您就放心了。"他帮妈妈掖了掖被子，"时间好晚了，您先睡，妹妹这些天路途奔波，也是累着了，都赶紧睡，我也得去看我的儿子了。"说得屋子的四面墙壁都有了笑意，妈妈就真的向他们兄妹摆了摆手，然后闭上眼睛。

麦含芳在转身的刹那，庆幸自己回来是对的，见到妈妈是天大的事。只是在城堡里住了几日后，她便有些着急，她每日来回走在城堡与古罗新村巷子里的三哥哥家，催他想办法，水路不行，就陆路，妹妹要回枫城。麦望春望着这个傻妹妹，欲言又止。他想告诉她，现在回县城都难，到处都在打仗，到处都被封锁。但他只是沉默，什么也没说。

麦含芳就这样与她之前的世界失联了。可是身在其中的人，没有当真，以为只是暂时的。

事实上，麦含芳在这个失联的过程中，彻底失去了丁道明。他们彼此不知对方身在何处，并开始着各自互不相关的生活。出不了古罗村的麦含芳赌气地想，大不了不嫁人，大不了守着麦家大院陪父母，可是事情正朝着她无法想象的方向飞奔而去。

首先麦家大院早已不是麦家大院。祖父在时，麦家院子就被分割成四块，麦含芳的父亲是长子，分在东南院落，二叔三叔分在西南与西北院落，而东北的院子是四叔的。四叔常年在外，他委托父亲看管，所以四叔的院子与麦含芳家的院子有个圆门，常年开着，从某种意义上说，两个院子是连在一起的，只是在当时，父亲把祖父祖母的遗物都放在四叔的院子里。家里添丁增口，父亲尽管在正房旁边加了耳房，但还是不够用。便在四叔那边，收拾了几间屋子，让带娃的儿媳妇与仆人住在那儿，娃也有个宽敞的玩耍地儿，父亲这边，也图个清静。慢慢地，三哥哥先在古罗新村有了院子，大哥、二哥也吵着要迁出去，可是父亲一直没发话，他说麦家人不能离开城堡。弄得两位嫂子背地没少嘀咕，抱怨城堡里的房子阴暗窄小，还潮湿。麦含芳回来时，二哥一家其实很少在家里住了，他在镇上的一所学校教书，嫂子与孩子随他住在镇上，只在节气里住回来。

家里的事几乎都是大哥张罗，照着父亲的旨意，跑上跑下的。这些日子，麦含芳发现她回来后，家里人并没有过多关注她，对她不能回到枫城，顶多叹息几声，再无暇过问。家里有忙不完的事，父亲、大哥、二哥、三哥在堂屋商议处置房产、田地、店铺，兄弟仨卖的卖了，分的分了，反正在麦含芳看来神秘兮兮的。很多年后，她才知道，他们这般变更地契、房契，是在为将来图个好点的生存环境。父亲在那些日子，把与四叔家相连的拱形圆门也封上，还刷上黄泥与石灰。还有田地，父亲把自家的，也全写上四叔的名字，不能写的，也捐给古罗大庙。三哥说，四叔在国外，要追究也追究不上，而如果不追究，写着四叔名字的房子与田地，照样也还是他们家的，而把田地捐给古罗大庙，是麦家的本分。三哥在商人圈里打滚，早成人精了，他同学从北方给他传来的信息，他仔细琢磨，家里只要不划成地主，日子就会好过一些。

那年的夏天照样不炎热，古罗村里安安静静，楸树坡城堡静谧得诡异，蜿蜒的石梯上难得地响起嘚嘚的脚步声，大哥、二哥、三哥很少回家，似乎还有去外边闯荡的想法。倒是麦含芳因为回不了枫城，每天不言不语陪着妈妈，她给妈妈在各个穴位做艾灸，或用艾条一点一点地熏妈妈的头部与颈部。中医说：艾条可祛风寒湿，逐百种病邪，可保命固蒂、破疮拔毒。人从生到死，用他们的话说，就是一个从热到凉的过程。要让一个生命不凉，就得经常将火，这个自然赐予人类的神奇东西，通过燃起的药物，烟熏火燎，进入人体的经髓当中，在“疫鬼”入侵人体的路途，进行层层阻挡，并注入带有阳力的药物，如艾草，使人的身体保持住一份热量，人才能保持无恙，才可安好。

麦含芳给母亲燃的是陈年艾，这些艾叶堆在阁楼上有些年份，如今取来，用薄草纸裹紧，粗实一点的就燃在房间里，给母亲熏的，都是切细了的，一小条一条的。做艾灸是个细活，极要耐性，火不能太旺，一点一点地熏，不疾不徐，稍稍一急，便会怕带火星子的灰漏下，掉到肌肤上，烫到母亲。对于麦含芳来说，母亲痛，那就是自己痛，所以她敞开窗户，对着光，趴在母亲床头，每天几次给她艾灸，艾烟缭绕，妈妈身体的湿气也聚集成一缕白色气体，袅袅而行，而她与妈妈周身笼罩在艾香之中，丝丝清苦，又带着无限的余味，那气味好像能通透身体，闻之没有，不闻又飘来缕缕暗香。

给妈妈做艾灸，麦含芳喜欢这样的时刻。她可以不去想丁道明，可以做到放下他，给妈妈做艾灸，必须心无旁骛专心致志，因为稍不留神，便会烫到妈妈。麦含芳发现人一聚精会神，心思便只有眼前的事，一心一意的，屏气凝神的。当把这些事做完，缓过神来，一大截的时光就流走了，世界还是原来的样子，很多很多之前自己认定的伤痛，竟没有那么痛了。过去离她很远，她只关心妈妈是否通过艾灸好一些。妈妈说，好多了，头也不怎么晕了。伏在窗前，看见妈妈又在院子里走动了，麦含芳饱含欢喜，甚至滚出晶莹的泪来，她觉得这世上没有比这更好的事。

妈妈身体的好转，让全家人脸上又有了久违的笑意。二哥哥麦望雨在八月的一个晚上回到家里，他回来特意与麦含芳讲事，说新政府在召唤有知识的年轻人出来工作，芳妹妹可以去学校教书，你好歹也是在枫城上过学的。如今说起枫城，麦含芳心里是怕的，她怕别人知道她差点就做了丁家人的媳妇，如果有一天，上纲上线，几座大山会朝着她的头上压过来，她百口难辩。所以，二哥哥跟她说工作的事，她惴惴不安，推说妈妈的身体还要人照顾。

工作的事看似搁下了，其实，还是一直横在麦含芳心里，她知道自己不嫁人，也不可能总在家里当大小姐。“打土豪，分田地！”的口号喊遍各个角落，麦家今后会怎么样，谁都心里没底。二哥哥要她趁早独立门户，以学生的身份，立足社会，谋份职业，这是未来必须走的路。父亲多数时候在抽水烟，坐在堂屋里的太师椅上，一口接一口的，隔着门都能听见烟壶里咕噜、咕噜的水烟响，哥哥们偶尔匆匆回来一趟，也会陪着抽几口。“这一次，不是一般意义上的翻天覆地，真的会有一个崭新的社会。”哥哥们如是说。父亲只是听着，咕噜、咕噜的声音，节奏快了一些，嘴巴偶尔从烟嘴边移开，发出：好，好啊。似乎有拭目以待的意思。

一个全新的社会，在很多人的眼睛里，流露出复杂的好奇，期待与怀疑并存，当然，有一部分人如麦含芳父亲，他们这些乡绅多数抱着观望的态度，静静地等待着。在时代更替时，他们明白以不变应万变是最好的方式。但年轻人就不一样，大哥、二哥、三哥都在积极响应政府的各类号召，做着各种事情。眨眼就到了九月，这天刚好是白露，初秋的暑气渐渐在消散，冷热在昼夜之间交替，早上的风带着薄薄的凉意，麦含芳坐在船上，看罗水湖边山峦上树叶交杂着红色与黄色，映在水中，那些波光便折射出与阳光一般的色彩。麦含芳看着罗水湖上这变幻的秋色，与渡船上的人，一起到了镇上。她径直去了二哥哥在镇上的家，侄子侄女满屋子跑，嫂子正焦头烂额地看管着，麦含芳送来楸树坡麦家老屋里自做的火焙鱼与粉蒸肉。午后，如同夏日的太阳打在屋檐瓦片上，麦含芳踩着斑驳的阴影，穿过两条石巷，去敲她同学娄岚家的门。同学不在，她妈妈说，娄岚如今在镇政府帮忙做事。麦含芳的脚步在石板路上犹犹豫豫，但她还是走到了镇政府。同学娄岚一身黄色咔叽布列宁装，让麦含芳半天没缓过神来，站在那里，自己脸红红的，手心窝里直冒热气，忽然觉得自己与这世界格格不入。她今天的穿着还是枫城学生的模样，一身长布碎花裙子，套了件深蓝色的开衫，脚上是白线袜与黑皮鞋。麦含芳的直觉是对的，她这个样子站在台阶下的空地上，周围的景致，甚至她旁边的一棵桂花树都在摇曳暗示她的不合时宜。望见娄岚，她还没来得及张嘴，就有声音直冲过来："哎，你干什么的？找谁？"麦含芳赶紧闭上嘴，东张西望，以为这声音是在与别人讲话。

"哎，别望了，说你呢。"

麦含芳才用手，指着自己的鼻子，用困惑的双眼望着问话的人。

那人从屋子里走到台阶上，"嗯——"他从台阶上跳下来，"问的就是你。"

在他的审视下，麦含芳抬起头，向娄岚望去，此时娄岚正朝她这边看过来，"找她。"她的手指在空中停顿了一下，才坚定地指了过去。

娄岚冲了过来，搂了搂麦含芳，"呀，呀，怎么是你呀！"然后，她别过头去，向站在一旁的人说："我中学同学，麦含芳，古罗村的。"

她俩在众多目光中穿行，一起走上台阶，走进娄岚的办公室。那个时候，薄暮已经落下，斜射过来的余晖打在她们年轻的脸上，青春的轮廓在霞光中，无与伦比地呈现。同学好久不见，一箩筐一箩筐的话奔涌而来，只是这些话显然不宜在这个办公室讲，麦含芳坐在那里，一眼一眼地向娄岚望过去，娄岚也微笑着望过来。如此激动一阵后，娄岚立马有所意识，尽管笑容还在她脸上，她回到办公桌前，小声说："一会儿就下班了，我们找个地儿，再聊。"屋子里顿时又安静了，麦含芳只是坐在那儿，端着一杯茶，低头吹着水雾。其间，居然有好几个年轻人走进来，貌似是向娄岚问些工作上的情况，眼睛却往麦含芳身上瞟。

他们一走，娄岚忍不住啧啧起来，"麦含芳呀，你还像在学校，太扎眼了，"她斜睨一眼，"你看你，到现在，还打扮成小姐样，呃，过时了，你这样子，要遭批斗的。"

麦含芳说，自己从枫城回来，就一直在家照顾母亲，哪儿都没去，不知世界变了，连穿啥子衣服都变了。

那晚，她们坐在罗水湖畔的一家名叫高家肠子的饭店吃饭。当年，镇上尽是一些名字直白的饭店，比如，娄老倌肠子饭店、老陆下三水饭店、漆伢子鸭子饭店、蓝妹子蘑菇饭店、向婆婆野鸡饭店等，都是一看店名，就知店子是谁家经营，经营啥子东西，又有啥子特色。古罗镇人习惯了这种直白，从来没有觉得哪儿不妥，他们绝对没有预料到，在若干年后，这些店名会有些歧义，人们一旦看到，定会爆笑不止。

九月的古罗村镇，吹拂的夜风，有了浓浓的秋意。麦含芳与娄岚坐在临湖的窗前，吃着店子里有名的肠子米粉，其实就是米粉，放在熬得浓香的骨头汤里，上面再放些卤肥肠、卤肺片、卤猪肝什么的，然后拌些辣椒、蒜籽与葱什么的，味儿冲冲的，吃到嘴里，香喷喷的。麦含芳嗦着粉，猛喊过瘾。她是好久没有吃过了，在枫城吃不到，在家里，一般是厨房做什么，她就吃什么。娄岚见她吃得额头冒着细汗，啧啧地咂起嘴来，“干脆别回枫城了，就在古罗镇待下来。”

麦含芳没听见一样，埋头吃着她的粉。其实，怎么不想回枫城呀，不是回不去了吗？可是与娄岚说这些，毫无意义。

娄岚现在只是在镇政府帮忙，她感慨今后不知会去做啥子工作。不过，她对麦含芳说，政府有号召，对念过书的人，要登记一下，将来好分配工作，你也赶紧来登记一下吧。

说到这时，麦含芳说自己想教书。娄岚点着头，说其实我也想，只是自己底子薄，没底气。

她们吃过粉，又上了一壶茶。两个女孩子东聊西聊，当然也讨论过嫁人的问题，娄岚语出惊人：“这个时候，嫁人成了难题，都不知要嫁给谁。”

初听这句话，像个笑话，仔细琢磨，又觉得还真是正确。这个时候，按传统规矩去嫁人，没准就是一辈子的悲苦。门当户对的，不小心嫁个地主，那这辈子就彻底完了。那个时候的她们当然没有如此高屋建瓴，只是处在要谈婚论嫁的年龄，正迷茫着，不知脚步朝哪儿迈。

只是这天晚上之后，两个人从此有了截然不同的人生。

娄岚从古罗镇去了青木县工作，在那里，她嫁给了一位南下干部，一辈子便随着那位干部沉浮，到最后，唯一的荣耀是儿孙满堂。

而麦含芳的人生分水岭又一次来临。

就在这个晚上，从高家肠子粉店出来，麦含芳与娄岚一起穿过临湖的石板巷，她们在镇中心的四方街分手，一个往东，一个往西，各自回家。麦含芳当然是回二哥哥麦望雨的家，他家住在西街的巷尾。走在路上，麦含芳有些怕意，她没想到如今这条街的晚上如此漆黑，整条街上好像只响着她的脚步声，从前，西街店铺林立，街市热闹。怕是没由来的警觉，只是这警觉很脆弱，尽管周身紧绷着，可是她还是没有挡住从黑暗里伸出来的一只手，这手死死地捂住了她的嘴，把她往墙角拽。麦含芳是蒙的，吓得一身瘫软，脑袋一片空白，等她意识到自己遇到了什么时，集聚气力使劲挣脱，推开捂在她嘴上的手，本能地往前跑，可是没跑两步，她又被这个黑影钳住，她在黑夜发出撕心裂肺的尖叫，声音刺破夜空，落下来的是一片死寂。古罗镇在那个时刻，死了一样，空无一人。她无力地捶打着黑影，可是这个黑影力大无比，一只手就可以捏紧她两只手，恶臭的嘴堵住了她的尖叫，另一只手冒犯着她的身体。麦含芳晃动起来，她用脚踢着，嘴趁着移动的空当，尽力张开，这次她不是叫，而是狠狠地用她洁白的牙齿咬下去，慌乱中，她并不知道自己是咬到了啥地方，反正她是本能地咬过去，撕扯着，疼痛如同黑夜，淹没了眼睛，麦含芳满嘴血腥，她不知是自己咬着自己了，还是咬下了这个黑影的一块肉，到最后，她不会叫了，也不会哭了，她缩在墙角，目视着黑影仓皇逃离。

二哥哥麦望雨在夜色里，把她扶回家，他看到自己的妹妹，一嘴的血水，衣服散乱，白色的线袜上全是污迹，血水洇湿了长裙。自家的掌上明珠被来历不明的恶棍糟蹋，这种愤怒，在他心里爆炸了，他狂吼：是谁？老子杀了他！

麦含芳神情痴呆，喃喃自语，偶尔还怪笑一声，说："我咬下了一坨肉。"

二嫂在一旁，头皮发麻，眼睛红肿，她摁住发飙的丈夫，用最实在的话语，让他一点一点冷静。这个时候，你这个哥哥也疯了，那你的妹妹，就真的毁了。麦望雨呆愣了一阵，最终冷静下来，当天夜里，他用高价叫来船夫，把麦含芳送回楸树坡城堡。

第二章

沐上川还是喜欢坐在凉台上晒太阳，没太阳的时候，她也喜欢坐在那儿。阴天或雨天，都适合她发呆。到了枫城后，她才知道雨是可以这样下的。没完没了，一年四季，这雨，喊来就来，淅淅沥沥的，轻重不一地打在树木花草间，而天空里的雨，从上而下，细细密密的，在卷起的风中，形成一阵一阵的雾。这雾是遮挡不了的，它可以在空中流动，沐上川坐在凉台上，窗子只要是打开的，雨雾就湿润在她脸上了，这雾看似没有，但伸手往脸上抹一抹，一层水珠儿便湿在了手上。

"妈妈，外边湿气重，进屋哦。"郁寒雨的声音从屋里传过来。

沐上川不想动，但脚已经开始挪动步子了。老了，一切都颠覆了，自己的行为举动都被孩子管束。能怎么办呢？身体不中用了，好多事都依赖着他们。沐上川庆幸自己的老年生活里有小雨照料，尽管平常对她横挑鼻子竖挑眼的，可心里还是明白的，小雨是个好女儿。只是她年轻时做地下工作那会儿，落下病根，嘴巴紧，不轻易讲好听的话。

不过她决定，选一个时间，要好好跟郁寒雨谈一下，为显得郑重其事，还要把大女儿郁热风叫过来。其实，这跟她最近去了一趟老人医养中心有关。

这天，几个老姐妹在下边晒太阳，她们说二栋石娭毑这次真的不行了。她们嘴里说的石娭毑叫石芳，沐上川曾与她走得蛮近，她是长春人，老公也是从东北过来，除了是同乡，工作上也常有交集，她们虽然没在一个单位，但都是南下女干部，级别也一样，在市里的一些学习或培训班里，她们经常遇到一起，还常常被安排在一个宿舍里住。除了经历相同，她们之间还很投缘。

沐上川还记得那个夏夜，她们躺在党校宿舍里，因为蚊子的骚扰，让她们夜里开灯起来打蚊子，如此开灯关灯地折腾，瞌睡全跑了，于是俩北方女人就聊起天来，也不知怎么的，就扯到了南方女人。“哼，我家那个死鬼，居然后悔没找个南方女人。”石芳冷不丁冒出这个话题。那个时候，很大一部分南下的北方干部，在南方又重新成家，有的在北方明明已经结婚生子了，却照样为之。当时干部做“陈世美”，好像是个风气，自己不觉得羞耻，组织也不予以追究。石芳是随老公一起南下的，所以没有这类事件发生的空间。可是，他们每每一吵架，老公像是吃了大亏一样，怼她：早知你这么犟，我找个南方老婆好得多。这就成了石芳心里的一根刺，石芳认为这是家里男人真实的想法。沐上川听后，笑着擂过去，嘻嘻哈哈地说：“人都一样，吃着碗里的，看着锅里的，我家也这样。”

她们的话题，从那天后，可以四处延伸。因为沐上川也把自己生活里最隐秘的部分说了出来。真正的朋友是什么？是不带任何成分的肝胆相照。其实，我们看到的所有人，一般只看到了他们的面子，而他们的里子，一般不示人，而且大多数情况，这里子是自己一个人慢慢舔的，所有的痛只有自己知道。真正的朋友，不只是倾听一方的隐私，而是可以把自己平常从不说出来的事或情绪全部袒露，真实地分享各自的生命体验，没有虚伪。按说，那个时候她们的老公都是有一定级别的干部，她们自己的级别也不低，一些牢骚从不示人，在那个夜晚，这些话像嗑豆子样蹦了出来，晨曦里的微光从窗外透过来，她们的谈话仍然没有弱下去。

从某种意义上说，她们从此成了无话不说的朋友。石芳有三个儿子，沐上川仨闺女，她们曾经还说要对亲家，只是儿女的事，由不得她们。后来，离休了，都住在老干所，她们往来也还是多，一起散步，一起闲聊，然而从某年开始，家里的老公动不动就进医院，她们都忙着自家的事。石芳的老公走了后，轮到她自己三天两头进医院。

老了，没有身体，凄凉便像一张厚厚的被子，盖住了，便难以翻身。

石芳是有软肋的。她太心痛儿子，而如此心痛的结果，是儿子不会心痛她。好几年前，石芳脑梗，突然中风，住进医院，沐上川由郁寒雨陪着去看她，发现她家三个儿子没有一个人给她送饭，吃的都是医院里的盒饭，这用沐上川的话来说，“这样的饭菜，能吃吗？”当时，她问陪护，她家儿媳怎么都不给她送病号饭呀，陪护笑了笑，“娭毑呀，这个时候，还是有个女儿好一些。”中风面瘫的石芳，神情落寞，她没怎么与沐上川讲话。从医院出来，沐上川嘟囔着，她想去石芳家，说说她儿子。当然，她的这一想法，被郁寒雨及时制止了。别人的家务事，你算哪根葱，管得了吗？

沐上川的冲动，是因为听了石芳同一个病房婆婆的絮叨。就在刚才，陪护扶着石芳上卫生间时，病房里另一个床位上的婆婆向沐上川眨眼睛，她用手指了指卫生间，“她肯定是个干部，”然后把头转向沐上川，继续说，“住进来时，吆喝喧天，中气十足，三个儿子齐刷刷地跟着，那阵势，了不得咧。”这婆婆干笑几声，又说：“人这么多，都只是看着，没个贴心的，吃的饭，餐餐都是盒饭，吃得老太太跑厕所不赢，裤子弄脏了，都没的换，前辈子作了孽呀。”

“住进医院，吊这么多水，身体还是需要营养的，这不，还只有几天，讲话就提不上气了。”老婆婆还在啰唆。

这些话听得沐上川心里发凉，这些年，她与石芳的交往没有像过去一样掏心掏肺了，儿女之间的琐事，都不曾提起。只是，沐上川怎么都没有想到，她的境况会如此不堪。

“还算好啦，总归还是给她请了陪护。”郁寒雨话一出，沐上川刀子一样的目光便杀了过来。石芳是离休干部，请陪护是可以报销的。所以，沐上川认为郁寒雨的话是多余的。

沐上川认为石芳的错是不该与儿子住在一起，一个样样逞强的人，结果却梗在了儿子手里。石芳住在老干所，老公走后，三儿子一家搬过来一起住。儿子的啃老是一步一步。起先，是把他们儿子送过来，请奶奶照顾，接着，是为了更好地照顾儿子，他们两口子也住过来，刚开始还请了保姆，石芳觉得费用太大，便只请钟点工，请做一餐晚饭，因为这餐饭都回家吃，其余的事都是石芳一个人摸摸细细地做完。在她们那一拨女干部里，石芳确实是最能干的，但一个人再能干，也是会老的呀，特别是儿子们只是习惯她的能干，却忽略了她的累。而在她家，不可思议的事，仍在发生。儿子儿媳在家吃就算了，还总是埋怨伙食办得不好，石芳当时想都没想，把自己的工资卡往桌上一拍，对着儿子说："这个家，不好当，你们来吧。"至此，她的房子被霸占了，财权也没有了，单位发给她的工资与她没有一毛钱关系了。石芳把自己的老年生活弄得很被动，处处一团糟，而她的做法，大儿子二儿子颇有微词，所以，她生病了，他们全站在一边，有足够的理由袖手旁观。

她家的这些家事，是老干所的保姆闲谈说出来的，李姐听了，回家讲给沐上川听，听得她直摇头直叹气，嘴里念叨，这个芳妹子，咋这么糊涂呀。可是一个人过什么生活，都是自己的选择，别人怎么着，都只是个旁观者，所以，她们偶尔在院子遇到，老姐妹们也都只是聊些大众话题，从不提具体的家事。

几年过去，老干所的老人走的走了、病的病了，偌大的院子装着荒凉与阴冷，几个喜欢坐在走廊沙发上晒太阳的老太太，不经意间，数量在逐渐减少。那天有娭毑说，石芳又住院了，这次很重，人都不清白了。沐上川心里苍凉，惦记着要去看看她。

这天她坐着郁寒雨的车去看老头子郁黄，然后拐道去了重症病房。这间病房里全是脑梗病人，失去意识，瘫在床上的，石芳躺在床上，张开嘴，打着很响的呼噜，一呼一吸，都显得惊天动地。两个鼻孔好像不够用，吸氧管、鼻饲管都插着，床边挂着尿袋，身体里也插着尿管，然后她的手上、脚上都有打点滴的留置针，而她的上方正挂着一大瓶复方氨基酸，从她的右小腿上输液进去。沐上川掀开被子还看到她光溜溜的身体，没有穿衣服，全身浮肿。这里的病人一天要吊七八瓶水，灌的是流食，也是液体，尿排不赢灌进去的水分，身体自然会肿。而她的隔壁病床，除了插了这么多管子，还上了呼吸机，她的气管也被割开，为方便吸痰与清痰。沐上川靠着郁寒雨气往下落，泪从她枯黄的眼眶里流了出来，她张着嘴，喊了几声石芳，就说不出话来。

这个时候，护士进来了，她白了郁寒雨一眼，说：“你怎么可以带老人来这种地方？”郁寒雨还没有来得及回话，沐上川就开腔了：“我幸亏来了，晓得你们是怎么治病的，我以后坚决不接受这种治疗！”

郁寒雨推着轮椅，沐上川坐在上面，一路絮叨。小雨，小雨，你说插这么多管子，能把人救过来吗？明知救不回来，还拼命救治，还吊复方氨基酸，去增加营养，而所有的药又都是有副作用的，分明是补起一个窟窿，又制造出一个更大的窟窿。对于一个四处都是窟窿的身躯，这么多管子这么多针头，残忍地插在上面，这不是凌迟，是什么呀。说来说去，这实际上是孩子与医生的合谋呀，打着救治的幌子。

这一路上，沐上川神神道道。她对郁寒雨说，如果有一天，我的大脑失去意识，身体失去自理能力，我不要插任何管子，请让我安安静静地离开，你们不能把我像石芳阿姨那样对待，你们不要以为没有痛苦，我刚刚看到石芳的眼角有泪，她只是失去了说话的能力，但痛神经还是存在着，她的痛苦无力说出来，只要看看她脸上的表情，就知道她是痛苦的。你说，她的儿子们难道没有看到吗？

沐上川的叩问，是没人回答的。

郁寒雨也无法回答，因为人类总是认为，能活着，就好。病人的个人意愿，很少有人会在意。病人活得好不好，真正关心的，没几个人。一些上了年纪的人，完全没有意识没有自理能力，身上插着管子，每天吊上七八瓶水。他们活着，只是给亲人一种安慰。而亲人要的这个安慰，对于病人来说，却要承受常人无法承受的折磨，成为一个“求生不得，求死不能”的躯壳。不能言语，也不能表达自己的任何意愿，只能任人摆布，没有任何尊严。明明已经失智失能了，医院却要囚禁他们，打着治疗的幌子，让他们遭受魔鬼般的折磨。在这个过程中，病人的真心期盼，是死神来临，早点结束这个痛苦。生是偶然，死是必然。这个道理谁都晓得，可真正到了自己身上，却要违背，都想尽一切办法去救治，不管用什么方式。这样做，其实很大程度上，是做给别人看，做夫妻的，怕别人说狠心，做儿女的，怕别人说不孝。

除此之外，沐上川心里的痛还有一层，她都没有胆量直视，可是她已经看得通透，即便是自己亲生的儿女，到最后，会为了一点点利益而不顾一切，当然也包括不顾母亲的痛苦了。人总是自己给自己挖坑的。生儿育女一场，最开始绝对没有想过，会有这样的结局。一直让她们自豪的离休待遇，最后成了儿女不放手的私心。是呀，她们只要活着，无论怎样治疗，医药费国家负担，而工资、各种福利都会按时打到账上。说白了，此时的活着，真的就是真金白银，一个印钞机器。是人，谁都不想放手。这世上，只要有利益存在，所有的事，就龌龊了。

所以，从医院回来后，沐上川心里打定了主意，要拟一份遗嘱。钱财房产分配是小事，关键是她要在自己清醒时，向三个女儿交代，自己在生命的最后，坚决不插任何管子，不做任何没有意义的抢救，自己要有尊严地离开这个世界。郁黄现在脑袋坏了，可身体其他机能尚好，他无法给女儿交代，夫妻一场，沐上川决定给他也立下一个要求：不过度抢救。都是这个年纪了，顺应自然，不强求，他也不插管，让他身体完好地离开这个世界。

那几天，沐上川一个人坐在书房里，抄抄写写的，李姐还以为老太太又爱上学习了，往年这个时候，她会张罗起过年的事，可是，今年都腊月中旬了，关于年货的事，她还没有一个交代。事实上沐上川自上次从医院回来，她就有了前所未有的紧迫感，她害怕没有把自己的意愿交代清楚，自己突然就失智或失能了，到时任人摆布，随别人扎针插管子，这些事一想，她的头皮就发麻发热，血压也升了上来。她抚着自己的心口，给郁寒雨、郁热风打电话，要她们赶紧回来，她有重要事情宣布。

这天是腊月十五，枫城刮着风下着雨，沐上川要两个女儿上午来家里，为显得正式，她把居家穿的棉衣棉裤换下，穿上外出服，黑布夹裤，上身是棕色灯芯绒薄袄，脖子上系着玫红起黑色小花的丝巾，客厅开着空调，她老早就端坐在屋子正中央。李姐给她端上一杯暖胃的红茶，她就一直双手捧着，低头抿一口，抬起头，又吹吹热气，神情笃定。这架势把回到家的郁寒雨与郁热风给怔住了，她们刚刚坐好，沐上川看了一下时钟，时间是九点十六分，她说："这个时候，小霜可能吃过晚饭了，小雨你与她联系，等会儿我说话时，就直接与她视频。这样，我说的事，你们姐妹仨就在同一时间知道了，也算是我们家的一个家庭会议吧。"

与在波士顿的郁南霜联系上后，沐上川就开始郑重其事地说话了。她从书房里拿来两张纸，她说两个内容，一个是关于自己与你们爸爸在生命最后不进重症病房救治的决定，还有就是百年后的交代。这个，你们要听清楚！爸爸百年后，骨灰送回他的老家武清大黄堡，让他守着他爹娘，与大娘张凤妹葬在一起，他们毕竟是原配，他也牵挂了这些年，让他们在阴间叙叙旧。我呢，百年后，骨灰也帮我送到辽阳老家，在我父母坟旁，挖个小洞，葬在那儿，我是哪儿都不想去，就想陪陪爸爸妈妈，与他们说说话。

前面关于生命最后阶段救治的想法，郁寒雨有心理准备，但关于葬在哪儿怎么葬，郁寒雨真的没有仔细想过。可是当她听到妈妈这样安排时，她的头皮立马就麻了，爸爸妈妈不但不葬在一起，还居然各回各的老家。郁寒雨当时最直接的想法是，她们怎么办，想他们了，要与他们说话了，难道要迢迢千里一趟一趟地跑过去吗？所以，她在这一刻，情不自禁地喊了一声："妈妈——"

这声喊，表达了她的震惊，也表达了她的反对。但这似乎没什么作用，沐上川静默了一会儿，才又说话了。

她说，还有一份是财产的分配事宜。其实，我与你们爸爸也没啥财产，但在这世上总归走了一趟，财产方面与你们交个底，日后会省下许多麻烦。一是关于你们爸爸的存款，有多少，我从来没有去看，反正都是他的工资，自动转存的，我建议日后加上他的抚恤金，全都给他老家的俩孩子，他毕竟还是亏欠了他们。我的这些呢，你们姐妹仨分了，我还有些首饰，是辽阳老家传下来的，好次不一，我已经给你们分好，母女一场，算是留个念想。还要说一下，这些首饰里，有个手镯，是我母亲的，这也是她母亲留给她的，是个上好的翡翠料，因为这些年，都是小雨照看这个家，这个翡翠我就传给她，想你们不会有什么意见。

一番话，大有就此别过的味道。

面前的两个女儿，与手机屏幕里的女儿，听着听着，就哭得稀里哗啦了，当然她们的哭，只是无声地流泪。郁寒雨从来没有去想那个时刻，尽管她知道这个时刻迟早会来。

其实，一件搁在那儿的事，一旦说破了，也就会如释重负。生在某种意义上说是偶然的，而死是每个人最终的结局，这是无法抗拒的必然。但这个必然又充满悬念，谁都无法知道自己在未来的时间里，以何种方式、具体在哪儿，离开这个世界。而人能做的，只能去假设，假设出现什么状况，自己在没有能力支配的情况下，委托亲人，按自己想好的方式离开。

沐上川想透彻了，人反倒清爽了。

她把自己能想到的事一一交代完，竟然天真地笑了。她揉搓着自己的心口，说这下好了，什么都不用担忧了，以后自己想怎么活，就怎么活，不再害怕了。接着，她诡异地笑了笑，然后说，我叫了公证处的，应该马上就到了，一会儿，办个公证，我就彻底放心了。我不是怕你们不执行，而是觉得到时你们执行时，有一个依据，别人无话可说。

郁寒雨与郁热风一上午的签字与摁手印，全是按照沐上川的意思，她们都没言语，在一般的家庭里，孩子们基本上都会顺从大人的意愿，只要这个意愿表达出来了。但做大人的，不表达，那后面的状况就难说了。所以，要想自己不受苦，孩子们不出什么幺蛾子，做大人的一定要在自己清醒时，在家里能掌控局面时，提前安排好。这些事安排好了，才有真正意义上的颐养天年。

沐上川最高兴的事是自己最后可以回辽阳了，回到自己的出生地，与父母在一起，只是不知父母是否还能认识自己。几十年了，自己真的不孝，几乎没有到他们坟前祭拜过，自己前面几十年的岁月，一心一意地投入在工作里。父母都在六十几岁就走了，他们走时，自己居然都没回家见到最后一面，当时除了工作忙孩子无人看管，最真实的原因是父母是剥削阶级身份，地主与中产阶级的划定，让沐上川在填写各类表格时，手心出汗，写字的手也总是颤颤巍巍。他们在时，她想他们，由于阶级的界定，她不敢接近他们，他们走了，为了回避，她没有去坟上祭拜。虽然自己离休后，去拜过几次，当时只是心虚，没有特别愧疚。直到有一天，自己老得不爱动弹，坐在家里晒太阳时，突然就幡然醒悟。觉得年轻时候的自己，什么都想到了，独独没有去想，他们是自己的父母，是给予自己生命的人。

明白了这个道理，自己已经是个行动不便的老太太。生命的残酷，总是要到一个人无能为力的时候，才能醒悟。在这个过程中，如此普通的道理怎么就没有人给提个醒？或者上天来一束光，让自己早一点开悟，不会存有如此多的遗憾。有时候，她仰起头，望着天，心里对三哥哥沐淳翔嘀咕："三哥哥，你怎么在那个时候，不点醒一下我，要我去看看父母，要我去给他们磕个头？"三哥哥在云朵里，微微浅笑着，他的表情里看不到任何责备。

三哥哥没有责备，沐上川自己却过不了这道坎，她经常坐在太阳下，面朝东北，闭上眼睛，与父母默默地说上一会儿话，忏悔之意时时表露。她也是在忏悔之中，做出了自己百年之后回老家辽阳陪父母与哥哥姐姐的决定。在那一刻，她想只有他们才是永远的。其实，她仔细想过，如果自己葬在枫城，头几年，小雨、小风、小霜她们及她们的儿女会给自己烧几炷香，到了后面，自然就无人问津了，成了乱山冈上的孤坟。还有，如果葬在枫城，肯定是与老头子郁黄葬在一起，吵了一辈子，到了那边，真的不想吵了。所以，各自回到父母身边去，委实是个最好的安排。

如此安排下来，内心竟出奇地安静，静得周遭失去了嘈杂，眼睛里常常会有辽阳的画面涌现，在沐家宅院里，在辽阳的古文庙大街上，街上的繁华致使沐上川一有空便趴在楼顶张望，典当钱商、油粮槽坊，各类商铺，譬如布铺、绸缎庄、酒庄、杂货店、药铺、修表店以及饭铺、肉铺、干鲜铺、烧饼铺、包子铺，满满当当挤了一街，金漆的门脸，那些陈记、王记、孙记、赵记、夏记、杜记的店号旗，在空中飘舞，一路红火到了街尾，还有零星摊子延续接龙。这些场景，沐上川只要一想辽阳，它们就自动在她面前跳了出来。

倒是有一回，她梦见与三哥哥、五哥哥，还有八弟弟九妹妹在东大街的文庙里奔跑，九妹妹一路咯咯笑着，五哥哥说，文庙里不宜喧闹，九妹妹不要笑了。三哥哥牵着九妹妹，微笑地望着她，说，笑笑无妨，孔圣人听不到的。话音落下时，九妹妹挣脱了他的手，绕过泮池，与八弟弟一起站在第二层院里的泮水桥上，桥下泮池里绿水红莲，鱼儿游在浮叶间。五哥哥的手指指了过来，嘴里的话也砸了过来："泮水桥不是你们站的，那是达官贵人、学有成就的文士走的，你们得绕池而行。"五哥哥说过话，肯定会有三哥哥的声音追过来，他果然一脸坏笑，"八弟、九妹妹你们偏要站着不动，泮水桥，也是状元桥。"说着他拉着沐上川的手，"七妹妹，我们也去站站，说不定不小心中了个状元。"

梦里的人，很模糊，但是谁，又很清楚。

文庙是沐上川小时候经常去的地方，如今她坐在枫城老干所的凉台上，闭上眼睛也能让自己在文庙里仔仔细细走上一遍。迈脚进去第一层院子，前面是照壁，左右两边是下马石碑，刻着满文与汉文，左边的下马石碑刻着："文官到此下轿"，右边的刻着："武官到此下马"。沐上川还记得孩提时代的三哥哥执意走右边，而五哥哥自诩自己今后是文官，他大模大样地走左边。照壁的正面是棂星门，牌坊楼式的，两侧接墙，东西角处为掖门。越过棂星门步入甬路，泮池正面对着，过了泮水桥，泮水桥是座云龙作檐的拱式石桥。从桥上下来，踩着错牙石铺就的路，便到了孔庙戟门与左右两旁门，共三楹，两边院墙挨着戟门，靠左边墙的是"礼门"，右边的是"义门"。"礼门"后面是忠孝祠，"义门"后面是节烈祠，都是尖山悬山顶、青砖合瓦建筑，围墙与泮水桥边有石碑，两祠前栽有丁香与刺梅，树是盘龙苍松，抬头望去，总觉此地群龙翻腾。从第二院过了戟门，便是第三院了，步行三十多步，即是大成殿，此殿五楹，飞檐起脊，朱红殿柱，殿外有过廊与格窗。殿中正位奉至圣先师孔子像，东侧复圣颜子、宗圣曾子，西侧述圣子思、亚圣孟子。东西两亭列奉孔子的贤德弟子，大殿的两庑奉祀先儒 116 人。文庙里只有孔子像，其他儒士名宦只供奉"木牌"，称之神位。所以，到了这儿，谁都不敢嬉笑了，肃穆之感会让每一个人都严肃着一张脸。在沐上川的记忆里，自己好像很少进到第三层院子，这个叫大成殿的院子里，不但雕梁画栋，还尽是名人字匾。院子的西边设有香亭，东边有碑楼。

通过大成殿，后边有土山。拾级而上，便是启圣殿，中间为启圣祠，内奉孔子的五代先祖。左右各两间为经阁。回望走过来的景致，全部被群树环绕，整个文庙，明明气势恢弘，可是又不显现，被绿色遮掩。

但文庙的气势是遮掩不住的。沐上川听祖父讲过好多次，讲辽阳城里每年一到祭孔时节，鼓乐齐鸣，杀猪宰羊，香烟缭绕。特别是礼义祭典，不同于其他寺庙，庄严肃穆，又极其隆重，别的庙宇信徒者不分官职尊卑，文化高低都可进庙参拜，而孔庙无世儒官职、名流显位，学识不适者不准进庙随意参祭，来参祭的人都带着一颗神圣之心。当然，到了沐上川的童年，文庙已经清冷了，她一个女孩家也可以随哥哥们在这里玩耍，随意看看，还可以坐在某个角落发阵子呆。庙里有好多上了年纪的桑槐树，沐上川坐在树下发呆时，五哥哥就会扯起她，说发呆，也不晓得选个好地方，这槐树的“槐”，是“木”偏旁加“鬼”，属阴的，是养魂的，在阳间可通阴间。三哥哥的拳头在这个时候就会擂过来，朝五哥哥甩白眼珠子，“你与七妹妹说些啥，全是封建迷信！”沐上川记得五哥哥当即跑到大成殿前一棵老得空了心的桑槐前，他指着这棵树，对三哥哥嚷着：“知道这棵数百年的槐树不？祖父说这树叫文官树，过去辽阳城里那些考上举人、秀才、拔贡者，在亡故以后，可取此树枝制成文官木牌，写上故儒名讳，送入殿堂下处依次安放。”

这些三哥哥也多次听祖父讲过，那时只是感慨，难怪文庙里桑槐古树林立成排，原来是要给这些人做木牌的，好光宗耀祖。三哥哥说小的时候，跟着祖父从槐树前走过时，会莫名地张望，总觉得槐树的枝叶间长满眼睛，那些望过来的眼神，让人恍惚，还瘆得慌。此后，一旦经过这里，他就不去看，不看就没有那些眼神纷扰了。于是，他落下了一个习惯：别人说得很神的东西，他总是要去打破。他觉得什么东西打破了，也就不神了，心里便不害怕了。他对沐上川说，不知道这是一种什么心理。

沐上川在那时回答不上来，也就永远没有回答三哥哥这个问题。

只是最近这些日子，沐上川老是做梦。梦里的场景大部分是她童年去得最多的文庙，其实童年的她是不能随便外出的，但随哥哥们去文庙，一般都不会被阻止，长辈觉得去文庙，多少都能沾点文气。若干年后，她回辽阳又去过文庙，可是文庙没有了，只留下残碑断石。尽管在沐上川童年见到的文庙面前，祖父也会叹息，他老追忆他从前见到的文庙，他说里边好多宝贝在1900年被沙俄抢走了，其中，有数方清代帝王题匾。

而沐上川童年见到的文庙，是1934年的秋暮。离休后，沐上川又回过几次辽阳，文庙成了一个广场，周围都是现代建筑，他们兄弟姐妹无论怎么去寻找，都找不到从前的样子，两块方石立在那里，似乎是在告诉故人，这里曾经是文庙。文庙成了这般模样，在这几十年间，不知发生了什么，要是祖父知道，不知会不会从泥土里爬出来与人急。沐上川兀自笑着，这几十年，自己在枫城，从妙龄到耄耋，也不知经历了什么。被日子整出满脸褶皱，苍老的目光里，流出来的，是沧海桑田，而从前明亮的眸子、丰盈的笑脸，全都消失了。走出去，世上人不是嫌弃，就是怜悯，于是自己也开始骂自己，一个老不死的家伙。

不过说来说去，辽阳还是给了他们九姊妹一个巨大的惊喜。他们无论如何都没有想到，沐家大院居然相对完好，大门、前院后院都是当年的模样，还成了市级文物。他们家之所以能保存完好，是因为他们家的老房子曾经是一个区里的酱厂，而这个酱厂借着这块风水宝地，一直经营有方，酱厂就一直存在着。他们除了做辽阳传统的泡菜，还把辽阳各类历史悠久的名优特产做得风生水起，譬如沐上川打小就喜欢吃的香水梨干、塔糖、老世泰糕点什么的，在沐家院子里的酱厂都保留着辽阳最传统的做法，那些过去的味儿，就在这个院子里延续着。沐上川还记得当年的自己坐在廊前的木椅上，手里捏着扁平的梨干，像捏着一片杨树叶子，轻咬一口，又举起，对着光，看梨干茶红色里的透明，细嫩的甜酸从嘴里散到空气里，她一个人就望着空气笑。又或者在母亲房里，守着桌上的果盘不肯离开，那些甘酥、月饼、京八件统称为老世泰糕点，摆得整整齐齐，而沐上川最馋的是塔糖，它不但吃起来酥脆、清香，颜色洁白细腻，外形美到惊艳，朵朵梅花带上花蕊般的细孔，吃的时候，只舍得咬上一小口，再举起，对着光看细孔里透过来的影子，人便会莫名地跑神。母亲见她那样子，就忍不住摇起头来，说塔糖把七姑娘吃呆了。

那次回沐家大院他们兄弟姐妹九人只去了五人，没去的，都去了天国。他们还特意在大门前照了张合影，大哥哥、五哥哥、八弟弟、九妹妹与沐上川，当年在这个院里出生的孩子，都成了老头老太太。一个个老得骨松齿摇，步子颤颤巍巍，还喘息不止，他们站在那里言语了一会儿，台阶上便落下满地风霜。

世间最无情的是岁月。如今沐家这五个老头老太太，又只剩下三个了，八弟弟、九妹妹与沐上川仍在苟活，但岁月丝毫不会手软，一个一个地，会将他们亲手送走。这一点，沐上川明白得很。

第三章

郁黄忘了，他不记得从什么时候开始，他没了家。

他住的地方，永远是一个样子，每天见到的人，也都差不多，医生穿着白大褂，护士穿着粉色褂子，护工穿着深蓝色的工装，早上的时候，他们会在每个房间里来来回回走动。在郁黄的眼里，他们长得差不多，他很难分清谁是谁。清醒的时候，他会知道他的护工叫老娄，老娄几乎天天在陪他。

所有的人都认为郁黄没有任何记忆了，没有人在乎他说什么，更不用说他想什么，想也是胡思乱想。可是谁都不知道，在某个瞬间，郁黄骇然醒来，他能理清所有的思绪，越过熟睡的老娄，静静地望着窗外，看夜色下的湘江，在苍穹之下，稠稠地泛着蓝光。

他想起自己第一次来到枫城，是带着部队奉命赶往城南的兵工厂，上级得到消息，国民党部队计划撤走之前炸了这个工厂，他们必须不惜一切代价保住工厂。当时他带着两个营赶去，没有开火，就直接冲进厂区，似乎还能闻到人的气味，可是几栋一字形工房已经空无一人，在工房附近的山窝里，十几门山炮与一堆炮弹亦显出丧主的惶惑。这个工厂在这里有十几年，主要生产野战炮与榴弹炮以及炮弹，还有步枪、机关枪子弹。在抗战期间，这里多次遭到日机的轰炸，致使生产能力在此后的几年里一直没有恢复。当然郁黄他们看到的，就更惨了，一些重要的机器、设备还有产品，基本上能搬走的，都搬走了。在放山炮山窝子对面的山坡，里边是空心的，在它后面长长的斜坡上，匍匐着一条铁路，有专用列车在此往来。铁路刚修好不久，本想以此振兴工厂，不想大势已去，主家仓皇而逃。郁黄手下从山窝子里的空地上察看而来，说那些山炮已有锈迹，炮弹估计都是哑弹。可是郁黄不管这些，命令部队将工厂围起来，仔细勘察，排除炸弹隐患，毕竟这里还残留着一些没有运走的弹药与几十台破旧的机床，任何闪失，都会造成无法挽回的损失。这里刚刚布置好，任务又追了过来，上级指示要他立马赶到枫城城东的机车厂，那里也需要重兵把守。

郁黄在黄昏时，带着两个连赶往城东的一个叫田心的地方，这里是枫城机车厂，说是因为枫城地处湘黔、粤汉、浙赣三路交会要冲，对铁路上来来往往各路货车修理及配件供应极其方便。郁黄赶到时，工厂冷冷清清，但各处的居民区里有少数人走动，傍晚时屋顶炊烟依旧袅袅，工厂是负责铁路上货车的维修、维护和保养的，这里的工程师、工人只与铁路上的火车发生关系，所以，他们大多数人没有因为国民党战败而逃走或者惊慌。他们想，不管是谁的天下，都是要用火车的，老百姓的出行是离不开火车的。

郁黄在这里看到的厂房，是个好大好大的铁棚子。只是厂房里冷火秋烟，除了一两个看守的工人，里边的机器设备散了一地。他们一到，便有工人师傅上来，说国民党部队撤离时，强迫工人拆卸了部分重要的机器设备装箱，如今已经运至广州，希望解放军能及时追回。郁黄赶紧将情况上报。上级马上回复：守好枫城的兵工厂与机车厂，团结、善待工人、技术人员与工程师。

郁黄跟着大部队大刀阔斧所向披靡，他只知道他的脚步在一直向南，向南，过黄河，越长江，他看到了烟波浩渺的洞庭湖，沿着湖岸他们一路高歌，继续南下。一条由南而北的湘江，蜿蜿蜒蜒地在郁黄的眼睛里缓缓而行，诸多感慨没来得及抒发，他看见他的顶头上司捏着一张地图，正锁紧着眉头。那是 1949 年 7 月下旬。江上吹来的热风，激起了他的好奇心，他走近他的领导，领导抬头望了他两眼，突然就眉头舒展，一个哈哈打得震天动地，他扭头得意地笑了一会儿，又回过头来对他说："怎么就没有想到你呢？嘿，你来得正好，这个地方你去，正愁要找个有点文化的人，不想你小子不请自到。"说着他把电文交给郁黄，"赶紧出发，目标枫城。"

这个场景，后来郁黄反复回忆，他想如果他在那个时刻，没有出现在领导面前，他的生命会不会与枫城无关。只是，人生没有假设，也没有重来。

这是个盛夏，郁黄见识了枫城的热，滚滚热浪流动在空气里，风儿的撩拨不带凉爽，却带着热气，蹭在皮肤上，居然是火烧火燎的感觉，郁黄面朝湘江，看着骄阳，对着江面吹来的热风，抓耳挠腮，神情格外疑惑，"风怎么会是热的？"

南方给他的这一印象太深刻了，以至于他在给沐上川的信里仔细描写了这一奇观，这让北方长大的沐上川也觉得新鲜，便毫不犹豫地给他们的第一个女儿取名郁热风。

大部队继续向南而行，郁黄压根儿没有想到，他在枫城停下来，就离开了他的大部队，与他的战友彻底告别了。从此，他就成了枫城人，他人生将近四分之三的时间，要停在枫城。

在枫城的最初几个月，郁黄的任务是把守两个工厂，不能让任何一个螺丝零件向外流失，更不能让特务进来实施爆炸，他们就地扎营，零乱的厂房他们只负责看守。仗打完了，这些工厂就可以恢复往日的样子，甚至更好。那个时候，他在两个工厂之间来回奔跑，由城南往城东，又从城东往城南，在城外的乡野小路上奔走，清水湾、枫树坪、茨菇塘、墙背村、叶家土、庆云山，他用脚步丈量着这些村庄，嘴里默念下地名。若干年后，这些村庄成了枫城一个个的社区，村庄名字也成了城市里公共汽车的站名。如此跑来跑去，险情倒是没有，只是北方来的战士在这里有诸多不适，水土不服，饮食不习惯，还有此地的蚊子格外欺生，专门盯着北方人咬，一咬一个大包，抓挠过度，就流血又流脓，严重的引起各种炎症，不过这些不是大碍，大碍是那些湿热的毒气，致使好多战士全身不适，脸上、背部、脖颈等处还长毒疖子。郁黄一方面要卫生所做好灭蚊虫的工作，一方面安抚着战士，比起战场上的流血牺牲，这个太小儿科了。可是，这些战士竟然有着一致的回答：想上战场。

其实郁黄也想上战场，停在枫城的这些日子，突然有种无所事事的难受劲，内心焦灼甚至狂躁不安，他不知道这样守着，何时是个尽头。他发现有个地方，可以安抚心情，他只要静静地坐上一会儿，内心就莫名其妙地平静了。这个地方就是枫城机车厂的大厂房，看着就是个大铁房，高大挺拔，采光通风极好。这天，郁黄又坐在那儿发呆，但这次不同以往，早几天，被国民党部队拆卸的部分重要设备运回来了，这些装在集装箱里的设备，没来得及运到台湾，停在了广州机场，被解放军追回，用十几列车运至枫城，如今又全都堆放在几个厂房里。郁黄发呆的时候，一个工人师傅靠了过来，与他并排坐下，他仰起头，望着棚顶，他说，厂房大吧？这个厂房的造型是英国人设计的，所以有着英式建筑特点。你看，厂房两端为凸字形山墙，屋顶呈双脊形，无论多大的机车，在这样的厂房里都有条件维修、护理。还有，这些铁房子的钢材都是从英国凡尔康结构厂订制的，这可是漂洋过海，再通过火车运到枫城的。

郁黄虽然听不太懂，但他知道这个造价肯定不菲。人家摸准了他的心思，继续咂巴着嘴，说这是民国政府利用英国退回的中英庚子赔款，听说有 15 万英镑哩，所以工程设计方案都是英国提供的。这个工人在郁黄边上絮絮叨叨了一阵，最后起身，拍了拍屁股，又说，这么好的厂房，说不定将来这里不只是维修，还可以建造新中国自己的火车。

每每想起这一幕，郁黄就后悔没有记清这个人的模样，因为几年之后，这事被他说中了。刚开始大铁房里只是修理蒸汽机车，到后来就开始生产电力机车。这世上真的有许多不可思议的事情。这个工人随口一说，咋就成真了？更不可思议的是，大铁房在往后的岁月里，捷报频频，每隔几年，就有新型号的机车从这里开出，创造了数十个“中国第一”，在这里生产的电力机车，在全国各地甚至全球各地风驰电掣。这是多么威武多么让人骄傲的事！几十年后，这个工厂还生产出了高速铁路上行驶的机车，惊艳了世界。郁黄无论如何都没有想到，这些大铁房见证着一个又一个的奇迹发生，中国机车的生产，从普载到重载、从常速到高速、从直流到交流、从引进到出口的一些历史性跨越，都在这个地方实现了。当然，这是后话了。

那个时候，郁黄他们守着工厂，却无从下手，国家百废待兴，工厂的生产也像战场上的战斗，必须有命令才能行动。守着工厂，可不是死守，他们联系上工厂里的地下党，把厂里的所有工人、技术人员、工程师登记造册，定期组织开会，学习新政策。郁黄知道工厂开工，全靠他们。刚开始，郁黄有什么事，还老向南下时的大部队领导请示，领导说，这事你得找新领导啦，找当地的政府机构。郁黄真的就去了，在枫城永利码头边上的汇丰商会，一栋两层楼的洋房里，见到枫城的领导，都是二三十岁的年轻人，他们千头万绪忙着前无古人后无来者的各类事务。他们说，工厂要怎么做，没有接到通知，你们等等吧。不过一定要注意政治动向，这个工作得抓紧。

出了城门，郁黄都没有想出来要如何在工厂抓政治工作，当他坐在大铁房里冷静思考时，望着一个又一个集装箱，突然想起随着这批机器设备回来的二十多位工程师与技术人员，对于他们的去与回，应该有个问话笔录，如此一想，似乎茅塞顿开。

部队里有文化的不多，这话还真不好问。他们每问一句，便被知识分子怼了回来，这怼回来的过程，又总是语出惊人，让一个严肃的话题，变成一个笑话。在问话笔录时，郁黄通常也会坐在旁边。

问：你参与了拆卸机车厂的机器设备吗？

答：算是吧，进行了一些技术指导。他们枪顶着，说不拆，就炸了。所以，就想慢慢拆卸，总比他们把这些设备变成灰要好一些。

问：怎么会跟着去广州？

答：不想去的呀，可是我是吃这碗饭的，机器设备在哪儿，我就待在哪儿呀。

问：有部分人去了台湾，你怎么不去？

答：是要讲实话不？

回答的这个人，嘿嘿地自顾自地笑了一阵。他望着问他话的人，认真地回答：设备在哪儿，我就在哪儿，是我的原则。我好高兴设备回到了枫城。我不想去台湾，那地方太小了，造个火车，没跑几步，就跑进海里了，你们说，这是不是几多没劲？

郁黄记得这位工程师，抽着雪茄，谱摆得忒厉害，他有摆谱的资本，人家在英国留过学，学的就是机车制造，他最后是枫城机车厂的技术核心人物。但他在那时那刻说的那几句话，当场就把一屋子人笑翻了。大家狂笑时，郁黄偷偷地走到屋外，独自一个人抿着嘴，也那么笑了一会儿。再进去时，这位工程师，在给战士们科普。他说火车机车指的是为整个火车提供动力的机车，一般是在整个火车最前面那一节。火车就是指整个车体，包括机车头、后面的车体以及配套设备等。他说大铁屋里平常维修、护理的机车，其实就是火车头。火车头挂上车厢，就是我们平常见到的火车了。他说在将来的中国，大地上会跑满火车，我们想去哪儿，就可以去哪儿，方便着呢。说得一屋子的战士眼睛发亮，那个时候，中国只有极少数地方通了火车，屋子里的战士大部分人都还没有正式坐过火车，所以就遐想起来，想象着火车在中国大地上到处奔跑，每个人想去哪儿就去哪儿。

与这些工程师、技术员聊天，工厂大致结构能烂熟于心，他们说大铁房里只是修理蒸汽机车。大铁房南端是机车车间，是修理蒸汽机车的核心部位，平常这里很热闹，有机车钳工、机车电工、水管工、锅皮工、木工、机车配件装配工、油漆工等，在这个偌大的空间，大家各自独立，又相互协作，每道工序做得踏踏实实、一丝不苟。他们如此说时，郁黄的眼睛里立马展现出车间生产的画面，觉得自己身临其境。

没有想到问话成了聊天，但通过聊天，除了了解工厂，还能增长知识，过去闻所未闻的事，在他们嘴里活灵活现。比如大铁房，为啥要用英国人的材料还要英国人设计？这还不是因为火车是英国人发明的呗。那天来了一位技术员，他天上的知道一半，地下的全知道，你问他一个字，他回答你一箩筐。他给他们讲英国某个煤矿，有个叫斯蒂芬森的人，十八岁之前，字都不认识，真的是个文盲，可是这个不重要，重要的是他有超强的动手能力与创新能力。他制造了一台蒸汽机车，可以拉着八节矿车，矿车上装满了煤，在斯蒂芬森家门口的煤矿里行驶，机手是斯蒂芬森的弟弟，给蒸汽机车的锅炉生火的是弟媳。第一次运行时，煤矿上的居民都跑来看热闹，机车快速奔驰，烟囱浓烟滚滚，还直冒火苗，这些围观的人惊呼“火车，火车”。这么脱口一叫，从此流传到全世界，也一直叫到今天，恐怕将来也会这么一直叫下去。这一天，是1814年7月25日。这么一台蒸汽机车，最后成了改变未来的重要交通工具。可是每当科技往前迈步，总有持有旧思维的人不肯接受，他们蛊惑民众，用一种敌意的眼光盯着这个钢铁怪物。所以，那个时候的铁路桥梁与新建的轨道，总是会在某个深夜被神秘地破坏，甚至有一家水上运输公司用炮火轰击斯蒂芬森的测量队。好在历史的车轮总是向前奔跑，很快，火车成了先进的交通工具，只要是有钱的地方、有资源的地方，人们都会想方设法，让火车开了进去。

这天听到这位技术员神侃后，郁黄没有加入到他们的议论，他走出房间。关于火车，他并不陌生，在东北时，他经常坐。那是日满时期，日本人修的。当时，只要有他们想要的资源，他们便在哪里铺上铁路，掠夺过来，通过铁路运到海边，这些东西坐着船就去了日本。当然就交通运输而言，火车的确是个好东西。郁黄断定全中国解放后，这片与机车有关的土地，将会热火朝天生机勃勃。郁黄如此想的时候，接到上级秘密通知，在七天之内，把枫城兵工厂打扫干净，腾出房屋若干间，准备好厨房与茅屋以及全部的生活必备设施。

这是一个棘手的任务。

兵工厂在城南郊区，生活设施极其落后，此地在抗战期间遭破坏后一直没有恢复，从前也只是做着炮弹与枪支的修理工作，工人白天来，晚上走，工厂不住人。所以，工厂附近除了几间破旧的仓库，几乎没有住房。而厂区里，也只有两栋堆放着机车与几件设备的厂房。情急之下，郁黄去了枫城人民政府请求驰援，这一次，地方政府立马响应，在厂区附近搭起了六七间茅草房，砌了两个大锅灶，也挖建了茅房。如此之后，郁黄想这个任务算是完成了吧，哪里想到，他们从枫城结谷街火车站附近的一条专用列车线上接下了上百号人。工厂技术员、工人以及老老少少的家属，这些人全部要安顿到兵工厂去。领队的说，他们也是突然接到上级通知，要他们所在的工厂火速南迁。职工与家属先行，设备随后。通知发出后的第四天早上，第一批人员登上了一列运货的闷罐车，没有座位，只能席地或蜷曲在自己的行李上。车速缓慢，走走停停。谁都不知道要去哪里，每个人都望着车窗外，自己估摸这又是到了哪里。看车站名，车过了长江，过了洞庭湖，此后停了上十个小时，车又继续南下。每个人都神情迷茫，却又不能把迷茫说出来。因为出发前，有关方面宣布了纪律，不许问，不许打听，所有的行动听上级安排。

当时正是深秋，还不是很冷，在赶往兵工厂的路上，枫城自然质朴又绚烂宁静的秋色，让这些人脸上有些喜悦。到达枫城兵工厂后，他们脸上的喜悦就不见了，取而代之的是失望的表情，但谁也没说什么。他们的领队看过大致情况后，开始分配，床铺不够，就打地铺，一个挨一个地睡在只铺了稻草的地上，带家属的则住进了用篾片和泥巴糊的茅草房里，几家共住一块，中间挂上一张床单，算是家与家之间的隔离。这情景让郁黄心生愧疚，嘴里不停地说，对不住呀，对不住，你们先将就一下，我们马上加盖茅草房。

在兵工厂加盖茅草房，显然是不够的。一下子来了这么多人，饮用水，成了大问题。枫城饮水习惯，是井水，然后是推到街边巷口叫卖的湘江水，一木桶水两分钱。据说枫城人喜欢用湘江水泡茶，说是活水，灵动的。卖水的人说，这水是他们凌晨在湘江中心打的，清澈澄明。兵工厂的厂区没有井，只有三口山塘，而从湘江河运水过来，路途太远，送水的人也不愿意，如果加价，饮用水的成本又太高。经请示，命令厂区今后自己打井，目前先把山塘护理好，周边放些石灰杀虫消毒，丢几捆苞茅，进行植物净水，克服困难，暂时把山塘水做饮用水。于是三口山塘，一口饮用，一口洗米洗菜，一口洗衣洗被。郁黄怎么都没有想到，这么荒凉的地方，没多久，就开始生机勃勃了。看样子，地方是要人养的，有人待的地方，散发出来的气息立马就不同了。抬头看看，荒地开垦成菜地了，绿苗荡在风里，正使劲歌唱。荒山草地上竟有小鸡小鸭出没。还有，这厂里厂外，四处都是建筑工地，建厂房，建宿舍，以及一条条砂石路。最让郁黄瞠目结舌的是这里的职工，看上去不声不响的，做起事来，那是一点都不含糊。建厂房车间，这些正事不用说，就单单说这饮用水，他们从工厂附近的山上，用对半劈开的竹子，一节一节地组成几何图形，硬是把山泉水引到宿舍区。

他们在那里砌了一个很大的蓄水池，山泉水在竹子的牵引下，源源不断地从半边竹筒里流了过来，而蓄水池的下端，装了两个供大家接水的水龙头。这饮用水被他们自己轻轻松松给解决了。郁黄脸有些红，又不得不佩服。生活如此艰苦，这些人好似不觉得，傍晚的时候，大伙吃过食堂，坪里时有手风琴、小提琴声响起，有时还有歌声相伴，一种情绪上的欢快感染着穷乡僻壤的十里八乡。郁黄知道他们是某项领域的专业人士，名牌大学毕业，有的还是喝过洋墨水的，总之，了不得。

他们做啥事都是一副胸有成竹的样子，比如堆着山炮与炮弹的山谷，以及山谷对面的山洞，他们对着图纸圈圈点点，没多久，就圈成工厂的重要生产基地。之前郁黄根本没有在洞里好好察看过，这洞的两边，是洞中有洞，洞里开阔的地方，有几个学校操坪大，洞边有水，偶有光线漏下，而且冬暖夏凉，这是天然的大厂房呀。郁黄突然惊悟，为什么在第一次进到工厂时，只看到几栋国民党留下的一字形破旧工房，原来山洞里才是秘密厂房，难怪山谷后面通了铁路。

自从郁黄在专列上接下他们，枫城兵工厂就没有了，这里就成了二二五厂，二二五也成了这里的地名。二二五厂是干啥的？谁也不知道。如果你好奇问了，只怕话音还没落下，便会迎来严肃的目光，意思是你问这干吗？你是特务吗？那目光里的威慑力，足以使得问话的人立马噤若寒蝉。说实话，郁黄也是在枫城好多年后，才知道二二五厂到底是做什么的。在厂里上班的人，从进厂的那一刻起，就被告知，将要上班的地方是保密单位，与任何人都不要谈及工作与工作有关的内容。这保密单位，绝不是危言耸听的，而是实实在在的，因为在这个工厂上班的人，每个人的工资条上，都写有一项，保密费：4元。那个时候的4元钱，还是抵些钱的。当然，这个工厂也不是随随便便可以进来的，必须根正苗红，有关单位要进行一轮又一轮的政审，合格者，才能入厂。这个工厂的厉害之处，不只是在其神秘性上，国家进入正轨发展时，工厂的级别比枫城市还高，工厂直属中央兵工部，行政级别省级。这里后来还来了一批苏联专家，常驻工厂。这里研制成功的产品，都是直接向中国最高领袖报喜的，而且这喜报过之后，工厂会收到贺信，这信当然是最高领袖写的，全厂工人接到贺信定会敲锣打鼓欢天喜地，更加昂首阔步向前冲了。

那个时候，郁黄常在两个工厂之间跑来跑去，负责工厂的保卫与后勤工作，他老是以为把这些做好以后，他就可以回归部队了，就可以回东北，与妻子沐上川、女儿郁热风团圆了。可是，往南走的部队好像忘了他们的存在，当保卫工作没那么重要时，部队番号开始撤销，人员都就地往具体工作岗位上安排，很多人被就地安排在两个工厂里，而郁黄依然管着两个工厂的保卫工作。枫城机车厂很快进入角色，大铁房里机器轰鸣，每个人在各自的岗位忙碌，一台台坏了的机车拖进来，修好了的开出去，生产秩序井井有条。郁黄每次从二二五厂跑到枫城机车厂，通常在厂区就开始惊讶了，厂里的厂房、宿舍以及工人俱乐部，还有各设备被运了进来，工厂的日新月异，让郁黄不再惦记战场，他发现建设工厂比上战场有成就得多，这种感觉，同样来自他从机车厂回到二二五厂。每十天半月的，无论回到哪个厂，他都要惊叹半天，让他惊叹的不只是工厂的建设，还有那一张张朝气蓬勃的脸，男人的、女人的，更确切地说，是男青年与女青年的。因为新进的职工大多是年轻人，这些人的脸上都绽放着一种从心底涌出来的笑容，他们一个个就像一枚小太阳，把这片土地照得热火朝天四处亮堂。

也正是有了这么多生动的脸庞，这些扛着枪从北方打到这儿的汉子，瞬间被吸引了。与郁黄一起南下的许多战友，纷纷谈起恋爱来，说起枫城的姑娘，他们一个个眉飞色舞，语感轻飘陶醉。郁黄见他们咂巴着嘴，一起津津乐道："南方妮子，就是不一样。"有人急，硬要打破砂锅问到底："哪儿不一样？""你傻呀，自己不知道用眼睛去看？"

郁黄作为男人在潜意识里记下了这句话，他真的偷偷地去看了。这一看，他就发现了问题。南方女子的眼神有大问题，她们从不直接看过来，她们的目光像蚂蚁样，在光影里慢慢地爬过来，这些蚂蚁的小脚像是沾了水，爬过之地便是湿漉漉的，一寸一寸地绵了过来。回头去寻这目光，看到的却是一张张低眉垂目的脸，人家正在认真做事，人家哪里又投来了什么目光？可分明是有的呀，北方汉子哪里知道这是小女子在目光里躲猫猫。

他们哪里受得住呀，心里那个痒呀，便控制不住地去挠，如此一挠，似乎是更痒了，整个人被什么撩拨了，一下子就陷了进去，立马六神无主。郁黄暗自思量，这里的女子与北方的太不一样了。他想到沐上川，她的目光是直勾勾地扑过来，温柔的、嗔怒的，甚至是恶狠狠的，都是刀劈一样，朝你砸过来。哪像这里的女子，所有情绪若有若无，问什么话，她们只管把嘴巴抿得紧紧的，目光却千回百转，很多心思要男人去猜。这些汉子在部队，习惯了直截了当，习惯了冲冲杀杀，可是遇到这种情形，突然就傻了眼，也失语了，接着，当然是手足无措眼神空洞，陷入一种不能自拔的境地。

于是，南方女子水波般的眼神，最后导致很多北方汉子在某个空间失忆，忘记了自己在北方老家有妻儿，一个个装扮成情窦初开的少年郎，恋爱谈得像模像样，最后还牵手进洞房。工厂的车间机器轰鸣，烟囱里浓烟滚滚，厂里的很多人除了想建功立业，也开始生儿育女了。火热的生活，亦是幸福的生活，这片土地，因此热气腾腾。那些从战场上走下来的人，在工厂里也开始拧成了一股绳，干劲十足。世事变迁，工厂里不只需要激情，还要技术，而技术在很多时候是知识与经验的累积。一个平常的五月，二二五厂却发生了一起爆炸，声音惊天动地，那个下午，工人在浇铸机匣头时，压力箱突然爆炸，在场的工人死的死、伤的伤，把一厂子的人都吓傻了。当时人们的第六感觉是阶级敌人来搞破坏了，而郁黄带领保卫工作的部队第一时间到达，警戒现场。因为事情重大，工厂又第一时间请来省公安厅的破案人员进行侦破，以此判明事故的性质。没两天，就查出事故不涉及政治因素，经工厂的苏联专家鉴定，事故非人为因素，而是首次采用苏联新工艺不熟练，压力箱设计不合理，操作不当所造成。

当时的厂长是从某省副省长的位子调过来的，在清华大学双修过电机系、经济学的高才生，1935 年入党，白区、苏区都有辉煌的经历，所以，他无论与谁沟通都没有障碍。这一事故，他在之前就一直担心，觉得技术部门得要技术人员管理。事故应验了他的担心，老资格的干部不适合管理技术部门，他及时与部分同志沟通，对岗位进行调整，而且，在全厂刮起一阵风，对所有职工都得进行文化补习。通过摸底，针对职工们的文化程度，设置各种文化补习班。一时间，工人们白天在车间工作，每周二、四、六或一、三、五的晚上在课堂学习，郁黄至今都记得这段不可思议的岁月，厂区在七点的时候，会响过一阵电铃，工人们奔向教室，紧接着，万籁俱寂，教室里坐满了听课的人。那一刻，天上闪着亮晶晶的星星，教室里也有亮晶晶的眼睛在闪动。

也就在那年，郁黄所在的部队彻底归属地方了，他进入枫城人民政府工作，接着，沐上川从东北来到枫城。郁黄仅仅因为刚到枫城时，接触到工业，此后，他的工作就与工业耗上了。

第四章

麦含芳一直躺着，以泪洗面。她拒绝进食，拒绝见人，包括自己的亲人，妈妈、爸爸、哥哥，她只要一看到他们任何一个人，就会止不住号啕，情绪失控。她用剪刀铰着自己的头发，对着墙壁用力磕着额头，几位嫂嫂轮流守着，好言相劝。她闹够了，就陷入昏睡，睡得全身冒汗，头发一绺一绺地黏在一起，脸被烧得通红，时不时讲胡话，时不时哼出几声嘶哑的呜咽，抽抽搭搭的，然后又昏睡过去。

麦家人一时陷入绝境。好端端的女儿，怎么就成了这副模样。父亲坐在厅堂不停地抽烟，他的手几乎一刻也没离开过烟壶，咕噜咕噜的声音，成了一声又一声的叹息。倒是麦含芳的妈妈，整个人突然就利索了，她令家人时时煨着白粥，只要麦含芳一醒，她就端着进去，等她情绪平静，把粥一勺一勺地喂到她嘴边，麦含芳尽管哭，但妈妈送来的粥，她还是会接住几口。在这种情形中，这几口粥，就是救命的神丹了。妈妈心里清楚，在这个时候，只要她的女儿能吃能喝，其余的，都不重要。她对麦含芳说，你只是做了个噩梦，现在梦醒了，你还是原来的你。妈妈几乎每天都这样对麦含芳说上几遍，听多了，麦含芳默默无语，到后来，她恍惚了，似乎也相信，这只是一个噩梦。

有了这样的恍惚，她也就不再拒绝进食，目光不再冲火冒血，看人的时候，神情里有了几分安静，但她浓密的睫毛眨动一下，泪水还是会溢出来，她只得把整个头哀哀地靠在妈妈胸前，于是屋子里常常会出现这样的场面：一个人抽噎，一个人拍抚，都不言语。

几日过去，麦含芳除了喝点粥，还能喝点鸡汤，小厨子姚守旺现炒的几盘小菜，麦含芳会动上几筷子。见她吃东西了，家里上上下下都很高兴，商量着再过些日子，可以送她回枫城。三哥哥麦望春摇着头，说："她现在回枫城，去找谁？"此语一说，大家都沉默了。丁家这个时候，肯定不可能还在枫城，在枫城也成了镇压的对象，如今他们这样的人家，唯恐避之不及，我们怎么还能让含芳去投奔？"罢了，罢了，就在家里，找个人家嫁了。"大哥哥麦望秋叹息着，可是他的这声叹息，遭到二哥哥麦望雨的一个白眼。自从麦含芳遭劫难，妈妈像变了个人，坐在厅屋望着她的三个儿子，说："芳儿，不嫁，你们三兄弟可要好好待她。"妈妈疼惜女儿时，常常是不讲道理的，所以，此时很少言语的父亲发话了："闺女终归是要嫁的，但枫城不要去了。"

"如果留在古罗镇，那要尽快去镇上登记，那天我遇到娄岚，她还在问。"二哥哥麦望雨说。但是，现在谁都晓得，与麦含芳不可能去提古罗镇，再提起，她可能真的会疯掉。

那天一家人又在厅堂嘀咕，厨房里的小厨姚守旺一脸惊慌地跑过来，说他刚刚去收碗，小姐把饭菜吐了一地。听闻此话，妈妈与几位哥哥赶紧起身，到房内一看，麦含芳趴在桌前，还在干呕。见此状，妈妈心里一沉，预感到更大的麻烦来了。

当夜，二哥哥麦望雨请来郎中，谎称内人病了，让他诊脉。郎中步入二哥哥房内，麦含芳躺在床上，纱帐放下，只伸出手。郎中诊过脉后，在客厅给二哥哥道喜，说你家夫人是喜脉。一家人哑口无言，送走郎中后，妈妈首先就哭了，她叩问自己，这是造了什么孽呀！妈妈明明哭得撕心裂肺，但她还是晓得用手捂住，怕女儿听到。三哥哥半搂着妈妈，"会有办法的，妹妹会没事的。"他眼神灰蒙蒙的，这话像是对妈妈说，又像是在自语。

一家人乱作一团时，紧闭的麦家大门被拍得当当响，于是，所有人都屏住呼吸，大哥麦望秋贴着大门，小声问："谁？"回答的声音在夜色里模糊，大哥把门闩抽了下来，进来的是父亲的兄弟——二叔与三叔。他们一脸惊慌，看到麦望秋、麦望雨与麦望春都在，更是惊异，三叔说："你们兄弟几个，不赶紧去奔前程，窝在家里干什么？晚了，就什么都来不及了。”兄弟三人面面相觑，他们其实知道外边的情况，却是真的不晓得要去哪里奔前程。二叔说，他把家里的用人遣散了，准备锁了大门，去贵州，投奔儿子去，也不知啥时回来。三叔说，他不走，他要守在楸树坡，但他的孩子们都走了。听说，土改队来了，要登记房产、土地，还要看家里雇了长工没有，如果有，那就麻烦了，会被定为剥削阶级。二叔望着父亲，“你家的都退了吧？”

父亲坐在太师椅上，一直没有言语。大哥哥麦望秋说，我家也全退了，只是一直在妈妈跟前的李婆婆，没有家也没有亲人，不知往哪儿遣送，还有就是厨房里的姚守旺，他是孤儿，要他回去，他不肯，他想留下。二叔听完，急了，他说：“这不是他想留下就留下来的，留下来是会变成祸害的，李婆婆说是大嫂的姐姐，一直住在这里，也还说得过去，可是这个小伙子，就不行呀，人家会说你家请了长工！这帽子一扣，你家肯定会划个地主！大哥糊涂呀。”

这话说得父亲脊背发凉，此生他第一次有了无力感，他只得看向他的儿子们，麦望雨一急，便开口安慰父亲：“不碍事，总有法子，姚守旺在我家多年，到时就说他是我家的远房侄子，实在不行，就说他是我们家的上门女婿。”此话一出，众人惊倒，麦望雨也吓了一跳，自己嘴快，怎会说起话来无遮拦？

刚刚在厅屋哭泣的妈妈，被李婆婆扶着退到隔壁茶房里坐着，麦望雨的话她听得真切，刚听时，她在心里啐了她二儿子一口，想他怎么说出这等不着边际的话来。没两分钟，姚守旺的样子就在她眼前晃起来，勤快、能干、机灵，生得也周正，除了没读书，什么都好，如今芳儿落得这个田地，把他招进门做女婿，还真的是个万全之策。

是夜，寂静无边，唯有初冬的凉意，在屋檐青瓦上呜咽。麦含芳知道家里的安排后，心里竟无一点反抗，她望着窗外，眼睛里的泪，成了清水，寒气氤氲，长流不止。不反抗是觉得自己已失去了反抗的能力，刚刚也听到哥哥们的分析，麦家正处在危急时刻，如果这场婚姻能稍稍帮到家里，她义不容辞。对爱情的幻想，随着丁道明的失联，她已彻底放弃，那只是个烟消灰灭的梦。梦走了，实实在在的日子还在，父母、哥哥们的安好，成了她心中的大事。明白这一点的时候，她瞬间长大，她知道，从此，麦家的大小姐已经死了。

姚守旺在厨房里做早饭时，麦望雨进来了，他赶紧哈腰点头，“二少爷，今天码子有两种，肺片炒肠子，猪肝炒瘦肉。”麦家的早餐很多时候是吃粉，汤在晚上煨好，而粉上的码子会在早上炒好，要吃时，粉再现煮，其实，这粉也只是放到开水里焯几下，分把钟的时间。当然也可以不要码子，吃清水粉，放点葱花，由剁辣椒、霉豆腐拌送，味儿也鲜。可是这天麦望雨并不急着吃粉，他上下打量着姚守旺，然后伸手拍他，说：“我们在一个屋里长大，以后不要叫什么二少爷、大少爷、三少爷，你以后就叫二哥大哥三哥。”姚守旺立在那里，完全没有听懂，一脸蒙相。二哥哥麦望雨笑起来，“新社会了，不作兴叫少爷小姐的，再这么喊，被唤作少爷与小姐的人，是要倒霉的。”

站在灶台边的姚守旺好像明白了，可是他憨憨地笑起来，自顾自地念道：“二哥，大哥，三哥。”完了，他又抬起头来，对着麦望雨抿了抿嘴，说：“二少爷，叫二哥，叫不出口呀。”已经在桌边嗦粉的麦望雨嘿嘿地笑了，“你会习惯的。呃，对了，你今年多大？二十三？还是二十四？”姚守旺拿着木勺，在给麦望雨加猪肝瘦肉，便赶忙回话，说：“二少爷，您忘了，我与小姐一天生日，我整整比她大四岁。”麦望雨呆愣了，眼里突然有泪花转动，因为，他即将要说出来的话，有些不忍，他在为妹妹伤心。可是，这是如今对麦家对妹妹最好的一种选择。所以，在姚守旺说出他比麦含芳大四岁时，麦望雨就望着他了，望得姚守旺的脸倏地红紫起来。

“你喜欢她吗？”麦望雨小声问，姚守旺更心虚了，他挪动脚步，随手拿起抹布擦着灶台，“二少爷，这个玩笑使不得，我倒没什么，可不要坏了小姐的名声。”

“不跟你开玩笑，你只要回答，愿意还是不愿意。”麦望雨收了笑容，一本正经，“你在我家待了快十年，你也是看着我妹妹长大的，我家上上下下是怎么疼她的，你也是看到了。如今她遭难了，我们也不能看着她受苦，就想着你是个可靠人，她今后跟着你，怎么样吃苦，也不会苦到哪里去。”

姚守旺站着没动，这次他听明白了，但他还是不敢相信，他仍听见麦望雨在说话：“这些年，你在我家，我父母早把你当儿子看，知道你自小就没了父母，结了婚，住在麦家，也行，我们兄弟仨都同意。”

这番话，听得姚守旺乱了阵脚，自己何德何能，能娶东家的小姐。他记得他来楸树坡时，麦含芳刚刚十岁，常常跟在哥哥后面，玩着小子们玩的游戏，爬城墙掏鸟窝，下到溪里捉鱼捉虾。但三位哥哥又老嫌弃这个妹妹，觉得她跟在后面影响了他们，便躲开她，而她又一定要找他们，于是就要求姚守旺陪着她，一个地方一个地方去找，找着找着，他们就忘了出来的目的，与城堡里别的孩子玩起来。而这个时候，姚守旺就守在一边，只要有别的小孩欺负麦含芳，他保准上前跟人打架，如果架打得处下风，麦含芳就起身跑，并回头丢狠话：“我回家喊哥哥们去！”这一声嚷，可以说，威武无比。这架旋即散了。城堡里的孩子都知道麦含芳有三个哥哥，惹不起的。

“我妹妹就托付给你了，就像小时候一样，你得保护她！”姚守旺听见麦望雨的话，这回他知道他说的是真的。这些日子，尽管他从不过问东家的事，但他也隐约知道小姐出事了，他只是心痛，却爱莫能助。

“你只要愿意，我父母会与你好好谈谈，从此，我们就是实实在在的一家人。”还是麦望雨在说，站在一旁的姚守旺，把头点得像鸡啄米样。

这事很快就定下来，婚事操办几桌酒席是必须的，可是近半年来，他们几乎没有看见别人家举行婚嫁之事，所以操不操办酒席，麦家把握不了。现如今，大家都不露富，富裕是件羞耻的事，都觉得自己的日子过得紧巴巴的才对，大家都想当贫农，所以，在这个时节贸然操办婚事，没弄得好，会引火烧身。思前想后，麦家要姚守旺带着麦含芳回趟老家，他家离楸树坡虽然只要翻过几座山，走几十里的山路，可是却跨省了，姚守旺的家在四川，家里只有一个守寡的伯娘，自己的亲爹亲娘老早就没了，是个实实在在的穷苦人家。如此一想，麦含芳跟过去，成分会划成贫农，日子会过得安稳一些。于是，在那年春天，一匹骡子，一辆板车，一些家当，麦含芳挺着六个月的身孕，去四川当媳妇了。

祸兮福所倚，福兮祸所伏。

人这一辈子总是在福与祸之间转换，麦含芳在这转换中，看到自己的弱小与卑微，走在哪儿，她都不再想引人注目了，她只想隐藏，在自己的世界里安静。临行前，她的哥哥们已经给她找来村姑村妇穿的粗布衣裳，带去的被褥也都是粗布或印花被，但粗布被里却包下了麦家最好的首饰，还有一些家传的宝贝。妈妈在给女儿打点行装时，眼皮子老跳，她似乎能预感麦家会遭到抄家，所以，稍稍好一点的物件，她都让女儿带着，姚守旺家就几间破屋，东西放在那里，反倒安全。女人的直觉，其实是没有任何理由的，但过后总会让人惊讶，这灵验的直觉从哪里来，如果用某种神性的解释，便能尾随出许多诡异，直觉是天上的神仙传送过来的。老人喜欢说，人在做，天在看。一个人在受苦受难时，老天看着看着，也会不忍，便通过电波给你传送某种暗示，悟出来了，你便有了直觉，在生活中做出判断，如此，你便开始逢凶化吉，甚至躲过一场灾祸。

麦含芳在这个春天的黄昏，坐着板车进了浣溪村。远远望去，每家每户散住山坡上、山坎下，一些人家的屋顶上冒着炊烟，弯弯曲曲的山路，在山谷与山坡间迂回起伏，梯田里长着绿绿的禾苗，路边菜地里的辣椒、茄子、丝瓜、南瓜、冬瓜，抽枝的抽枝，牵藤的牵藤，一些花苞隐在枝叶下。姚守旺牵着骡子在这路上慢慢行走，骡子的嘚嘚声、车轮子的轱辘声，引得好些屋场上正在做事的人停下手上的活儿，向他们望了过来。姚守旺十几岁就出去了，中间回家不多，所以与他打招呼的人很少。他们就这么从村里招摇而过，走到村尾的山坳上，又往里拐了几拐，才在一栋破旧的青砖瓦屋前停住。他们刚刚停好，屋里走出一位婆婆，趔趔趄趄地赶了出来，追着姚守旺喊："你这个鬼崽子，你还晓得回呀。"接着，她又把眼睛朝麦含芳望过来，上下打量，半天不说话，但一说话就大声嚷嚷，她踉跄着后退两步，口水朝姚守旺喷过去："守旺啊，这是你骗来的吧？多俊的女人呀，跟画上的一样，咋会瞎了眼，跟着你哪？"她这样说着，竟又伸手去扶麦含芳下板车。

姚守旺边向伯娘赔笑，边开了自己的房门，“伯娘，我们走了一天，饿了。”门一开，一股子寂静味扑面而来，姚守旺下意识地举起一只手，在鼻子前扇了扇，他说：“我这里要捡场，你灶下忙去吧。”伯娘看着麦含芳的肚子，会意地点头，可是她直愣愣的目光硬是没有办法从麦含芳身上挪开。在那会儿，她脚迈向厨房，头却总是一轮一轮地回转过来，回着回着，她就发现姚守旺带回来的妹子不会笑，呆呆的，表情像村前向家的懵婆，懵懵懂懂的神态深陷在皮囊里。

麦含芳抱着肚子，各处走着，一栋房子，光秃秃地立在坡原上，没有围栏，更没有院门，倒是从厅屋里望出去，可以望到好远好远。山峰在屋平线下四处绵延，层层叠叠，深远辽阔。姚守旺在屋后的石池里接了一桶山泉水，用抹布抹着灰尘，其实山里空气好，也没什么灰，但还是有尘土味与沤霉味，当然，抹一抹，是要抹走一种荒凉。好久没住人的屋子，怕有神仙出没，这样一抹，便是告诉他们，主人回来了，请勿打扰。两个没上油漆的木柜子，床下的两个箱子，姚守旺也一起清理了一遍，随后把板车上带回的衣物、布匹、被单、棉絮、脸盆、木桶、脚盆、挑笼，清理归整好，放柜装箱。一会子的工夫，所有的东西都归纳得妥妥帖帖。弄完这些，看见麦含芳坐在门槛上看远山，一缕笑意在姚守旺脸上滑过，但他的脚已经走进厨房。

柴火烧得旺旺的，一边的小灶上正用陶罐煨着米饭，大锅里正烧着腊肉焖鲜笋。伯娘说，也不晓得你们会回来，还好早上在后山顺手扯了一把小笋，捡了些雷公菌，今天就吃这些，明天杀鸡吃。姚守旺哼哼嗯嗯地应着，他扫了一眼灶上方的横梁，挂着的两块腊肉，有一块已经割下一大半，旁边还挂了一只熏得跟木炭一样的鹅，一滴黄油正蓄在上尾部，欲滴不滴的。“鸡就莫杀了，我们要长住，还是留着下蛋。”正说着，伯娘已从门背的陶钵里拿起两个鸡蛋，指着砧板上的南瓜藤茎，说：“没啥子菜，就用南瓜梗子炒鸡蛋，再切点葱，打个雷公菌汤，都清淡，你不想清淡，可以吃坛子里的霉豆腐与萝卜皮，辣得蛮带劲，好下饭。”

要准备吃饭的时候，姚守旺发现家里居然没有一张吃饭的桌子，平常他们都是站在灶台边，夹点菜，端着饭碗，四处走，或随便站在哪里，边吃边张望别的事，再或坐在门槛上，蹲在坪里，边吃边发呆，吃到饭碗里没菜，再起身去灶台上夹。这会子，他站在灶台边，搓擦着手，不知如何是好，伯娘盛了三碗饭，说，喊你女人吃饭啦，一来家，就坐在门口发呆。姚守旺从厨房跑到厅屋，来回几趟，还真没有找到一个当桌子用的东西，便搬了一张靠背椅子，放在麦含芳的旁边，用三个小碗分别盛上腊肉焖鲜笋、南瓜梗子炒蛋与雷公菌汤，放在椅子上，再把饭送到她手里。麦含芳坐在门槛上，夹些菜细嚼慢咽起来，也不说好吃或不好吃。站在她身后，也在吃饭的伯娘，惊得目瞪口呆，咱家守旺哪里是找老婆呀，明明是请了一尊菩萨。于是，她又折回到厨房，姚守旺正坐在灶膛前的丫巴凳上扒饭，饭碗里全是霉豆腐与萝卜条，辣味除了送饭，还让他额头与鼻尖发红冒汗。伯娘停止吃饭，定定地望着他，“你从哪里找来的，这可不是我们农家要的媳妇。”姚守旺还没回话，她的声音又来了：“好看有什么用，又不能当饭呷。”

话已至此，姚守旺无言以答。他编了一个谎言，说她是个孤儿，没爹没娘的，怪可怜，再说，咱家又不指望她做啥事。不说还好，一说伯娘就骂过来：“真是霉运哈，自己是个孤儿，偏偏对个人家，还要去找个孤儿，以后谁帮衬你呀？”说着用哭声盖过来。姚守旺旋即站了起来，目光看向厅屋那边，接着，他对伯娘说：“我哪里是孤儿，我不是有你呀？人家能来我们屋里，是我们的福气，伯娘一定要好好待她。”伯娘想守旺是中了邪，现在说什么都没用了，人家肚子都这么大了，不管怎么说，这是好事，这个屋里，能添个丁，总归是喜事。半晌，伯娘抬起脸，说：“都一家人了，哪有不疼的道理？”姚守旺面露喜色，结实把饭扒完，算是吃过了，便走到厅屋。

麦含芳还坐在门槛上，只是她的旁边还趴着黑子，黑子是他家的老狗，刚刚进屋时，也不知野到哪里去了，此刻，它正斜对着麦含芳，尾巴大幅度地摇摆着。姚守旺想，这些年，他都没这样的待遇，这狗也晓得喜欢漂亮的人。接着，轻手轻脚地走过去，椅子上三个碗里的菜，被吃得精光，她正埋头吃饭碗里的焖鲜笋，一块一块的腊肉，被她用筷子拣了出来，丢给黑子吃。这屋里，人都没有肉吃，黑子只有闻一闻的命，可是，这会儿，它趴在那里，近乎陶醉地吞咽着一块肉。姚守旺看到后的第一感觉是，千万别让伯娘看到。世上的事是想什么就来什么。他一回头，就看到伯娘在他身后瞠目结舌，她惊讶得无法说出话来，眼睛鼓得老大，她一手指着麦含芳，一手拉扯着姚守旺的衣角，“你，你，你看……”愤怒让她结结巴巴，语无伦次。她的意思是，我们舍不得吃的腊肉，好心留给她吃，她竟然喂狗！吼声在伯娘心里撕扯，呜呜咽咽的，没来得及发出，她就被姚守旺扯进厨房，他压低声音：“伯娘，莫发怪，莫发怪，她——”说到这，姚守旺的手指往厅屋指了指，然后又指了指自己的脑袋，说：“她这里有点问题，你莫讲她。”伯娘的怒气，扑哧一下子，就漏在空气里，但她的眼珠子鼓得老大，半天才明白过来，明白过来，她便开始对姚守旺恼恨起来，伸手拧住姚守旺的胳膊，细着嗓子，狠歹歹地发话：“你脑壳里的筋，是不是也搭错了？你蠢得作猪叫啊！”

他们正拉扯着，麦含芳端着几个空碗，站在厨房门口，吓得姚守旺与伯娘顿时噤了声。只是，她把碗放到灶台上后，怪异地瞅着他们，像是他们脑子有问题一样，而他们在那刻的行为也着实让人怀疑，明明刚刚在说话，突然就停了，还装模作样地拿起抹布擦灶台收砧板。麦含芳用黑亮黑亮的眼睛瞟了一眼，转身就出去了，不过，她知道，她一走，他们肯定又会凑近说话。麦含芳笑了，她觉得滑稽的人太多了。

天黑了，麦含芳不见他们点灯，便移了把椅子，坐到屋前坪，人刚刚坐下，异样的感觉就席卷而来。所有的山峰怎么就踏在脚底啦？轻轻柔柔的风儿，忽然有了质地，稠稠的密密的，在夜色里起起伏伏，远处的犬吠鸡鸣，使得这万籁俱寂，藏着无尽的人间烟火，独坐这山里，丝丝雾气环绕在身，视线朦朦胧胧，心里静静的，没有一点怕意。麦含芳抬头看天空，看着看着，笑容就爬到她脸上。深蓝色的夜空下，繁星密布，又若隐若现，有的又亮又大，一闪一闪的，盯着它看的时候，它好像含羞迅速弱了下去，倒是旁边的，本来弱弱的星星，瞬间就光彩夺目，晶莹成一束耀眼的光来，然后扑哧一下，往不明方向滑动了，这里才开始滑动，那边一颗，倏忽一下又流走了。于是麦含芳看到这星空，一会儿一颗流星，一会儿又一颗流星，白的、蓝的、紫的、红的、黄的，流走时还带着尾巴，在夜幕里划出一道白棉花的印子，无声无息地坠落。麦含芳看呆了，小时候听过的童话，顷刻间，回到了她的脑海里，头顶的天空上，有银河，有织女星，有北斗七星，那七星叫什么名字，麦含芳不记得了，只记得妈妈说这七个星星连起来，就像古代舀酒的斗形，不同的季节不同的时辰，方位都不同。从前她与二哥哥、三哥哥在夏夜纳凉时，会念叨：斗柄指东，天下皆春；斗柄指南，天下皆夏；斗柄指西，天下皆秋；斗柄指北，天下皆冬。此刻，麦含芳抬头看到七星的斗柄指向东边，表示现在季节正是春季。

姚守旺本想在厅屋里点起一盏灯，找了半天，才想起家里历来是不点灯的。实在要照明，也只是劈个篾片，点个火，照那么一会儿。见麦含芳还坐在坪里，也不急着点火，便在屋里忙活，烧洗澡水、铺床，在堆农具的屋里，捡出一个空地，方便麦含芳洗漱，她母亲想得周全，脸盆、脚盆、木桶、毛巾、香皂都备齐了，姚守旺仔细摆好，只是门搭子坏了，门只能虚掩着。他想明天一定要去趟集镇，买些生活必需品，像煤油灯与马灯、桌子与碗筷、烧水的锅与泡茶的壶，他们村里人家从来就是炒菜与煮水一个锅，可是家里如今有了麦含芳，过日子就得有些讲究。

这一夜，麦含芳没有想到自己竟然睡得安静踏实。第二天早上，她醒来时，屋里没有一个人，倒是灶台上放着早饭，米汤冲蛋花，一个红薯两个芋头，温温的，散着热气。麦含芳也不急着吃，洗漱后，散开头发，边梳头，边四处看，围着屋子转了个圈，便站在前坪，对着山峦梳着长发。清晨的山岚，在远远近近的山坡上游移，绵延的峰顶，苍翠的颜色，由浓到淡，淡到天边，便与云朵融在一起了，不知哪是青山哪是天空。就这么一个人吃了早饭，一个人又望着群山发呆，望着山后面的云朵，云朵后的天边，她想丁道明就在那里，如此一想，她赶紧调转目光，去看另一边的重峦叠嶂。与丁道明在一起的日子，不是恍若隔世，而是实实在在地隔了几世，再去想，都是与自己过不去，当这个人突然跑到她思绪里时，她会刻意转换视觉，她时刻提醒自己，不能沉陷，必须抽身而出，陷下去百害无益。她尽力让眼睛里的事物与丁道明无关，但思绪是奇怪的，她看着某样东西，那东西在她眼睛里就成了丁道明的样子，某个时候，明明是姚守旺走过来，她会在瞬间看到丁道明朝自己走过来，他的眼睛、脸颊、嘴唇都是那么具体，甚至有丁道明身上夹杂着的力士香皂的体味，这味儿痒痒地在麦含芳的鼻翼里蠕动，仿佛一切伸手可触，可是她就那么轻轻晃动了一下，丁道明连一股青烟都没留下，就彻底不见了，面前只有姚守旺在忙这忙那。这个时候，她会呆愣，然后，用手指掐拧自己，她想让疼痛告诫自己，这个记忆不可以存在，而那些掐痕，血痂瘀青，布满手臂与大腿，日积月累，新痕旧印，总是不断。她是一个人在战斗，一个人的战争，别人是看不见的。当然，周围的人看见的，只是她静静地坐在那里，目光涣散，神情呆滞，都以为她就是个傻女人。

这天上午，麦含芳坐在屋场前坪，呆呆地望着山，她突然发现有人围着她瞅，她不知道这些人是从哪里来的，但见她们与伯娘拉扯在一起，估计是村里的妇人，于是麦含芳仍旧看山。她们面面相觑，接着进了屋里，开始聒噪不休，莫名其妙的笑声一阵一阵地传来。笑声惊动了趴在椅子边上的小黑，它站了起来，紧接着，它活跃起来，朝厅屋奔去，伯娘的一声大吼，止住了它的脚步，一群黄色的小鸡仔，摇着碎步，叽叽地从门口走来，伯娘见麦含芳终于望了过来，解释说，见你们回来了，下屋里的齐家阿婆特意送来的，十只，说是要十全十美。这些话，麦含芳听见了，可是她确实不晓得要怎么回应，所以，她只是看着小鸡仔，看着小黑在一旁雀跃，脸上没有其他表情。伯娘叹了一口气，转头与村里那些女人寒暄。

第五章

沐上川把自己未来的事情安排好了，心里似乎空旷许多，苍穹之下，只挂着她脸上淡淡的笑。她闭目养神时，自己总是回到了辽阳，睁开眼睛，她又琐碎在枫城的具体日子里。她与郁寒雨唠叨，马上要过年了，怎么不见一点动静？往年，窗台上要摆花了，沙发边的平安树、发财树也要换新的了，这些事情，你怎么还不做？郁寒雨说，早就去了花市，也订了货，人家送不赢，说好这两天送过来。沐上川又惦记起年三十包饺子的馅，她问今年准备了几样。郁寒雨说，都准备了。问着问着，沐上川看了看空荡荡的屋子，就不言语了。准备这么多，又没人来吃。她都不记得，从哪年开始的，家里过年，人越来越少，年过得没滋没味了。想着正要来到的这个年，她会没由来地叹息一声，谢一民肯定不能回来过年，尽管平常并不特别在意这个女婿，但家人毕竟是家人，少了，还是会惦记，另外的，不常在一起，自然就惦记不上。

靠近年三十的那几天，沐上川在空气里闻到惊慌，似乎是所有人在那刻的一种心情，李姐说，她腊月二十八要回乡下，正月初七才能过来。沐上川早有心理准备，她有小雨，似乎也没有什么担心的。在枫城，没啥亲戚，不会担心家里突然来一帮客人，沐上川知道，她过年，也只是小雨与小风一家人来陪陪，而小风婆家有一大家子，她来这边，只能象征一下，说到底，这个年，最终还是她与小雨两个人守着。她想起小时候在辽阳的家，从一个月前，就开始准备过年的各种事情，买鱼买肉磨面粉，厨房里弥漫着各种食物的香味。最忙的当数母亲，她除了要忙过年的食物，从秋天起就开始为孩子们缝制过年的新衣裳，每个人一整套，包括鞋袜。每个晚上，母亲照料祖父祖母入睡后，就在自己房里赶制衣服，父亲通常坐在一旁抽烟喝茶，直到深夜才休息。那个时候，家里有男厨女佣帮忙做饭洗衣打扫院落，但家里大人还总有忙不完的活儿，其实是家里人口太多了，祖父祖母、父亲母亲，兄弟姐妹九人，再加上嫂嫂与侄儿，院子里的各个角落都塞满了人，母亲是这个家的大管家，她的腰间有一串钥匙，家里的宝贝全锁在她腰上。沐家在辽阳也算是大户人家，但平常的饭桌上，如果没有客人也不过节，是不吃鱼肉的，一般都是大白菜、红白萝、豆制品、地瓜、土豆等，祖父的下酒菜，也就是炒熟了的花生米，祖父祖母的小锅菜多数是小葱炒豆腐。处在那个年代，小孩子没有不盼过年的，有新衣服穿，有饺子吃，有压岁钱得，犯了事大人也不责骂，在他们心里这就是神仙日子。

记得每年的小年后，一家人会有几个晚上，围在一起，在夜灯下包饺子，包好的饺子先放在屋外冻着，冻好后就装进大缸里，每个缸里装着不同的馅，满满的，好几大缸。这是大年初一到初五一家人的早餐。这样的夜晚，感觉年就在眼前，屋里全是笑声，三哥哥穿着大衣戴着棉帽与手套守在门口，他负责把饺子从暖和的屋里端到屋外的冰天雪地里，再在那儿，把冻硬了的饺子放进缸里，清出空盘子带进屋里。屋内零上十几二十摄氏度，屋外零下十几二十摄氏度，这种反差的刺激，致使三哥哥每次撩起帘子，都会惨厉地大叫一声，带着一身冷气，凛冽地杀进屋里，屋里的人，似乎冷到了，跟着也大叫一声，躲他好远，再用哈哈大笑回应三哥哥，把个包饺子的夜晚弄得惊天动地，紧张、狼狈此起彼伏，一浪一浪的欢喜盖了过来。在沐上川的回忆里，这是家里过年的开始。

年三十，挂灯笼贴对联。红灯笼是母亲糊制的，这些大红灯笼、走马灯，挂到元宵节后就收起来。对联是父亲写，后来是哥哥们写，全是喜庆吉祥的话，也有警醒的告诫，如“安分守己”“能忍自安”之类的话，当然所有门上，都贴上了用红纸写的“福”字。

年三十的守岁，那热闹是种喧嚣，一直在沐家大院的上空盘旋迂回，声浪掀起的高潮，一轮又一轮。十二点的钟声一响，穿着新衣的沐家孩子，从各个房间鱼贯而出，奔向祖父祖母的房间，祖父祖母笑吟吟地坐在炕上，先由父亲母亲向他们磕头，之后父母坐在旁边的椅子上，兄嫂分别给祖父祖母、父亲母亲磕头，然后是沐家姐妹分别给祖父祖母、父亲母亲三鞠躬，给兄嫂一鞠躬。最后的高潮是祖父祖母、父亲母亲分发压岁钱，晚辈们一轮一轮地上前去接红包，各种名目的奖励都在这个房间里用真金白银兑现，手拿红包的人，两眼放亮脸颊发红，一副发了财的模样，祖父祖母、父亲母亲不时发出响亮的笑声，张张笑脸组成新年的阖家欢乐万福金安，沐家的拜年仪式在这种欢乐中正式完毕。接着，一家人围到厅堂，吃母亲煮的鸡蛋、红枣、栗子、饺子，如此，新的一年又开始了。

家里的生活被母亲安排得有条有理，虽没挨上荣华富贵，倒有种俭朴的安稳。母亲规定，孩子放学回家，必须马上脱下学校制服，叠起收好，换上居家服，也就是用祖母纺织的蓝色土布做的褂子。但沐家的孩子，出去做客，又极有脸面，每个孩子四季都有一身好穿戴，父亲母亲偶尔出客，会带上几个穿戴整齐的儿女，这阵势确实招人艳羡，而且别人看了沐家的闺女，会对着母亲细评，夸九妹妹的丹凤眼迷人、六姐姐的杏核眼黑亮、三哥哥的俊朗、五哥哥的文气，说得母亲在那刻忘了矜持，大嘴笑得合不拢。父亲心里高兴，但会打趣母亲，说她带着孩子出去，就是去显摆。祖父坐在台阶边，捋着胡子含笑低语："一个家，最大的财富，是有可以显摆的孩子。"母亲听了，汪着弯弯笑眼，就去看父亲。

说起来，沐家最值得显摆的，是这个院子里的孩子，家里男孩女孩一律上学。大哥哥在北平上完大学，又到日本留学，女孩子上学也不落后。当然家里能让女孩上学，都因二姐姐的夭折。二姐姐是长女，在父亲的极力主张下，进了学堂读书，可是祖父总觉得女孩子在外抛头露脸有失体面，学校制服是穿裙子，祖父更是不许。二姐姐只能穿着长袍从家里出门，到学校门口换上裙子进校门，放学时排队出校门换好衣服回家。二姐姐有慧根，读书成绩非常好，小学还有一学期毕业，祖父就说姑娘大了，不能再去学校了，会写字看信就可以了。他强制二姐姐退学，父亲虽不同意，但不能违抗父命，只能服从。谁也没想到，笑容从二姐姐脸上彻底消失，忧郁笼罩着她，她竟然就此病了，而且一病不起。二姐姐患的是痨病，在十五岁时，咯血而死。这事对沐家打击很大，母亲哭得卧床不起，祖母动不动就擦眼泪，埋怨祖父，祖父也后悔，从此不管家里姐妹读书的事。父亲便有了一个原则，只要孩子想读，又考上了学校，他都会供。在家里，经常会听到他念叨：“好！我砸锅卖铁也会供你们读书！”想来沐上川是幸福的，在上学的年纪，沐上川只是埋头念书，从未考虑过学费。她们姐妹也都可以读到辽阳最高学府国高毕业。

上女子国高是件荣耀的事，学制四年，课程排得满满的，除了国文，有数、理、化，有音乐、美术、体育。沐上川记得父亲为了让自己好好安排时间，还特意买了一块日本西铁城的手表送给她，说会管理时间的人，才会学习。可是没多久，日本人进驻了学校，他们对学校严加控制，特别是对校风校纪的管理，除了训话还有体罚，上课的教鞭一律都用竹制的，上体育课，学生的动作稍稍做得不规范，这鞭子就落下来，不留任何情面。到后来，她们的课程被更改了，每周六节日语课，四节道德教育课，所谓的道德教育课，就是日本人训话，宣传他们的殖民思想，诸如“日满亲善”“建设大东亚共荣圈”等一些鬼话。课堂上，他们一再强调，不许说自己是中国人，必须说是“满洲国”人，否则就以“反满抗日”分子论处，还要追究父母的责任，轻者送劳动教养，重者坐牢、杀头。训话的时候，有学生跑神，训话的日本人便会体罚，甚至会扇耳光，同学们心惊胆战。更夸张的是，从高小到国高，每天上学的第一时间，学校全体师生都要在操场先集合，进行“朝会”，朝着东方三鞠躬，喊“日本天皇万岁”，又朝北方三鞠躬，喊“溥仪皇帝万岁”。日本人的教化，还渗透到上课的内容里。譬如，她们的数、理、化课，虽然排了，却不上，改成上缝纫、烹饪、刺绣，烹饪课一周会有一次实际操作，在班上做一餐饭吃，刺绣课绣出的绣品，学校每学期会举行一两次学生作品展览，还可以出卖，刺绣成品大多是绸料枕头套，花鸟禽兽的镜面，文字对联作品，很受家长与附近居民的喜欢。

沐上川记得教她们刺绣的老师姓洪，四十多岁了，从未结婚，长了一脸的麻子，同学们私下里称她为洪大麻子。其实这位老师除了长得不好看，其他没有什么不好的，她性情温和，也不用教鞭敲人，遇到学生请教，总是一遍又一遍耐心地示范。她有两幅刺绣镜面，沐上川记忆深刻。一幅是老鹰站立在树枝上，一幅是老虎行走在树林中，绣得特别传神。当时沐上川就想，洪老师文文静静的一个人，为啥绣的动物都是凶猛的，于是去看她的目光，没想到这目光先打了过来，吓得沐上川赶紧躲闪。这类课堂倒是热闹，父亲却有些不高兴，他说这么多学费，可不是让你们在学校学这些的，这些你们可在家里的厨房妈妈的房间学到。后来才知道，这是日本人的策略，他们不想中国的年轻人学到有用的知识，更不用说数、理、化了，中国青年愈愚昧无知，愈符合他们的想法，从而更容易任人摆布。他们把学制缩短，亦是如此用意。

沐上川就这样糊里糊涂地读完四年国高，毕业前，学校组织了一次毕业旅行。十天的时间，一帮青春少女去了沈阳、长春、哈尔滨。沐上川记得在沈阳参观了故宫，在长春的大马路上，老师领着她们遥拜了当时"满洲国"的皇帝溥仪，在哈尔滨参观了大街与商店，自己在一个叫"秋林"的百货公司买了一把晴雨伞。那是沐上川第一次出远门，见到辽阳以外的世界，那个时候的东北三省，很多城市与城市之间，修了铁路与公路，一些繁华在城市里招摇，沐上川见识了好多从未看过的新鲜玩意儿，看着看着，心就痒了，莫名地羡慕起哥哥们。因为沐家再怎么开明，也不会允许女孩子去外边求学。家里规定，女孩读完国高后，就要回家等着嫁人了。而男孩子，只要想读，还可以继续读，即便结了婚，仍然可以继续上学。大哥哥在辽阳当了两年小学教员后，到北平考了北平大学文学院中国语言系，他去北平读书，把嫂子与侄儿全带去陪读。嫂子家是大户人家，本来她必须在辽阳带着孩子侍奉公婆的，两家一商量，两口子都在北平，相互有个照料，是最好的了，于是决定哥哥的读书生活费由沐家出，嫂子与侄儿的生活费由嫂子家出。到后来，大哥哥又去日本留学，大嫂带着侄儿们还留在北平，她说孩子在北平受教育好一些。沐上川羡慕至极，她也想离开辽阳，去外边的世界。她国高毕业后，只能待在家里，心里有说不出的郁闷。亲戚们张罗着给她看对象，也确实相过两次亲。不知咋的，看的两个男人长得不咋样，还都是一副病恹恹的鬼样子，大白天的，哈欠不断。一打听，都是平常无事时，要躺在烟床上抽福寿膏的。气得沐上川当场就啐了媒人，在父亲面前哭起鼻子来，她跺着脚，放出狠话，如果是这样的人，女儿一辈子不嫁人。

父亲也不想女儿嫁个鸦片鬼，只是当时日本人有规定，赋闲在家没有结婚的男女，必须工作，否则，一律送到工厂去做工。嫁不了人，父亲就托人给她在一小学谋了个教师职位。尽管小学不在城里，沐上川依然欢喜，觉得自己可以自食其力了。学校与家之间，不近也不远，坐火车，三站路。天还没亮，沐上川就要去火车站赶火车，上完课，傍晚又坐火车回家。用那个时候的时髦话说，是跑车板。那段时间，父亲每天早上陪着沐上川去火车站，晚上又去车站接，从来没有塌过场，以至于沐上川晚年忆起这幕，心里总是湿漉漉软糯糯的。独自一人在火车上往返，迷茫的内心，除了害怕，更多是窃喜，感觉盼望已久的长大终于来了。

在小学上课很轻松，没有多少约束，所以那个时候的内心是辽阔的。当时的学制是，小学四年，高小二年，国高四年。国高毕业后可考大学，如果去日本留学，还要读两年的留日预备学校。小学四年日本人是不管的，高小与国高就有日本人介入，并开设日语课。沐上川记得她就职的学校叫木莲小学，校长姓高，三十来岁，未婚，她学问好，做事雷厉风行。她梳了个西式小分头，头发紧贴头皮，穿着多数时候更像先生，黑长袍，西服裤，黑布鞋，白纱袜，手插在裤兜里，走起路来，风风火火，又有股子潇洒样范。沐上川见过她在办公室写毛笔字，形神气韵了然于心，然后蘸足墨汁的毛笔，在一张纸上，一挥而就。最神的是，她一会儿赵体，一会儿柳体，一会儿又颜体，写什么体，就传什么神，沐上川由此见识了这字的苍劲、凝重、朴拙与肥润，也从内心佩服得五体投地。尽管她有时性格暴躁、骄傲自大，但因她的学识，学校师生们会选择忽略这些，还是会不自觉地敬重这位校长。沐上川对她也是怀着极其复杂的心情，很难用喜欢与不喜欢来表达，在那个年代，她的特立独行标新立异，每天都要接受各种目光的审视。老年后的沐上川，仍会想到高校长，尽管那个时候，她们一群年轻女老师私下里称她为高大哥，可是平心而论，这世界幸亏有高校长这样的人存在，腐朽的人类才能一点一点向前迈进。

在木莲小学任教，工作是轻松的，如果就此沉沦，没多久，脑袋里就会塞满木屑，愚钝腐烂。沐上川显然有这个意识，她似乎一直在眺望远方。平时除了上课批改作业，她都带着大学备考资料，还有一些深奥的书，有事没事看上几眼，这些书籍是家里哥哥们留下的，他们都是考试高手，一个个都考到心仪的学校。尽管沐家一直没有女孩外出求学的先例，可是哥哥们见沐上川无意嫁人，做个小学教员也不是长久之计，三哥哥与五哥哥便把她弄到沈阳的一个“先修班”学习，其实就是现在的“高考补习班”，哥哥们骗祖父，说七妹妹来沈阳，是在一所更好的小学当教员。这种偷偷摸摸的学习，无形之中成了一种动力，沐上川的心里只有“学习”二字，一年后，她考上东北大学法学院工商管理系。哥哥们先把这个消息告诉父母，至此，祖父也觉得脸上有光，因为家族里好些男孩，考了好几年都没考上，如今孙女一考，就考了一个这么好的学校，他哪里还记得要反对，只顾逢人讲起孙女考的大学考的专业。沐上川也就成了家族里第一个女大学生，与她的哥哥们一起聊时政聊局势，她的思想仿佛一直在追随她的哥哥们，读他们读过的书与各种从北平邮寄过来的杂志，这些书籍读过之后，沐上川保留了一个习惯，随时随地，把这些书藏到无人找到的地方。

这与那年家里遭日本人搜查有关。

四姐夫在日本早稻田大学留学时，参加了日本左派学生运动，学校抓他，他跑回国，还没到家，日本人就围住了他家，四姐带着孩子刚回娘家，日本人就进来搜查了。沐上川记得当时她正在二进院子里木廊上，仰望远处山峦上映照在白塔上的阳光，只听见守大门的男仆大声嚷起：日本人来家了。那一刻，白塔上的那道光成了一束寒光，她的双眼瞬间一黑，她蒙了。瞬息之间，她想起针线篮子里的书籍，要是被日本人搜到，家人有掉脑袋的危险。她飞奔起来，以惊人的速度，把那些书用草纸扎紧，放到烧炕的火炉子里，里边再放上烧了一半的干柴。当时已是春天，这间屋子停了烧炕，现场做得不露痕迹。这天，日本人在家里仔仔细细翻了个遍，全家人站在院子里，沐上川看见父亲扶着祖父，手里牵着四姐的小儿，脸色惨白，这白淹没在眼睛里，露出的目光，是无边的恐惧。而沐上川被这片白色深深刺痛，感觉屋外的春天仍然笼罩在寒冬里。

当然，这只是虚惊一场。但兄弟姐妹从此有了一个不成文的规定，无论在外边干啥，都不许把危险带到家来，祖父年岁高，他还沉浸在失去祖母的伤感中，经不起惊吓，父母也上年纪了，儿女尽量不要让他们操心。沐上川就是在这种心领神会中，坐上了去沈阳的火车，开始了她真正意义上的独立生活。能上大学，最要感谢的人是父亲，沐上川心里明白。父亲在那些年像是悟出道来，尽管家里收入一年不如一年，但他情愿节省各种开支，也要极力支持孩子们上学。仔细算来，这笔学费是个惊人的数字，可是父亲一点都不含糊。沐上川记得，她在木莲小学当教员时，家里就开始没请用人了，父亲自己带头，做一些力所能及的家事，譬如清扫院子、机井取水、烧炉烧炕，好多事，父亲都亲力亲为。他做的时候，只要有在家的哥哥，也会跟着做。有些事，书生做起来笨拙，从机井取水后，要一担一担挑到厨房的水缸里，刚开始他们做得摇摇晃晃惊天动地，做多了才轻车熟路。还有，生炉子烧火炕，总是把家里弄得像个战场，烟熏火燎的，其实，也怪不得他们，那个时候，好煤都运到日本去了，留下石头煤给老百姓用，燃起来不顺畅，必须在一旁拉风箱。那些年，富饶的东北，几乎所有的好东西，都通过铁路运输到海边港口，再由轮船运到日本。沐上川记得那个时候，在商店里只能买到混纺布，没有棉布供应。农民种的棉花全部被收购，几乎一点不剩，运到日本。当时，能买到的粮，不是高粱米就是高粱，这些米在煮之前，要放在砖上搓掉壳，否则煮不烂，没法吃。母亲一个人在厨房，很多事忙不过来，她们姐妹也就要跟着母亲进厨房，学着打下手。沐上川除了学做厨房里的事，也学着给家人做衣裳，甚至打毛线衣。母亲说，这些事边做边像，到最后，手就巧了，做什么，就是什么了。

祖父的田产，一直在乡下被九伯父、十伯父家耕种，他们是三爷爷的孩子，其实是父亲的亲哥哥，父亲是从三爷爷家过继给祖父做儿子的。每年秋天，他们都会送些细粮、新粮、杂粮过来，也就是麦子、小米、糯高粱、大黄豆、红小豆之类的粮食，日本人来了后，征收粮食数额巨大，自己种粮却没粮吃，但他们仍然坚持年年送点东西来，带着这些粮食，从乡下到城里，一路偷偷摸摸藏着掖着。父亲觉得他们不容易，说，这个局势，种粮难，你们要藏点粮，瞒报产量，要不然，任你们怎么辛苦耕种，种粮的人还是没有饭吃。还有，我们这边，孩子都大了，也开始自食其力了，你们困难，不用再送粮过来。伯父的孩子们听着，也不言语，每年还是照样送来一些。父亲好像能预见未来，他毫不吝啬地把祖父的钱财撒在孩子们身上，看见他们四处求学，恍若是他的一种成就，而他的孩子又格外争气，一个比一个厉害，想考哪儿的学校，就能考上，这让他晚年的生活格外舒畅。待到九妹妹与八弟弟上大学，家里能变钱的，基本上都卖了，唯有老宅，父亲始终舍不得卖，所以，在最后划成分时，他还是落了个地主与中产阶级。但父亲很知足，要知道，在那个时候，大地主是要枪决的，而他与家人一切安好。孩子中，有好几个是地下党。辽阳解放后，他躺在摇椅里，与亲戚吹嘘，说他早就看出来了，兔崽子们还以为他这个父亲是个傻子。说后，笑声随着摇椅，吱吱呀呀，在屋子里吟唱。九妹妹说，父亲临终时，脸上泛着微笑的光芒。在那一刻，他居然还一再交代，不要惊动在外工作的孩子们。沐上川晚年时，每每想起，就觉得父亲有深藏不露的睿智，只可惜做儿女的，当年都急着往外奔，没有谁在那刻回过头来，望望父亲，那些稚嫩清澈的目光，就那么急不可待地投向外边不可知的世界。直到现在，沐上川才很想回去，她要蹲下身子，与坐在那儿的父亲好好聊聊。

沐上川坐在枫城凉台上，眼睛明明是注视着房子对面的树林，灵魂却早已脱离肉身，跑到十万八千里外的辽阳。这天，南方刺骨的寒风，在窗外呼啸，郁寒雨拿来毛毯盖在她腿上，嘴里念叨："要发呆，进屋发啰。"沐上川看了她一眼，想她哪里知道，在屋子里，四面的墙，不但堵住了视野，还切割了思维，自己无法开阔。沐上川相信，一个人那刻的视野，决定了那刻的格局，发呆也一样。这样想的时候，敲门声在客厅的大门口响起，郁寒雨把门一打开，郁南霜一家人带着门外的天寒地冻走了进来，她老公麦念澧儿子麦灯女儿麦田闪着亮晶晶的眸子，站在屋子中央。沐上川愣住了，很显然她无法把眼里看到的，在一瞬间想明白，她怀疑她来幻觉了，幻觉家里突然来了许多人，突然热闹起来，过年就有了过年的样子。

当时正是年三十的中午，窗外有此起彼落的爆竹声，厨房的灶台上，摆满食物，锅里的饺子正在翻滚。

第六章

郁黄坐在窗前，看外边的风景，他仿佛陷在一个失聪的世界里，医院里出现了从未有过的空寂，窗外的湘江，流淌得缓慢宁静，依江起伏的马路成了一条深色布带，上面几乎没有行驶的车辆。此时，郁黄听见老娄说，今天过年，等下你闺女会送饺子来。

日子一天一天过着，怎么今天就是过年呢？还说吃饺子。饺子平常也吃呀。郁黄凝视着那条向北流去的湘江，心里嘀咕起来，当然，只那么一会儿，他的嘀咕就随着江水流走了，他的眼睛里看到落日，他一个人笼罩在余晖里，那是个金色的世界，别人进不来。如此，他眼里的落日，别人是看不见的，也跟时间没有关系。廊道里有脚步声，步子的轻重，却有好几种，郁黄望着老娄，脸上松弛的肌肉微颤了几下。今天这个日子，很多家属都把病人接回家了，东头这上十间病房，都关上了门，郁寒雨本来也准备接来着，老娄见她实在太难，接回去也就待两三天，大动干戈的，老娄想自己横竖也是一个人，不如陪着老爷子，省得他搬来搬去的。老娄还没来得及把头伸出去探情况，一群人冲了进来搂住郁黄，有的喊爸爸，有的喊外公，吓得老头子眯紧眼睛，蜷缩一团。郁寒雨把装了饺子的不锈钢铁桶往桌上一搁，“姐，安静点，”她拦住这帮人，郁黄就往她那儿躲，她叹了一口气，“爸爸现在就是一孩子，你们别吓着他。”

郁南霜怔住了，也停止了她的呼喊，郁黄不但不认得她，还嫌弃地躲开她，她的眼睛忽然就红了，泪水在眼眶里转悠，她有些哽咽。她无法把眼前干瘦苍老的老头与她记忆中的爸爸联系起来。时空混乱了，露出残酷的面目，不给人一点回旋的余地。这世界永远是清醒的人难受，当郁南霜泪流不止时，郁黄的嗅觉却被开启，他闻到了饺子的味道，他抬头望向老娄，毫不掩饰汹涌而至的馋涎，他甚至咂巴了两下，嚷着："饺子，要吃饺子——"

郁南霜赶紧张罗，端起饺子想喂父亲。郁黄冷眼斜睨，饺子放到他嘴前时，他头一偏，噘起嘴，甩给郁南霜一个白眼，"不要你喂。"屋子里的空气顿时凝固，谁都不懂这类患者的认知能力是停在哪个层面，他才不管自己的举动，会招致亲人心酸，甚至流泪，他可以充分地我行我素。

这餐饺子是郁寒雨喂的。郁南霜看见爸爸很听话地穿上吃饭的背背衣，一口一口地接住小雨喂过去的食物，神情乖得像个小儿。没在近前孝顺，许多想问的话，便不好意思开口了。"爸爸的认知功能，是在哪一年下降的？"一旁的麦念澧问道。老年人的认知功能下降，最恐惧的事是潜伏着的阿尔茨海默病，由此便是个人记忆灾难性丧失。郁寒雨说，爸爸的忘东忘西与丢三落四，曾经一直是家里的笑话，大家老觉得他不上心，其实是这个病最早的征兆，没想到，病情就不可逆转了。

郁黄知道他们是在说自己，他不知道从何时起，自己的头顶多了一个记忆吸盘，随时被吸走的意志让记忆存在的时间越来越短，一些想法与认知，转瞬即逝。每个人都用怜悯的神态望着他，觉得他痴呆了。其实是不存在怜悯的，一个人的记忆再好，在广袤的宇宙里，不也只是个细小的尘埃，瞬间消失。人总是喜欢五十步笑百步，忘了殊途同归。郁黄在病房里对郁南霜一家人非常冷漠，他对他们的记忆全部消失了，根本不可能像郁南霜所期许的那样，对她这个女儿仍留存那么一点点记忆，会在某个瞬间忽然认出她。他们面前横着一条河，今生今世，即便相对，也永远相隔。这是世界给人类的一个谜。谜底也许在未来的某个时刻被轻易揭开，但又或许永远没有答案。

顺着时间，仔细回顾，郁黄真正意义上的颠三倒四，出现在那个黄昏，而这一刻的见证人是沐上川与郁寒雨。那是个普通的日子，好像是在春天，大地上的植物都在跃跃欲试想大显身手，郁黄拿着水杯，一如往常，去参加老干所组织的活动，去枫城清水湾老工业基地参观，那是郁黄奉献一生心血的地方。

郁黄那年随部队南下，他怎么都没有想到就此停在枫城，在炮声隆隆的背景下，他奉命去保护枫城的两个工厂，就此与工厂对上了眼，这对上眼当然不是他自己对的，是来自上级的安排，他听从执行，义无反顾全身心地投入，直至离休离岗。

所以，那个春天的早上，他显得有些激动，沐上川在一旁喊他悠着点，郁寒雨送上调节脑肠轴的药粒给他吃，那个时期他的病已经查出来了，但他还有一些认知功能，医生说患者与亲人的具体诀绝时间是突然来的，谁都无法预料。郁寒雨给他吃的那些药物是在拖延这个时间的到来，医生说药物可以重塑肠道菌群平衡，减轻脑内神经炎症，减少脑内 Aβ 沉积，改善认知功能。

在去的路上，有老同事提醒："大家可要有个思想准备，清水湾基本上都停产了。"一车人都笑了，他们当然知道都停产了，郁黄也知道。但占据郁黄记忆最多的是怎么投产怎么扩大规模增产，那是一段激情飞扬的岁月。

第一站去的是枫城化工厂。进入厂区时，郁黄不敢相信自己的眼睛，沿路的人行道上野草横生，街边店铺的卷闸门锈迹斑斑，车子开进去时，路上无一行人。郁黄目瞪口呆，望着车窗外，感觉走进一部无声电影里，好在这截路不长，人的情绪还没有被彻底浸染，车停在了化工厂的办公大楼前，有两三位驻守在这里的老员工迎了出来。组织者先领着他们走进车间，机器沉入睡眠的底部，各种管道七弯八拐，拥挤在偌大的空间里，依然浓烈的化学味，以静默的姿态诉说着一件事实，这里曾经机声隆隆人声鼎沸。在班组休息室内，一格一格的木柜上摆放着各式水杯，仿佛这些水杯的主人在车间干活，他们随时会过来喝口水。只是眼前这些机器没有轰鸣的响声，在一片寂静里，失去了生命体征。郁黄回头看见车间外的空地上，长着绿色的青苔，这个青苔不同于山间的青苔，山间的青苔长有绒绒的苔藓，眼前的青苔，绿色却植入到泥土里，在上午明媚的春光下，深邃又诡异，像个巨大毒瘤。来参观的人在这个地方少了正常的诙谐，大家面面相觑，陷入失语的状态。

再进厂办公楼，不知是谁让他们乘电梯，直达楼顶，这里早就搭好了观景平台，从西南角，看清水湾整个工业区土崩瓦解的现状。黑压压的密集厂房，巨型的钢铁管道架在其中，无数高低、粗细不一的烟囱林立其中，环绕起伏的山坡，泥石裸露，不见任何植被。郁黄奇怪，他站在平台上观看时，阳光里的春光不见了，上空灰蒙蒙的，他的眼睛被这种灰色给蒙住了，他觉得他啥也看不见。所以，他站在那里，不时地用手揉搓眼睛。此后，一群人又到冶炼厂、玻璃厂、氮肥厂、钢厂、桥梁厂转悠，依然是看看局部看看整体。车行到钢厂时，整个工厂都不见了，如果不是那巨型的炼钢锅炉与周边的铁架还立在一块高地上，谁都不敢确定这里曾经是枫城钢厂。

郁黄恍惚了，他参加过钢厂的筹建。那个时候，枫城正朝一座工业新城迈进，他还记得当时在走马塘新建硬质合金厂，茶园里新建发电厂，菱角塘新建选煤厂，领导拍了拍头，说：在清水湾建个钢厂吧。于是，郁黄就带着一帮人来到这里，丈量设计，搭建厂房，没日没夜地赶进度，四处都挂起“苦干大干三百天，敢教日月换新颜”的横幅，工厂在很短的时间里显出雏形，日后的繁忙与气派自不必说了。这天，郁黄站在废弃的锅炉边，无论如何也想不明白，曾经上万人的工厂，怎么会突然消失，犹如在这块土地上没有存在过。他凝视着这堆废铁，很难与过去关联起来。在炼钢炉不远处，竖立了很多宣传牌，都是这块土地的规划图，钢厂的西边连接着湘江，这片土地将被开发出若干个江景房楼盘，在楼盘的不远处，将建个广场，供市民休闲娱乐。不知为啥，郁黄流泪了，刚刚在化工厂，他的脑袋里恍若起了层层浓雾，眼睛蒙了起来，走到这里，他的眼睛动不动就灌满泪水，他用手掌去抹，抹了又有，他不知道自己的眼睛是怎么了，他怀疑是室外强光的刺激，又或许是远处浩浩汤汤的湘江上刮来的风给吹的。他站在那里，目光浑浊，耳朵里寂寥无声，其实，他旁边的人都在指手画脚使劲说话，他失聪了，看他们像在看无声电影里的场景。

郁黄听不太清别人说什么，尽管这样，这天，他还是被安排到一个大会议室，会议室里除了他们这帮老头老太太，在圆桌的另一端也坐着一排人。郁黄想人老了，在哪里都是被人安排。等他们坐好，便有人给他们介绍情况，最最核心的关键，是向他们解释，这片工业区为何要停产，为何要搬迁。其实，不用解释，老人们心里都清楚，污染太重，建设时，国家穷，没顾上环境。

那年盛夏，郁黄在氮肥厂督查生产情况，工厂外等化肥的货车排成长龙，工人没日没夜地加班加点，本来氮肥厂的生产过程就非常危险，高温高压，可燃易爆，强腐蚀，气味刺鼻，而且原料、产品的贮存、输送和使用时时存有不确定的危险。生产旺季，郁黄蹲在工厂，安全是块心病。这天，他正在机修车间排查安全隐患，保卫科的人来报，工厂大门被附近老百姓堵住了。工厂投产几年来，各方面的宣传都很积极，专家告诉他们，他们告诉老百姓，氮肥厂的污染不是很大。可是人的鼻子是灵敏的，老百姓每天在一个时段，都能闻到刺鼻的氨气味，闻得人心里发慌，透不过气来。郁黄他们为此极为不安，请求专家解决。专家回复说：氮肥厂本就是一个通过化学方法将大气中的氮固定下来，生产含氮化学肥料的工厂，主要污染物是氨气与石油类，但它们在空气中很快就挥发了，而且是可以生物降解的，对人体的危害不大。可是他们忽略了这种气体很容易转移，转移到土壤或地下水里，进而到各种农作物上面。

这块土地上的农民不懂这些知识，他们却发现种在地里的水稻、谷子都是空壳子，井里的水变黄了。工厂来之前，他们世世代代在这块土地上，应着时令，春种秋收。春天，桃花灼灼，夏天，瓜瓞绵绵，秋天，稻谷金黄，日子延绵安好。可是，如今所有的一切被打乱了，村民们自然知道来找工厂问罪。当时，郁黄在厂办室听了几位农民代表的控诉，心里也惊出一身冷汗，他有种怕意，特别是他抬眼望到窗外的山坡，竟然心下一沉，从何时起山坡成秃子了，怎么就寸草不生呢？记得从前清水湾的山坡，虽然没长什么大树，那也是绿色葱茏，长满密密的灌木丛，远远看去，青山逶迤。他把眼睛看到的与老百姓反映的情况，汇报给有关部门，上面领导说：“干革命，哪有不付出代价的？”如此，老百姓一闹，便赔些钱，或者干脆把他们的地征收了，让他们从人到地成为工厂的一员。当时周边的冶炼厂、化工厂、玻璃厂亦是如此，几十年过去，工业区大厂带小厂，小厂带作坊，形成一个巨大产业链。在那一刻，几乎所有的人，都没有想到这些辉煌已经伤害到这块土地，土地上的空气、土地上的河流以及土壤，都已不可逆转地被重度污染，各种重金属严重超标，不可知的危险，时时刻刻，在未来的某一天等待着。

此时，在郁黄对面，坐了两拨人。一拨是对工厂有无限感情的老职工，他们中父辈是创业者，自己一辈子给了工厂，孩子也在工厂上班，一家三代全是企业人。他们诉说着，他们从情感从习惯都无法接受工厂的停产与消失，他们觉得他们的生命与工厂紧紧相连，离开工厂，他们不知将来何去何从。说到动情处，他们眼泪鼻涕流了一脸。郁黄的眼泪也跟着流了出来，他们说到的工厂第一代创业者，许多人他都认识，那都是在工地上同吃同住的人呀，那时的人自带战天斗地的热情，国家的指挥棒往这儿一指，他们就在这儿开天辟地没日没夜地建厂区搭车间架机器，每一个召号，都是不遗余力地去完成。当年在枫城市政府管工业的郁黄，几乎天天耗在这块土地上，刚开始管理工厂的规划与建设，后来是工厂的生产与安全，每个工厂的产值、利润及上缴的国税，他都清清楚楚，那都是枫城的骄傲。

他对工作的过分投入，引来沐上川的愤愤不平。你工作可以，但不能忘了你还有一个家，家里有仨孩子呀，你总得伸出手来带一带。这些嘟囔，郁黄听着，却没装进耳朵里。他要么好几天不归家，回到家又总是深夜，换下一堆脏衣服，还从工厂带回前几天换下的，沐上川的牢骚没来得及宣泄，他人就看不到影子了。一个人要带仨孩子，尽管吃饭在食堂，那些做不完的家务足以让沐上川焦头烂额。身处那个年代，你再有钱，也不作兴请保姆。请人帮忙做家事，如果上纲上线，那你家就难逃剥削阶级的名声。什么事情与政治挂上，所有的苦与累，再不能干的人，也会默默担下。沐上川是承担下来了，但她得有一个地方发泄她的怨气。无怪乎，这些年，她只要一看到郁黄，心里就有股子气，劈头盖脸地扑了过来。郁黄心里清楚，沐上川发出来的脾气，看上去像是对他老待在清水湾工地不回家发的，只有他知道她这是在指桑骂槐。

这年九月，郁南霜刚刚出生，沐上川在家休产假，可是家里来了客人，他们是从郁黄的老家大黄堡来的。来的女人叫张凤妹，她手牵一儿一女，口口声声说，郁黄是她男人。郁南霜还没出月，当时沐上川坐在床头正奶着她，刚开始她对郁黄老家来的人，也没放在心上，想可能是来投奔的，所以他们站在屋里时，沐上川充满母爱的目光还停在郁南霜粉嘟嘟的脸上，可是张凤妹说出来的话，犹如给这间屋子扔下一个炸雷，炸得沐上川浑身一激灵，脑袋瞬间空白。也不知过了多久，她才眨了眨模糊的眼睛，目光恍若越过千年万年，打到站在面前的这些人身上。他们站在格子窗前，背着光，以至于沐上川无法看清他们的脸，可是这三人的目光齐刷刷地向她射出三道强光，她皱了皱眉，忍不住又哆嗦了一下，嘴里不自觉地“哦”了一声，眼泪就不听话地奔涌而出。倒是张凤妹开腔了：“大妹子，哭个啥，你还要奶娃嘞。”沐上川没有言语，只是定定地望着她。临时请来照顾月子的罗大姐，一眼就把事情看明白了，她扯了扯张凤妹，带着他们到外间坐，又打发人去办公室给郁黄打电话。

进到屋里，郁黄觉得这是他这辈子最狼狈最窝囊的时刻，他辜负的人对不住的人都在这屋里，他全身发软，腿肚子发抖，呼吸断断续续，像位溺水者，抓不到任何求生之物。他手足无措羞愧难当。人类生理基因，总是会让某一部分男人在情感情欲面前先行动了，然后再被动地收拾造成的局面。其实，在这方面，郁黄是节制的，但还是糊里糊涂地制造了麻烦，他曾经天真地以为，老家的会永远老老实实待在老家，沐上川安静地陪在他革命岗位上，日子相安无事。从来没去想，她们会碰到一块。他走进去时，发现他平常坐的单人沙发上坐了位老婆子，旁边立了两个孩子。他知道老婆子是发妻张凤妹，孩子是他的儿子郁红阳女儿郁红缤，他想喊他们，张了几次口，竟然喊不出声来。沙发前茶几上的饭菜，原样摆在那儿，郁黄想舟车劳顿，你张凤妹不吃，孩子们要吃呀。可是他们三人对饭菜视若无睹，见他进去，一律用湿漉漉的目光，火辣辣地看过来。郁黄心里发毛，卧室的门敞开着，郁黄看到沐上川怨恨的目光已经穿墙而过，他不寒而栗，脸却涨得通红，脖子上暴出的粗筋有些狰狞，他的脚只在客厅里停顿了十几秒钟，便猝不及防地退了出去。他这出去如同逃亡一般，他急匆匆地走了好远，才敢回头看自己的家。那里一片寂静，而荒凉爬满内心。

这次见面，有两个人一辈子都没放过他，一个是沐上川，另一个是他儿子郁红阳。郁黄也有准备，他在内心已经腾出一个空间，让他的亲人们怨恨让他们指责，他如数收起，他想这本就是他欠的。只是没放过他的两个人，有时还是令他伤神，沐上川似乎还好一点，她至少用她的语言她的行动在向他表达，而他的儿子，却一直是在用沉默与他对抗，从那次以后，这个儿子没再理他，甚至不跟他讲一句话。年轻的时候，要忙的事太多，没往心里放，可是老了，一想起，心口就堵得慌，这一堵，便好像所有经脉缩成一团，喘不上气来，胸口会阵阵发紧发烫。这些郁黄从不与人说，他只是忧郁地望着远方，沐上川的各种恼怒与絮叨，他的耳朵完全能够容忍。当然，那会子的郁黄也是任性的，他的策略是远离，他有充分的理由远离沐上川与三个女儿，一拨又一拨的项目落在清水湾工业区，他忙得不可开交，索性住到工厂，他骨子里是大男子主义，认为孩子天生就是女人带的。他没去想沐上川与他一样，也要工作，而且忙起来不比他差多少。

直到有一天，沐上川把三个女儿托人送到厂区，郁黄恨得牙痒痒。送孩子的人说，沐上川被下放到云阳农场劳动了。如此，郁黄赫然，他知道这场运动，沐上川难逃一劫。那两年，郁黄体会到带孩子的不易，一个人在枫城的家，边工作边照看三个娃。郁黄是个脸皮厚的人，他也不管别人愿不愿意，经常把女儿们往过去在他家带孩子的罗大姐家放，一放就是好几天。到了暮年，他想到这一幕，也会生出愧疚，他当年放在心上的工作，有这么重要吗？除此之外，让沐上川耿耿于怀的是她下放在农场两年，郁黄硬是没有去看她。郁黄的理由是，平常他工作忙，周末要管孩子，她们的吃喝拉撒她们的功课学习，再加上节假日，你也回来了呀。可是沐上川咬定这是郁黄对她的冷漠。郁黄百口难辩。真实的情况是，郁黄确实起过几次念头，搭班车去看她，云阳农场在枫城下边的偏远县城，赶早班车去，也难当天赶回，他准备了几次，最后都是工厂临时有急事，没有去成。没想到，就此成了沐上川数落自己不可更改的口舌。时间不能倒退，如果知道这个结果，郁黄想即使有天大的事，他也要去云阳农场看一下沐上川。但事实上，如果时间倒回去，郁黄肯定还是难以做到，因为他那个时候认为天大的事是清水湾工业区的那些事，他把这些事看得比什么都重。他的军黄色吉普开往清水湾，远远地看到各式烟囱，在蓝天下，冒着浓浓黑烟，他便无限开怀，车子开近，机器的轰鸣在他的耳朵里成了雄壮的乐曲。在厂大门口，一拨一拨的人，下班上班，欢声笑语在人群中如同波浪般起伏。这里，时时刻刻在发生变化，时时刻刻在创造奇迹。各个厂区在不断扩大，生活区的各种设施开始齐全，到最后，每个工厂居然成了一个小社会。工厂效益好，有关工人的生活需要，诸如电影院、文化宫、体育馆、各种劳服公司、各式商店，甚至做冰棒的冷饮店都应有尽有。

一场露天电影下来，大家会在人群中听到卖冰棒的吆喝：冶炼厂冰棒——化工厂雪糕——玻璃厂冰砖——，喊声此起彼伏，大有厂矿冰棒擂台赛的架势。也不知从何时起，人们对工厂的眷恋已融进骨髓。这样说吧，一个孩子从工厂职工医院出生，几个月就可上厂里的托儿所，三岁可上厂幼儿园，然后，厂小学、初中、高中，甚至可上厂里的职工大学，然后在厂里的哪个车间工作，直至自己的孩子又可以来一个同自己一样的内循环，最最好笑的，每个工厂还有自己的殡仪馆。一个人，从生到死，可以不出工厂。这种一眼望到头的生活，是当年很多枫城人羡慕的生活，什么事都不用想，一切都有人安排妥当。工厂生产的产品，永远不愁销路，工厂天天都是日新月异朝气蓬勃的景象。

郁黄离休时，工厂还是热气腾腾的。离休前，他还特意在他投注心血最多的工厂走了走，与厂领导们开怀痛饮了几杯，他觉得这辈子值，付出的努力，这些工厂就是见证。他甚至在某个晚宴上，无比欣慰地朗诵起保尔·柯察金的那段话：人最宝贵的是生命，生命对于每个人来说只有一次。人的一生应该这样度过：回首往事，他不会因为虚度年华而悔恨，也不会因为碌碌无为而羞愧；临终之际，他能够说："我的整个生命和全部精力，都献给了世界上最壮丽的事业——为解放全人类而斗争。"

这段朗诵，沐着月光，时时会让郁黄沉醉，他这一醉，几十年，乌飞兔走，倏忽之间，就过去了。这会儿，郁黄坐在会议室，先听一拨人在说他们对工厂的眷恋与不舍，而另一拨人开始轮番上台，把工厂说成是地狱。刚开始，郁黄觉得也就是一些污染问题，譬如说庄稼，譬如说土地与水质，但后来，清水湾方圆几十里的青山都秃了清清的河港都臭了。这些郁黄在电视里报纸上也看到了，特别是看到几条河港，那些冒着白泡沫的红黄水源源不断地涌入清澈的湘江时，他怔住了，来自体内的犯罪感随着血液涌进大脑，他的血压在这个时候陡地往上蹿，他按住太阳穴揉搓起来。女儿郁寒雨洞见到他的不安，便起身安慰，"见过自作多情的，没见过您这样的。"接着，又哈哈笑起来，"爸爸，您离休都几十年了，这些个污染，与您无关，是他们瞎搞的。"郁黄觉得女儿说得有理，过后仍会觉得不安，当年只是一味地想发展生产，对于环保根本不懂，更没有想过，会造成不可逆转的后果。曾经以为用天不怕地不怕的精神对待一切事物，便可战无不胜。郁黄到了晚年，望着远处地平线的落日，他心里的怕意常常会随着天边的云霞，一团一团地，交织密布在眼前，好多次，他试图抬手去抹，但抹了又有。

郁黄没有想到，他的怕意在这天的会议室又突然而至。一位穿着鲜艳的黄头发妇人，坐在圆桌会议室从容地叙说，下午三四点钟的阳光，从窗外射进来，刚好打在这位妇人前面的桌子上。隔着这道金色的阳光，郁黄始终没有看清她的脸，他不知她年轻还是年老、五官是好看还是不好看，在光的后面是个黑色影子。郁黄听见声音隔着光传过来，感觉她说的每句话，不是说出来的，而是一个字一个字咬出来的。

她说，她来自清水湾工业区的最西边，仙女岭，近二十年来，村里的成年男人几乎都死光了，死因都是不明原因的各种癌症。村里留下来的，都是寡妇与孩子。从前一直困惑，一位高人路过此地，闻到空中气味，骇然抬头，然后摇了摇头，这里的天空连鸟儿都不来。别人疑惑，为啥这里只死男人，不死女人？"女人是嫁过来的，男人是土生土长的。"一语惊醒众人。一个人毒量吸到一定的程度，死亡便会找上门来。一个存在了千百年的仙女村就成了寡妇村，而村里的寡妇又担心起自己的孩子们，怕他们呼吸了这里的空气喝了这里的水吃了此地长出来的食物，也会得像他们父亲一样的病。有能力的，都远走他乡，如今的仙女村，都空了，空荡荡的村里只剩下几位老媄馳。如果说在这之前的郁黄，看到工厂废弃工人蒸发，心里只是荒凉与痛惜，可是这位坐在光影里的妇女，她喉咙里嘶哑的声音戛然而止时，死寂在会议室沉静，郁黄听见心脏某处发出剧烈的轰塌声。之后，又陷入无声的世界，他看见那个发言的妇女抹着眼泪，起身出了门，她红黄色的上衣刺得他闭上了眼睛。他忽然想沐上川，他想在她面前低下头，承认自己一生都在犯错，在家里犯，在外边也犯。这些错，都是无法挽回的。这样想的时候，他软塌塌的，骨头缝里抽风一般，钻心地疼痛。他不记得他是怎么回到家的，倒是郁寒雨清楚地记得父亲是这次参观之后，就一直恍恍惚惚，时空颠倒，到后来，他的目光变得格外清亮，属于他的记忆，不知被谁收走了。

有位天文工作者说过一句名言：人类的一切建设，都是为了最后的毁灭。

如果郁黄听过这句话，他便不会把自己困住，走不出来。所谓的未来，有时候就是颠覆你现在的努力。那些处在现在的人，在这个时刻，身在其中别无选择，昂首阔步意气风发，走在一条自认为正确的道路上。当一切尘埃落定，苍老的目光回望来路，对错的评判竟会起伏不定。

5

第五部分

第一章

大年三十至正月初一，旧年到新年，中间只是一个秒跳。十二点过完，零点开始，古罗村的鞭炮声便失去理智，一浪接一浪，蓝青林窝在郁澍的怀里，双手捂着若水的耳朵，小东西在鞭炮炸响时，总是全身一抖，嘴巴瘪了瘪，委屈得想哭。睡梦老被吵醒，这小人儿又怎不委屈呢？郁澍支起身子，探头望着他笑。其实，他身上留存着鞭炮纸屑与硝烟味，零点时，他与蓝青森在大门外放了两挂“一千响”。

晨曦的柔光还隐在黑暗里，外婆与赵妈已经打开了院子大门，噼里啪啦，又放了一挂迎新鞭炮。感觉这一夜，她们根本没睡，守岁守到零点，在屋里只安静了一会儿，院子里又听到她们的动静。昨天她们除了忙厨房里的事，还张罗着贴春联、贴年画。赵妈说，村里家家户户为图吉祥如意，都会在谷仓门上贴“五谷丰登”，在猪舍门上贴“六畜兴旺”。从不调皮的蓝青森突然对蓝青林说：“在你的房门上贴‘六畜兴旺’挺合适哈。”没等蓝青林反应过来，他自己已经爆笑不止，郁澍跟着讪笑，倒是外婆拍了一下他的头，“有你这样当哥的？”说完，自己也笑。这般嬉笑中，院子里的大门小门贴满了福字，合欢树上也挂上两个红灯笼。

蓝青林躺在被窝里磨蹭，昨晚哥哥与外婆交代了，一定要早起。平常她会磨叽一阵，这个时刻，关系到一年的好运，她答应得很响亮。所以，在热被窝里也就磨蹭了那么一下，便轻手轻脚起了床。

新年的第一锅饭煮好了，蓝青林看见外婆盛上一大碗，用古罗村的话说，这是一碗“上岁饭”，放在灶台的“司命灶君”前，沏上茶，烧灶香，迎灶君回家。赵妈在一旁念叨：好话传天上，坏话去一边。外婆说：上天言好事，下界降吉祥。完了，哥哥端上米饭，与昨天宰杀好的肥鸡、肥鸭及酒肉，放到厅屋的神龛上，焚香顶礼，放上鞭炮，表示一年忙到头，过年有如此丰盛的收成，感谢祖宗保佑，新的一年又开始了，家里的平安与殷实，还要祖宗继续护佑。

顺顺当当的祭拜仪式完成后，外婆慈祥的脸上泛起笑意，她似乎感觉到她的先人都收到她的心意。下了一夜的雪，还没有停的意思，纷纷扬扬的，在空中任性狂舞。远处的古罗山，白得寂静，蓝青林在木廊上看见外婆抬头朝古罗庙的方向望了好久，自己也跟着望过去，雪这么大，居然没把这坍塌的寺庙全部掩盖，倒是勾勒出它独特的线条，似乎白雪下面的断壁残垣，也有一分妖娆。正看得发呆，蓝青森扯了她一下，“赶紧的，一起扫了门前的雪。”

他们清扫时，街巷里，家家户户门前，也都响起沙沙的扫雪声。蓝青森在开扫之前，在门口滚了一个好大的雪球，他说，上午可带着波尔与西沐堆个雪人。而蓝青林帮他时，总是不停地跺脚，用嘴哈手，然后扯长身子，伸个懒腰。她伸懒腰的这会儿，看见半个古罗村的灰墙黑瓦披着厚厚的白雪，屋檐瓦片上垂下长长的冰柱，冰柱后面，是家家户户门前红色的对联与灯笼，还有屋顶上升起的炊烟。她觉得这正在过年的古罗村，美成了仙境。她转身想进卧房把郁澍喊出来看，跑了几步，她又停了下来，回头看雪地里自己歪歪斜斜的脚印。其实，她是想起郁澍下半夜一直在赶网文，这会儿刚睡下不久。于是，她笑了笑，扶起扫帚，继续扫雪，扫到门前时，她抬头看自家门上的对联：天增岁月人增寿，春满乾坤福满堂。横批：四季长安。

凤莲拎着一篮子猪肉与猪下水从巷尾走过来，她脚步带风，踩得白雪嘎吱嘎吱脆响，进门时，她朝他们晃了晃篮子，“陆永顺家刚杀的年猪。”蓝青森把头伸过去看，凤莲又说：“肉都带热气，你们赶紧扫了雪，进屋吃粉，码子就炒肉，带劲哦。”

蓝青林听凤莲这么一说，嘴里涌上来的口水，掉在了雪地上，她嘟起嘴，往里抽了两口气，对蓝青森嚷起来："快点扫，快点扫，要吃粉去啦。"边嚷边开心地笑。

蓝青林怎么会不笑，三十来岁，她觉得这是她过得最幸福的年。她感觉在古罗村这个小院，她拥有了宇宙，她有了郁澍，有了西沐与若水，她还有外婆，有哥哥与波尔。这种拥有，有时也会让她恍惚，在某个瞬间，她越来越像外婆，总是不小心从眼前的正在进行时抽离出来，四处回望，看看身边的亲人，他们一个个是否安好。她开始牵肠挂肚了。当你的生活，填满了生命里重要的人，你的任务便是对他们牵肠挂肚。蓝青林不记得，这是谁说的一句话。

厅堂的火塘里燃着旺旺的炭火，昨晚一家人在这里守岁迎春，零点放了好些爆竹，说是迎春纳福，外婆说是"开新正"，完了一夜灯火长明，这叫照岁。蓝青林路过厅堂时，屋里的热气立马拂在脸上，迈克趴在火塘边，舒服得一动不动，倒是晓得扬起尾巴摇了摇。厨房里，外婆在灶前亲自掌勺，锅里翻炒着肉片与猪肝，灶台上的碗里备着马上要放下去的新鲜大蒜与辣椒，柴火在灶膛里呼呼啦啦地抽着风，卷起的火苗舔着锅背，待辣椒与大蒜放进锅里时，蓝青林一个喷嚏，惊天动地地打了出来，外婆铲起这碗猪肝炒肉，回头对她喊："赶紧地，叫你哥来，趁热吃。"

赵妈与凤莲蹲在屋外的机井边，洗着肠子与猪肚子，"进屋洗，外边冷。"蓝青林对她们喊着。"今天井水格外热乎。"凤莲摊开通红的双手，大声回应，水盆里与她的手上热气腾腾。

蓝青林又跳进屋里，跺了跺脚，外婆把砧板上剁碎了的新鲜瘦肉放进一个青瓷花碗里，放了几颗豆豉一点胡椒一些井水，淋上小勺茶油，放进蒸锅里蒸。蓝青林知道这是外婆给西沐与波尔蒸的年猪肉饼。外屋谁家的鞭炮又响了，大概是正月初一的早饭要开吃了。

"青林，你抓紧吃，一会儿若水醒了，又难吃餐安生饭。"外婆催着。蓝青林哈了一口热气，吞下一口口水，端起碗，埋头吃起来，吃两口，也不看外婆，自顾自地对着碗抒情：好吃，好吃。外婆双手搭在围兜上，嘴微微张开着，笑意在她满是皱纹的眼角波动。屋子里除了灶台上蒸锅里蒸菜的噗噗声，便是蓝青林吃东西的咂巴声，其实，她平常吃东西没有这么大的动静，可是这会儿，她觉得弄这些动静，能讨外婆欢心，动作就更夸张了。

中国的年就是在喜庆的气氛里吃，也不知为啥，家里的老人热衷做，年轻人高兴吃，似乎有些相互捧场，这捧场便滋生出绵绵情意。大年初一，从这碗滚汤热油的汤粉开始了一天的吃吃喝喝，客人一拨一拨地来，家里的大人便陪着一轮一轮地吃，仿佛不吃点，就不是过年。人们在嘻嘻哈哈的笑声里祝福。陆永顺携着家人在雪停后来家拜年，这时已过晌午个把时辰，陆永顺提着年礼热闹喧天地给外婆拜年，见孩子就散压岁钱，外婆当然也不例外，她早就包好了一捆新票票。陆永顺在厅屋的火塘前刚坐下，就朝里院喊："郁澍，今天初一，还没起床吗？"他的话音刚落，蓝青林抱着若水，与郁澍一起进了厅屋，于是嘻嘻哈哈相互拜年，为孩子的压岁钱，拉拉扯扯，消停好后，大家才坐下来喝酒喝茶吃点心。外婆眉开眼笑，忙着倒酒倒茶添食物，女人在一起便是逗孩子，陆永顺与郁澍的话题绕不开古罗村的村史馆，他们的谈话，先是一杯一杯地喝茶，接着是一杯一杯地喝米酒，喝得屋里热气腾腾。

这当口，外婆静静地坐在桌边好久了，从前，年轻人聊天，她从不掺和，总是走得远远的，可是今天她坐在那里，而且愈坐愈严肃，以至于火塘前的人，突然都不作声了，有些不知所措地静下来。郁澍向来在外婆面前皮，他起身，扶起外婆，让她坐在正中间，然后将食指放在嘴唇上，对大家故作正经地说："现在，我们请外婆做重要指示。"围坐火塘的蓝青林、蓝青森，还有孩子们都安静下来，外婆显得有些激动，她没有开腔，却把头转向陆永顺夫妇，问："你们今年啥时去白龙村拜年？"陆永顺有些明白，但还是有点转不过弯来，他说："明天，我们准备明天去一趟。"

"那明天青森、青林你们与永顺他们一起去，去给你们的爹，拜个地年，也去看看你们的伯伯与叔叔们。"外婆像聊天一般，平静地安排好了明天。

蓝青林瞪着眼睛，望着哥哥蓝青森，她没有完全理解外婆的话，可是外婆那表情，又不容她去发问。她只把疑问投向哥哥，似乎是在说，什么状况？白龙村是哪里？

父亲去世时，她不到六岁，哥哥蓝青森也只有八岁，他们一直由外婆带在身边。蓝青林记得，那天母亲姚小瑶深夜回家，连夜带着他们赶往父亲的老家，一个很远很远的山村。母亲带着他们走进一户正在办丧事的人家，蓝青林还在看热闹，一群人冲了上来，将他们团团围住，抱着他们号啕大哭，不由分说就把白色麻布往他们身上披，蓝青林看见妈妈与哥哥一身素缟，妈妈脸色苍白，哥哥满脸惊吓。这些记忆片段，如同梦境，偶尔会再现，但蓝青林以为这只是一个无法解释的梦。她一直回避，这不是一个真实的事件，因为关于父亲的死，几乎没有人正式地与她交谈过。她只知道当年父母一同南下打工，父亲在工厂的一次事故中丧生，母亲因此成了那家工厂的正式员工，一年回来看她与哥哥两三次，到后来，几乎很少回来，她与哥哥感觉她在那边成家了，但想着母亲自己不说，他们也不问。

其实不只蓝青林困惑，郁澍也是蒙的，这些年，有几次他想问蓝青林的父母在哪里做啥事，可是他只把涌上来的话咽了下去。人家不说，那是不方便。刚刚外婆的两句话，着实让他心里一惊，他偷偷地望了一眼蓝青林兄妹俩，顺势拍了拍陆永顺，“明天，我也去。”外婆在这时接话了：“都去，波尔、西沐也去。若水就放在家里，我跟赵妈会带好。”

外婆讲话有时候是没有商量余地的。

蓝青林兄妹俩习惯了执行，可是这事来得太突然，他们沉默地听着，蓝青林感觉自己的心在往下落，她全身发软，脑壳起雾，她有些无助。“外婆，我们就这样不招呼地去，不好吧？万一不认呢？”蓝青林终于说出了心里的顾虑。

“哪里的话，白龙村的蓝家人要知道你们回去，高兴都来不及。”陆永顺急了。他母亲姓蓝，那天与外婆聊天，没想到竟然是与蓝青林兄妹的父亲是一个村的。

“别人认不认你们，不重要，重要的是，你们要去认父亲。”外婆表情凝重，她说，“这些年，你们那个母亲把你们丢给我，便什么都不管了。”话音落下，哭腔跟了上来。

蓝青林突然心里一动，觉得外婆可能在心里怪妈妈过年也不回来团聚，只是在外婆平常的话语里，她不计较这些的。这时，郁澍把一盏刚冲好的肉桂红茶献了过来，“外婆，您闻闻，好香咧。”外婆低眉接住，闭上眼睛，轻吸一口气，“嗯，香。”接着，神情又似平常了，缓缓地，也不看任何人，抿了抿这通透得像红汤一样的茶水。

初二早上，晨光照进古罗村时，蓝青林他们就坐在了陆永顺开的船上。船在罗水湖里，往西南方向劈开一道漂亮的水浪。新年的这场大雪，致使群山银装素裹，妩媚万千，湖面空旷寂寥，薄薄的湿雾轻漾其中。东边照过来的太阳，在雪上在水面轻轻啄咬，水波跟着光影开始绚烂，空气成了一种透明的光，只是模样凛冽。蓝青林与西沐裹在加长的羽绒服里，戴着厚厚的围巾，船突突的响声越过湖面滑入山谷，在山谷的另一头，又传来回声，感觉这声音就在罗水湖上的群山里绕弯子。绕弯子的不只是这声音，还有寒风，在峡谷山崖间荡来荡去，又在水面低飞直行，呼呼的，吹来又吹去。蓝波尔打了个寒噤，蓝青林见他嘴唇紫乌，鼻子通红，鼻孔下挂着清鼻涕，很显然，哥哥给他穿少了。嫂子大清早回县城了，她是个护士，有加不完的班。男人照看孩子，总归不够细心。蓝青林把波尔拉进怀里，取下自己的蓝格子羊绒围巾，给他绕了几圈，然后紧紧地扎好。一条围巾，可抵一件衣。蓝波尔的嘴唇立马有了血色，蓝青林拉好自己的羽绒服拉链，缩了缩脖子，只是她没想到，郁澍已经取下他灰黑相间的羊毛围巾围在了自己脖子上，围巾带着他的体温，还带来若干细细的虫子，在她的心口痒痒地爬行。她向郁澍凝望过去，见他已经站在陆永顺边上，与他聊天。他们指着岸边高耸的山崖，崖上呼啸而过的山风，与时不时从树枝上跌落的雪块，交相呼应。

蓝青林听见他们在聊山崖上的那些像谜一样的墓穴，大雪遮掩下的棺墓，在石壁上，若隐若现。风里传来陆永顺的话：“畲族的祖先，也是悬棺而葬的。”这句话，像在冷冷的空气里打了一针吗啡，郁澍的目光立马激动起来，这可能与蓝青林是畲族有关，反正他开始刨根问底。

陆永顺却开始调口味了，他突然扭转头，对着他老婆喊话了：“你把火笼给青林！”他老婆与儿子各拢了个火笼缩在船舱一角。陆永顺这样一喊，他老婆起身撩起火笼上的围裙，递送过去。其实，一上船，她就把火笼提给了蓝青林，蓝青林嫌老土，当即拒绝，她就没坚持。这会儿，她把火笼往蓝青林腿边一放，再让西沐与波尔坐在两边，用围裙围住他们，寒风就吹不到腿了，膝盖立马就热烘烘的了。蓝青林搂紧了两个小东西，笑眯眯地望着郁澍，吸了一口气，感慨地说："这下舒服多了。"陆永顺的老婆睨了她一眼，心说开始要你这样，你还不肯。当然，她没把话说出来，只是自顾自地掀开她儿子火笼上的围裙，把双腿放进去。

"祖公年老是清闲，日日擎弓去射箭""石壁岩前山羊打，被羊抵落石壁前""祖公跌落石壁前，身尸挂在树尾上，老鸦来叫引路线""一阵龙风来发起，吹断树尾搁不牢，大大小小跪地拜，句句哭公是不该""高岩石壁崎又岖""任得树梢安祖坟"……

歌声荡漾在湖面，山崖的回音高低起伏，余音缭绕，绵长悠扬。陆永顺在唱一个传说，歌名叫《盘瓠王歌》，歌词叙述了畲人祖先盘瓠，因为打猎，而葬在了山崖上的故事。

陆永顺唱得得意，他向郁澍眨了眨眼，问："你听清楚了吗？"接着，他又唱，又解释："因'高岩石壁崎又岖'所以无法取得祖先尸身，只好'任得树梢安祖坟'，后世畲人为怀念先祖，就悬棺而葬了。"

郁澍听后，瞬间呆了。陆永顺伸手在他眼前，上下晃了晃，"畲族早就是土葬与火葬了，这个歌，只是说悬棺而葬，是畲人过去的习俗。"

"呸，大过年的，咋说些土葬火葬的，呸，呸，呸。"陆永顺老婆的眼睛向他横了过来，接着一转身，面对湖水张开了嘴，"春秋战国乱纷纷，七国鼎立相并吞。楚国蛮奢江南地，百家畲洞我为居。"她略略停顿后，头偏向了另一边，提起嗓子又开腔了："祖公原先住蓝田，百家畲洞名相连。官府欺压地主占，逃转别处去开荒。"

宛如山间突然奔来一道清泉，清脆地越过每个人的耳边，郁澍忍不住随着旋律，打了一个响亮的口哨。他是真的没有想到，歌声会如此悦耳动听、温婉清悠，平常见到的陆永顺老婆，是个肥胖的村妇，头发蓬松凌乱，衣着色彩艳丽。当然，怔住的除了陆永顺外，一船人都顺着回荡的歌声，四处张望，仿佛歌声来自远处的山谷与湖面，他们无法相信这个美妙得近乎天籁的声音，是发自船上身边的人。

郁澍嘹亮的哨音时不时从水面穿越到山崖，最后，他举起双手，在陆永顺的头顶鼓起掌来，并大声吆喝："嫂子的歌喉，盖过了陆哥。"陆永顺似乎有些不服气，拧紧了眉头，伸长了脖子，对着白雪覆盖的山林，铆足了劲：

"十八老妹嘀嘀亲，浑水过河不晓深。丢个石子试深浅，唱支山歌试妹心。

"心想上天天咁高，心想恋妹妹咁刁。铁打荷包难开口，石头破鱼唔似刀。

"刀子斫柴箍子箍，老妹有事藏心下。老妹唔曾同郎讲，好比杨梅暗开花。"

歌声浑厚高亢，鸟儿从林间拍打着翅膀，啪啪地腾空飞起，在湖面盘旋，激越鸣叫，在天地之间伴着歌声回荡。蓝青林看着空中飞翔的鸟，兀自笑着，鸟儿原来也喜欢听情歌哩。

正笑着，就听见清亮轻盈的女声，轻悠悠地飘了过来：

"十八亲哥笑融融，肉色笑起石榴红。牙齿赛过高山雪，眉毛赛过两只龙。

"郎有心来妹有心，唔怕山高水又深。山高自有人行路，水深自有摆渡人。

"六月食冰冷津津，老妹喊哥放下心。亲哥好比杨宗保，老妹好比穆桂英。"

郁澍的哨声激越悠长在水面，船上的人随着音节鼓起了掌，成群的鸟儿追着船儿低空嘶鸣。蓝青林转头看鸟，猛然发现周围山崖上的丛林有了苍翠的姿容，这里似乎没有下雪，阳光映照的层层山岭，深浅不一的绿波，泛着清亮的柔光。

沿着罗水湖陡峭的石壁，歌声随船，蜿蜒前行。"三想蓝雷三姓亲，都是南京一路人。痴情不识京城住，走出山头受苦辛。”陆永顺唱过之后，告诉郁澍，这些歌是畲族《高皇歌》里的，仔细听，里边能听出好多故事，好像说这支畲族来自南京。

“山有来龙水有源，此去代代出英贤。若有不认宗亲者，天雷劈碎作灰尘。”这歌声是陆永顺老婆接过来的，只是此歌过后，山林间忽地一片哑然，山倒映在水里，一副吓傻了的模样。

刹那间，蓝青森与蓝青林真的被雷劈到了，灰头土脸地窘在那儿。

“死婆娘，这么多歌不唱，偏偏唱咯首。”陆永顺一个眼神恶狠狠地横了过去，他老婆正自责地捂住了嘴。郁澍呆愣着，他没有去看蓝青林与蓝青森，却看到湖水的波光开始忧伤。

“没事啦，歌里说的，是以前的祖训，现在只是唱一唱，畲族的好些规矩都没了，从前禁止与外族通婚，现在只要是自由恋爱，与谁结婚都可以的。”陆永顺打着圆场，这些安慰的话还没说完，远处码头上有人吆喝招手。“到了，到了。”小孩子雀跃欢呼起来。

蓝青林牵着西沐与波尔，郁澍与蓝青森提着外婆给伯伯叔叔家备的节礼，一群人就这样浩浩荡荡地下了船。码头上，除了水岸，三面山坡上，长满翠绿的竹子，风儿吹来，竹子就翻腾出一波一波的绿浪，窸窸窣窣的声音在耳朵里欢唱。

“一路都是竹林，够你看的。”陆永顺预订了两辆三轮车，一车放货物一车坐人，说山里坐车，最怕人货混装。几个男人把东西整好，便又全部挤进后边车厢大一点的车上。“几十分钟的路，一下就到了。”陆永顺说。

叭叭地响了一阵，车子走起来，载着他们开始翻山越岭，这里是贵州地界，除了竹子多，感觉山里的景致与古罗山的没什么区别。陆永顺说，当年畲族人真不容易，被人追杀，只能躲到高山深处，随山种插，去瘠就腴，架茅以居，繁衍生息。郁澍说，“畲”字，本意就是刀耕火种，可见他们是来到山里，开山种田，才被叫作畲族的。坐在车上的蓝青林，耳朵里像灌进了风，嗡嗡的声音响个不停，她的体内开始显现出高原反应。她茫然地望着被车甩在后面的蜿蜒山路、两边青翠的山峦，她抛下千万个问题，就想着母亲姚小瑶为何要嫁到这么远的地方来。那个时候，外婆的家，好歹是在县城，她自己也是个财校毕业生。是爱情吗？那是父亲长相英俊？蓝青林自小对父亲没什么印象，感觉就是个模糊的人影。母亲在她眼睛里是不会笑的，也许在蓝青林对她有记忆时，父亲已经走了，她就一直沉寂在她的哀伤里。外婆在哥哥与她面前，从来都是笑吟吟的，但只要母亲姚小瑶一回来，她就不会笑了。大人的事，太难懂了。她与哥哥在小的时候居然晓得刻意回避，但她不解的是，母亲与外公说话，语气从来都是和颜悦色的。

蓝青林的手突然被郁澍握住，他知道，此刻，她心乱如麻。蓝青林回头望向车篷外，顺着之字形小路，不知不觉他们越过山顶，在山的另一边，从山坳到山窝，密密的房屋依山而建，层层叠叠，古朴而宁静。“看到了吗，这就是白龙村。”陆永顺的手指了过来。蓝青林的心随着三轮车发动机的叭叭声剧烈地跳动，她抽出自己的手，反抓在郁澍的手腕上，指甲掐到肉里，她还在用一股死力。她不明白自己怕什么，似乎是父母的婚姻之谜，在这里就要揭开了，而无论是哪一种答案，心都戚然。

没等蓝青林攒下足够的勇气，车就停了，鞭炮声粗暴地劈面而来，陆永顺跳下车，他吆喝着，要蓝青森、蓝青林、蓝波尔、西沐先下车，蓝氏宗族的长辈们要在这里举行祭拜祖宗的仪式。这个仪式当然是简单的。昨天在这里，全村人已经举行过隆重的仪式了，这是畲族人在大年初一必须做的一件大事。畲族人过年的风俗是必看族图族谱，听老一辈人讲始祖故事，在祠堂等处祭拜开山先祖盘古大王。白龙村的正月初一，一年的开头一天，喜悦里会抹上一层神秘。这天一大早，畲族人穿上节日新装，沿着弯弯曲曲的村路，汇聚在村中心广场上的一棵大樟树下。他们带着祭品，给大树上香进贡。族中老人说，大树下就是畲族人最先在这里落脚的地方。祭拜后，族人们再到祠堂里向先祖盘古神位上香，然后，极其隆重地展开族图围聚，村里的长者会讲“狗头王”的故事。族图是一张十几米长的布匹画卷，破损褪色极为严重，但上面的图画与文字是清晰的，画卷里关于始祖盘古王的一生历历在目。围着族图，老人们指指点点，说着他们从他们的老辈那里听来的传说：畲族的始祖乃是古时一位皇帝手下的大将，名叫盘古，长着狗头人身。他在国家危难时挺身而出，率兵平定了番王的叛乱，最终被皇帝招为三公主的驸马。他与公主生下了三个儿子，分别被皇帝赐姓“盘”“蓝”和“雷”。蓝青林听陆永顺说过一个更民间的版本，说原祖“狗头王”生下三子一女。大儿子二儿子生下来分别装在盘子里和篮子里，所以姓“盘”、姓“篮”。三儿子出生时，正遇天上打雷，故以“雷”为姓。而女儿无姓，女婿姓钟。后来，他们觉得“篮”字不好看，便写成“蓝”了。

蓝青林跟在蓝波尔后边，发现他在不停地张望。周围好些乡亲，在朝他们指指点点，波尔好奇，不明白他们为啥这般看过来。一个很大的泥土坪，东边的山坡下长着三棵古樟树，中间一棵显得尤为苍老，偌大的树干空了心，空了心的厚树皮，支撑着上边的枝繁叶茂。三棵树几乎连在一起，枝干上弯弯扭扭地爬满青苔，树下的祭台上摆着猪头、猪肉、米酒与烛台。领祭人念念有词，带着蓝青森他们对着树行礼并叩拜，之后响起一阵鞭炮。然后，一群人簇拥而上，蓝青林知道这些人肯定是父亲家的亲人，便让他们去抱去搂波尔与西沐，俩小孩被这种混乱吓得往蓝青森与蓝青林身后躲，一度尖声哭叫。陆永顺上前一步，站在两拨人中间，指着这些人，依次介绍：大伯家的，蓝青木、蓝青禾两位兄弟，叔叔家的，蓝青桐、蓝青莲俩姐妹，还有他们的老婆老公与孩子，阵势超大。可是当蓝青林听到这几个名字时，心里陡然一热，不能自控地把自己的目光黏了过去，原来这世上自己还有这么多亲人，蓝青林在他们的长相里寻找着自己的影子，与此同时，同样的目光一齐看了过来，站在对面的，是失散多年的兄弟姐妹，他们的眼神也在打量。

顺着村道蜿蜿蜒蜒行走着，蓝青林不自觉地走在了蓝青桐与蓝青莲中间，她不知道她们谁是自己的姐姐还是妹妹，便一眼又一眼地看过去，鼻子，嘴巴，下巴，蓝青林与她们相像，独独眉眼有些不同，她们的眉往上挑，眼睛细长，是那种带着卧蚕的杏眼。蓝青林最最感兴趣的是她们的发型，一条长辫子，盘在头上，戴着凤冠，看上去像是用一根细小精制的竹管支撑，外包红布帕，下悬一条红绫，一尺长、一寸宽的样子，有凤凰的形状。冠上饰有一块圆银牌，牌上悬着三块小银牌，再插着一根银簪。见蓝青林盯着她们的头发，蓝青莲指着垂在额前的头发说，我们畲族人称这个为龙髻，表示是“三公主”戴的凤冠。蓝青桐说，我们要是穿上畲族服装，还会佩戴银项圈、银链、银手镯和耳环。

蓝青林望着蓝青桐与蓝青莲，瞬息之间，似乎就恍惚了，她听见了叮叮当当的首饰发出悦耳的响声，她笑了起来，挽着她们，沿着鳞次栉比的房屋下，踩在青石板上，高高低低地，一路走着。蓝青林惊奇地发现，这里每家每户的门口，都立了一只半人高的石头狗狗。抬头望向庭院，总有一只或两只白色的田园犬或立或蹲在院子一角，它们目光柔顺，蓝青林正盯着一只几个月大的白色田园犬，噼里啪啦的鞭炮声带着浓浓硝烟覆盖而来。在这什么也看不清的状态中，蓝青林与蓝青森被人推搡到一间屋子里，他们人还没站稳，手就被一位娭毑拉住了，堂哥蓝青木说：“是阿婆啦。”话音未落，阿婆一把搂住面前的人，喉咙里发出呜呜的抽泣声，接着号啕起来。蓝青林与蓝青森趴在娭毑的怀里不敢动弹，他们再不明事理，也已经明白这位老人是他们的奶奶，是父亲的母亲。老人的哭号引得蓝青林与蓝青森的泪如潮水般奔涌，自责没由来地占据内心，怎么从来没有人说过，在白龙村，他们还有位奶奶。

骨肉团圆的场面似乎都会在大喜大悲中轮回，情绪在两个极端之间，冲高跌落，然后再冲高跌落，阿婆哭了笑，笑了又哭，搂着多年未见的孙子孙女看了又看，摸了又摸。蓝青莲边抹眼泪，边搂住阿婆，“好啦，好啦，回来就好。”蓝青桐拉着波尔与西沐，凑上前，“阿婆，您看看，您的重孙孙。”阿婆果真停了她的抽噎，抹下一把泪，把眼睛看向两个小东西。屋子里开始回荡起笑声，蓝青林退到一旁，刚抬头，便迎上父亲的目光，照片里的父亲还很年轻，他被摆在厅屋的神龛上，蓝青林的眼睛一热，泪水又模糊了双眼。

蓝青桐扯着蓝青林往里屋坐，给她端上一杯热茶。里屋就一张床一张桌子一把椅子一个五屉柜，蓝青林正想着自己要往哪儿坐时，她看见墙上父母的结婚照。蓝青桐说，这是你父母的婚房，还是从前的摆设。蓝青林突然能理解，母亲不再回来的理由了。坐在这间屋子里，她居然很快就安静下来，似乎这屋子存在什么能量，又似乎她被父母的目光团团围住，她好像熟悉这里的一切，其实，她如同母亲一样，那年参加完父亲的丧礼之后，就没再回来过。

蓝青林愣神之际，阿婆牵着蓝青森走了进来，哥哥蓝青森的表情梦一般，一张脸沉在记忆里。阿婆在屋里指指点点，而后，又拉住蓝青林的手，把脸凑过来瞅，瞅过之后，便眯起眼，撇了撇她的瘪嘴："我家孙女就是俊。"说得蓝青桐搂着她亲。

之后，由蓝青木、蓝青禾、蓝青桐、蓝青莲陪着，去了左边的屋场，拜见大伯与大伯娘，去右边的屋场拜见叔叔与婶婶。蓝青林在那个时候，脑袋空空的，一直被空气里骨肉团聚的气息，浓浓地裹住，以至于她随着人群走到山上了，仍觉得自己是处在梦境中。

林涛在四面山呼海啸，阳光倒是有了春意，风儿吹在脸上，像少女嘴里哈出的气息，父亲的墓在蓝氏家族的墓地里，依着竹林，面对梯田。隔着梯田可以望见阿婆、大伯、叔叔家的屋场。蓝青林站在墓前，重重地嘘出一口长气，她想大声喊一声：爸——她抿了抿嘴，声音咽进喉咙里，倒是听见蓝青木的声音："二叔，你的崽女来看你了！"话音一落，蓝青林就随哥哥跪在地上，泪也奔了出来。坟堆刚刚整葺过，泥土松松，不见一株野草，上面有燃过香烛的痕迹。蓝青林在哥哥后边，趴在地上，叩拜，敬香，她不知为啥，在心里老是对父亲重复着一句话，爸爸，对不起。爸爸，对不起。蓝青林奇怪，这么多年，怎么就没有想过来看爸爸？倒是昨天上午，外婆要她与蓝青森代她去给她的先人拜地年，在楸树坡的山上，这才发现，大年初一，原来坟山上甚是热闹。提着祭品的人群，在寂静的山野喧闹，大鱼大肉摆满坟前，倒上两杯美酒，跟先人说过年了，我们在这边挺好的，你们也还好吧？然后，点烛上香，活着的人绕着坟地一圈一圈地洒些酒，念念叨叨。说什么，在那边缺什么，就托个梦哦。说得旁边的人笑了起来，于是，说说笑笑之间，人们把摆在坟前的食物放进篮子里，提回家，又成了正月初一的新年头餐饭。昨天给外婆父母拜地年时，她想过父亲，想不知有谁会给他拜地年。只是，她这样想的时候，立马就屏蔽了这个突然冒出来的想法，她没有胆量细想。人往往都一样，不敢面对时，就会使劲逃避。

站在父亲坟前，蓝青林心里涌出对外婆的感激，多亏她执意让她与哥哥来白龙村，来认亲拜祖。波尔与西沐奔跑在附近的山坡上，嬉闹声随着山风，四处传送。蓝青林似乎觉得父亲在人们肉眼看不到的地方，看着这里发生的一切，她敢断定，他看到波尔与西沐，脸上肯定布满笑意。只是这笑意，诡异地落在了她的脸上，让刚走到她面前的郁澍有了惊悚之感，他不自觉地伸出手，拍了拍她，她似乎从好远的地方回来了，眼神狐疑地望了过来，郁澍牵着她的手，带她翻过竹林，眼里又有绵延的山峦，宛若到了另一个世界。

蓝青林以为是带她来看山，可是郁澍又拍了她一下，顺着他的手指，在西南方向的一个山窝窝子里，像是有城墙，城墙里的房屋呈现出隐隐约约的残垣断壁，如同废弃的村落。跟着上来的蓝青禾说，那是个城堡，好多年没人住了。

“叫什么城堡？”蓝青林与郁澍几乎同时问道。

蓝青禾挠着腮帮子，想了一阵，“叫界龙岩城堡，能讲出城堡故事的，白龙村没有几个人了，反正从前里边住的人，不是我们畲族的。”

蓝青林看见郁澍的目光像被什么点燃，熊熊的火焰从眼睛里蹿了出来，双眸晶亮，缕缕轻烟尾随其后，瞬间越过群山，落在了那个城堡之上。蓝青林想，他恐怕是又找到了他网文写作的灵感。郁澍指着城堡东南方向，对蓝青林说：“你看见没？那里也有一个天塔，看上去与楸树坡城堡的很像。”楸树坡城堡里的天塔，蓝青林小时候就听大人说过，那是之前住在城堡里的人用于练兵的。里边的房屋都是用小青砖和石条砌成，到了后来，天塔做了麦家的祠堂，也不再有人说，天塔是用于练兵的地方。只是这个城堡，也有类似天塔的建筑，她想难怪郁澍脸上一惊一乍的。

中午的这餐饭摆在阿婆屋场，两张大桌子，全是蓝氏家族里的人，阿婆吃得很少，她给波尔西沐夹糍粑夹粉蒸肉，给蓝青森蓝青林夹晒肉夹腊鸡腊鸭，在炖的新鲜鸡肉里翻找鸡腿，一只夹给波尔，另一只给西沐。她在夹菜时，泪水噙在眼里，说不了两句话，那些泪就落了下来。蓝青桐拿来两颗降压药，要阿婆吃了。这个孙女总是在她后背抹着，说这下您放心了，您看他们几多好。阿婆抿着嘴点着头，说，盼到了，盼到了。说着说着，又落泪了。

黄昏的时候，不好意思启唇说要回古罗村的蓝青林，还是跟阿婆开口了。阿婆摇着头，死活不肯，说刚回家，歇都不歇一夜，就喊走，你不怕你爹骂人？蓝青林眼睛立马红了，搂住阿婆，说，阿婆，我也不想走，家里还有个细崽，晚上会寻娘，寻不到，会闹翻天的。阿婆还是拉住蓝青林与蓝青森，小孩子一样，跺起脚来，她说："咯里也是你们的家，我住在这里，一直在给你们看房子，现在你们回来了，我要把房子交给你们。"

屋里瞬间寂静无比。蓝青林被阿婆的这句话点到穴位，她的泪热热地从眼眶里滑落。这辈子，她从来没有想过，有人在为自己守房子。她抱紧了阿婆，如果任着性子，她保准会在这刻号啕起来，她当然知道自己不能这样，阿婆是八十几岁的老人了，今天已经承受得够多的了，情绪不能再波动了，她只是把头埋在她瘦削的肩上，让自己的泪水浸进阿婆的粗布棉衣里。

蓝青林、郁澍、西沐还有陆永顺一家来到码头时，竹林笼罩在一片暮色里。他们在船上回望，看见三只白色的狗立在山冈上，蓝青林心里一抽，这分明是阿婆、大伯、叔叔屋里养的那三只狗呀，它们居然跟着三轮车，跑这么远来送自己。她无法相信眼前的事实。陆永顺却司空见惯，他说，白龙村的狗，能分辨出人类血液的气味，天生就能认出家里的亲人，它们只要朝你嗅嗅，就知道你身上是不是流着这家人的血，是不是这家人的孩子，你看，它们第一次见你们，居然会追这么远来相送。这话又让蓝青林流泪了，她回过头去，看见蹲坐在山冈上的三只狗，在浓浓的暮色里，一动不动地凝视着他们。蓝青林忍不住朝它们挥手，对着山冈大声呼喊："我们还会来，你们回去吧！"这隔空的话语，在两个物种中传递，如同鸡对鸭语，但双方却相信对方可以听懂。这是世界的奇妙，也是宇宙的奇妙。

陆永顺对郁澍说，你们难道没有发现，白龙村里的狗，几乎都是白色的？畲族人一直把狗当作他们心目中的龙。听他如此一说，蓝青林回想起在村里见到家家户户门前的石雕像，还有，那些静卧在院内的白狗，忽然恍然大悟。陆永顺说，畲族人历来忌打狗骂狗，更忌讳杀狗，禁吃狗肉。他们几乎家家养狗。而且很多地方不直呼为狗，称犬，或称龙犬，并按其毛色，呼“白龙”“乌龙”“黄龙”等。把狗称为“龙”，与畲族人的族图，与族图里的“狗头王”传说有关，他们把狗看成了神，格外敬重。生在畲族村落里的狗是幸福的，遭遇不到杀戮，一辈子好吃好喝，自然老死后，还予以埋葬。埋葬时，畲族人会为狗戴上一顶纸帽子，帽檐镶一圆圈，狗脸朝下，入土后，帽子上面浇透水，以此超度再生。

这些在陆永顺嘴里随口道出来的风俗，听得郁澍一愣一愣，他说，这次太匆忙，下次带若水一起来，一定好好住上一阵。这也正是蓝青林的想法，好在这次蓝青森与波尔留下来了，他们将在白龙村住上几天。

第二章

不是突然遇见，郁寒雨早就忘了姜达贵，她知道他存在于某个地方，但与她已经没有一毛钱关系了，她甚至都记不清他长什么样。郁寒雨自然接受着生活给予的一切，她的脚步一直朝前迈，头顶上细细密密的各类琐事一项一项地落下来，落下来了，她就一项一项地去完成，有完成不了的，她就放一放，而有时这一放，就忘了，在这个放的过程中，她发现放下的事没有完成，其实也没有什么，日子照样过，春夏秋冬照样更替。只是走到这里，消失许久的人又出现了，郁寒雨没有仔细去想这个遇见的巧合，这个巧合的背后，可能引申出来的各种理由。

在枫城大学的清晖湖畔，一抬头，就见到姜达贵，他笑意盈盈，恍若从来不曾离开过。每个人一路走过来，都是走着走着，身边的一些人就不见了，而且这种不见，有些就是彻底消失，从此不再出现。姜达贵不一样，他居然又出现在郁寒雨的生活中，他的离开，好像仅仅是出了一趟远差。

郁寒雨也奇怪，与姜达贵吃过若干次饭喝过若干次茶，他们居然不谈过去，也不谈当下具体生活，可是之间却没有任何陌生感，可以聊天聊得热火朝天。其实从前，他们并不怎么说话，在偌大的宇宙里，他们躲躲闪闪的目光，偶尔才碰到一起，传递着一些基本内容，譬如去堤坝的东边采水芹菜、鸭脚板草、鼠麹草、蒿子叶，去堤坝的西头挖藜蒿、芦笋、折耳根，郁寒雨提着竹篮，跟着姜达贵一路奔跑。郁寒雨天生对这些长在野地的植物感兴趣，而姜达贵天生就知道这些东西长在哪里，弄回来这些东西，姜达贵的妈妈又能及时做成食物，让郁寒雨大开眼界，什么艾窝窝啦，青粑粑啦，水芹菜煮鳝鱼、折耳根与藜蒿炒腊肉都是一绝。郁寒雨并不是每次都在姜达贵家吃饭，她只是跟在姜达贵后边看他采看他挖，然后在竹篮里欣赏这些她听都没听说过的青草叶子与根须藤蔓，看一会儿，她又会把头看向弯弯曲曲的江岸边，以及往后延伸的大片土地。这是片富饶的土地，一年四季长着各式庄稼各式植物，风穿行在植物之间，四处问候，四处撩抚，它们就在泥土里，沐着阳光，在雨露里含笑，自然逍遥，恣意生长。看着看着，郁寒雨会伸手捞起这些花花草草，放在自己鼻子底下去闻，一开始好像没有什么气味，可是手一放下，一丝一缕的清香瞬间又浓烈了，嗅觉的愉悦会让人不自觉地去怀想，气味附带着植物自身的模样，莫名其妙地植入到记忆里，挥之不去。现如今，偶尔望着姜达贵，郁寒雨就会想起自己跟在他后边，在渔场在湘江边的那片野地里奔跑时的情景，想着想着，嘴角就会扬起笑意，那江风吹起的哗哗芦苇声就开始在耳边回荡。

这天桌上端来一份芋头蒸排骨，郁寒雨想起了姜达贵妈妈做的萝卜青菜米汤煮芋头，于是嘴里有了问候：“你妈妈还好吗？”说这话时，郁寒雨的筷子正伸在碗里夹住那白白的芋头，芋头吃到嘴里，郁寒雨听到一声叹气，“走了，早走了。”接着，她听到姜达贵说：“我娘生前没少提你，每次她一说你，就忍不住要捂嘴笑起，她好像蛮喜欢你。她老说，咯着妹子有味，好耍。”

郁寒雨没想到姜达贵的母亲走了，她还记得她站在湘江的堤坝上，迎风说话的样子，只是那个时候，她无法知道她的年龄。小孩子一般都看不出大人的年龄，只是有种直觉，郁寒雨就觉得她比较老，那样子就像人家奶奶，不过当时的农村女人都不打扮自己，风吹日晒的，没有不出老、不显年龄的。

听了姜达贵的话，郁寒雨放下筷子，她望着他，眼神默默的，她知道姜达贵对她肯定有话要说。“我妈七十五岁走的，肺癌。她吃了一辈子苦，可怜。”姜达贵果真开腔了。

没有任何过渡，郁寒雨陪着姜达贵一下就回到了好远的过去。

我妈快四十岁才生我，我上面有两个姐一个哥哥，他们都是民国时期出生的，都大我十几二十岁。说到这里，他叹起一口气，嘴巴咂巴出响声来，接着，又很无奈地叹上一口气。我妈不到十九岁从老枫城的古岳峰嫁到我生父家，一个叫堂秩的乡里。那里是当年湘江边比较繁华的一个水运码头，地名叫龙船湾，村里的人都还算富裕。但在那个时候，母亲家更富有一些，所以她嫁过来时，有丰厚的嫁妆。按说母亲是富人家的小姐，可她偏偏一出生，自己的娘难产而死，她就有了一个大家公认的绰号——“灾星”。她被视为不吉之人，出生后，祖母与外祖母就商量好了，把她送出去。她们在堂秩乡找一户在街上以乞讨为生的人家，祖母家给这户人家八亩田，让他们种，不收租，但他们必须负责抚养文家这个孙女。我妈在这户人家，一待就是十七年。十七年后，我妈的祖母走了，父亲也走了，姐姐们出嫁了，哥哥们成家了，曾经的那个大家族已经零散了。当然，她毕竟是文家的小姐，她父亲临终交代，等她十七岁后，接回来，调教一两年，寻户好人家嫁出去。她的嫁妆她的父亲早已准备好。

那年秋天一个晴好的日子，文家小姐回到了家里，当时，三位哥哥都已独立门户，二哥哥是黄埔军校 16 期毕业的军官，带着嫂嫂在外边生活。文家小姐我的妈妈回老屋后，在大哥哥与小哥哥家吃轮周饭，这饭吃得我妈妈低眉顺眼的，嫂嫂们的脸色，让她终日惶惶不安。在妈妈的记忆里，小舅舅还是蛮心疼这个在外边长大的妹妹，老觉得她可怜，还带她坐船去过比龙船湾更大的镇上，甚至县城。那镇上与县里的街巷也是依在湘江边，商铺一个连着一个，那些店铺都是前面是店子，后边就有石板阶梯，蜿蜒到湘江里。小哥哥在那年春天，在县城的街上，给她置了两身衣服，说以后出嫁用得上。我妈妈其实并不太喜欢新衣服，她羡慕的，是她的那些侄子侄女，大哥与三哥的孩子，他们都在县城的学校上学。我妈妈的前途，就是嫁人。我妈妈是在 1942 年冬天嫁过去的，当时我爸爸是村里的小学教师，家境清寒。堂秩人一直把耕读传家、兴学育人当作光耀门楣、出人头地、改变命运的法宝，“嫁夫要嫁读书郎，斯斯文文进学堂”“耕读传家久，诗书济世长”“书为至宝一生受用不尽，心作良田百世耕耘有余”。这些民谚这些楹联，我妈妈从小听到大，要嫁人时，自然就选了一个读书人。

我妈妈想自己没有读书，找个读了书的，会明事理，日子应该会越过越好。大姐在婚后一年出生，夫妻俩的日子平静踏实，似乎正走向妈妈心目中的安好。

所有的劫难，出现在1944年夏天。这一年，堂秩乡发生一件事。魔咒在这一年带着不可预知的神秘，安排好了这个乡八位青年的未来命运，还波及了他们的亲人与子女，开启了两代人无法扭转的命运路线图，那个时候，他们正在赶往路途中。

那是个炎热的下午，乡里好多年轻人赶到龙潭书院，我爸爸就是在那里毕业的，他们集体回来，为的是要见他们的老师，也是堂秩人，李济南，当时在国民党某部队就职。师生们聚集在龙潭书院，除了叙旧，李济南依然充当着老师，他给他的学生们分析国内外形势，给他们讲各地抗日的战况，说国家需要年轻人，你们一个个年纪轻轻的，都窝在家里，贪图安逸，此非堂秩人的风骨。一番话点燃了这帮乡下知识青年的爱国热情，都说愿意跟着去抗日。其实，当时全国各地都在响应一个号召："一寸山河一寸血，十万青年十万兵。"老师李济南在回乡看望父母之际，带着使命，一路游说热血青年，我爸爸姜辉与继父牛汉庭还有乡里另外六位青年，就此去了衡山南岳中美合作所特训班。

此后的岁月里，继父经常与我念叨，说当初他们真的是奔着抗日去的，真的就只有一个想法，去抗日！在那个接近秋天的季节，他们逆江而行，去了当时的中美合作所第二培训班，这个班1943年10月成立于湖南衡山南岳，又称南岳训练班、军委会第二特种技术人员训练班。班主任戴笠，副主任陶一珊。姜达贵后来翻阅有关史料，发现戴笠是国民政府军事情报机构所有培训班的班主任，很多学员并没有见过班主任，但这个班主任已经够要人命了。一个历史误会，在那个时候根深蒂固地种植到中国人的内心，所有人一提到"中美合作所"，都会谈虎色变寒毛直竖。

可是当时的真相是：抗战胜利后，中美合作所撤销了。但之后，在其原址及其附近发生了监禁、虐待和屠杀政治犯的罪孽，全被算到一个已经撤销了的机构上。再加上戴笠既是军统局的局长，又是中美合作所的中方主任，所以两个单位被连在一起，而军统渣滓洞、白公馆监狱和大屠杀又确实是戴笠一手制造的。

有时候历史让人难以说清。一个事件，有三个重要因素，时间、地点与人物。可是这两件事，唯独时间不一样，地点与人物是一样的。继父到晚年了，还经常叹气。我的生父姜辉到死还在争辩，说自己参加的中美合作所，是为了抗日，没有参与杀害共产党人。但是，几乎没有人相信。

姜达贵说自己出生两个月后，生父就死了，死时三十九岁。因为老是被批斗，而他又不好好认罪，自然会挨打，挨打不要紧，关键是他觉得自己受了气，又与任何人说不清。他在挨斗后，想不明白，往湘江河里跳过好多回，但每次又被乡亲救起。最后一次跳湘江，是在这年的初冬，救起后，呛了水，加之没及时换掉湿衣服，又被人提到批斗台上批斗，结果受了伤寒，肺部严重感染。他拒绝吃药打针，在床上躺了几个月。妈妈生我时，他听到婴儿的啼哭，也号啕不止，说自己作什么孽呀。妈妈说他都不敢用眼睛去看自己的孩子，但眼睛里时不时就流出一行一行的清泪。他对我尽管无限留恋，但还是阻止不了他要死的决心。我只有两个月大时，他就撒手人寰，妈妈睁着黑洞洞的眼睛无泪可流。继父牛汉庭出狱后，老婆带着孩子早已远走他乡，他跑到姜辉家，想看看他，却看到了他无法相信的景象。

1945 年 8 月 15 日，日本宣布投降。当时他们正在培训班学习，听到了这个消息，全班同学欢呼。根据中美协议，培训班立马终止，所有学员发有一枚“中美合作所特种技术训练班”纪念章。堂秩乡的八位青年，有五位打道回乡，有三位留下。生父姜辉回乡了，在 1946 年生下了二姐，三年后又生下哥哥，他依然教书，只想安稳度日。继父牛汉庭及两位同乡，被分到河南洛阳当警察，他们把老婆孩子都带过去了。1949 年，又一次面临选择，另两位同乡与继父的家属去了台湾，继父也要去台湾的。临行前，上司交代要他去办一件事，耽搁了行程，而这一耽搁，与家人的分离，就是一辈子。他后来落下一个政治犯的罪名，被判 15 年。出狱后，因为孤身一人，被分到渔场继续劳动改造。1970 年春上，他回堂秩乡探亲，转道来到姜辉家，我妈妈与他说起这些年发生过的事，他坐在堂屋里一动不动，妈妈的话语如同一枚钝器，一点一点重击着他的心脏，他淹没在漫无边际的疼痛之中。

妈妈带着几岁的我，必须在队里出工，否则就不会有粮食分，生父的离世已经在妈妈心口撕裂了一道口子，更残酷的疼痛是在这道口子上，又惨烈地砍了一刀。那个1949年5月出生的孩子——我的哥哥因为想当兵，政审没过关，居然就在爸爸落气的那间屋里上吊自杀了。继父看着面前这个失去丈夫失去儿子的女人，坐在破烂的堂屋里，面色蜡黄，眼窝深陷，双手干裂，青筋鼓暴，她乌得发白的双唇向他叙述，这些年发生的事像她做过的一场又一场梦。继父后来不止一次这样描述那天的情景。他本来只是过来拉拉家常，随便听听，不承想他就陷了进去，周身被话语包围，他几度欲脱身逃离，又被我妈妈的叙述拽了回来，他呆呆的。在那一刻，继父想起当年我妈妈从古岳峰嫁过来的场面，他陪着姜辉，在龙船湾的码头上迎亲。那个时候的文家小姐，像是从天上掉下来的仙女，穿着红嫁衣，站在船头，低眉含笑，湘江的风，在那一刻，格外柔和，掀动的衣裙，轻轻颤颤，欲飘欲动。站在岸边接亲的后生，一个个都看呆了，似乎都能听见自己心脏也在轻轻颤颤地跳动，他们都记得新娘子笑起来真好看。谁能料到，那个仙女般的新娘就是眼前这个老婆子。如此一想，自己的苦难在她面前，好像就不是什么苦难了。恻隐之心，就是在那刻颤动了一下。没多久，他与我妈妈结婚了，用他们后来的话说，日子太苦了，两个人一起，帮衬帮衬，苦就没有那么苦了。事后，还真是这样。刚开始，继父一有时间就往龙船湾跑，帮妈妈做农活，插田扮禾，整土搭瓜棚，什么都做。几年后，他在渔场有了正式身份，便把母子俩接到枫城边上渔场的堤坝上住了下来。妈妈说过，那是她过得最开心的几年，不用提心吊胆，老担心有人来批斗自家男人。

继父比妈妈早走两年，埋在龙船湾的山上，与生父姜辉的坟地相距两个山坡。给生父上坟时，妈妈老是交代，也要去给继父坟前烧香烧纸钱。妈妈在医院查出肺癌，这是1998年7月的一天。医生说，只有几个月的命了。那个时候，我算是发达了，在枫城有房有车，也娶妻生子了，开了四个小超市，丰盈的日子倒是让妈妈老是回忆，回忆过去所受的苦，那些个苦在回忆中显得不够真实，但又好像就在眼前。我不明白，日子好了，老天干吗要把最亲的人带走。我永远都记得，这年 12 月里的一个风雨天，妈妈在镇上的医院落气，当时她瘦得只剩下骨头，体重只有 60 斤多一点。我疯了一般，不准任何人靠近妈妈，一个人在这天夜里，把妈妈从医院的病床上抱起，放进自己车里的副驾驶座位上，给她系好安全带，掖紧被子，跟妈妈说，我们回家。

不到 30 公里的路程，我开了一个多小时，一个人对着妈妈喃喃自语，面前的道路一直浸泡在泪水中。妈妈死时只有七十五岁，我本来想，她至少还能享十几年的福。

一路上，我号啕，大声问天，为什么？为什么？为什么要把我妈妈折磨得不像人了，才肯罢手？妈妈来这世上，难道就是来受苦的？为什么就不能让她享一下福？

一遍一遍地问，回答声只有呜呜呜的哭泣。这个世界，在对待某些事某些人时，竟然就不讲理了。

车窗外黑黢黢的，路边闪过的房屋也是黑黢黢的，坐在边上的妈妈安安静静的，我的号啕，一切的一切，都已经与她无关了，她在她的世界里沉睡了，她神态安详，看不到一丁点苦相。

妈妈是尊菩萨。生前，她与我交代过好多次，不要去记恨那些斗过爸爸打过爸爸的人。那些批斗场面，我虽然不在现场，但听得耳朵都起老茧了。我听妈妈的讲述，总是会流泪，老是假装要做什么事，走开一会儿。妈妈对爸爸情深义重，可是在她最后的生命里，她给我提了一个要求，她说自己死后，要与继父埋在一起。我以为自己听错了。当妈妈又重复时，我沉默了，故意搪塞："妈妈，您长命百岁，不会死的。"妈妈是一个明白人，对我几乎百依百顺，但这次她很郑重，她要我向她保证，她死后一定要按她的意愿办。她没有解释，她只是要我保证。

其实，那天我在车上，也问了妈妈，为什么？但妈妈坐在副驾驶座位上，一直闭着眼睛，她已经不屑回答了。

本来只是一顿晚餐，郁寒雨随意的一句问候，却引出了姜达贵这么多的讲述。窗外，天寒地冻，室内，茶案上的茶，续了又续，郁寒雨的耳朵里，起先只是姜达贵的声音，到后来声音隐退了，郁寒雨眼里出现着一个又一个的画面，对姜达贵的妈妈莫名地有了敬重，一个人要有多隐忍，才能坚持到最后。一种释然忽然而至，自己的挫折与当年姜达贵的母亲比起来，根本就不是什么事了。她难以平静，一口一口地吞咽茶水。原来，在我们貌似安好的生活里，每个家庭一路走过来，都经历过各种各样的苦难，只是这些苦难通常被掩埋被隐藏。她记起了那年在鱼塘的堤坝上，姜达贵放弃高考，顶职进渔场，他妈妈站在那里，跟郁寒雨解释了好久，那时的郁寒雨满脑子糨糊，而在今天，不用解释，却一切都清清楚楚，也完全明白了。

她再有想象力，也没有想到姜达贵的家庭会这样复杂。她坐在那儿，唏嘘不已。人活在世上，有一半是靠运气。一个人的出生，便是一个人运气的开始，就像打牌一样，天生有一手好牌，也有一手烂牌。可是，世事难料，好牌会打烂的，烂牌也会打成好结局，这个时候比的是心性了。安静地面对，接受，试着改变，日子可能又会好起来。

枫城冬天的冷，是骨头里的冷，手脚与心口会冻得发痛。那夜，姜达贵的讲述，细细密密的，冷风冻雨裹挟而来，心被话语冷到结冰，起先还有冰碴子在搅动，冷得想哭想号，到最后，万籁俱寂，世界都消失了。郁寒雨坐在那里，看着茶台上姜达贵扔下的纸团，不敢相信这是面前的男人擦拭泪水用过的。故事讲完，已是子夜一点多，茶馆打烊多时，只是郁寒雨被故事惊到，而姜达贵还沉浸在故事里没出来。情绪这个东西必须在时间里慢慢平复，哪怕彼此不再言语。

郁寒雨坐在那里，静静地喝了两盅茶，在深夜两点多回家。之后，姜达贵一直在外出差，郁寒雨也忙着家里的事，过年都只是在微信互祝平安健康。

姐姐郁南霜一家从美国回来，妈妈乐得合不拢嘴，成天喊郁寒雨搞好吃的给麦灯、麦田尝鲜。这两个美国的“ABC”孩子极具表演天赋，每吃过一道菜，都会耸肩瞪眼，拖着洋腔，大呼小叫直喊好吃好吃，然后，对外婆又搂又抱的，弄得在厨房里忙活的郁寒雨也在怀疑这些菜是妈妈沐上川做出来的。

这种夸张重复多次后，郁寒雨便在厨房向姐姐郁南霜翻白眼，“看你生的，活脱脱的假洋鬼子，真有一手，哄得老太太团团转。”

“隔代亲啦，老人就愿意被哄的。”郁南霜朝客厅望去，忽然，她猛拍了一下郁寒雨，“你的崽呢？郁澍呢？干什么他过年不回家？”

郁寒雨揭开蒸锅盖，正要端剁辣椒雄鱼头，被她一拍，手又缩了回来，“你拍什么呀，差点筐瓢。”接着，她嘴里嘘着气，把一盆红艳艳的鱼头端了出来，“你别提这个鬼崽子啦，今天打了他一天电话，都没接听。”

郁南霜伸了伸舌头，有点怪自己多嘴，她离开家太久了，家里的现状搞不太清，昨天大姐郁热风悄悄对她耳语谢一民的事，她听了半天，还是很糊涂。母亲沐上川也低声交代：不该问的，就不要问。只是她想不明白，难道连郁澍都不可以问了？

正想着，电话铃响了，郁寒雨放在灶台上的手机边响边吱吱振动，郁南霜瞄了一眼，是郁澍的微信视频电话，要是以前，她保准会摁下直接与他通话。可是有姐姐与妈妈的交代，她只是朝客厅喊了一声：“小雨，电话响了。”然后，低头翻着煎锅里的南瓜饼。

电话通了，郁寒雨先是一通乱骂，郁澍在那边嬉皮笑脸的，使劲赔着不是，说自己也想回家，这不网文没有赶到字数，回不来呀。郁寒雨朝他呸了一口，说：“你哄我，也不编个像样的理由，这网文在哪里不可以写？在哪里又不可以更新？”

“妈——这写东西，还真只能在熟悉的地方，才可以写出来。”郁澍狡辩着，可是这回郁寒雨认真了，她虎起脸，对着电话里的儿子说：“你回不回？不回，以后就不要喊我妈了。”接着手指就把通话键点成红色，直接把儿子关在手机里。

郁南霜又吐了吐舌头，端着一盆煎好的南瓜饼离开厨房。

第三章

郁澍离开白龙村后，坐在船上，忽然有些不安，沉沉暮色就在心里晃荡。回到古罗村，拿起放在卧室充电的手机，电话与微信上有妈妈打来的七八个未接电话，他心口发紧。过年不回家，总觉得对不住妈妈与外婆，可是这边，也是一大家子，若水才几个月，蓝青林还在哺乳期，离开她与孩子那是难舍，更是内疚。都是亲人，哪一边他都放不下。刚刚妈妈凶他，蓝青林听到了。这一刻，她坐在他边上，手足无措惶恐不安，她理解他的母亲。

“你明天回去一下吧？”蓝青林开口。

“明天我想带西沐一起回去，”郁澍两眼发亮，双手搭在蓝青林肩上，“我们的婚姻到了告诉大人的时候，我与西沐先探路，等若水再大一点，我们一家四口正式回家。”

蓝青林表情惊愕、眼神迷蒙，从前认为他们俩在一起，只是他们的事，与其他人无关。日子过下来，忽然发现，日子是一环套一环的，人也是，陷在一张大网中。譬如：郁澍是蓝青林的丈夫西沐若水的父亲，是爸爸妈妈的儿子爷爷奶奶外公外婆的孙孙，是蓝青森的妹夫波尔的姑父外婆的孙女婿，姨妈郁热风郁南霜的姨侄，麦灯的表弟麦田的表哥。如此细数下去，郁澍才发现自己原来不是一个人，自己始终与一帮人紧紧相连，自己的生命，除了父母，身后以二的倍数，源源不断地扩展，这还是直系，如果加上兄弟姐妹叔叔姑姑舅舅姨妈，那些旁系，那一个人背后的血亲，便更是个巨大的数字，每个数字又都是一个鲜活的生命。

郁澍的这些想法，像是突然来到他的脑子里。很显然，这与他今天陪蓝青林去白龙村有关。人不管走到哪里，还是会想，自己从哪里来？他觉得他可以忽略，但今后西沐与若水会要问的。作为父亲，他没有理由不回答孩子们的追问。他想让他们尽早接触与他们有血缘关系的各种亲人，这是生命的权利，至于他们想与谁更亲近，那是天性使然。所以，郁澍觉得要把蓝青林与孩子们带回枫城，带到枫城亲人面前，让母亲郁寒雨的爱纷繁起来。

郁澍的想法，其实是蓝青林一直渴望的。她自己正是这般做着，她的丈夫孩子早已与她的家人融在一起了，她也很想见公婆也想让孩子们得到来自父亲那边亲人们的祝福。当她听郁澍这么一说，脸上泛出一种亮光，她笑眯眯地跑向厨房，把郁澍的打算告诉外婆，外婆一听，忙喊赵妈，准备节礼，给郁澍枫城的家人。这些个节礼，当然是这些天她与赵妈亲手做的，腊鱼腊肉腊鸡腊鸭子，腊香肠，还有白嫩的糍粑。而蓝青林则跑到房间，给西沐整理行李，几套罩衣内衣，晚上睡觉用的尿宝宝，睡前喝的牛奶。清理好后，她莫名其妙地把西沐搂过来，正脸端详，然后又搂进自己怀里。郁澍看着好笑，“只是带过去几天，至于吗？”蓝青林瞟了他一眼，眼含忧郁，“我担心你妈妈，她会喜欢西沐吗？”

郁澍抱起西沐，亲了一口，“什么鬼话！没人可以抵挡西沐的魅力。”他转身来，眯了眯眼，“我敢打赌，我妈对我的所有怨念，会在见到西沐的那一瞬间彻底消失。”

一切都像郁澍预料的，只是他没有想到妈妈郁寒雨的血压猛然飙升，坐在老干所外婆家的客厅里，半天不言语。二姨妈郁南霜啧啧道：“你这玩笑开得太大了。”二姨父麦念澧耸耸肩，朝郁澍竖起大拇指，“挺好的，你妈妈是喜癫了，没缓过来。”

已经搂住西沐的外婆沐上川，从上看到下，嘴里不停地念叨：“好，好，你妈妈天天盼你结婚，这下好了，一步到位，媳妇孙子孙女都有了，这是天大的好事啊，郁澍，你是个乖孙孙！”

一屋子的人都在笑，郁澍还是能觉察出妈妈在生气，她脸上的肌肉硬邦邦的，二姨妈在一旁劝慰："高兴点，木已成舟，孩子都俩了，好事哪。"

麦灯麦田觉得让孩子看到这一幕终归不好，想抱起西沐带她到外边去玩，西沐噘起小嘴，一把抱紧郁澍的裤腿，仰起脸，低声说："爸爸，我们回家，我要妈妈。"

郁澍差点落泪了，屋里瞬间沉寂，也就那一会儿，外婆沐上川从椅子上站起来，移步到近前，"乖宝宝，这也是你的家，那是你奶奶，那是姨婆，那是姨公，那是叔叔，那是姑姑。"

"还有，你是老奶奶。"西沐奶声奶气接住话。屋里人敞开嗓门大笑起来，郁寒雨自然也笑，这么个可人儿，她怎么会不喜欢？刚才她只是气儿子结婚生孩子，她这个当娘的，完全不知道。坐在那里，缓了缓，看见西沐的小模小样，那神情就是郁澍小时候的翻版，她的心就被什么一点一点地化掉了。更让她沦陷的是，她伸手抱她时，她竟没有往郁澍怀里缩，而是用肉嘟嘟的小手环住她的脖颈，把头靠在她肩上。两个肉体紧挨着，自然而然，郁寒雨清楚地感觉到她身体的某个部分忽然战栗了一下，接着全身柔软，她不自觉地抱紧西沐，目光湿润起来。

这晚郁澍与妈妈带着西沐回自己家，西沐在每个房间看了又看，最不可思议的是，她与郁寒雨的亲近没有过渡，她们好像本来就很熟，郁寒雨帮她洗澡带她睡觉，一切都那么自然，西沐张口闭口"奶奶""奶奶"地叫着。郁澍惊得目瞪口呆，难道这就是传说中的血亲？是不存在任何道理与逻辑的。

西沐睡了，郁澍看见妈妈呆呆地坐在床头，用目光绵住西沐，忽然很自责，觉得自己从前太任性，没有去顾及亲人。他摸出手机，把他画的西沐与若水给妈妈看，如此一来，蓝青林肯定在里边，妈妈看孙子孙女的眼神温柔慈爱，看蓝青林的眼神呆了半刻，尽管她想极力掩饰，但以婆婆身份流露出来的挑剔暴露无遗，好在她的挑剔在蓝青林温柔的笑容里融化了，看她搂着孩子的样子，猜着该是个温良的女人。郁澍的头靠了过去，嘚瑟起来，故意问："还可以吗？"郁寒雨白了他一眼，"人家好歹都给你生了俩娃，还问可以不，当男人不能太坏！"说罢用手去拍他的头，然后，又交代："好生待人家。"

听妈妈如此一说，郁澍心里的石头落了地，他兀自笑了。他看一会儿妈妈，又看一会儿熟睡的西沐，脸上的表情忽然惊愕，他双手扶正妈妈，略带夸张地瞅着："哇，哇，终于发现了，原来西沐很像妈妈。"听儿子这样一说，郁寒雨赶紧把眼睛往西沐脸上扫过去，肉肉的脸上弯眉弯眼的，她知道是儿子哄她开心，但她还是白了他一眼，"孙女像奶奶，有这样一惊一乍的吗？"在她伸手去拍儿子时，郁寒雨的手机振动了，她几乎是愉悦地接听起电话，可是就在她听到声音后，她脸上的肌肉板结成块，之后，她一直在听，回答也只是重复一个字"好"。声音超出寻常地理性，不像妈妈平常的言语。电话结束后，妈妈的目光依然停在西沐脸上，但郁澍感觉到了，这个电话一定与爸爸有关。

时间在这一刻凝固了，人会在某个时刻，觉得有些话说不出口。郁澍顺着妈妈的目光，静静地等待，他能理解妈妈的尴尬，即便她从来没有对他说过。关于父亲的话题，他们母子好像在刻意回避，特别是近期媒体对父亲有那么几百字的报道，像是某个权威部门给予的定论，他们都看了，相信都是一字一句看下的，但他们没有沟通，连个电话都没有打。没有打，是因为不敢打，报道里提到父亲有情人，而且还是若干个。郁澍想世间千万事，这事最伤母亲的心。这个有关一个人的尊严，而这尊严又被人践踏着。其实，作为儿子他也觉得羞耻，好在他躲在古罗村，在那里，没有人知道他是谁的儿子，他不会在众人面前有羞耻感，他在网络上看到这个报道时，天真地希望妈妈没有看到，没有看到，心里就没有负担，每天的日子就会过得平静，等到时间过去一些，再回过头来看当时发生的一切，人的承受力会强大许多，很多事也就不是事。人的痛苦与羞辱，都是当下的无助。

"是那个地方打来的，说过年了，我们家没有家属去探视，"妈妈把目光移在郁澍身上，"我们明天去一趟，也让他看看西沐。"

他们眼神躲闪却又不得不对视，房间里只有西沐的鼾声在香甜起伏。郁澍听见自己的声音在喉咙里咕隆咕隆，他知道自己不但结巴了，还哑巴了，面对妈妈，他觉得任何语言的安抚，都苍白无力。

他不说话，妈妈倒是又开腔了。

“一直犹豫，跟不跟你说大人的事，现如今，你也有俩孩子了，那么，有些事，你也该懂了，作为母亲，我也不想隐瞒我的观点。”听妈妈讲话，郁澍不明白自己的心脏为何会抽搐，他极力用平静的眼神来掩饰。

“与你爸爸的婚姻，也许从一开始就是个错误，之前总是不想承认，或者想尽力维持，可是到如今，这个维持成了一个自欺欺人的笑话。儿子，你是不是也在笑话我？”妈妈这话一说完，郁澍的两行泪跟着落下来，他哽咽着，把头摇晃了几下。

“曾经我以为，我能像别人一样，在这个时期，只要他好好的，什么都不重要，可是我却做不到。我做不到去那个地方，夫妻间像是什么事情也没有发生一样，我承担起照顾他的一切责任。”妈妈缓慢地说着。

郁澍能理解，爸爸之前风清气正，说不定就是那些女人媚惑的，才使他起了贪念。他这个年纪的男人，总是有不少人高估自己的魅力，当他陷进去时，人就没了自我，然后，被裹挟而行。于是，这一路上，权力、女色、金钱紧紧相拥，相互发酵，相互沉醉，以至于找不到回头之路。妈妈的愤慨是，你的犯罪都因那些女人而起，你们当初卿侬我侬，如今出事了，那些女人个个作鸟兽散，早已不见踪影。是啊，凭什么就要妈妈来收拾这个残局？可是，除了妈妈，这世上还有谁会来呢？郁澍这样想着，他抿紧嘴唇，将要说的话咽了下去。

“心里的这根刺，恐怕是永远拔不掉了，我无法再把他当作亲人了。”妈妈独自喃喃。

“妈妈，你别信报道上说的，好多真相可能不是这样。”郁澍终于开口了。

“这个事情不会乱扣帽子的，我仔仔细细读了几遍，有名有姓的。”妈妈反驳，“我看过别人的通报，如果没有这些事，就不会有违反生活纪律这一条。”

妈妈是掉进她的思维陷阱里出不来，郁澍无语，他只能静静地望着她。

“如果他没有这一条，我或许会与他过下去，他判多少年，我也会等他回家。但是有了这一条，那是他自己首先选择了背弃，选择了离开我，情感这件事，是不存在回头的，当初你选择了，那你就要为你的行为承担后果。”妈妈迎着郁澍的目光。

“妈妈，爸爸出轨，并不意味着他就背叛了我们这个家，他只是一时鬼迷心窍。”话一出口，郁澍都不敢相信是自己说出来的，他心虚地听见话语扑哧的漏气声。

“儿子，你这是从男人的角度为你爸辩护，如今这个社会，男女之间应该不存在逢场作戏，要做戏，也总会弄假成真，你的那些话，都是骗人的鬼话。”妈妈显然生气了，血往上冲，眼眶忽然深陷，内里布满血丝。

“儿子，你听着，与你爸的婚姻算是到头了，今天与你说这些，我并不是与你商量，而只是告诉你，我肯定要与他离婚。”妈妈声音有些嘶哑，她冷冷一笑，又说，“现今的社会，都喜欢用道德来绑架他人，觉得一个人落难了，你离开他，就是落井下石，就是不仗义，就是小人，也不管那个人是谁。”

“可是，妈妈，你不觉得，这样做，对爸爸很残忍？走到这一步，他在这个世上，什么都没有了。”郁澍的心撕扯得痛，他也不想伤害妈妈，更不忍将父亲推到绝境。

“残忍？”妈妈的声音恐怖地提高了，犀利的目光打在郁澍的脸上，“那当初对我的残忍呢？”

一时间，空气都沉寂了。

郁澍听见轰然坍塌的声音，又一次在他脑袋里巨响，上一次听到这个响声，是他在古罗村的家里，在电脑前看到爸爸出事的新闻。那次，他空旷的心里落起了雪，他唯一的希望就是这些雪花不要把妈妈淹没，郁澍没有想到雪花没有把妈妈淹没，倒把妈妈的心冻硬了。时间终究会把积雪融化，郁澍就想着什么事都不重要了，只要家还在。可是此时妈妈像是豁出去了，她说：“我不管这些，我只觉得如果我还不离开，我自己都觉得自己无耻。一辈子很短，也没有重来，我不想委屈自己。”

郁澍低下头，他不想让妈妈看到他眼里的泪。他早已不是孩子了，一个中年男人，是要顶天立地的，可是在父母婚姻面前，他束手无策。

第二天上午，郁澍开车上了高速公路，妈妈抱着西沐，坐在后排，副驾驶座上放了好几个袋子，全是给谢一民的东西。郁澍似乎还没有从昨晚的谈话中走出来，妈妈的脸色灰暗阴沉，很显然，她又是一夜未睡好。西沐似乎感觉到某种气氛，她耷拉着脑袋，一言不发。车内只有导航女声偶尔讲两句话。他们的目的地是蒲湾茶厂，明白人都知道那里不仅仅是一个茶厂。

郁澍从小到大一直躲着爸爸，他怎么都没有想到要用这种方式去见他，而且还要带着女儿西沐。在茶厂的特殊楼栋，他们三人办理有关手续后，管理人员要他们在一个房间等一会儿，很小的屋子，妈妈突然局促不安，她起身，说头晕得厉害，要回车上休息。

郁澍没来得及把妈妈喊回，爸爸从另一个门里进来，条件反射，郁澍从木椅子上站了起来，怀里的西沐望着来人。他们就这样打量，陪同的人退了下去，他们才坐下。

"带烟了吗？"

郁澍赶紧放下西沐，从布袋里拿出两条蓝色软盖的芙蓉王，爸爸飞快地撕开包装盒，拿出一包烟，取出一支燃上，眯起眼深深地吸上一口，这口烟含在嘴里半天都不吞下去，一吞下，他就张开了嘴，嘴唇乌紫乌紫，一个一个的烟圈，从嘴里袅袅而出。西沐像看怪物样看着他，谢一民忽然触到这双清亮的眸子，怔了一下，他迟疑地望向郁澍，"哪里来的孩子？"

郁澍推了推西沐，"快叫爷爷。"他清楚地看到爸爸的惊讶，但他不想理会，继续说："这是我大女儿，快三岁了，小的，是儿子，三个月了。"

谢一民停止了他烟鬼的动作，呆了那么一下，他望着郁澍。

"这事，你妈之前知道吗？"

"不知道。"

…………

夹在手指间的烟头上断了一截白灰，谢一民往地上弹了弹，狠吸一口，嘿嘿的笑声，突兀地响起，“这点，你有种，像我的儿子。”这话说得郁澍有点尴尬，不过爸爸话锋一转，他说：“别人家，过年前都有人来探望，我在里边，左盼右盼，硬是没盼到你们，你们啥子意思哈。”

“妈妈是忙不过来，你又不是不知道，过年的时候，保姆都回家了，两个老人就靠妈妈了，而我一直住在乡下，那里信号不好，与家里很少联系。”郁澍解释得很周全，可是爸爸并没有仔细听，他的眼睛盯着西沐，西沐也不怯场，眼睛与他对视，这对视让爸爸有些不自在，他忍不住理了理自己的头发。

从见到爸爸的第一眼，郁澍就看到了他的老，枯草一样的头发，稀疏麻白，前额的发际线往后退了好几圈，一张脸往上长着，眼角、脸颊的皱纹深深浅浅，皮肤暗黄，还长上了老年斑，与他之前的形象反差巨大。特别是刚刚他从口袋里掏打火机时，带出了一包白色的白鹤烟，这个在兜里揉捏得皱巴巴的烟，在外边是民工抽的，几块钱一包，如今却进出在爸爸口袋里，烟瘾让他没有选择的余地。

瞬息之间，屋里挤满二手烟，父子俩的话语，一时没有跟上来，西沐用小手赶着在眼前飘浮的烟雾。

“你妈呢？她没来？”爸爸想起了妈妈。

郁澍抿了抿嘴唇，似乎在斟酌那些要说出来的话语，“她不想见你，大概是被报道上的一些事刺激了。”

这样说的时候，郁澍看到爸爸嘴角掠过一丝轻蔑的笑，“你妈就喜欢瞎较劲！”他叭了一口烟，“都这个时候了，那些破事，还计较，有意思啵？”

爸爸的理所当然，让郁澍吓了一跳，不过他也认为，在这件事上，妈妈的关注点是一件在众人看来最无关紧要的小事，心里这样想，但嘴里却说：“也可以理解，妈妈从心理上难以接受，她觉得当初你与那些人交往，完全忽视了她的存在，对她是一种没有回头的背叛。”

“有这么严重吗？”爸爸冷不丁横过一道凶光，“那些报道，她也信，含水分的。”语气里充斥着怒气。

他们就这样把天聊破了，沉默横在了两人之间，时间就尴尬起来，郁澍似乎有责任捡起话题，他的手指触到口袋里的手机，便掏出来，屏保上他的全家福，使得他嘴角不自觉地抿成向上的曲线，照片里他抱着西沐，一手揽着蓝青林，若水在妈妈怀里望着镜头。于是，他把他的小家送过去，爸爸的眼睛停在蓝青林脸上，他抬起眼来，问："她姓蓝？"

郁澍浑身一哆嗦，直勾勾地望着爸爸，"你怎么认识？"

"爸爸谁不认识？"他面无表情，又像是在显摆，"好多年前，她是蓝山市电视台的美食节目主持人，在电视里看过她做菜。"

郁澍的大脑在飞速运转，他在想爸爸当年在蓝山市的职位，副书记、市长，或者书记？这个职位的人，看美食节目，显然不真实。那么——

郁澍不敢延伸想象，他脸色苍白，血似乎凝固成冰。不说话，没人以为你是哑巴。郁澍很讨厌爸爸不给人留一点情面的行为方式，郁澍的害怕里融进了恨意，他的心脏跳动得暴起暴落，脑袋突然缺血缺氧，耳朵也有些失聪，他望着坐在那里一个劲抽烟的爸爸，从前与他作对的惯性又回到了体内，"妈妈说要与你离婚。"鬼使神差，这句话就这样说出了口。

儿子与父亲是天生的敌人，这话一点都不假。郁澍在这刻，是哪句话狠毒，就拣哪句说。

爸爸惊愕了，他看了看儿子，仍旧低头抽烟，然后，勉强嘿嘿了一下，说："看到了吗？女人是靠不住的。"

似乎是一句双关语。只是他的那个笑，断断续续的，只要抬头看人，就嘿嘿一声，笑得郁澍心里发毛。他搂紧西沐，欲起身告辞。刚站起来，工作人员也到了，爸爸旋即随他们往里走，迈了几步，他回过头来，"小子，记得再送点烟来。"

第四章

外婆准备了个把月的年，像场绚烂的烟火，倏忽之间就沉寂了。蓝青林抱着若水，在门厅的火塘边，望着窗外院子里的那棵椿树，树枝被冰块裹挟，春天却在亲吻，看上去晶莹剔透的冰，在椿树身上其实是湿漉漉的酝酿，过不了几天，红红的椿芽就会冒出枝头，蓝青林想，等郁澍与西沐回来，就可以吃香椿煎蛋了。老话说：头茬香椿谢花藕，顶花黄瓜头刀韭。这四大鲜美吃的就是个“早”字，头茬里的鲜，那是无与伦比的。

西沐不在身边，蓝青林有些不习惯，这不习惯致使内心空荡荡的，犹如眼前的院落，家里忽然而至的安静，让这院子神情忧郁。外婆一个人在厨房忙午餐，赵妈与凤莲出门走亲戚去了。乡下过年是要赶在十五之前，把所有亲戚走一遍的。这里的十里八乡平常就好客，经常听赵妈说“茶是草，客是宝，茶客一来不得了”。喝茶还要喝两道，“一碗苦，两碗补，三碗还要洗洗口”。客人只要接过主人的茶，就必须喝第二碗。正月里，一些人家趁着农闲娶亲迎亲，赵妈是个爱热闹的人，这种场面少不了她，昨晚回来还见她掩嘴笑个不停。她说，新郎由岳家迎亲，岳家款以饭就餐时，餐桌上没放一样东西，大家等着新郎一一指名唱出，如果要筷子就要唱《筷歌》，要酒，就唱《酒歌》，司厨也要以歌相和，所有的东西才应声而出，席毕新郎还须把餐桌上的东西一件件唱回去。蓝青林知道赵妈喜欢对歌，便说是她想出来整新郎的。赵妈双手一击，大喝一声：“蓝姑娘，亏你还是畲族的，这是他们的婚俗。”

当时在火塘边，外婆正喝着一杯红茶，蓝青林斜睨过去，她很想知道自己的妈妈当年结婚时的情景，只是这么多年，从来没有人提起过。赵妈说到这里，似乎意识到自己多嘴了，立马刹住车。很显然，外婆那个时候是反对妈妈嫁给爸爸的，儿女的婚姻，父母的反对一般都是耳边风，有时反倒成了他们迈进婚姻最直接的动力。蓝青林想自己嫁人时，想都没想过要征求父母的同意，那个时候，自己眼里心里只装着一个人，全心全意只在乎这个要嫁的人。自己做母亲了，在带西沐与若水时，恨不能把自己的所有来倾注，那爱会爱得心痛爱得无助，而未来的某一天，他们也会像当年的自己，想尽全力脱离父母，去追逐自己认定的梦想。人生一场，是陷在世间的轮回里无限反复。想到西沐与若水的未来，蓝青林在叹息之时，想到自己的父母，愧意时时袭来，于是她试着用那个唯一能联系妈妈的号码，给她发个短信，或者直接把电话打过去，当然，通常的结果是短信不回，电话也不接。在心里的某个角落，她有时会害怕地冒出一个疑问，妈妈是不是不在这个世上了？她一直奇怪，外婆怎么从来不问。

外婆不问，再不懂事的她也知道回避。这天中午的饭桌上，只有她与外婆，若水在旁边的摇窝里酣睡，迈克在饭桌下穿梭。蓝青林首先喝了一碗甜酒冲蛋，然后是一碗腊肉炖甜豌豆汤，汤里的豌豆，带着腊肉香，一含就化。外婆自己就吃一小碗米饭，就着一碟霉豆腐与现炒的白菜薹，她吃得很慢很安静，以至于蓝青林不敢弄出任何动静。

若水在摇窝里蹬着腿，哼唧了几声，又睡去。只是这几声哼唧，使得蓝青林放下了筷子，隔着被子拍抚他，外婆也停了她咀嚼菜薹的节奏，把目光投向了若水。

“崽女天生都是讨债鬼。”外婆忽然感叹。这声感慨，听得蓝青林心口一颤，她思忖是不是外婆对自己的女儿发出的感叹，她没有问，只是等待，希望外婆沿着这一话题慢慢抖落一些话语。

但直至这餐饭吃完，外婆也没再讲一句话。下午的时光懒洋洋的，外婆靠墙坐在火塘边打着眼眯，蓝青林要她进屋睡一会儿，外婆摇着头，说懒得脱衣裤，眯眯眼就好。其实，蓝青林好想躺到床上睡一会儿，古罗村的人家有个习惯，白天是不关大门的，她不好意思把外婆独自丢在厅堂。她用铜壶烧了一壶水，在云南荒山老白茶里放了几片陈皮，烫过一道水后，紫砂壶里流出颜色如铜镜般清亮的茶汤，陈皮的香气袅袅在茶汤之上，蓝青林喝上一口，眯起眼睛陶醉，这样一口一口地喝了几轮，瞌睡就跑了。她拿来针线篓，在一个绣绷上，修补起绣片来，刚走了几针，便想起白龙村阿婆给的一根彩带。阿婆从爸爸妈妈五屉衣柜里拿出来，说是从前爸爸戴过的。她起身找来，畲族的彩带又叫花腰带，或者合手巾带。蓝青莲说，她们畲族姑娘从五六岁起，就跟着母亲学编织彩带，彩带精致的程度，就是姑娘们今后出嫁的重要本钱。老人们通过彩带，一眼就可以判定姑娘是否心灵手巧。蓝青林的"古罗旧事"也收了不少，这些彩带大多成了装饰品，做衣服时绲个边或是在衣角做个点缀，过去那些擦汗掸尘的用途早没了。从店里收集的样品来看，图案分两种，一种是柳条纹组成的两方连图案，另一种是印染的蓝底白花图案。而内容通常都是"十三行""十二生肖""水击花""铜钱帮""五字带"，也有直接在彩带上绣吉祥祝福等内容的。蓝青林手里拿着的彩带是畲族最常见的款式，长 1.3 米，宽 0.2 米，用蓝、紫、黑、白四色彩线织出来，图案是祥云与生肖。

正端详着，就听见外婆说："你这是从白龙村带回来的东西？"

"你怎么知道？"蓝青林惊讶了。

外婆坐正了身子，给自己倒了一盏茶，"我买的，我怎么会不认得？"她喝下那透亮的老白茶，"你爸他们那地方，结婚时，送给男方的回礼中，必须得有新娘织的彩带。"

蓝青林还没有问，外婆就笑了，"你妈哪会绣呀，那是我在集市买的。"说着，她接过彩带，啧啧道："你看这生肖，象形文字般，在像与不像之间生出许多抽象空间。"

"给妈妈准备的嫁妆多吗？"蓝青林问。

"不多。"外婆回答很干脆，"在白龙村结婚，只是仪式，那个时候，他们在广东打工，也不知会把家安在哪里，不过——"外婆眨了眨眼，"有些嫁妆是必备的，像彩带，还有就是白色睡衣。"

蓝青林瞪大了眼，外婆扬起嘴角神秘地笑着，“是啊，都因一个传说而来，一场战争后，新娘为纪念阵亡的父兄，在举行婚礼时，穿白色的内衣内裤，此后就成了风俗，一直保留至今。”

“他们结婚的时候，你去了白龙村吗？”

“没去，太远了，他们的习俗是晚上迎亲。”外婆喃喃。

“当时，你同意了他们的婚事？”

“能不同意吗？他们都住到一起了。”外婆抬起眼，似乎有些情绪。蓝青林很着急，难得的一个机会，可她不知要怎么去问，问的东西都没问到点子上。越急，脑袋就越空白，她望着外婆，一时找不到话语。

外婆低头喝着茶，样子不急不慢。她望着蓝青林只是笑，笑笑之后，又低头喝茶。蓝青林有些蒙，觉得今天没有合上外婆的拍，她只能望着一屋的安静发呆。

“青林呀，外婆有一件事要拜托你。”蓝青林的心往下一落，她望着外婆，只见她盯着自己说，“外婆年纪大了，我的爸爸妈妈也想我去陪他们了，可是外婆放心不下你的妈妈，答应我，你一定要好好照顾她，什么事都不要与她计较。”

蓝青林不敢相信这些话是从外婆嘴里说出来的，她对这世界看不明白了，可是外婆还在说：“兄妹俩，你是可以担事的，你妈妈我就委托你了。”

蓝青林觉得这是个笑话，明明自己是女儿，却要担起照顾妈妈的责任，而不是妈妈来照顾女儿。蓝青林糊涂了，她面色潮红嘟着嘴唇很无语。

“你妈妈可怜，我欠她的太多，这辈子偿还不了。”在蓝青林的印象中，妈妈的脸永远是冷的，外婆说，“她拒绝我的偿还。”

外婆的眼角开始挂泪了，“青林呀，我知道你一直想知道外婆与你妈妈的事，外公走了，我不说，这世上恐怕不会有人知道了。我本想带走，却放不下你妈妈，有些事，还是想告诉她，原谅或者不原谅，我都心安了。”

蓝青林怎么都没有想到，外婆会在这个下午回忆起她的一生，而且是从她遭受耻辱的那个夜晚说起。说她怎么在仓皇之中下嫁外公，然后随外公去了他的老家，在那里生下她只要一看到就心生仇恨的孩子，好在无儿无女的伯娘视他为宝，在那个叫浣溪的村庄里，所有的人把她视为精神病人，村里大大小小的人都喊她“芳癫婆”，因为她不晓得爱自己的孩子，看到自己的孩子常常会惊吓得大叫。直到这个孩子长到十几岁，她又怀孕了，外公又喜又忧，孩子生下来了，是个漂亮的女儿，生下女儿的外婆，在村里人看来，性格发生了变化，她红晕的脸上泛出母爱的亮光，很明显，她爱这个女儿。万事万物，一物降一物，所有的事情都已经准备好了。这个漂亮的女儿只要外婆一抱，就会歇斯底里大哭不止，她不要妈妈。无论外婆怎么努力，她都拒绝。那个时候，外婆知道老天是在用这个女儿来惩罚她，无论她怎么弥补，都改变不了事实。她试着去爱那个儿子，长大了的儿子只是愣愣地望了望她，就无声地躲开了。他的躲开，反倒让她一下轻松了，为了女儿逼迫自己接近儿子时，她心口紧绷全身发痛。

外婆说她这辈子，幸亏有外公保护。她在四十岁之前，装疯卖傻的，都不用进厨房，偶尔炒个菜，一点油烟会呛得她丢下锅铲，蹲在地上咳上半天，气得伯娘忍不住开吼：“你是小姐啊！”这个时候，外公就会护着她，他对伯娘说：“你知道她不能做这些，就不要她做啊。”伯娘翻着白眼，骂外公：“有你这么蠢的男人，这些事，哪有不会做的，她就是懒！”

家里天天吵吵闹闹，外公决定带着外婆离开浣溪村。外公打小就在外边学厨艺，认识一些师兄师弟，经他们帮忙，他去了县城一个机关当大师傅，外婆与姚小瑶自然跟在身边。在县城生活的他们似乎一切都正常了，外婆在一个南杂店当营业员，只是姚小瑶时不时还会给外婆脸色看。她从小与那个哥哥亲，到县城后，她还老回浣溪村看哥哥，外婆既欣慰，又难受，她无法理解姚小瑶对她的态度，外公说，长大了，就好了。“她长大了，而且都快老了，她的态度还没改变。”外婆的语气里掩不住失望，这个时候，外婆很无助。

坐在外婆对面的蓝青林也很无助，她觉得妈妈一直在耍酷，她耍得干脆彻底，她与她的妈妈耍，凭什么不管不顾的，还可以跟她的儿女耍？蓝青林的无助变成了不满。

“青林呀，外婆还有事要拜托，将来有可能，你去浣溪村你外公家，去看看你舅舅，如果他困难，你就帮帮他。”话匣子打开了，外婆索性就豁出去了。她坦然地告诉蓝青林，这个舅舅是那次不洁经历的产物，她一直迁怒于他。现在，就想向他道个歉，当面恐怕开不了口，所以还是要拜托青林你了。

外婆说后，忽然伸了个懒腰，说接下来，轻松了，随便哪日都可去见我的爹娘了。她说所有的人都怕死，其实死就是一股子气飘走了。接着她说起好远好远的事，在楸树坡城堡的老屋，她目睹过祖父祖母的去世，那个时候，她不理解死亡，可是她看到了死亡的样子。祖父落气后，他的魂魄就从他身体上离开了，她似乎看到一股淡淡的紫烟，其实是一股气，祖父的精气神，从肉体之间抽离出来，缥缥缈缈的，在他的上空盘桓。说到底这股气也是不舍的，所以在一段时间内，这如烟如气、肉眼看不见的没形状的、人们称之为灵魂的东西，会在它依附了这么多年的肉体周围徘徊、滞留。当外婆再把目光移到棺材里的祖父时，发现祖父只剩下一具骨架，外边是他松松垮垮的皮囊。由此，外婆觉得人的肉很神秘，活着的时候，肉支撑着整个身体，而人一旦落气，肉也就慢慢地不见了，随着一股子气抽离了。

这故事听得蓝青林恍惚，肩上似乎落下了千斤重担。耳边外婆还在絮叨：一辈子真不打紧，一眨眼，就要挥手离开了，只是没想到，到最后居然还欠下这么多债务。蓝青林逆着时光，顺着外婆的一生走过去，越走心越凉，明明她是个受害者，可是到后来，她却成了一个欠债者。她糊涂了，想不明白。一个又一个的寒噤向她袭来。人来世上一趟，真是不容易。

那个下午，她们祖孙俩在火塘边一直坐到黄昏，这将是蓝青林在今后的某一天要向妈妈姚小瑶讲述的重要时刻。这之后，外婆果真轻松了，还煞有介事地与蓝青林说，哪天我归天了，你们就把我埋在我爹娘边，我还是想做个女儿。说得蓝青林心里发毛，她不敢想没有外婆的生活。外婆又这样说时，她眼眶里的泪就奔了出来，她高声嚷嚷：“我怎么办？没有外婆，谁心疼我？”

蓝青林讲的是实话，她仔细回忆，这个世上不讲任何条件就心疼她的人，只有外婆。郁澍的心疼，是一时的，那是受男女之间飘浮不定的情愫所左右，今天心疼你，并不意味着一辈子会心疼你，来自情感的变化，你是捉摸不透的。而女人天生又是极敏感的，一个电话，就可通过对方讲话的内容、语气，判断出他的态度他的爱有多少应付的成分。毋庸置疑，男人又多是好奇图新鲜的动物，在这一过程中，又常常忽略自己的老，而女人的致命弱点是念旧，人还没老，就喜欢防患于未然，甚至想着很多年后的生活。不同的处世方法，最终总会有夫妻反目，甚至分道扬镳。一生好长，变数太多，谁都不知道未来的自己最后会落在哪里。蓝青林一旦胡思乱想，低落的情绪漫天飞扬，这个时候，眼睛触到西沐或者若水，她试着开始为孩子忙碌，一忙碌，她就忘了自己的情绪。她被孩子透亮的眼神所征服，他们毫无条件地依赖心无旁骛地信任，对这份依赖与信任，她没有理由拒绝。她就想带着他们一路走着，走的时候，会发现很多东西其实不重要。

人都是在一种矛盾中前行，从来就没有所谓正确的道路。蓝青林算是不多想的了，只是自从郁澍带着西沐去了枫城，她便有些牵肠挂肚，除了担心西沐的吃喝拉撒，还担心她的心理感受，毕竟是第一次离开古罗村，她的小脑袋瓜会受到各方的冲击，她要是喜欢城市，又该怎么办？蓝青林的担心不是空穴来风，自己小时候就特别喜欢大城市，渴望自己是个城市女孩。蓝青林仅仅是在将心比心地去理解西沐，郁澍在视频里与她说了她妈妈的意见。她妈妈说，西沐都三岁了，你们居然都没给她上正式的幼儿园，你们怎么可以对一个孩子这么不负责？这话让蓝青林的惊吓猝不及防，她想反驳，竟一时找不到理由。倒是郁澍沉吟一阵，认为妈妈说得对。他说，我们逃离城市，并不意味着我们的孩子就喜欢乡村，他们倘若放弃去城市上学，今后必定很难在社会上生存，更不用说立足了。蓝青林觉得她与郁澍好不容易挣脱出来，到现在，他们又得把自己的孩子乖乖地送回去，重复他们走过的老路，心有不甘。可是不送，他们虽是父母，却没有胆量，让孩子一直在乡村。在中国，要接受教育，还得回到城市。中国的乡村，从视觉上看，漂亮了也环保了，老百姓也没那么穷了，但虽然有乡村学校，各种资源那是远不如城市的。

蓝青林觉得郁澍的妈妈说得有道理，可是作为母亲，她从未想过西沐会不在她身边，为了孩子的教育，他们举家搬进城市，除了过程艰辛烦琐，还有悖她选择生活方式的初衷。郁澍说，我们现在只能忽略自己，要考虑的是孩子，他们的未来，他们受到好的教育，才是最重要的，唯有这样，他们将来才有资格去选择生活，而不是生活选择他们。

蓝青林沉默了。她觉得这些话好熟，从前的长辈老师都如是说。只是万万没想到，郁澍也这样说了。

郁澍说什么，蓝青林觉得不重要，重要的是要他赶紧把西沐带回家。只是一到这个话题，郁澍就说家里还有事没办完哩。掐指一算，他们去枫城有十几天了，蓝青林的焦虑在她的黑眼圈里暴露无遗。

家门前山坡上的桃花开了，厅堂的火塘边，赵妈在篾盘里清理蒿子里的野草，这堆清香扑鼻的嫩芽是她一大早在楸树坡山上掐的，外婆老早就磨了糯米与籼米，用这些米粉子掺上焯过水的碎蒿子做粑粑，粑粑里就有了春天的风春天的雨，吃下去，一张嘴，春天的气息就哈了出来。

蓝青林正接着郁澍的电话，闲聊时，还捏起一根蒿草放到鼻尖上撩来撩去，电话里的柔情、蒿草的清香，她都不放过，时光似乎很曼妙。突然，她把蒿草一丢，跟电话里的人反目了，她吼了起来："你赶紧把西沐带回来！"

夫妻吵架，外人不宜听。赵妈端起篾盘去了屋外天井，外婆没起身，她放下茶杯，把食指竖在嘟起的双唇上，鼓着眼睛做制止状。蓝青林涨得脸通红，胸脯一起一伏，举着手机半天没言语，最后，又吼了一声："把西沐带回来！"等她把眼睛看向外婆时，泪水就花了一脸，她撇了撇嘴巴，说："有这样欺负人的吗？西沐是我的女儿，上不上幼儿园，我说了算。"

如此一嘟囔，大致的情况，外婆一下明了，无非是郁澍妈妈要西沐在枫城上幼儿园。她连叹两声气，忽然笑了起来，"当年你妈妈也是这般，你奶奶要把你哥与你留在白龙村，你妈妈疯了一般，夜闯村庄，带人就走。"

蓝青林停止了自己的愤怒，瞪起眼珠子听外婆说，外婆调口味般，这时又不说了，嘻嘻的，自顾自地在那里笑。

“后来呢？”蓝青林问。

“还不是把你们抢回来了，结果让你奶奶伤心了好久。”当年的惊心动魄，被外婆轻描淡写地说出，然后，她再反问道，“你说，你妈还敢回白龙村吗？”

寻求了多年的真相，在这一刻大白于世。蓝青林没有心潮起伏，脑袋里陡地灌进了铅，昏昏沉沉，倒是有一种声音在笑，怎么自己不小心，竟成了白龙村的奶奶，要留着娃在村里。这个笑声让蓝青林心里一惊，她想如果当年自己一直在白龙村长大，也许与大学无缘，与曾经的工作经历无缘，没有这些，郁澍也不会爱上她。

那么，自己又有什么权力一定要西沐留在乡村呢？这些天，郁澍他们带着西沐去了好多游乐场、好多早教中心，西沐被各种游戏各种新奇惊到，她困惑别的小孩身处任何魔幻世界，都可游刃有余，而她无法不胆怯不自卑，因为她从未见过。郁澍描述时，蓝青林心里还只是笑，不觉得这是个问题，可是此时，她有些害怕，不得不承认，当年妈妈把她与哥哥从白龙村带出来是正确的。

自己眼前的幸福生活，为了孩子要暂时放弃。进城带着西沐若水上早教、幼儿园，从小学开始，去抢占最好的学区房，然后陪读初中、高中，力争上一所好的大学。难怪有个段子一直火爆：985是软卧，211是硬卧，双非一本二本是硬座，三本是站票，专科挤厕所，其他的趴火车顶上。如此看来，这大学就是一张火车票。不同的学历，拿着的是不同的车票。人遭遇的不仅是“舒适度”的不同，更重要的是终点站不同。有人可以舒服地坐到终点，有人中途被迫下车，还有人在刚发车时，就被摔下轨道……

蓝青林被未来的生活弄蒙了，曾经的特立独行，都是逗乐的，一个人怎么走，注定还是会回到原来的轨道上。只是她的“古罗旧事”怎么办？租下来的这个院子怎么办？外婆像是懂得，她拍着蓝青林的额头，“你傻了呀，这里有我，我多活几年就是，以后你们顶多城里村里来回多跑就是，有什么了不得！”

外婆描绘的未来，在蓝青林心里开始漫散，人活着活着就不是自己一个人的事，中心点全移到孩子身上，曾经的所有到了这时，就必须让出一条道来。蓝青林身上的母性致使她会顺着这一轨迹，那天对郁澍起高腔，蓝青林也觉突兀，她莫名地被一种情绪所左右。这情绪似乎来自郁澍，他近期老有一些双关语，带着尖酸刻薄，蓝青林猝不及防，她不知道一个人隔着时空，喊变就变，情绪是有带动性的，一种情绪沉沦在另一种情绪里，甚至更疯狂。她自己都没有意识到，她的高腔起得无理，郁澍的妈妈带西沐去看幼儿园完全不足以让她起高腔的，可是她被一种情绪控制，语调在不知情的状态下高了起来，心里就想着是有人要抢她的孩子。电话那边的郁澍赫然，提前挂了电话。电话一挂，似乎就把蓝青林给挂醒了，她也赫然，她想他们是怎么啦？他们从不吵架的，她从来都是顺着他的，他也宠她。

蓝青林没有想到，郁澍隔了两天，就把西沐送回古罗村，蓝青林抱着西沐亲抚时，郁澍进了他的书房，他的眼睛忽然盲瞎，对面前的蓝青林视而不见。寒气弥漫在这个初春的黄昏，油菜花与桃花喧闹在门外的坡地上，顺着长长的光影，那绚烂那热闹明明晃进了家门，倒是家里人奇怪起来，不闻不问的，个个低头不言语。

外婆戴着老花镜神情专注地修补绣片，搂着西沐的蓝青林六神无主，赵妈细着嗓子问西沐，在枫城好玩不？西沐点点头，而后望了蓝青林一眼，又摇了摇头。赵妈乐得拍着大腿掩嘴笑，还没笑完，外婆犀利的目光刮了过来，“捡场搞晚饭喔，晚上有客。”

一炷香的工夫，陆永顺、戚小满、麦景禾、高大全，村里的后生陆陆续续进了屋，他们一进屋，自然会高声吆喝，郁澍应声而出。“正月间，家里还没请一餐春饭的。”外婆也吆喝，她指着面前的后生，“坐下来喝酒，菜马上就好。”话音刚落，厨房里的饭菜香就飘了过来，陆永顺他们端起了酒杯，开始敲桌子了，郁澍脸上漫起了笑。一碗一碗的菜就这样慢慢端上来，冬笋炒腊肉，香干蒸腊肠，干辣椒蒸腊牛肉腊鸡腊鸭，腊猪脚炖白萝卜，清炒白菜薹，清炒菜心，鸡蛋炒桃胶，一桌子的菜就在蓝青林的几趟来回中完成，只是端完菜的她又回到厨房，外婆看了她一眼，“这里没你的事了，你也上桌吧，我来管西沐。”蓝青林回答得期期艾艾，端着西沐的碗正欲装点什么，外婆抢过碗，拉着她往郁澍边凳子上一推，“陪着老公敬敬大家。”坐下来的蓝青林面色尴尬，低头摸起酒杯，做敬酒状，就往嘴里灌，灌了半天，嘴里没沾到半滴酒。她的手早被郁澍钳住，尽管她还本能地挣扎了两下，酒杯就被郁澍夺了过来，蓝青林听见郁澍说：“喝酒的事，我来。”众后生起哄，郁澍伸出一只手，揽住蓝青林，头偏向一边：“屋里有喝奶的娃，见谅。”说罢，就把那杯酒一饮而尽。

蓝青林到这个时候才缓过神来，像个女主人，给桌上的客人敬菜，给郁澍舀汤，给桌上躲酒的人添酒，缝隙之间，往自己嘴里送几筷子，又给郁澍拣块好牛肉，这春饭也就吃得热气腾腾，她也时不时被郁澍揽住，也不嫌喝酒夹菜碍事。吃得热火朝天时，外婆给每人上一碗冲泡得透明的拌了蜂蜜的葛根粉，说：“歇歇气，醒醒酒。”

这些人吃过稠稠的葛根粉，中场休息般，喝茶的喝茶，抽烟的抽烟，上厕所的上厕所，吆喝喧天的，掏心掏肺，没边的事，几远的事，只要记起的，全拿来说了。郁澍今天没有打开心扉，他老捏着蓝青林的手，向陆永顺诉说衷肠，戚小满的拳头在空中擂了擂，阴阳怪气地笑得诡异，他高声嚷嚷：“不说这些个虚的，还是喝酒实在些。”于是，这群人又回到桌上，外婆与赵妈，撤了旧碗上了新菜，他们边吃边喝边聊，情绪倒是没有刚才那么激昂，歇过气，他们晓得缓慢了。

赵妈最后上了两道时新菜——酸菜炒竹笋、青椒炒野山菌，蓝青林觉得美味理应配美酒，自己在厨房倒了杯甜酒酿，坐在桌前自抿自吃，甜酒酿未掺水，醇香沁甜，凉凉的滑入喉咙，琼浆玉液般，吃了的人，就觉得自己是神仙。这酒是外婆用糯米自己蒸的，说是给蓝青林发奶的，甜酒红糖冲蛋，甜酒煮糍粑，甜酒红枣枸杞蒸蛋，吃了这些，蓝青林的身体立马发热，全身经络通畅，流动的液体在乳房上集结，若水抱在怀里，咕咚咕咚，急促地吮吸。此刻，她忽然任性起来，偷偷喝甜酒酿，喝得醉眼迷蒙，两颊开出朵朵桃花，引得郁澍看了她好几眼，才夺过她的酒杯，在自己鼻子底下嗅，然后，拍了一下她的脑袋，“有你这样贪吃的娘？”蓝青林一脸赖皮，嘻嘻笑语：“是若水想喝的。”

桌上的人爆笑，“对，对，我们都不想喝，是若水想喝。”郁澍做咬牙状，伸出手指拧蓝青林脸颊上的桃红，样子又爱又恨。

第五章

西沐的眼睛望过来时，郁寒雨就被她目光里的清澈吞噬了，目光是心灵的映照，清澈是纯净无邪的流淌，这目光落下来，郁寒雨心里湿了一片，眼睛雾蒙蒙的，就想去爱。她牵着她的小手，带她坐上绕湖行驶的小火车，听她在风里的笑语，搂着她坐旋转木马，悬空飞起来的秋千，她警惕的小脑袋紧紧地依过来，郁寒雨久违的幸福在血管里奔涌，她觉得生活里的好，又回来了。看西沐时，郁寒雨忍不住去寻找郁澍的影子，当然主要是寻找自己的样子，她甚至会偷偷地想若水，想得自己一个人兀自发笑。

没有任何理由，她爱他们，就像她爱自己，不要任何理由。汹涌而来的爱，让郁寒雨奔忙起来，想着西沐都三岁了，居然只是待在家里放养，她责怪起郁澍来，对孩子的教育，你们太过随意了。她不单责怪，自己还身体力行，去了小区周边的好几个幼儿园，西沐看到那么多小朋友，看到幼儿园的各种设施，她挪不动脚了。郁寒雨拍下视频，西沐那好奇羡慕的眼神，一下就把郁澍打动了，他开始自责，孩子的教育，怎么就没有想过呢？这事一耽搁，那是补也补不回来的。到最后，他也跟着去了妈妈认为很好的幼儿园。令郁寒雨没有想到的是，西沐的妈妈反对，她在古罗村发出通牒，勒令郁澍把她女儿带回去。郁寒雨感觉当头淋下一盆冷水，她才醒悟，无论她多么爱这个孩子，她只能站在一旁，默默地看着，她甚至都没有话语权。看到郁澍在电话里与妻子争吵时，郁寒雨一下就紧张起来，人总是会陷入前人走不出的关系中，明明发生争吵的是郁澍夫妻俩，但最后关系紧张的会是婆媳，郁寒雨不想这样，可是事情不可逆转地正朝着这个方向发展。听见郁澍越说声音越大，站在旁边的她，只得扯了扯儿子，她把手指放在嘴唇上，向他示意，别激动，有话好好说。

夫妻间的争吵都是由不经意的小事开始的。在争吵的过程中，都忘了要好好说话。郁澍很生气，他觉得蓝青林太不懂事，妈妈完全是为了西沐好，蓝青林不但不领情，还觉得是有人在抢她的孩子。当然，郁澍的态度，不仅仅是因为孩子的事，隐藏在内心不能明说的情绪，已经左右着他。所以说，人类吵架，如果仅仅是看到吵架之事，那往往是看不到事物的本质。这样看问题的人，太过单纯，甚至有点傻，郁寒雨不小心就成了这种人。当郁澍放下电话，郁寒雨就与儿子说，你赶紧带着孩子回去吧，我能理解西沐妈妈的焦虑，孩子带出去一趟，就留在那儿了，当娘的，哪有不焦虑。

郁澍带西沐一走，郁寒雨自己就开始焦虑了。这些天，她习惯了每天想着如何讨西沐开心，如今小东西一走，感觉生活空了。最近，父母那里的忙碌，有姐姐郁南霜，她享受着西沐带来的生命惊奇，她眼睛里的目光都舍不得分散出去，突然空了的生活，致使她不得不思考自己的未来。她看到她周围的同事同学，几乎都退休了，刚开始他们一拨一拨的，一年四季，马不停蹄地去各个风景点打卡拍照，一两年后，不奔波了，却热衷参加各种社团活动，歌唱团、舞蹈团、朗诵团、读书团、义工团，反正只有你想不到的，你的所有爱好，都有团体收纳，总有那么一群人与你是一起的，只要你想参加，活动一个又一个。郁寒雨在朋友圈里看见他们几乎每天都在晒，生活看上去依然丰富多彩。郁寒雨的一位同事，从前既不唱歌也不跳舞，如今老见她在一个又一个舞台上，捧着个稿夹子，神清气爽地朗诵这个朗诵那个，感觉比上班还忙。同事告诉她，她们有个朗读协会，参与者每人每年交两百元会费，平常线上线下探讨交流朗诵的经验，偶尔出去玩，或者聚个餐，都是 AA 制，而参加一些正式或非正式演出，也还有点演出费或误餐费。当然，绝大多数人的退休生活，是郁寒雨每天在小区里遇见到的，像楼下的成大姐，清早送孙子上幼儿园，返回时，买回一天一家的菜，上午在家搞卫生做饭菜，下午一点至五点，小区活动室打麻将。之后，老伴去接孙儿，成大姐回家做一家人晚饭。如此，日复一日。郁寒雨想到成大姐时，想如果西沐来枫城上幼儿园，那她也要过上这种生活。从内心来讲，她是不愿意的。她觉得，这些年，她一直被父母绑架了，在未来，她依然要被绑架，她不能排除，自己会陷进郁澍孩子们的绑架中。她问自己，为什么自己就不能绑架别人？她这样想的时候，吓了一跳，但又觉得自己应该这样想一下，想自己能绑架谁？想了想，竟无人可以绑架。她的难受也就从四面奔涌而来。

郁寒雨发现一件事，一个人不可以闲下思考，思考越深，人的各种问题就来了，身体上的精神上的，走不出来的就抑郁，走出来的就愤慨。反正思考这件事，背后没有深厚的哲学支撑，还是别东想西想，到时伤神又伤身。这话好像是姜达贵有一天在饭桌上说的。当时，就有同学反驳，啧啧，学了几天哲学，就披上了一件高大上外皮，了不得、了不得。其实好多学哲学的人，一辈子都神神道道的，学哲学本来是要折磨世界、战胜一切，结果学着学着，就开始折磨自己。哲学这东西，一般人不要去碰。姜达贵在这个时候不敢言语，他学哲学是很偶然的一个想法。他听人说哲学可以训练思维，能更理性地去思考问题。到了学校，他才发现，一群学习哲学的人聚在一起，那就是对自己正在迷路这个事实认知之后带来的孤独和恐慌的莫大安慰。

正月里，同学之间倒是吃过两次春饭，大家嘻嘻哈哈，只管热闹，两次姜达贵都来了，还是从前在班上老实谦卑的性格。这种聚会，男同学似乎更热衷，也不嫌弃女同学年老色衰臃肿世俗，有酒喝有麻将打有往事可以吆喝，何乐而不为呢？在这里，都是黄土埋了半截的人，没有谁端起，大家假装回到了过去不谙世事的年代。郁寒雨一般只与他们玩个上半场，吃完饭，聊会天，因家里有老人要照顾，就回家了。忽有一日，姜达贵打电话要她出来喝茶，郁寒雨想难道他的故事没讲完，今天又要续篇？自从姜达贵给她讲过他家族的故事后，再看他的时候，他神情局促甚至不太自在，似乎担心她会提起他讲的故事。

这天，还是在姜达贵讲故事的那个茶馆，烧好水后，姜达贵让茶艺小姐退下去，他自己掌席。郁寒雨静静地看他在茶台上温杯、烫壶、置茶、开汤、分杯，弄得郁寒雨不得不端杯闻茶，然后一口一口地啄饮。不说话，喝茶也挺好。这老白茶还真香。郁寒雨暗自思忖。茶喝过两轮，郁寒雨捏起茶台上瓜蒌籽嗑起来，嗑了几颗，觉得这瓜子嗑起来太响，肉太多香味过浓，会影响姜达贵讲事，便停了下来，仍旧低头喝茶。

"我在古春、田阳都开有民宿，我见过你先生。"

郁寒雨有些惊愕，脸莫名地红了，她从未与姜达贵说起过自己的家人，况且又是这样一个境况下，女人的敏感还会带出更多的想法，她的第一感觉是，谢一民去民宿，如果是私密行为，那他边上肯定有其他女人陪伴。郁寒雨是为谢一民没能免俗而脸红。

水开了，姜达贵又开始烫茶，"特别是在田阳，我作为准拆迁户代表，见过几次。"

"他去你那里，不是住宿？"郁寒雨没有从自己的思维里走出来。

"住过的，周末体验式休息，顺带指导工作，"姜达贵笑了笑，"你家先生是个工作狂，不太懂生活。"

郁寒雨听见一声叹息在心里落下，轻蔑噙在了嘴角。谢一民就是个悲剧，他被工作绑架得没了自我，一头扎进去，就不晓得环顾四周，以及生命里与工作无关的其他生活。

"一个人太投入，便看不到周围的陷阱。"姜达贵记得第一次见到谢一民，他还是古春市市长，在他开民宿的村落调研，村里几件难办的事，一下就落实了。这世上，本就没有几件难办的事，办事的人都要看，这事是谁交代的是谁督办的。那是个民众醉心看油菜花的季节，作为民宿老板的姜达贵未能与谢一民讲上两句话，他身边里外几层，围了太多的人，姜达贵只在他脸上，看到春风拂来荡去。再后来，见到他时，他已是田阳市的书记，他在周末下榻到他的"堂轶老屋"，在店门前他略微沉思，问随行人，可与古春市的是同一老板。有人把姜达贵推到近前，不会与领导打交道的他，手足无措，拱手作揖，频频点头。

"他很喜欢我的'堂轶老屋'，每次来了，早上都要去山谷散步。一个人去的，回来时，就跟了一群人。”姜达贵想不明白，这些人是怎么找到他的。郁寒雨告诉他，身边人呀。想要接近某一个人时，先打通他的身边人。这是一条无往不胜的定律。

“到了这个位子，他的情商与智商，都是了不得的。”姜达贵评价着。

郁寒雨不得不又一次冷笑，她无法给他这样一个评价。“这都是你们想象的，他其实很蠢，一根筋，不转弯。”

男人宽容的笑在姜达贵嘴角抿出来，他嘿嘿了几下，“别的不知道，他一根筋不转弯，在田阳市见识了。”

郁寒雨平常对谢一民的事，从不过问，也不屑知道，可今天她鼓大了眼睛，想听姜达贵说他怎么一根筋的。

“宁犯天条，莫犯众怒。这老话超准。”姜达贵咂巴着嘴，眼睛斜瞟，“你家那位，是怎么栽的，现如今肯定还是不明白吧？”

郁寒雨看见姜达贵眼里射过一道寒光，她冷战了一下，她与郁澍一直在帮谢一民寻找原因，难道会在姜达贵嘴里寻到真相？

“你去过田阳吗？去过下边的青木县吗？青木县旅游资源丰富，有高山牧场、云峰峡谷、古屋群古村落。”

郁寒雨去过田阳，也去过青木县。那个周末，谢一民对她说，带她去看看原生态没有开发的景点。从田阳至青木，一百多公里，右边青山，左边绿地，公路随山形蜿蜒，跌宕起伏。只是郁寒雨的晕车毛病又犯了，弯道太多，道路坑坑洼洼，这是一条年久失修的市级公路。郁寒雨恍恍惚惚在这条路上看到太多房屋太多人家，她呕吐时，都难找到一块空地。公路靠山的一边，层层叠叠，都是密集的房屋。她记得当时谢一民抽着烟，眉头紧锁，满面愁容，弄得郁寒雨也冷起了脸，想陪我出来，至于这么痛苦呀。当然，过后郁寒雨还是搞清楚了，他是愁修这条路，拆迁费用巨大。田阳至青木的公路改造升级，迟迟不能动工。

那天，郁寒雨吐得厉害，车子在这条破破烂烂的公路上，走走停停，她的肠胃在颠簸中排山倒海。他们几次下车，在公路左边的绿地上行走，稻田在畦地之间，菜地在斜坎之上，地里偶尔凸起几块岩石，但岩石周围都长着庄稼，反倒显出岩石峻峭，他们站到周围长满豌豆苗的岩石上，不远处的罗水河缓缓流淌，沿河的堤坝上，匍匐着一条黄泥土路。谢一民与随行的人望着山边的房屋叹息，他们觉得这是个老大难问题，时间越往后拖，拆迁费就越往上涨，修这条路的造价就越高。

郁寒雨昏昏沉沉，初冬的风，从罗水河面，越过长满野草的稻田，几朵紫英花使得荒芜有些生动，从那儿吹来的风，带着旷野的辽阔，郁寒雨深吸了一口，这绿地上的空气，有野草的苦味。冬阳下波光粼粼的河水，与那条一直蜿蜒到天边的黄色土路，在两岸的绿色中，高低起伏。她旁边的几个男人还在说，这条公路太难扩修了。沿路这些拆迁户的要价不断涨，政策刚定好，这些人又上访了。难呀。他们在岩石上，望路兴叹。郁寒雨的眼睛似乎被河水的波光刺痛，她瞟了一眼谢一民，忽地叹了一口气，她拽着他的衣袖，指着罗水河，哈哈笑了起来，“你们干吗一根筋？老百姓不愿搬走，老路就保持原样呗，沿河重新修一条，多好，又不要拆迁费。”那一刻，所有人顺着郁寒雨的手指，望了过去，那条堤坝上的土路，在山坡与田地间延伸。一个美丽的弧线。郁寒雨看到谢一民眼睛闪出的亮光，他似乎脑洞大开。有人用手一挥，说不行不行，这样会占用耕地。郁寒雨想都没想，立即反驳，占不了多少，你看，河堤上路基都是山丘，只要拓宽，硬是有占耕地的，可尽量避开，不能避开的，搭设高架桥，把路线拉直，肯定比拆迁修路费用低很多。反对的人期期艾艾，一时找不出理由。谢一民拍着自己的脑门，大笑起来，他不停地说：“好主意，好主意！”

郁寒雨那次只是随口一说，没有想到谢一民当真了。他立即停了扩建公路的老方案，请专家对沿河重新修路进行论证，对两条路的成本、造价进行核算。论证的结果可想而知，沿河公路不但漂亮，还可节约造价上十亿元人民币。方案一出来，田阳市委市政府没有理由不实施。谢一民一直为这件事而扬扬得意，一下节约上十个亿的资金，而且老公路还可照常使用。

郁寒雨也觉得他做得漂亮，尽管她后来没再去田阳，只是在网上看到了那条美丽的公路。但万万没有想到，这条路，让谢一民惹上众怒。

姜达贵换上一包橘皮桂花大红袍，重新泡上，他说：“你们难道没有想过，沿河修路的方案一出台，会遭多少人谩骂诅咒。”

郁寒雨赫然，清亮的双眸装满疑问，“为什么？”

“挡了别人的财路，别人怎么会不骂？”姜达贵把新泡的茶推过去，“我也骂过，早在几年前，我在公路边，收购了别人的几栋老屋，就等发财的。”姜达贵皮笑肉不笑地把这话说出来。

郁寒雨的赫然变成愕然，一直以为是做了一件好事，却不小心得罪了这么多人，影响了这么多人的利益。那些等着拆迁等着发财的人，望眼欲穿，只盼着有个好价钱，可是盼来盼去，被新来的某位决策者大手一挥，那些真金白银，本来都已经装进口袋里了，突然就没有了。煮熟的鸭子居然也可以飞。

郁寒雨倒抽了一口冷气，原来在谢一民扬扬得意为国家节约多少资金时，那条从田阳到青木的路上，眼巴巴等着数钞票的人，已经彻底恨上了他。这个恨，是不可逆转的。挡了人家的财路，人家杀死你的心都有。恨上了，自然就不会放过。在他的周围，瞬间有了无数双眼睛，死盯着。谁都不是圣人，谢一民更加不是。这么多人找碴儿，不死也要脱层皮，谁都挺不住的。

“如果你认为等着拆迁的，就是住在那里的老百姓，那就大错特错了。”姜达贵高深莫测地又抛出一个问题。

郁寒雨的困惑姜达贵早就预见了，他嘿嘿地冷笑了几声，“田阳市好多要员在政策出来之前，自己或以他人名义，早就在那里建了或买了房。好好的一盘棋，改个道，全毁了。”

郁寒雨坐在那里，似乎听出姜达贵的怨恨，她如坐针毡，惶恐得不知所措，但她尽力保持镇静，一口一口地喝着茶水。

“很多时候，我们如果把自己的聪明藏起来，事情的结果会大不一样。”姜达贵的脸色淡去了严肃，他笑了一下，“只可惜，那个时候，我不知道谢一民是你先生。”

郁寒雨瞪大了眼睛，到这里，她已经没有勇气听下去了，她不知道后面的险恶是怎么实施的，她听见自己心跳的回声。

姜达贵爽朗地笑了，“别人也肯定看到了，沿河修一条公路，会节约更多成本，那别人为什么不说？为什么不去做？”姜达贵的笑声分贝明显提高，“这就是玄机，就是‘中庸’哲学哈。”

至此，郁寒雨的背心窝冷汗直冒，‘中庸’文化太玄了，有时候，什么都不做，反而受欢迎，反而会顺风顺水，其中的秘密又只可意会不可言说。这样想时，她突然又觉得是自己害了谢一民，如果自己不站在那块岩石上，自作聪明地指手画脚，也许现在的情形，会是另一个样子。郁寒雨头皮紧绷，心口抽搐，胸腔与锁骨间密布疼痛。好多事，以她的智商是想不明白的。

“所以说啊，哲学没学好，也会栽跟头。”姜达贵调侃得幸灾乐祸。郁寒雨就不高兴了，在家里她多么憎恶谢一民，那是她的事，在外边，她容不得别人这般嘲笑。她坐在那里，忽然穿上了盔甲，她要反击。可是她没有作战经验，不知从哪里出击，只晓得鼓起眼睛怒视。

姜达贵扫了她一眼，笑了笑，“你气什么？你都不知道我们当初是怎么气的，个个只差吐血了。”

郁寒雨之前从没有认真打量过姜达贵，这会儿才发现，他眼皮下垂的三角眼，装满了商人的阴险狡诈，“呵，呵，曾经有人说什么来着，这世上，我就恨钱，弄了半天，听学哲学的人讲话，都是要反着听。”

姜达贵续茶，杯中茶水透亮，他翕动鼻翼闻了一下茶香，说话前仍然嘿嘿几声，“郁大小姐，你是从来没有穷过，不知道人缺钱，会过得人不人鬼不鬼的。”

郁寒雨记得他跟她说过，生意起步时，他贩卖小百货，踩着辆三轮板车，在堂秩、群峰、龙潭好多个集市赶场，哪里逢单逢双，心里都一本账，错开着四处赶场，每件物品几分钱几毛钱地赚。这钱赚得作孽呀。三年后，又与人一起合开中巴，现在想起来都后怕，那一桶一桶的柴油就放在他家放农具的破屋里，他每天就睡在这破屋的隔壁。中巴车开不进家里，停在村边路口，每天早上，他都要从家里提两壶柴油给中巴加油。这个事，如今一想，那柴油味就会从胃里冲出来。柴油从大油桶里到油壶，全靠一根细细的皮管。皮管一头放在油桶里，一头放进油壶里，姜达贵每天要在皮管的一头，用嘴轻轻地一吸，油才能从皮管里流出来，有时没搞好，吸得太猛了，柴油就呛了一嘴，吐都吐不赢，以至于一整天吃饭时都有一股子柴油味。那些年，姜达贵觉得柴油味在哪里都跟着他，别人遇见他，总会不自觉地掩嘴捂鼻。

郁寒雨不富裕，但她没有穷过，所以姜达贵给她讲那些故事时，她只是尽可能地去想象，她的想象里只有一些单薄的场景，她无法抵达他们卑微、挣扎以及苍凉的内心。来世上一趟，都不想穷死。郁寒雨的出身，注定了她不了解这类人群，也正如她不了解谢一民一样。说白了，她是这个社会制度下长出来的温室花朵，不懂歪门邪道，更不知道邪风鬼雨。

姜达贵要说的话，又咽了回去。她明明几十岁了，还什么都不懂，他的脾气上来了，他没法不用语言攻击她一下，“你以为不用老方案，看上去节约了上十个亿，可是新方案也有受益者，这些人又是谁？”

郁寒雨果真听不懂。有的项目，总会飞来一群苍蝇。有暴利，就有疯狂。郁寒雨有时想，为什么不缩小利益空间，让接到项目的人，只赚到应该赚到的大家都能看到的钱？为什么在这里隐藏一个黑洞，让所有人看不懂，但又知道此处存有暴利？那么，这个暴利什么人来赚才合理合法？这似乎太含糊不清了。因为含糊不清，便有了匪夷所思的问题，一个项目还在酝酿中，各路神仙都站在了他们该站的地方，而神仙的背景是广阔的神秘的，掌管项目权力的人诚惶诚恐。

“这个世界太深奥！很多时候，我们眼睛看到的耳朵听到的，都不是这个世界真实的样子。”郁寒雨心里一惊，觉得姜达贵怎么就把她心里想的话讲了出来。她赫然地抬起头来，她要把话题拉回来，她想知道谢一民的事，于是她单刀直入。

“我想知道，你是用什么方法去恨让你没拿到拆迁费的人。”

这句话过于直接，姜达贵愣了片刻，就用笑来掩饰。坐在他对面的郁寒雨认为，这个笑，笑得很难看。但她没有想到，难听的话接踵而来：“我一个人恨有什么用，但一个人被一个群体恨上了，那他的麻烦自然就来了。”

谈话像个拉锯战，关键点永远不明了。郁寒雨觉得姜达贵早已是商场老狐狸，很多事，他是不会说的。只是她茫然了，今后，她还会把他当朋友吗？今夜，他为什么要告诉她这些？有意义吗？她抬头望向姜达贵，茶台那边，郁寒雨看到的居然是姜达贵妈妈的脸，她皱着眉头，又分明向她笑着，笑得有口水流出，她伸出手掌顺手抹了一把。这笑郁寒雨太熟悉了，曾经在姜达贵家吃饭，吃得狼吞虎咽，姜达贵的妈妈就躲在一旁偷笑，那姿势也是这个模样。知道在别人家吃饭不好，可是那个时候的郁寒雨管不住自己的嘴。每个人心里都住着几个鬼，有时人把鬼打趴了，有时又是鬼控制了人，反正一辈子，一个人都得与鬼打架，不是你把鬼打死，就是鬼把你拉下。郁寒雨猛然明白，她在那刻看到的是姜达贵的妈妈，她呵呵地在远处笑，她说每个人都有管不住自己的时候。

第六章

郁澍回到古罗村之前，总感觉自己哪儿都有气，那一根导火线飘在空中，随时有拉响的可能，而且，这一路他像魔鬼附体，带着一股气势，就想着要讨伐。而当他迈进家门，见到蓝青林，见到蓝青林怀里的若水，喝了外婆递过来的茶，他就偃旗息鼓了。他看着眼前的亲人，忽然就嘲笑起自己来。讨伐别人的情绪是怎么滋生出来的？自己是圣人吗？既然不是，那为什么又要求别人是呢？

道理是这样，人对自己通常是宽容的，对别人，或者对自己爱的人又总是天真地指望，过去、现在与将来都只有纯洁无邪。一些瑕疵有出现的端倪，心里便会充血，愤怒随时而来。一种情绪笼罩着郁澍，他对爸爸谢一民认识蓝青林很不爽，他不敢顺着这个方向去仔细探究，茫茫白雾蒙住了眼睛，心里却伸出了无数双手，在使劲擦拭，他想看清楚，想知道真相，可是他又没这个胆量，于是他带着火的情绪横冲直撞。他望一眼蓝青林，心口会紧缩一下，几眼望下去，竟然望出了陌生感，往日对她无话不说，此时，他开不了口，一些话涌上来，又咽下去。

他害怕。世间脆弱的东西太多，婚姻也是，喊散就散。这样想的时候，他会不自觉地拽紧蓝青林的手。

古罗村的春天，在春风春雨的撩拨下，突然就喧闹了，田地里的油菜花，村头村尾的桃花李花，都高调地招摇，一拨一拨的游客，成了村里流动的风景。陆永顺的村史馆也开门迎客了，他把郁澍说的那句“边做边像”挂在了嘴边，一遇到搞不定的事，就打来电话，咨询郁澍，或者干脆要他十万火急赶往现场。

郁澍没有想到村史馆居然大受欢迎，布衣坊、山歌屋、木具屋、美食厅、人物堂，哪儿哪儿都走动着游客，他们参与其中，或看或歌，或吃或说，在村史馆外，摆满长摊，村里人自产的各式农产品沿着屋场漫散开来。场面火爆得让陆永顺、麦景禾、戚小满、高大全傻了眼，他们拍着郁澍，一个个笑得傻不啦叽的。郁澍站在村史馆前的拱桥上，桥下的泮池里映着蓝天，几朵白云在水里漂荡，从泮池往四面延伸，水面在网状的田埂间波光粼粼，意境辽远，远到可以与罗水湖相连。看着这个水面，郁澍内心狂喜，这静静的水面下，正在孕育着惊天奇迹，郁澍似乎看到世人震惊的表情。千年前的荷花，将在这个夏季，在这片水域，开出一千年前的时光味。这些荷花将带领大家穿越时空，闻千年前的花香，看千年前的花容。有关文字，有关故事，有关煽情，郁澍与蓝青林都已写好，到时只要配上以古罗村及村史馆为背景荷花盛开的照片，郁澍绝对相信，古罗村立马可以惊艳世人。如此想起，他就激动，一激动，他就拍陆永顺麦景禾他们，他吆喝：你们准备好了吗？

其实想一想，又有点吓人，他们不知道是否把控得住这个从天而降的噱头。但陆永顺他们像郁澍一样，心里火烧了一般，他们一起商量到时会出现的各种状况，观景台的设置、车辆的控制，以及来往渡船的安全保护，甚至游客留下的垃圾处置，所有的环节大家想了又想。郁澍说，古罗村不大，接待能力有限，在赏荷高峰，可考虑每天限制游客数量。如此，更能体现观赏千年前荷花的价值。这样一说，陆永顺拍案叫绝，不停地说，好，好。古罗村的美景蓝图，就在他们一惊一乍的话语里，等着一鸣惊人。

郁澍在一旁默默地笑。他这笑，笑得隐蔽，笑得含蓄。他们高兴得要发癫时，他总是提醒他们，要镇定要保密。他会在这个时候，把食指放到嘴唇上间，发出嘘、嘘的声音。大家会心地学着郁澍默默地笑。郁澍要别人镇定，他自己忍不住显摆。他在朋友圈发了一组古罗村春天的照片：楸树坡上一树一树的楸树花，粉粉的团团的花朵在风里快活；楸树坡城堡里沉睡的断瓦残垣，周边的荒地上，绿草青青，老树发新芽；古罗山上的古罗大庙废墟置身在春光里；游客爆满的村史馆；从罗水湖畔拍过来的村史馆；从村史馆拍过去的广阔水域；在山坡上拍下的古罗村黄昏时的全景。照片一发出，二姨郁南霜问，这是什么神仙地方？最好玩的是，二姨父麦念澧直接把电话打过来，说照片上的景点好熟，感觉在哪里见过。郁澍想这个姨父好会胡扯，他生在美国长在美国，居然说出他对古罗村很熟的话来，于是他忍不住哈哈大笑，还故意恭维：姨父，您这是自来熟。姨父听不出话外之音，仍一口咬定：真的，好像在哪儿见过。

也就在那晚，二姨郁南霜发来一条微信，说做通了你妈的工作，过两天，我、你姨父，还有你妈妈，一起来古罗村。郁澍看了几遍，确定不是自己眼睛花了。这不是一个好消息，也不是一个坏消息，但绝对是个重大消息。他必须在第一时间告诉蓝青林，这对于她来讲，至关重要。按道理，应该是儿媳先去拜见婆婆，怎么可以是婆婆先来看媳妇？郁澍想给妈妈打电话，来证实消息是否可靠，蓝青林拦着不让，她说电话打过去问，好像是他们这里不欢迎她似的。但不管咋的，蓝青林心里还是发慌，不知要怎样接待。她把这消息告诉外婆，外婆拍着若水，笑眯了眼，说，你婆婆是想看孙儿啰。

也怪，什么事，蓝青林只要与外婆一说，自己就淡定了，就觉得外婆会把一切张罗得礼貌周到有条不紊。蓝青林只管把自己收拾得漂亮点，把西沐与若水弄干净点，把客房整理得更舒服一些。奇怪的是，三四天过去，不见任何动静。蓝青林便认定是二姨与郁澍开玩笑的。她暗自思忖，总觉得不可能，所以她与郁澍说，还是他们一起，带上若水，去一趟枫城，这样踏实一些。郁澍也觉得妥当。

蓝青林立马做着各种准备，郁澍站在庭院的香椿树下，帮赵妈割椿芽。赵妈说下边的老了，只有树头上的才嫩。所以用小竹棍绑着一把小镰刀，踮着脚尖割了半天，也没割下半枝。郁澍个子高出赵妈一大截，举起竹棍割香椿，居然很顺手，胳膊肘拉一下，椿芽就落了下来，这树头上的椿芽，还真有些不一样，叶厚芽嫩，绿叶红边，香味醇厚。郁澍正割得起劲，兜里的手机振个不停。赵妈正好嚷道，可以了，可以了，晚上香椿拌豆腐，够用了。郁澍扔下竹棍，站在黄昏里，接起电话来，“喂，我们坐到渡船上了，就快到你家了。”二姨兴奋的声音传了过来。郁澍不敢相信，把电话移到眼前看了一眼，又赶紧朝电话里喊：“二姨，真的吗？我妈她来了吗？”

二姨笑骂过来，吓得郁澍冲进房里，牵着蓝青林的手，就往码头跑，他们经过厅堂时，吆喝喧天的，西沐听说奶奶来了，她也要去接。外婆抱起若水，往郁澍怀里一塞，“这个祖宗，要带上。”

于是郁澍一家四口，后边还跟着迈克，沿着古罗村的石板小路奔向码头，黄昏的夕阳晃动着长长的影子，若水在郁澍怀里咯咯地笑，迈克张着嘴，舌头吐得老长，上蹿下跳的，不时地狂吠几声，场面甚是欢乱。

他们到码头时，船刚好靠岸，郁澍腾出一只手，向船上的人摇晃，“妈妈姨妈姨父”喊不赢，蓝青林喘着气，忽然没了底气，刚刚郁澍把她从房里喊出来，她穿着居家服，趿了双棉鞋，就这样跑了出来，站在这里，才觉得自己蓬头垢面的，要多丑就有多丑，她都要哭了。她躲在郁澍后面，使劲掐了他一把，怪他十万火急，她居然也就忘了收拾一下，这脸真的丢大了。妈妈、二姨、二姨父走到了近前，蓝青林羞红着一张脸，从郁澍身后站出来，妈妈与二姨果真盯着她看了半天，蓝青林不知道要怎样解释，郁澍说话了：“以为你们不会来，我们准备明天回枫城，蓝青林刚刚正在屋里拣行李，接到二姨电话，就飞奔过来，所以穿成这样。”

二姨拍了拍郁澍，“模样俊俏，穿啥都好看。快，帮我提行李，我要抱孙孙。”没想到妈妈郁寒雨的目光早移过来了，她已经伸手接住了若水，二姨就顺手抱起西沐。

二姨父下了码头，就四处张望，咔嚓声从苹果手机里连连不断地发出来。郁澍站在一旁，摸出一支烟抽上。他觉得这会儿，女人孩子待在一起，陪着姨父是他唯一要做的事。姨父都没有时间搭理他，他要好好看看古罗村，似乎刚刚在罗水湖上还没看够，他又跑回到停船的栈道边，反身去拍古罗村。弄得郁澍不得不走过去喊他，先回家吧，有的是时间，古罗村好看的地方在前面。

“这个时候的光好。”姨父解释完，就跟郁澍往村里走，可是，没走两步，他又要停下来，凝神屏气地看上好久。他们回到家时，天已大黑，二姨妈从亮堂的灯火里走过来，她埋怨姨父太磨蹭，要他赶紧见过蓝青林外婆。外婆在厨房里边忙活边点头，二姨父抬起头，看灶台上方几排正熏着的腊味，镜片后的目光闪闪发亮。二姨悄悄对郁澍说，其实是你姨父吵着要来的，与你妈一商量，过来看看也好，跟外婆拜个年，应该的，人家把你与你的孩子照顾得这么好。

回到厅堂，郁寒雨在给孩子们与蓝青林分礼物。二姨说："本来都出门了，你妈妈说没个见面礼，不行，这个礼就不好备了，你妈想破脑袋，在家足足准备了三四天。"郁澍觉得是二姨夸张，可是看到太师椅上的东西吓了一大跳，给外婆的茶叶与罩衫，给若水的金锁银锁给西沐的项圈，还有漂亮衣服。蓝青林见他走过来，便抬起手腕，一个翡翠玉镯在灯光下，晶莹剔透。二姨"哎呀"一声，"这是传说中的沐家宝贝。"说着便伸过手去，捏起仔细瞅。这个玉镯是她们的外婆传给妈妈沐上川的，妈妈当着她们姐妹面给了郁寒雨，当时她在美国，在视频里见到。正是这个玉镯，它现在戴在了蓝青林手腕上。二姨把玉镯的来历说了一遍，一屋子的人都盯着蓝青林莲藕般的手腕，郁澍忍不住伸手去摸这个玉镯，似乎摸到亲人的余温，一缕一缕的血气在翡翠的纹路里游走。这个玉镯，从北方到南方，跨越千里万里，在时空中穿移，那些戴过它的人，都与他血脉相连，都是他的亲人。他想得发呆。蓝青林忽然站起来，"妈妈，这个太贵重了，您还是自个儿戴。"郁寒雨手里正抱着若水，瞟了她一眼，"傻孩子，翡翠戴在水嫩的手腕上，才好看。"

外婆使出她最大的看家本领，将晚餐的丰盛推到极致，二姨郁南霜二姨父麦念澧瞪大了眼睛，双手合一，连连惊叹。二姨父的夸张更是了得，他说这辈子，梦里的美食全在桌上了。他咂巴着嘴，呀呀，有三个鉢子，我爷爷说，他家乡上鉢子菜是最客气的了。郁澍看着家常，一个腊猪脚鉢子，一个肥肠鉢子，还有一个大鉢子，里边是豆腐酸菜煮湖鱼，一条新鲜的罗水湖尖嘴鱼。二姨父望着鉢子里翻滚的佳肴，坐在桌前，竟舍不得动筷子，呆了一阵，才又举起手机咔嚓咔嚓。接着，每吃一道菜，都要惊叹都要咨询外婆菜名，这让郁澍都忘记了他之前认识的那位教授姨父。人变化起来是不可思议的。外婆陪妈妈、姨妈喝甜酒酿，郁澍陪姨父喝谷酒，亲人吃着美酒美味。有时候，亲情是吃出来的，在往来之中，你敬我尊中，慢慢情浓。姨父喝了几杯后，向郁澍竖起大拇指，说难怪难怪，不回枫城，你找到一个神仙地方，遇见一个神仙老婆一个神仙外婆，还生了两个神仙孩子。二姨妈惊得张开嘴，半天说不出话来，她没有想到姨父能说出如此讨巧卖乖的话。与他结婚几十年，一直以为他嘴笨。人换了一个地方，是会开窍的。几杯酒下肚，他高兴得像个孩子，手舞足蹈，他对外婆说："我就觉得在哪里见过您，您的神情与笑容，我好熟悉。"二姨妈觉得他是在打天讲。可外婆听着受用，她作古正经转过脸来，仔仔细细地看二姨父，看得她起身后退几步，又来来回回打量，她嘴里"咦"个不停，最后语出惊人，她说她也觉得他面熟。正在啃猪脚骨头的郁澍停止了啃咬动作，而是一动不动地瞧他们，他突然把骨头一扔，"你们都姓麦！有可能是亲戚。"

二姨妈像是听到一个笑话，端起酒杯喝下一大口，她眯起眼，哈着酒香，说："你二姨父在美国生在美国长……"话还没讲完，外婆抢白道："我四叔当年去了美国。"然后，她上前抓住二姨父的臂膀，"刚刚没想起，你的眼神里有我四叔的样子。"

"哇，怎么可能啊，外婆，你四叔叫啥名字？"郁澍喊起来。

"麦加洪！"

几乎是同时，外婆与二姨父把这个名字喊了出来。只是，这个名字喊出来后，屋里瞬间跌入遥远的寂静，人的思绪在时空里飞速行走，来龙去脉正在一点一点捋清，如此说来，麦加洪是外婆的四叔二姨父的爷爷，就是那个从古墓里盗出千年古莲又潜心培植，最后真正让古莲开了花的人。

太戏剧化了。一屋子的人，都在喊，要晕倒了。当然，真正要晕倒的人是外婆与二姨父，外婆坐在那里，傻了一般，又哭又笑的，好长一段时间是在自言自语。郁澍听蓝青林说，外婆这个时候是在与祖宗说话。最蒙的人是二姨父，他本来是随别人来走亲戚的，没有想到，竟走到自己家里了。他说，爷爷在世时，动不动就会提到家乡提到亲人，他的儿孙也没有谁把家乡的具体地址记下来，只有个朦朦胧胧的概念，到最后，他走了，也没谁能说出家乡是在哪里。麦念澧之所以还有些印象，因为他是长孙，在爷爷身边的时间长，最关键的是他对爷爷讲的故事感兴趣，爷爷说自己讲的故事都是真的。是真的，那不就是历史吗？每次这样反问爷爷，爷爷点着头表情神秘。从前，不能回中国，他只能在爷爷的故事里回味。后来，他随郁南霜回国探亲，好多次他背着旅行包，四处游走，希望能找到老家。一些地方都在像与不像之间，觉得像的时候，爷爷嘴里的好多东西又还原不了。当他从外婆嘴里听到“麦加洪”这个名字时，他愣住了，酒也醒了，他无法相信，世上还有人能喊出自己爷爷的名字。他不知如何是好，便搂起郁澍亲起来，他跺着脚摇晃着脑袋，大声嚷嚷：太感谢了，太感谢了，因为你，我才找到了我的家。郁澍一时没有弄懂他的逻辑，但他已经看见二姨父的感激涕零了，他疯了样，两眼放亮。他抓住郁澍问这里的城堡还在吗？还有山顶上的大庙呢？这些都是爷爷经常念叨的。

郁澍点着头，说在，都在，明天带你去。外婆却向他挥着手，竖着眉，说，明天，明天要去楸树坡拜祖宗。外婆喝了杯降压的杜仲茶，抹了抹胸口，吐了吐长气，“哎呀妈呀”了一阵，又来精神了。她起身拉住二姨父的手，带他来到厅堂的神龛前，她说，你爷爷的爸爸妈妈，我的祖父祖母的牌位在这里，你回家了，要先拜一下，告诉他们一声。二姨父的眼睛莫名其妙地红了，泪转在眼眶里，他跪在地上，低声抽噎，说：“后辈麦念澧终于找到你们……”

从前，郁澍一直以为家里的神龛就是一种摆设，今天在外婆与二姨父身上，他似乎理解了神龛，一个家族的魂，就在这里静静等待，等待归来。

这个晚上注定是个不眠之夜。每个人都沉醉在一种激动中，为自己为他人，郁澍蓝青林也是，他们躺在床头上久久不能平静。郁澍捋着蓝青林落下来的一缕头发，感慨万千，“说来说去，这一连串的后来发生的事，都是你带来的，如果不是你选择在古罗村住下，就不会遇见我，你外婆也不会过来。”说到这里，郁澍用手指轻抚蓝青林的面颊，又说：“当初，你是因为什么要在这里住下的？我爸说，他认识你。”蓝青林的眼珠子都快掉下来了，她从床上坐起来，“你爸？”她望着郁澍，“你爸认识我？”

郁澍从来没有告诉蓝青林，他爸叫谢一民，今晚说出来，仿佛是借了酒胆，他这样说出来，等于用眼睛去直视太阳，没有给自己留下一条后路，所以他直勾勾地望着蓝青林。蓝青林惊讶得半天没有作声，脸微微发红，鼻尖上沁出细汗，嘴里咕噜咕噜涌出话来，但又听不见声音。郁澍心跳得厉害，害怕听到她讲话。

“有阵子，与你爸还很熟。”蓝青林的这句话，已经让郁澍的心跳了出来，他脸色发白。

“唉，从前的恋情，你没有问，我当然就不说了。”蓝青林期期艾艾，脸上有一丝羞涩。郁澍忽然觉得蓝青林丑陋虚伪，甚至无耻，一阵一阵的绞痛在他的心口排山倒海，他想吼她，可是竟然没有一点气力，只能眼巴巴地看蓝青林的两片薄唇嚅动。

“那个时候，我在蓝田市电视台工作，做了一档美食节目……”蓝青林就这样说开了，淡淡的微笑一直扬在嘴角，额头上罩着光环，她觉得那是上辈子的事了。一个初夏的下午，她接到一个电话，自称是哪个重要部门的，他说他们领导看了几期她的美食节目，想知道她是不是只会在电视里糊弄，能线下操刀吗？那会儿的蓝青林心高气傲，从不会谦虚，回答说，到时我露一手，你们就知道我不是花架子。几次电话后，蓝青林就去了。在一个小区的公寓楼，接她的人叫李汛，之前也是他在跟她通电话。蓝青林去的时候，厨房里热火朝天的，司机小奉已做好几道菜，蓝青林掩嘴一笑，想难道真的只要她做一道菜？李汛与蓝青林交了底，有天他们午餐时，正好看到她在美食节目里做昙花羹，先是被昙花的美惊到，又被她描绘的昙花羹所迷倒。谢一民看了看李汛与小奉，问你们吃过昙花羹吗？他们摇着头，但李汛的脑子就开始运转了。好在那个初夏，蓝青林种在窗台上的昙花又打了花苞，于是他们约好花开了，蓝青林带上昙花，给他们露一手。昙花羹做得很成功，味道鲜美得让这位领导频频点头，评价说，做不难，就是食材难得。之后，蓝青林学了什么新菜，偶尔来献一下厨艺，在她眼里谢一民官架子摆得很足，与人的距离感很难拉近，倒是与李汛、小奉，蓝青林一下子就混熟了，而且还与李汛谈起恋爱来。这场恋爱是慢慢来的，最后却要死要活，蓝青林差一点点就把命给丢了。恋爱是美的，都以为爱开始了就不结束，可是世间会伸出各种手，掐灭这升腾出来的爱情之火。首先是李汛的老婆打了过来，她气势汹汹地冲进电视台，当着蓝青林同事的面扇耳光破口谩骂。然后李汛边躲边安慰，他对天发誓，与那烂人没有感情，给他一些时间，他一定把婚离了。如此拉拉扯扯，蓝青林昏了头一般，陷在这段感情里不能自拔。直至谢一民出面，严厉批评了李汛，也训了蓝青林。当时，蓝青林崩溃至极，想死的心都有了，在谢一民的嘴里，她是个第三者，插足别人的家庭。人年轻时，会把很小的事，当作天大的事，甚至可以抵上自己的性命，她现在倒是忘记了那一刻无法解脱的伤痛与绝望。她的固执让她一走了之，她像消失了一样，在过去的生活圈里没留下一丁点痕迹。她没有告诉任何人，那时她已有身孕。当然，她这晚说出这段往事时，仍然没说出这个秘密。这个孩子，其实就是波尔。哥哥嫂子结婚多年，一直没孩子，波尔顺理成章成了他们的孩子。

听蓝青林说过往，郁澍带着一颗向死而生的心，听着听着，这颗心似乎豁然了。他见过李汛，瘦高个，样子忧郁，爸爸出事时，他们约在一起聊过，之后就再没联系。人都有自保之心，怕被牵连，更何况他正在仕途之中。郁澍高兴的是自己提紧的胸口瞬间松了下来，他兀自笑着。谁没有过往，自己在英国不也谈过两三位女朋友，每次都山盟海誓的，也就差那么两步，没有跨进婚姻。他曾经与他的同学——一位苏格兰姑娘好，感觉她像画上的人，卷曲的金发，细长的脖颈，英语纯正得让他恍惚，姑娘的爱火是烈焰，扑过来时，郁澍的脚步在躲闪在避让。他牵着她的手在格拉斯哥的各条街道行走时，在乔治广场周边的酒吧喝酒聊天时，幸福在体内发颤，眼神却发着飘，未来的空茫时不时在心上荡漾。后来，他与从枫城来的一位留学生好上，交往越深，他被她理所当然的好吃懒做震到，虽然他自己也是懒货一枚，但他没有她那么大胆，她好吃懒做还很奢侈，奢侈得没有一点罪恶感。吃的用的，全拣名牌，读书只是好玩，她那个身为民营企业老板的爹每个月按时把6000英镑打到账上，她就只有挥霍了。他们好了几个月，郁澍就赶紧躲。其实她挥霍钱财，倒是不挥霍感情，几次梨花带雨地跑来，弄得郁澍七上八下的，可是每当他看到她那帮朋友，某老板的千金某老板的公子，就会想到两个字：糟蹋。他们哪里是来读书的啊，他们只是换了一个地方，来糟蹋金钱糟蹋时光的，于是他的决绝之心就更坚定了。之后，貌似与某人有暧昧的情愫，可是这情感只在暧昧之中。然后，郁澍就一头栽进网文写作里，没有时间风花雪月，因为他总是在黑夜里醒着在白天睡，颠倒了生活，也就远离了世俗。听了蓝青林讲过往，忽然就明白了，他们是老天真正要撮合在一起的夫妻。

是啊，不撮合他们，二姨父麦念澧又怎能找到家呢？

找到家的麦念澧那是一刻也不能消停，在古罗村流连忘返，在麦家祠堂现在的村史馆看了又看，还拉着郁澍在楸树城堡待了一天，在古罗大庙待了一天。在二姨父嘴里，古城堡占地多少亩、建筑结构、城墙城门，那都是一清二楚。这天他们沿着城墙外边走了一圈，城墙坚固厚实，底部是横卧的青石板，一米之上，又是竖立的石板，无缝砌筑，然后又是横卧，如此交错，四五米高。他们站在下面，只能仰望，绝不可能越墙而过。然后，他们在城堡内又沿着城墙走一圈，从里走，视觉就完全不一样。他们上了内台阶，城墙边上都有战道，城墙上有外小内方的枪孔。二姨父站在东边最高的城墙上，俯瞰着整个城堡，他说起他爷爷说过的一个传说：修建楸树坡城堡与古罗山大庙的石匠，每天有一百多人同时开工，工程持续了好多年，奇怪的是，房子建好后，这些工匠突然就失踪了，没有人看见他们从这里走出去。更奇的是那个时候，城堡内住的人也在一夜之间消失得无影无踪。石匠和城堡内的人去了哪里呢？二姨父说，他爷爷在波士顿的家里经常这样念叨。

在古罗山顶，他居然能背出古罗大庙的对联：壮志未酬尔等焉卸鞍马，宏愿必续吾辈岂低龙头。他边背边瞧着郁澍，听听，这像是佛道庙宇的对联吗？这磅礴气势，这气壮山河，僧人之口能讲出来吗？郁澍听见二姨父站在寺庙的废墟上哈哈大笑，说最早住在这儿的住持绝非一般人，他用手指滑向群山，这附近的城堡、庄园、村落、大院、粮仓，都是这位住持的杰作。他用金蝉脱壳之法，困惑了历史几百年，所有人都以为他在那时那刻死亡了，可是他在之后的几十年里，又建立了一个地下王国。当然，刚开始，他只想隐身，保存实力，休养生息后，再东山再起。东山再起往往只是安慰自己的一个梦，很多事情靠的是一股气势，气势没了，就必须低头。二姨父听他爷爷说，古罗大庙这位住持，曾是几十万大军的首领，金戈铁马，横扫大地，他以为他可以推翻一个王朝建立自己的王朝。他貌似做到了，进到京城，天子自尽，而他统领的部队顿时失控，没有见过的繁华、奢靡、享乐与财富，乱了所有人的心，欲望漫起黄沙，蒙住了所有人的眼睛。这位住持站在权力巅峰上，还没来得及想清楚，这种纵欲的状况上天只给了短短的几十天，他们就被另一支部队打得溃不成军、四处逃散。兵败如山倒，前方战报，一片哀歌。他带领的铁骑一败再败，他便选了一个下下策，金蝉脱壳。他的历史就此结束。爷爷说，他的这个选择，源于他的一个梦。

那是五月的雨夜，这位后来的住持正被官兵追赶，困在深山老林中，此时南方森林湿热郁蒸，瘴气缭绕，这瘴气是这森林里动植物腐烂后产生的毒气，里边飞舞着带有恶性疟原虫的蚊子，远远看去就像一团黑沉沉的气体，人畜被叮咬后，立马会感染恶性疟疾，体质不好的，也就一病不起。南方的五月，正青黄不接，禾苗还长在土里，谷仓早已空空，病了的将士无粮为炊，营地一片哀号。焦头烂额的他疲劳至极，他不知道要把跟着他从老家出来的部队带到哪里去，从未有过的苍凉已经完全击败了他。他靠着他的白马驹，微微眯上了眼睛，许是太奔波了，睡眠只在瞬息之间就牢牢抓住他。似睡非睡在绝境之地，他被请到一个梦境里。一位长胡子老翁向他走来，他捋着那雪白的飘飘欲仙的胡子，出了一道字谜：三人合抱一根棒，并立水井边边上，四四方方一块地，王家二面一堵墙，如若猜出字两个，千军万马吃不慌。梦里他给老翁作揖，想请他明示，刚有这一念想，老翁飘然而去，他也就醒了。当夜，他召集部将猜谜，七嘴八舌中，猜出二字：耕田。老翁是在告诉他，必须从长计议，隐兵为农。如今这般田地，这翻身仗不是三两下就可以打好的了。于是，便有了金蝉脱壳。他的数十万大军分成几脉，潜入僻乡野壤垦地置田，他们刀枪入库，马放南山，拿起锄头，在田间地头当起了农民。最初他们以为只是暂时的，不承想他们就此告别了刀口舔血的日子，一代又一代人回归农耕生活。罗水湖周边的若干村落就是其中一脉。

郁澍听得目瞪口呆，他想说这是二姨父杜撰出来的。但又想，二姨父是位严谨的历史学教授，没有一定的依据，他肯定不会这样说。抑或是外婆的四叔他的爷爷给他留下了具体的史料。郁澍听陆永顺他们讲过，在罗水湖一带的群山上，有好几个类似古罗大庙的寺庙，寺内的住持大和尚常年云游四方，见不到行踪，这些住持有着相同的特点：建寺庙、修城堡、置庄园、立庄房。这种大手笔非僧人力所能及。很明显，寺庙是他们内部的联系据点，城堡是他们的仓库与军事防御工程，庄园是他们与社会的另一种联系，而分散隐居的奥秘，就在山窝窝里冒出来的村落，还有那一栋一栋的庄房。郁澍忽地豁然，他想着这些年在这片山水间徒步行走的所见所闻，隐隐之中似乎找到一种脉络。

妈妈与二姨担心外公与外婆，先回枫城了。二姨父有足够的理由留下来，白天与郁澍或陆永顺他们在山水间行走，晚上就守着外婆听她讲麦家从前的故事，他听的时候，边上摆了个录音机，膝上摊了个小本子，不时记上几笔，而郁澍与蓝青林只是旁听者。如此这般几天后，二姨父也不得不要回枫城回美国了。他说，等麦家祠堂前的千年古莲开花时，他又飞回来。临行前，郁澍接到妈妈的电话，说外公这阵子生了怪病，一位老中医开了个药方子，但药引子是要有几十年的灶心土。大家觉得这位中医是在故意为难，现如今到哪儿去弄这玩意儿？妈妈却想到了蓝青林家的那个土灶，这灶里的灶心土怕是有上百年了，所以要他挖点，让二姨父带回去。

郁澍立马跟外婆与赵妈说，她们一点都不奇怪，赵妈说乡下谁虚寒失血、呕吐、泄泻，也会用这个做药的。外婆说，这灶心土的中药名叫伏龙肝。这样有一搭没一搭聊说，听得二姨父一愣一愣的，他指着厨房里的柴火灶问，就是这下面的土？外婆点着头，并开始指导郁澍移开锅、碗、盆，在灶膛里扒开柴火灰，刨掉这么多年柴草熏黑的结了块的土。郁澍刨了半天，没弄动，赵妈站在边上看不下去，她蹲下去抢过铲子，使劲一铲，一块黄色的结了板的土就翻了出来。郁澍伸手去拿这块土，却看到土下面垫了一块石板，他又用那铲子轻轻敲了两下，咚咚回声从好远传来，郁澍不敢相信自己的耳朵，再敲，石板突然碎了。灶下面出现了一个黑洞，丝丝的风从下面吹了上来，大家面面相觑，郁澍觉得故事来了，二姨父把已经背在肩上的双肩包往凳子上一扔，便把头伸进灶膛。这一伸，他又缩了回来，只是用眼睛望着郁澍。这让郁澍不得不也把头伸下去，大概有二姨父的惊讶在前，所以他不慌不忙地看起来，下边是个人工隧道，一级一级的台阶往左延伸，细细的光影在隧道某处的石缝里漏进来。郁澍这下有了冲动，不顾锅烟墨子，就跳了下去，外婆还没来得及阻止，二姨父打开手机手电模式，也跳了进去，留下外婆与赵妈在厨房吆喝喧天。他们走了好远，还听见外婆在院子里喊蓝青林，说，出大事啦，出大事啦，快些打陆永顺的电话。

往里走，郁澍渐渐有些失望，只是一个地下暗道，偶尔旁边有个三面土墙的方围子，里边有些打开或没打开的箱子，靠墙立了一些木棍。也不知走了多久，暗道就到了尽头，上边如家里的灶膛一样，有一块石板，轻轻一推，竟然是一扇暗门，他们钻了出来，发现是楸树坡城堡的天塔，石门在过去的神龛下，正面有神仙雕像。他们站在天塔外边城墙的垛口，各自点上一支烟，相视笑着。郁澍连连惊叹，说弄得太玄乎了，原来是到城堡的通道。山坡上的楸树花开得正艳，二姨父的目光黏住了花海，他回答着：传说楸树坡城堡没有往外的暗道，今天我们打破了传说。郁澍想起来了。这个神秘的城堡，后人从各个角度，都没有给过一个最好的解释。二姨父又笑起来了，他说，他记得爷爷说过，城堡里有几口井，好多个土灶，今天看到这满山的楸树，就明白了。郁澍没跟上二姨父的思维，他困惑地望向他，等他下面的话。可是这会儿，二姨父对着风又抽上了一支烟，他说：知道这些楸树，除了能开漂亮的花，还能干吗吗？郁澍不喜欢二姨父提问式的讲话，他都快急死了，可是二姨父还在叭烟。郁澍以极大的耐心等着。“听过一句老话吗？千年柏，万年杉，不如楸树一枝丫。楸树是木王。树干直、节少、材性好。除了花纹美，质地坚韧致密，坚固耐用，而且绝缘性好，耐湿、耐腐、不易虫蛀。”郁澍惊讶楸树原来如此名贵，他还是没有听懂，他默默地看着二姨父的两片嘴唇，直至他吐出：“楸树可做枪托刀把，从前的梭镖、大刀、鸟铳、楸树炮，好多好多武器，都要用上楸树。”郁澍脑洞大开，他站在那里，忽然能看见几百年前，城堡里一个又一个炉灶前，人们打铁的场景。“城堡原是个备战备荒之地，战争终究没来，战士们归隐农耕，一代又一代，在此繁衍生息。”

二姨父正感慨时，陆永顺、麦景禾也从天塔中钻出来，他们啧啧地惊讶，还不停地打哈哈，陆永顺的拳头向郁澍擂过来，激动得喊起来：“这回我们古罗村是真的有故事了，村史馆不愁没内容了。”他们一起在城堡里走了两圈，大家七嘴八舌，城堡的各种生机从他们嘴里缓缓道来，美得陆永顺抱着郁澍摇得晃来晃去，麦景禾又喊又叫的，间或跳起来在空中挥上几拳。如此激动后，就原路返回，总觉得刚刚走的暗道里还有玄机。果真在一截回字形暗道里走，就走了岔道，这个暗道老是有台阶，九个台阶一组，没走两步平路，又有九台阶。二姨父喘着气，举着手机，回头看郁澍，“猜猜，这条路的尽头会是哪里？”

话冲到喉头，郁澍的嘴又抿紧了，他想不太可能，这个想法分明就是天方夜谭，但他踩在台阶上，心里莫名地激荡。走在后头的陆永顺麦景禾忍不住了，他们冲到二姨父前面，说你们慢慢猜，我们等不及了。说着就嘚嘚地往上登。

他们爬了许久，脚下仍是长相差不多的台阶。二姨父六十岁的人了，一路上郁澍就听见他急促喘气，所以奔涌而来的好奇冲动，在他刻意缓慢的脚步里抑制下去了。他往上看，幽暗中透了微光，滴水声在暗道的某处响起回声，恍惚又有瀑布的落水声。郁澍觉得是幻觉。二姨父侧耳认真听着，他自语：“难道是溶洞？”

郁澍不敢相信。二姨父说，如果是溶洞，那之前听到的不解之谜，在这里就全部揭晓了。

后　记

这年六月，麦念澧又回到古罗村，参加古罗村的千年古莲乡村旅游节，他带回了他爷爷麦加洪的若干笔记，关于那年寻访古墓的，关于培植古莲的，这些纸片一直在波士顿他家楼阁上沉寂，放到村史馆，纸片上的每个字忽然就璀璨起来，似乎是找到了家。与麦念澧一起来的，还有几位研究楸树坡城堡、古罗山大庙的学者。一时之间，古罗村成了网红古村落，前来旅游的人络绎不绝，“古罗旧事”也是宾客不断。郁澍与蓝青林被授予这个村的荣誉村民。